L’héritier de Rodrigo Cabrera

*

Entre haine et désir

*

Le secret de Selena

JENNIE LUCAS

L'héritier de Rodrigo Cabrera

Traduction française de
CHRISTINE MAZAUD

HARLEQUIN

Titre original :
THE BABY THE BILLIONAIRE DEMANDS

Ce roman a déjà été publié en 2019

HARPERCOLLINS FRANCE
83-85, boulevard Vincent-Auriol, 75646 PARIS CEDEX 13
Service Lectrices — Tél. : 01 45 82 47 47 - www.harlequin.fr
ISBN 978-2-2804-9449-6

Composé et édité par HarperCollins France.
Imprimé en août 2023 par CPI Black Print (Barcelone)
en utilisant 100% d'électricité renouvelable.
Dépôt légal : septembre 2023.

MIXTE
Papier issu de sources responsables
FSC® C159065

Pour limiter l'empreinte environnementale de ses livres, HarperCollins France s'engage à n'utiliser que du papier fabriqué à partir de bois provenant de forêts gérées durablement et de manière responsable.

1

Pour Lola Price, rien ne comptait plus que l'argent. Parce qu'il faisait la différence entre le bonheur et le drame, entre la joie et le chagrin. Elle l'avait appris à cinq ans et ne l'avait jamais oublié.

Élevée dans une caravane à la lisière du désert de Californie, dans une ville poussiéreuse où le travail était rare, elle avait vu sa mère, après le décès de son père, se débattre tous les jours avec les factures à payer. Celle-ci avait fini par se remarier mais cela n'avait fait qu'aggraver la situation.

À dix-huit ans, Lola avait appris qu'il n'y avait qu'une seule façon de protéger ceux que l'on aimait et de les garder en bonne santé et en vie : être riche.

Elle avait donc arrêté ses cours et déménagé à Los Angeles dans le seul but de sauver ce qui pouvait l'être encore de sa famille. Alors qu'elle n'avait ni talent ni formation, elle avait cru pouvoir devenir une star de cinéma. Mais sans argent, et sans réseau, elle avait tout perdu. Enfin, le peu qu'elle avait.

Aujourd'hui, elle avait un bébé de quatre mois et presque un million de dollars. Et alors ?

Elle prit une grande inspiration. On ne lui enlèverait plus jamais personne.

La voix de Sergei Morozov la ramena à la réalité.

— Je peux t'embrasser, Lolitchka ?

— M'embrasser ? dit-elle étonnée. Jamais !

Le Russe, un financier de Wall Street, était encore son employeur quatre mois plus tôt.

— Comme tu as accepté de sortir avec moi ce soir, j'ai cru que…

— Désolée, Sergei.

Autour d'eux, les couples dansaient. Ses deux grandes amies, Hallie et Tess, toutes deux nouvellement mariées à des milliardaires, n'étaient pas là. Elles adoraient pourtant les soirées mondaines comme celle de ce soir, un bal donné en faveur d'enfants déshérités. C'était le grand raout de novembre à New York, l'événement où il fallait être vu.

Toujours dans les bras de son ancien patron, la cinquantaine passée, tempes grisonnantes et teint hâlé, avec lequel elle dansait en se tenant à distance, elle n'avait d'yeux que pour les hommes en smoking jeunes et élégants qui tournaient autour d'eux et qui lui rappelaient Rodrigo Cabrera, son patron précédent. Le magnat de la presse espagnole lui avait donné froidement un chèque d'un million de dollars avant de la mettre à la porte de chez lui, enceinte et dévastée.

Sergei se racla la gorge.

— S'il te faut un peu plus de temps…

— Ce n'est pas le problème, Sergei.

Elle baissa les yeux. Elle n'aurait jamais dû accepter de sortir avec lui. Elle s'était laissé influencer par sa voisine, une veuve qui gardait occasionnellement son fils et voulait à tout prix qu'elle « s'amuse ». Avec les récents mariages de ses deux meilleures amies, elle s'était sentie très seule, ces derniers temps. Alors, quand

Sergei Morozov lui avait proposé de sortir, elle avait fait l'effort d'accepter.

Pour l'heure, elle regrettait de n'être pas restée chez elle.

— Un homme t'a démolie, Lolita, dit-il. Il vous a abandonnés, toi et ton fils.

Étonnée, Lola releva les yeux. Elle n'avait jamais parlé à personne de Rodrigo, même pas à ses meilleures amies.

— Je n'ai jamais dit que j'avais été abandonnée…

— Tu étais toute seule pendant ta grossesse et pour la naissance.

Il la serra un peu plus fort dans ses bras.

— Et si je t'épousais ?

Sidérée, elle retint son souffle.

— M'épouser ?

Le P-DG, le type même du Russe lourdaud, la regarda, l'œil mouillé.

— Cela fait un moment que je te désire, Lola. Si ton prix c'est le mariage, alors je t'épouse.

Sous le choc, elle écarquilla les yeux.

Sergei Morozov n'était pas un mauvais bougre. Elle avait été son assistante pendant toute sa grossesse. Il était riche, présomptueux mais pas cruel. À dix-huit ans, elle se serait empressée d'accepter. Dommage pour lui, elle en avait maintenant vingt-cinq, un compte en banque bien garni et le cœur en miettes.

— Je suis très flattée, dit-elle. Vraiment, mais…

— Épouse-moi, Zvezda Moya ! Je te couvrirai de bijoux, je te…

— Désolé de vous interrompre, lança une voix derrière eux.

Une voix de basse, chaude et sensuelle qu'elle reconnut

aussitôt, bien qu'elle ne l'ait pas entendue depuis plus d'un an. Une voix qu'elle n'oublierait jamais.

Lentement, elle se retourna.

Rodrigo Cabrera dansait près d'eux sur la piste, superbe dans un smoking qui flattait son physique de beau gosse musclé.

Cheveux noirs, regard de braise, pommettes saillantes et joues creuses ombrées par une barbe d'un jour parfaitement entretenue, il était encore plus séduisant qu'un an plus tôt. Il se dégageait de lui une impression de puissance, d'autorité et une très grande sensualité. L'homme était redoutable. Elle en savait quelque chose.

— Rodrigo ?

— Lola…

Ses lèvres, cruelles et terriblement sensuelles, s'incurvèrent.

— Cela fait une éternité, dit-il, lâchant sa cavalière.

Lola flageola sur ses jambes tandis que des souvenirs de leur liaison, brève mais torride, affluaient à sa mémoire. Comme elle avait aimé cette période ! Le plaisir. Le bonheur. Les rires et la certitude que pour la première fois elle n'était plus seule…

Bouleversée, elle s'efforça de sourire.

— Que fais-tu ici ?

Il se glissa entre elle et Sergei avec une grâce presque féline.

— Si vous permettez, dit-il au magnat russe sur un ton supérieur très déplaisant.

— Justement je ne permets pas ! rétorqua le Russe.

— Soyez gentil de nous laisser, Sergei. Je vous rejoins très vite, lui dit Lola.

— À la fin de cette danse, insista Sergei.

— Si cela plaît à cette dame, répliqua Cabrera.

En maugréant, le Russe s'éloigna, les laissant face à face.

— Si je comprends bien, tu vis à New York, dit Rodrigo froidement.

— Tu es là pour affaires ?

Il eut un sourire conquérant qui découvrit deux rangées de dents très blanches et bien alignées.

— Évidemment ! Sinon, pourquoi serais-je là ?

Il agita la main en direction de Sergei qui attendait au bord de la piste, les foudroyant du regard.

— Je lui fais signe de s'en aller, lâcha-t-il avec dédain. Mais, dis-moi, il veut t'épouser ?

— Pourquoi pas ? Il n'y a que toi pour haïr le mariage à ce point !

— Tu as un nouveau milliardaire à tes pieds !

— Eh oui ! Tout le monde ne me hait pas… Comme toi.

— Je ne te hais pas, Lola. Je te méprise. C'est différent.

Ses yeux noirs brillaient méchamment.

— Je suppose que tu as déjà dépensé tout l'argent que je t'ai donné… Alors, tu vas dire oui à ce Russe ? Je dois te féliciter ?

Lola plissa les yeux. Que dirait-il s'il savait qu'elle n'avait accepté son argent que pour une seule raison : elle était enceinte ?

Prendre cette somme avait heurté sa fierté mais peu importe. Elle l'avait fait pour son bébé, pour qu'il ne connaisse jamais, comme elle, la faim. Et ne voit pas sa mère pleurer parce qu'elle ne peut pas payer ses factures. Pour que ses camarades d'école ne se moquent pas de ses vêtements usés ou démodés et pour que ses maîtres ne lui reprochent pas de s'endormir en classe — comme ils l'avaient fait pour elle —, ignorant les soirées passées à s'occuper de sa fratrie en l'absence de leur mère, de service toute la nuit.

Et, surtout, parce que Jett ne devait jamais savoir ce que c'était que se retrouver sans famille.

Accepter l'argent de Rodrigo, c'était s'assurer que personne ne lui enlèverait son enfant.

Personne, sauf peut-être Rodrigo lui-même.

Malgré elle, elle lui serra l'épaule à travers sa veste de smoking. Un père avait des droits. Et bien qu'elle ait encore presque tous les dollars qu'il lui avait donnés, elle savait qu'il était beaucoup plus riche qu'elle. Assez pour obtenir tout ce qu'il pouvait désirer. Y compris Jett.

Elle avait été son assistante pendant deux ans avant qu'ils ne deviennent amants. Elle savait combien il pouvait être dur, et se venger de ceux qui le décevaient.

Elle soupira.

Il faut dire qu'il avait de bonnes raisons d'avoir une piètre opinion d'elle. Après ce qu'il avait appris de son passé…

Pour l'heure, il était à New York pour affaires. Il y venait souvent et possédait même une maison à Soho. Mais ils ne fréquentaient plus les mêmes cercles, maintenant, et ne pouvait pas être au courant de l'existence de Jett.

S'il l'apprenait…

Non, il ne fallait pas qu'il sache.

Le visage du géant de la presse espagnole se durcit.

— Alors ? Tu vas l'épouser ?

— Je n'ai pas pris de décision.

Il la serra un peu plus contre lui.

— C'est un mensonge ?

— Qu'est-ce que ça peut te faire ?

— Rien, en effet. Je me demandais simplement si je ne devrais pas lui dire quel genre de femme tu es.

Elle se raidit.

— Ah… Et quel genre de femme suis-je donc ?

— Tu es une menteuse, Lola. Mais une ravissante menteuse.

Il s'écarta pour parcourir des yeux sa tenue, une robe à manches longues en jersey noir, assez quelconque.

— Superbe, même, ajouta-t-il en continuant de danser avec elle. Mais tu es laide à l'intérieur. Tu ferais n'importe quoi pour de l'argent. N'importe quoi…

Il l'aurait giflée que ça n'aurait pas été pire. Mais elle n'en laissa rien paraître. Il pouvait l'insulter, elle ne lui ferait pas le plaisir de lui montrer qu'il la blessait. À la fin de cette danse, il partirait et elle ferait en sorte de ne jamais le croiser de nouveau. Pour qu'il ne puisse pas lui enlever Jett.

Lola pencha la tête et le regarda, l'air ironique.

— Ah bon. Puisque tu me trouves si moche, pourquoi ne vas-tu pas danser avec quelqu'un d'autre ?

— Pourquoi ? Es-tu donc si pressée de retrouver les bras de ton amant ?

Qu'est-ce qu'il s'imaginait ? Qu'elle avait cédé aux avances de Sergei ?

Comme le morceau touchait à sa fin, elle s'arrêta.

— Bien, c'est fini. Et je ne me suis pas du tout amusée. Allez, va donc chercher une autre femme à torturer !

Interdit, Rodrigo s'arrêta.

— C'est tout ce que tu trouves à me dire ? Après un an !

Leurs regards se soudèrent. Et, brusquement, elle détourna les yeux. Dire qu'ils avaient été si proches…

À cette époque-là, elle lui avait beaucoup parlé, mais elle ne lui avait pas tout dit.

Une ombre se glissa près d'elle.

— Le morceau est fini, dit Sergei. Je la reprends.

Soulagée, Lola remercia le Russe d'un sourire et regarda l'Espagnol qu'elle avait tant aimé.

— On se dit adieu ?

— Je pense que oui, dit Rodrigo froidement avant de tourner les talons.

Comme l'orchestre entamait un nouvel air et que des couples se reformaient, Lola se tourna vers Sergei.

— Je suis fatiguée. Vous voulez bien me ramener ?

— Konyechna, je sens que ton bébé te manque, répondit Sergei.

Lola retint son souffle. Avec de la chance, Rodrigo ne l'avait pas entendu. Mais la chance n'avait pas décidé de lui sourire. Très lentement, comme au ralenti, celui-ci se retourna.

— Ton bébé ?

— Ça ne te concerne pas, dit-elle d'une voix tendue qu'elle-même ne reconnut pas.

Il était urgent qu'elle parte. Rejetant ses cheveux en arrière, elle prit le bras de Sergei.

— On y va ?

Mais Rodrigo lui barra le passage.

— Il a quel âge, ce bébé ?

— Ça ne te regarde pas.

Elle essaya de passer mais il lui saisit le poignet.

— Alors ? Quel âge ?

— Peu importe. Ce n'est pas ton affaire.

Elle essaya de se dégager.

— Ce n'est pas ton enfant !

Elle sentit qu'elle rougissait. Elle avait toujours été

une mauvaise comédienne et ne savait pas mentir. Soudain, les danseurs, l'orchestre, les lustres, toute la salle se mit à tourner. Elle essaya de réfléchir à un moyen de se sortir de ce piège, mais son cerveau refusait de fonctionner.

— Ce bébé est de moi, balbutia Rodrigo, n'est-ce pas ?

— Ne sois pas ridicule !

Elle montra Sergei du doigt.

— C'est lui, le père.

Sergei écarquilla les yeux, ce que Rodrigo ne manqua pas de remarquer. Après un geste de mépris à l'adresse du magnat russe, il se tourna vers Lola.

— Je veux la vérité, dit-il, menaçant.

Il lui empoigna les épaules.

— Je veux t'entendre le dire.

— Laisse-moi partir ! S'il te plaît, lâche-moi.

Elle essaya de relever la tête pour le défier. Et surtout, pour lui mentir. Mais quand elle pointa le menton vers lui et croisa son regard furieux, elle comprit qu'elle ne gagnerait pas contre lui.

— Dis-moi, Lola, insista-t-il.

Le cœur battant, elle murmura si bas qu'il l'entendit à peine,

— Oui, il est de toi.

Un bébé.

Rodrigo chancela.

Elle avait eu un bébé de lui ! Sous le choc, il se figea.

Depuis l'instant où il était arrivé à cette soirée, seul car il n'avait pas pris la peine de choisir une de ses nombreuses conquêtes pour l'accompagner, il avait été le centre d'intérêt des paparazzis et de beaucoup d'invités. Producteur de films à succès, fort de ses milliards, il pouvait, d'un seul mot, faire ou défaire la carrière de n'importe quelle star de cinéma. Tandis qu'il foulait le tapis rouge, des acteurs, des réalisateurs et des femmes plus sophistiquées les unes que les autres l'avaient dévoré des yeux. Tous rêvaient de faire partie du premier cercle. Il les avait ignorés…

Ces belles femmes, il n'était pas dupe, en voulaient à son corps, à son argent, et entendaient profiter de son pouvoir. Plus jeune, il s'était réjoui de son succès auprès des femmes. Mais lui ne rêvait que d'amour, de mariage, de famille. Comment expliquer autrement qu'il ait demandé successivement, à cette époque, trois femmes en mariage ?

Rien qu'à ce souvenir, il avait honte de lui.

L'amour était pour les niais. Seuls les imbéciles croyaient en la communion des âmes. Les hommes, en règle générale, n'étaient pas censés aspirer à de telles fadaises. Sauf lui. Mais c'était terminé, aujourd'hui. Bon sang ! Qu'il pouvait être bête, à l'époque !

Rodrigo était l'homme d'une seule femme. C'était un secret qu'il ne divulguait pas. Enfant unique de parents fortunés mais peu présents, il avait rêvé, au fil des ans, d'une vraie famille avec des parents aimants. Après avoir repris le petit studio de cinéma de son père à Madrid, il avait souhaité, pour lui, la vie de conte de fées qu'il ne connaissait qu'à travers les films qu'il produisait.

Mais il avait appris la leçon, non ? Ses trois fiancées l'avaient trompé avant même le mariage… Cela ne lui suffisait pas ?

Bien sûr, il n'avait jamais demandé Lola Price en

mariage. Leur histoire avait été brève et il s'était débrouillé pour ne pas tomber amoureux. Elle avait été son assistante pendant des années avant de devenir sa maîtresse. Jour après jour, elle l'avait impressionné par son efficacité au travail, son intelligence et son dynamisme. Il l'avait respectée. Admirée. Mais il ne l'avait pas touchée. Il l'appréciait trop comme assistante pour tout gâcher en couchant avec elle. Car les choses n'iraient pas plus loin…

Jusqu'à ce qu'un soir, à Mexico, après la signature d'un contrat juteux, ils fêtent leur succès avec force tequilas dans un restaurant étoilé. Soudain, oubliant sa réserve habituelle, Lola s'était penchée vers lui et l'avait embrassé.

Cela avait été explosif. Une révélation.

Ils avaient passé quelques mois incroyables, à travailler ensemble le jour, à faire l'amour la nuit… Mais un jour, Rodrigo avait appris qui elle était vraiment. Ce qu'elle avait fait à dix-huit ans. Il avait compris qu'elle se jouait de lui depuis le début en prétendant l'aimer alors qu'elle n'en voulait qu'à son argent.

Comme un imbécile, il avait été aveuglé. Sa fierté en avait pris un coup, c'est ce qui l'avait le plus blessé. Il ne lui pardonnerait jamais cet affront.

Toute l'année passée, il avait évité de penser à elle. Il avait essayé d'oublier. Et puis, ce soir, il l'avait vue sur la piste, dans les bras d'un homme, et l'avait trouvée encore plus éblouissante que dans son souvenir, avec ses grands yeux noisette, son déhanchement gracieux, son fourreau qui moulait sa silhouette élancée et fluide. Un court instant, en la voyant, il avait senti son cœur se serrer.

Il s'était alors souvenu de quelle façon elle avait trahi

sa confiance et pris le chèque d'un million de dollars que, dans sa fureur, il lui avait jeté à la figure. Une colère froide l'avait submergé, balayant toute autre émotion.

Lola Price n'avait honte de rien. C'était une menteuse, une croqueuse de diamants. Mais il n'avait jamais imaginé qu'elle irait jusqu'à essayer de cacher une grossesse et lui voler son enfant.

— Tu étais enceinte quand tu as quitté la Californie, dit-il d'une voix caverneuse. Et tu ne me l'as pas dit.

La lumière des lustres projetait des ombres sur son visage et sur les couples qui dansaient autour d'eux. Ils étaient les seuls, tous les trois, à rester immobiles. Le Russe tourna vers Lola son visage furibond.

— C'est lui, le père de ton enfant ? Lui ?

— Vous devriez partir, Sergei, dit-elle d'une voix blanche.

L'homme jeta un regard mauvais à Rodrigo.

— Si tu veux que je reste, Lolitchka, si tu as besoin d'aide…

— Non, merci, murmura-t-elle. Il vaut mieux que je me débrouille seule.

— Vous entendez ? gronda Rodrigo. Fichez-lui la paix !

L'homme éconduit plissa le front et, se tournant vers Lola, l'embrassa.

— Si tu as besoin de moi, je serai toujours là.

Le regard plein de reconnaissance qu'elle lança à Sergei mit Rodrigo hors de lui. Une envie de casser la figure du Russe s'empara de lui. Heureusement, ce dernier disparut à temps.

Prenant alors la main de Lola, Rodrigo l'entraîna loin de la foule. Sa peau était douce, comme avant, quand elle le touchait et que chacune de ses caresses embrasait tout son corps.

Arrivé dans un coin un peu sombre du salon, il se tourna vers elle.

— Comment as-tu pu me cacher une chose pareille ?

Le ton était menaçant. Elle n'osa pas le regarder.

— Parce que je n'ai besoin de rien. Je ne veux rien de toi.

« J'ai seulement envie de toi, Rodrigo. Je t'aime. »

Le souvenir du tremblement de sa voix quand elle lui avait déclaré son amour lui déchira le cœur. C'était il y a longtemps…

Deux mois après le début de leur liaison, après la signature d'un important contrat à Los Angeles, ils étaient allés chez lui, dans sa maison sur la plage, pour fêter leur triomphe. Ils avaient bu du vin, s'étaient attardés sur sa plage privée autour d'un feu de bois flotté allumé sur le sable. Ils étaient seuls sous la lune. Il sentait encore le sel de mer et le parfum de vanille de ses cheveux, dans la brise de Santa Ana. Il entendait encore le crépitement du feu et le rugissement des vagues quand Lola lui avait dit, la voix hésitante, qu'elle l'aimait. En guise de réponse, il l'avait embrassée, l'entraînant avec lui sur la couverture dépliée sur le sable. À cet instant, il avait perdu la tête. Il avait eu envie de l'aimer, lui aussi.

Mais Rodrigo ne voulait pas repenser à ça, ni à l'immense tristesse qui l'avait submergé quand, un mois plus tard, il avait appris de la bouche de Marnie, sa fidèle employée, la vérité sur son passé.

« Monsieur, avait déclaré Marnie, monsieur, il y a une chose qu'il faut que vous sachiez sur Lola Price… »

Un nouvel accès de colère le prit, plus puissant que

sa tristesse et son dépit. Mais moins intense que le désir qui le tenaillait car, à cet instant, malgré sa colère, il avait envie d'elle. Ses mains tremblaient tant il voulait la serrer dans ses bras et l'embrasser…

Il prit une grande inspiration.

— Comment as-tu pu me cacher l'existence de cet enfant ? Je n'aurais jamais cru que tu puisses faire quelque chose d'aussi moche.

— Je venais te dire que j'étais enceinte le soir où tu m'as fichue dehors. C'est toi qui m'en as empêchée… Souviens-toi.

Rodrigo se rappelait très bien cette nuit. Rayonnante, Lola était arrivée chez lui, dans sa maison sur la plage.

« J'ai quelque chose à te dire. »

« Moi d'abord, avait-il rétorqué. J'ai vu les photos. Je sais ce que tu as fait. »

Il l'avait regardée avec mépris.

« Je sais exactement qui tu es. »

Lola était restée interdite, l'air coupable. Curieusement, elle n'avait pas essayé de se défendre, ni même de discuter. Elle avait accepté les accusations sans rien dire jusqu'à ce que, exaspéré par son absence de réaction, il ne lui fasse un chèque d'un million de dollars qu'il lui avait jeté à la figure.

Le cœur battant, Rodrigo avait attendu qu'elle s'explique. Si elle avait refusé son argent, il lui aurait pardonné son passé. Mais elle avait pris le chèque et l'avait fourré dans sa poche avant de le quitter sans un mot.

— Tu m'as menti, dit froidement Rodrigo. Tu as déménagé à cinq mille kilomètres pour me cacher ta grossesse.

— Tu te fichais bien de moi.

Ses yeux lançaient des éclairs.

— Pourquoi te serais-tu intéressé à notre enfant ?

— Ce n'est pas pour le bien du bébé que tu es partie, mais pour me punir.

Lola pointa le menton, furieuse. Au moins autant que lui.

— Tu m'as chassée en me criant que tu ne voulais plus me voir ! Tu m'as traitée de tous les noms et tu m'as jeté ton chèque à la figure. Pourquoi t'aurais-je dit que j'étais enceinte ?

— Non ! Tu m'as pris mon enfant. Tu es partie comme une voleuse.

Elle releva la tête.

— Tu m'as bien fait comprendre que tu me détestais. Il aurait fallu que je sois folle pour te donner des droits sur mon bébé.

Perplexe, Rodrigo la regarda. Et s'il s'était trompé sur son compte ? Si elle avait accepté son argent uniquement pour subvenir aux besoins de leur enfant ? Si elle avait vraiment été intéressée, elle ne se serait pas contentée de prendre son argent et de disparaître. Non. Elle aurait tenté de lui soutirer bien plus qu'un million de dollars…

Pourtant, il persista.

— Tu as quitté la Californie pour t'installer à New York où tu n'as pas perdu de temps pour me remplacer !

Lola hocha la tête.

— Sergei n'est rien de plus que mon patron.

— Comme par hasard, un milliardaire !

— J'ai travaillé avec lui jusqu'à la naissance du bébé. Comme assistante.

— Vraiment ?

Il n'avait aucune raison d'en douter. Il savait, pour

l'avoir lui-même employée, que c'était une excellente assistante.

D'ailleurs, après leur rupture, il avait demandé à sa directrice des ressources humaines de lui donner des références élogieuses que l'excellence de son travail justifiait.

— Pourquoi as-tu continué à travailler ? Tu avais mon chèque.

— Je l'ai gardé pour le bébé, au cas où… J'ai trouvé un joli appartement, et je suis à la maison depuis sa naissance pour m'occuper de lui. Et… Pour étudier et obtenir mon diplôme d'équivalence. Une sorte de baccalauréat.

— Pour quoi faire ?

— Les employeurs exigent au moins le diplôme de fin d'études secondaires. Je ne l'ai pas et ça me complexe. Sans compter que ça me handicape. J'ai passé l'examen la semaine dernière. J'attends les résultats.

— Tu t'inquiètes pour ton CV ?

Il essaya de réprimer un accès de jalousie absurde.

— Ce Russe, tout à l'heure, t'a proposé de t'épouser. Il t'aurait couverte de diamants. D'argent. Pas besoin de travailler.

Lola plissa les yeux.

— J'ai déjà commis l'erreur de tomber amoureuse d'un homme riche, répliqua-t-elle. J'ai compris ! Mon fils et moi sommes mieux seuls.

— Ton fils ? Comment s'appelle-t-il ?

— Jett. Jett Price.

— Il devrait s'appeler Cabrera.

— Pourquoi ? Il est très bien comme ça.

— Je veux un test de paternité.

— Et après ?

— Après, nous verrons, dit-il d'un ton cassant.

— Je ne te laisserai pas me prendre mon enfant, Rodrigo.

— Tu te crois plus forte que moi ? Tu sais de quoi je suis capable.

— Oui, le défia-t-elle. Mais tu me connais.

— Qu'est-ce que ça veut dire ?

— Que tu n'as pas intérêt à m'enlever mon fils.

Il la regarda, incrédule.

— C'est une menace ?

— C'est une promesse.

— Et comment comptes-tu me combattre ?

— Je me suis fait des amis… puissants.

Il serra les dents. Sergei était manifestement riche, et prêt à l'épouser. C'était sans doute l'un des amis puissants auxquels elle faisait allusion.

Elle avait dit qu'elle était son assistante. Qu'elle avait refusé sa demande en mariage. Il n'empêche. Ils étaient sûrement amants. L'image de Lola, nue dans les bras de ce lourdaud, le fit grimacer de dégoût.

Lola le lui avait dit, il avait été son premier amant. Il n'avait jamais eu de doute à ce sujet. Quand il avait découvert qu'il était le premier, il avait d'abord été stupéfait, puis enivré de fierté. Lola, la belle, la si désirable Lola était encore vierge à vingt-quatre ans !

Mais elle avait sûrement eu beaucoup d'amants depuis. Aucun homme normalement constitué ne pouvait rester insensible à son charme. Alors que lui était célibataire et chaste comme un moine…

— Toi et ce Russe, dit-il avec mépris, vous êtes amants, n'est-ce pas ?

Elle se mordilla les lèvres.

— Je ne l'ai jamais laissé m'embrasser.

Non. Ce n'était pas possible…

Il cligna des yeux pour revenir à la réalité. Aussi longtemps qu'elle avait été sa collaboratrice, il avait pensé qu'elle était une piètre menteuse. Il se trompait. C'était une fabuleuse comédienne. Il était évident qu'elle couchait avec le Russe. Sinon, pourquoi l'aurait-il demandée en mariage ?

— Tu mens !

— Non. Je n'ai embrassé qu'une seule personne dans ma vie…

Elle s'arrêta, mais c'était trop tard. Les mots étaient lâchés.

— Tu n'as jamais embrassé d'autres hommes ? Même pas depuis…

Il s'interrompit, approcha.

— Je t'aimais, Rodrigo. Sais-tu seulement ce que ça veut dire ? Non. Tu ne sais pas. Comment le pourrais-tu puisque tu ne ressens rien ?

Elle le vit reculer. Elle avait frappé trop fort. Elle essaya de se rattraper mais ne trouva rien à dire.

— Explique-moi pourquoi cet homme te demande en mariage s'il n'a jamais couché avec toi ?

— Parce qu'il pense que c'est le seul moyen d'y arriver !

Rodrigo resta coi. Il avait peut-être eu tort de la juger sévèrement, mais il avait raison sur un point : elle lui avait volé son enfant.

— Je veux voir le bébé, dit-il d'un ton sec. Maintenant.

— Bien, dit Lola sans se démonter. Je vais chercher mon manteau. Suis-moi…

Sur ces mots, elle sortit et Rodrigo lui emboîta le pas. Fasciné par sa chute de reins, il ne la quittait pas des yeux. Avec ses hanches rondes, sa taille fine, ses épaules étroites et ses beaux cheveux, elle incarnait la féminité triomphante. Il ne l'avait jamais trouvée plus désirable que ce soir. Il avait noté qu'elle ne portait pas de bijoux. Et elle avait raison car elle n'en avait pas besoin. Ses yeux brillants comme des pierres précieuses suffisaient.

2

En état de choc, Lola alla chercher son manteau et sortit de l'hôtel avec Rodrigo. Le voiturier approcha la Ferrari et ils s'éloignèrent dans la nuit.

Nerveuse, elle le regardait du coin de l'œil. Peut-être était-ce une bonne chose, finalement, qu'il ait découvert son secret. Comme elle mentait mal, elle n'aurait pas pu lui cacher la vérité bien longtemps. Au moins, maintenant, tout était clair.

Elle n'avait pas menti quand elle avait parlé de ses relations haut placées. Ses deux meilleures amies étaient mariées à des milliardaires, Hallie Moretti au propriétaire du luxueux hôtel Campania, et Tess au prince sicilien Zacco di Gioreale. Tess avait maintenant sa maison de couture. Lors de son premier défilé, la semaine passée, Lola avait dû s'éclipser pour aller passer son examen. Elle ne supportait pas d'être en position d'infériorité. Par orgueil, elle n'avait jamais rien dit à ses deux amies du père de Jett.

Maintenant, si Rodrigo se mêlait de lui faire des ennuis, elle les appellerait à la rescousse. Elle savait qu'elle pouvait compter sur elles. Et sur leurs maris.

Personne ne lui enlèverait Jett. Personne.

Les mains jointes sur les cuisses, Lola soupira.

Manhattan, tout illuminé, défilait derrière les vitres. Elle montra du doigt un immeuble décrépi et annonça :

— C'est là.

Elle vivait ici depuis bientôt un an et aimait son quartier. Il était sûr, pratique et recherché par les familles en quête de tranquillité. Son immeuble était habité par des gens sympathiques qui s'entraidaient à l'occasion, comme la veuve qui gardait Jett de temps à autre.

— Suis-moi, lui dit-elle. Prenons l'ascenseur.

Arrivée à son étage, elle passa devant Rodrigo et longea un couloir mal éclairé.

— C'est ici.

Son appartement était calme. Une lumière était restée allumée dans la grande pièce. La dame d'un certain âge assise à côté de la lampe leva les yeux et posa son tricot.

— Tu rentres bien tôt, Lola…

— Bonjour Mildred, dit Lola. Oui, j'étais fatiguée.

— Tu t'es bien amusée ? demanda la vieille dame en regardant Rodrigo.

— Voici Rodrigo… le père de Jett.

— Oh !

— Ça s'est bien passé avec Jett ? demanda Lola, changeant de sujet.

— Un ange. Je lui ai donné son biberon et son bain. Il dort depuis une heure.

Elle se leva, sourire aux lèvres.

— Je vous laisse, alors…

— Merci, dit Rodrigo, sortant une liasse de billets de sa poche.

— Je ne veux rien, dit la vieille dame. Ça me fait plaisir de rendre service. Jett est adorable. Et puis je suis contente que vous soyez là. Après tout ce temps ! Un enfant a besoin d'un père. Comme une femme a besoin d'un mari.

Sur cette affirmation péremptoire, Mildred s'en alla.

— Je n'ai certainement pas besoin d'un mari, dit Lola, les joues brûlantes.

— Elle pense que je t'ai abandonnée ? dit Rodrigo, irrité.

Lola haussa les épaules.

— Je n'ai jamais parlé de toi à personne. Même mes meilleures amies ne savent pas qui est le père de Jett. Mais cela les intrigue. Je pense qu'elles te croient marié, ou violent ou alcoolique.

Elle s'éclaircit la voix.

— Mais c'est pour voir Jett que tu es ici…

Elle accrocha son manteau et lui fit signe de la suivre dans l'unique chambre du petit appartement. Jett dormait paisiblement dans son berceau, ses bras potelés posés au-dessus de la tête.

Rodrigo s'approcha et posa les mains sur le bord du berceau. Jett était le portrait de son père. Mêmes cheveux noirs bouclés, mêmes yeux noirs, de vrais Espagnols. Le bébé bâilla et cligna des yeux.

— Comme il est petit !

— Un jour, il sera aussi grand que toi.

Ils restèrent ainsi un moment, à côté l'un de l'autre, à regarder leur fils. Soudain, l'envie de tout lui dire, de partager avec lui des choses qu'elle n'avait dites à personne, pas même à Hallie ni à Tess, germa dans son esprit. Ses amies la trouvaient dure. En fait, elle avait eu peur, après leur rupture, de venir seule à New York qu'elle avait choisi pour se rapprocher de ses jeunes sœurs, la seule famille qu'il lui restait. Mais, finalement, elle n'avait pas osé leur donner de nouvelles.

Rodrigo avait peuplé ses pensées pendant toute sa grossesse. Mais elle n'avait pas tenté de le joindre. Parce qu'elle savait quel homme elle voulait aimer et cet homme-là n'existait pas. À sa place, elle avait rencontré un monstre de beauté et de séduction, un être dévastateur.

Rodrigo la regarda d'un air menaçant.

— Tu aurais dû me prévenir.

— Je ne pouvais pas, marmonna-t-elle.

— Je suis son père.

Réveillé par la voix de Rodrigo, le bébé s'agita. Un doigt en travers des lèvres, Lola lui fit signe de se taire et ils sortirent.

— Si tu veux vraiment être un père, apprends la règle numéro un : on ne réveille pas un bébé qui dort.

Il ne releva pas et regarda autour de lui, l'œil critique.

— J'avais cru comprendre que tu avais trouvé un bel appartement.

— Pourquoi ? Ça ne te plaît pas, ici ? C'est très agréable, pourtant.

— C'est modeste. Tu n'avais qu'à t'installer dans mon loft. Je ne suis presque jamais à Soho.

Quel besoin avait-il d'être aussi méprisant, presque cruel ?

— Loger chez toi alors que tu m'as mise dehors ? Tu me connais mal !

Submergée par une envie de pleurer, elle cligna des yeux pour retenir ses larmes. Ah non, elle n'allait pas s'effondrer devant lui. Il n'y avait que les faibles pour pleurer, non ? Cela faisait une éternité qu'elle n'avait pas versé une larme en public. Pourtant, ce n'étaient pas les occasions qui avaient manqué…

Rodrigo fit un pas vers elle.

— Tu n'auras pas à me demander de t'aider, ni à moi, ni à qui que ce soit car si le test de paternité se révèle positif, je t'épouserai.

Affolée, elle sursauta.

— Quoi ?

— Oui, je le ferai pour lui. Tu es sa mère, tu seras ma femme.

Lola écarquilla les yeux. Rodrigo voulait l'épouser ? Après trois fiançailles rompues, il s'était juré de ne plus demander personne en mariage. Ses rêves de jeunesse, amour-famille-et-bonheur-éternel, n'étaient que des fantasmes d'adolescent attardé.

Aujourd'hui pourtant, en regardant son fils endormi, il avait ressenti un choc. Curieusement, le visage du bébé, si semblable au sien, l'avait réconcilié avec sa propre enfance.

Jett n'aurait jamais l'enfance qu'il avait eue. Triste, solitaire. Il n'aurait jamais l'impression d'être un fardeau, non désiré et mal-aimé, un sentiment que Rodrigo avait eu car ses parents le laissaient à la garde de nounous, le sacrifiant sans remords sur l'autel de leurs plaisirs, dîners mondains, spectacles, soirées et plus si affinités…

Non, son fils serait élevé dans une famille stable par ses deux parents. Il ne connaîtrait pas le ballet des amants et maîtresses qui se sauvent par des portes dérobées. Ils formeraient une famille où tous porteraient le même nom.

Depuis leur séparation, Lola n'éprouvait que de la haine pour lui mais elle aimait leur fils, c'était incontestable. Quant au chèque d'un million de dollars qu'elle avait accepté, ce n'était pas pour elle mais pour l'enfant qu'elle pensait élever seule.

Certes, elle avait fait une erreur en lui cachant l'enfant mais il en avait commis une, grave également, en lui attribuant à tort tous les vices de la terre.

Pour l'amour de Jett, il allait s'efforcer de pardonner et ils repartiraient de zéro. Il admettrait son erreur, elle en ferait autant.

— Tu m'épouseras ?

Elle écarquilla les yeux.

— Mais tu es fou !

— Notre fils a droit à un foyer stable. Tu es d'accord avec ça ?

Lola plissa le front.

— Il a déjà un toit !

— Je suis prêt à te pardonner de me l'avoir enlevé.

— Mais je ne l'ai pas enlevé ! Je le protégeais !

— Reconnais que les choses ont changé.

Interdite, elle le fixa.

— Ça ne veut pas dire que nous devons nous marier. Je sais ce que tu penses du mariage. Après ce que tes fiancées t'ont fait…

Vexé, Rodrigo se raidit, Comment savait-elle ça ? Il ne s'en était jamais vanté et seules quelques personnes étaient au courant. Ses ex, évidemment, et Marnie. Mais les ragots allaient bon train dans un milieu en vue comme le sien.

— C'est différent, dit-il d'un ton sec. Nous ne sommes pas amoureux.

Glacée par cette déclaration, elle chercha quelque chose à dire, n'importe quoi.

— On pourrait mettre en place un système de garde alternée ou de visites.

Il haussa les sourcils.

— Tu n'es pas sérieuse ? Tu voudrais que notre fils fasse la navette de chez toi à chez moi, d'un continent à l'autre ? Jamais chez le même parent et séparé de l'autre ? Jamais sûr de l'endroit où il doit aller ? Pas question !

— On peut faire autrement. Les couples se marient de moins en moins, aujourd'hui. Cela n'empêche pas leurs enfants d'être heureux.

— Je ne veux pas de cela pour mon fils.

Elle le fusilla du regard.

— Pourquoi se marier ?

Rodrigo ne pouvait pas lui expliquer ce qu'avait été son enfance. Il n'en avait jamais parlé à personne, pas même à ses trois ex-fiancées qu'il pensait pourtant aimer.

— C'est si étrange de vouloir que nous vivions ensemble pour notre fils ? Pour qu'il se sente aimé.

— Parce que tu penses qu'il ne se sent pas aimé avec moi ? rétorqua-t-elle, vexée.

— Je sais que tu l'aimes, Lola. Je vois bien ce que tu fais pour lui.

Elle se détendit jusqu'à ce qu'il ajoute :

— C'est pour cela que tu dois m'épouser.

— Je n'épouserai pas quelqu'un que je n'aime pas, bougonna-t-elle.

Rodrigo se rapprocha en la regardant.

— Tu m'aimais il y a encore un an.

— Peut-être. Mais ça m'a servi de leçon.

— Très bien. De toute manière, je ne te demande pas de m'aimer.

Un rictus méchant ourla ses lèvres.

— Je préfère même que tu ne m'aimes pas. Les choses seront plus simples ainsi. Mais tu vas m'épouser, Lola. Bientôt.

Il épousseta le revers de son smoking.

— Pour l'instant, tu vas aller dormir. Une fois reposée, tu verras que j'ai raison.

— Sûrement pas !

Rodrigo la regarda. La lumière de la lampe l'auréolait d'une lueur dorée, très douce.

— On vit dans un monde dangereux, reprit-il d'un ton solennel. Il peut se passer des tas de choses. Des accidents. La maladie… Il y a des gens qui meurent.

— Tu me menaces ?

— Mais non !

Agacé, il se passa la main dans les cheveux.

— Je dis qu'un enfant a besoin d'être protégé, sécurisé, aimé. Je sais de quoi je parle, Lola. Je n'ai plus mes parents. Et toi ?

Il la vit pâlir.

— Tu es orpheline, c'est ça ?

Se mordillant les lèvres, elle détourna le regard.

— Notre enfant n'a pas de grands-parents pour l'aimer. Et je suis fils unique. Et je n'ai ni oncle ni tante.

— Moi, j'ai deux sœurs. Mais cela fait longtemps que je ne les ai pas vues.

Percevant sa tristesse, Rodrigo ramena la conversation sur leur fils.

— Notre bébé part avec un handicap puisque ni toi ni moi n'avons beaucoup de famille. Et tu voudrais le priver d'un père ? Pense à ce que je peux lui apporter. Vous apporter à tous les deux.

— Je n'ai pas besoin de plus d'argent.

— Je ne parle pas d'argent. Je vous donnerai mon nom. Mon temps. Mon amour. Je vous protégerai.

Elle s'immobilisa. Ses yeux lançaient des éclairs.

— Ah ! ton amour !

— Oui. L'amour d'un père. Jett a autant besoin de moi que de toi, Lola. Je veux être là pour lui, pour t'aider à bien l'élever, pour lui apprendre à devenir un homme. Ensemble, nous pouvons lui assurer une enfance plus heureuse que les nôtres.

Il vit à son expression qu'il avait fait mouche. Elle était moins sûre d'elle, son regard s'était adouci. Il l'avait touchée. Il se tourna pour partir mais s'arrêta à la porte.

— Mon fils portera mon nom, Lola. Et toi aussi. Ce mariage aura lieu. Tu dois l'accepter.

Il lui adressa un sourire carnassier qui lui fit peur.

— Repose-toi bien cette nuit parce que, demain, je vous emmène tous les deux.

Rodrigo arriva le lendemain, comme promis, de bonne heure. Mais ses hommes l'avaient devancé.

Lola regarda encore une fois par la fenêtre. Huit étages plus bas, garé de l'autre côté de la rue, le 4x4 noir attendait. Il était arrivé hier soir, une demi-heure après le départ de Rodrigo. Avec ses envolées sur le mariage, la famille et l'amour, il ne lui faisait pas confiance puisqu'il avait envoyé ses sbires surveiller son immeuble pour la stopper si elle tentait de s'enfuir avec le bébé.

Ils n'étaient même pas mariés, et il faisait déjà d'elle sa prisonnière. Voilà qui promettait ! pensa-t-elle.

Mais… Avait-elle totalement raison de lui en vouloir ? Si elle était honnête, elle devait admettre qu'elle avait quitté la Californie en douce et caché l'existence du bébé pendant un an.

La vérité, c'était que Rodrigo n'avait pas forcément tort. Leur bébé avait besoin de deux parents, d'une famille. Le père de Lola était mort quand elle avait cinq ans et elle n'avait toujours pas fait le deuil de sa disparition. Son décès avait marqué le début de la dégringolade. Sa mère avait dû retravailler pour un salaire de misère. Incapables dorénavant de payer le loyer, elles avaient quitté leur jolie petite maison pleine de soleil pour emménager dans une caravane.

Lola fit le tour de son logement des yeux. Elle avait emporté ce qu'elle avait pu dans trois valises, abandonnant la vaisselle et les bibelots au locataire suivant.

Jett et elle étaient heureux ici, non ? pensa-t-elle avec nostalgie.

Puis elle se rappela les nuits où elle s'était endormie en pleurant. Les nuits qu'elle avait passées à pleurer. Si elle n'avait pas proposé à Hallie de dormir chez elle un soir de l'été dernier où son amie le lui demandait, c'était pour ne pas pleurer devant elle. Car elle détestait qu'on la voie triste. Seul Jett était témoin de son désespoir…

Lola était vue par ses amies comme la plus solide, celle vers qui se tourner pour obtenir des conseils et du soutien. Elle, en revanche, ne demandait jamais rien. Elle avait poussé Hallie et Tess à exiger une pension pour élever leurs bébés, à reprendre leur vie en main. Aujourd'hui, ces deux-là nageaient dans le bonheur, et c'était grâce à elle.

Elle regarda Jett. Allongé sur un plaid, il jouait avec ses pieds. Ce bébé était joyeux. Rodrigo avait raison. Elle aurait beau le nier, leur enfant méritait tout l'amour, toute la protection qu'il était possible de lui donner.

Les parents pouvaient mourir, tomber malades ou aller en prison. Même si elle trouvait le courage de reprendre contact avec ses sœurs, elles étaient encore très jeunes — Kelsey quinze ans, Johanna douze ans — et ne l'attendaient sûrement pas. Peut-être même l'avaient-elles oubliée… Et puis, elles avaient une autre famille, maintenant.

Finalement, elle n'avait que Jett. Ce tout petit bonhomme était ce qu'elle avait de plus précieux. Rodrigo lui avait paru touché lui aussi par cet enfant. Cependant, elle rechignait à lui accorder les droits d'un père…

Elle avait beaucoup réfléchi, cette nuit, et à peine dormi. Vers 3 heures du matin, après s'être tournée et retournée des dizaines de fois dans son lit, c'était décidé : elle n'aimait pas Rodrigo et il ne l'aimait pas, mais elle l'épouserait. Son petit trésor valait bien ce sacrifice.

N'empêche, cela allait lui demander un gros effort.

Le moral en berne, elle regarda par la fenêtre. Une voiture finit de se garer et Rodrigo en sortit. Grand, élégant, sûr de lui…

Paniquée, elle plaqua la main sur son cou. Oui, elle l'épouserait mais elle poserait ses conditions.

Elle entendit le bourdonnement de l'Interphone et quelques instants plus tard, on frappait à sa porte. Elle ouvrit.

— Tu es prête ? demanda-t-il sans même un bonjour.

— Oui.

Et il entra, superbe comme toujours dans un manteau noir, long, porté ouvert sur un pantalon, noir aussi, qui mettait en valeur ses longues cuisses musclées. Son chauffeur et son garde du corps, qu'elle connaissait depuis longtemps, le suivaient.

— La nuit a dû être longue, n'est-ce pas, messieurs ? lança-t-elle alors qu'ils embarquaient les bagages.

Rodrigo ne put s'empêcher de rire.

— Tu avais remarqué qu'ils surveillaient ton appartement ?

— Evidemment ! Merci pour ta confiance ! Mais c'était inutile, tu sais. Tu as réussi à me convaincre que tu avais raison !

— J'ai toujours raison.

— Tout est là, mademoiselle Price ? s'enquit le garde du corps.

— Il y a aussi la poussette, près de la porte.

Alors que les deux acolytes quittaient l'appartement avec le chargement, Rodrigo prit Lola par le bras.

— Viens.

— Attends.

Au son de sa voix, Rodrigo s'arrêta.

— J'ai réfléchi. Tu as raison, Jett a besoin d'un foyer stable et d'un père. Nous allons nous marier, mais…

Elle marqua un temps d'arrêt.

— Comprenons-nous bien. Ce n'est pas un mariage d'amour mais un mariage de raison. Pour une question de convenance.

— Pardon ?

Pourquoi faisait-il semblant d'ignorer ce qu'elle voulait dire ?

— Pour porter le même nom et seulement pour ça.

Les yeux brillants, il s'esclaffa.

— C'est ce que tu penses ?

— Oui. Je suis sérieuse, Rodrigo.

— Eh bien, tu te trompes.

Sur ces mots, il baissa la tête. Certaine qu'il allait l'embrasser, elle ferma les yeux. Ses dents commencèrent à claquer, ses genoux à s'entrechoquer. Elle lui en voulait mais le magnétisme qu'il exerçait sur elle était plus fort que son ressentiment.

Brusquement, alors qu'elle sentait déjà son souffle tiède sur ses lèvres, il s'arrêta. Aussitôt, elle rouvrit les yeux. Penché sur elle, il la dévisageait avec un sourire moqueur.

— Viens. Nous avons une journée chargée. Il n'y a pas une minute à perdre.

— Tu n'es vraiment qu'un salaud !

Insensible à son insulte, il regarda le bébé, lui caressa les cheveux et se tourna vers Lola.

— Ne me parle plus jamais de mariage de convenance. Dès ce soir, tu seras dans mon lit. Et bientôt…

— Tu rêves !

En guise de réponse, il la gratifia d'un sourire mystérieux. Et ils sortirent.

En bas, dans la rue, les deux factotums avaient rangé les bagages. Les valises à l'arrière du 4x4 noir, la poussette dans la grosse berline de Rodrigo.

Étonnée par cette organisation, elle lui demanda où ils allaient.

— À différents endroits. Monte.

Un siège bébé était installé à l'arrière. C'était sûrement Marnie, la fidèle assistante de Rodrigo, qui s'en était occupée.

Le 4x4 démarra et fila vers le sud, tandis que la berline, avec Rodrigo, Lola et le bébé, prenait la direction opposée. Un moment plus tard, ils se garaient devant une clinique.

En moins de deux heures, les prélèvements étaient réalisés et les résultats tombaient.

— J'en étais sûr, dit Rodrigo.

Lola le regarda, agacée.

— Si tu en étais si sûr, pourquoi as-tu insisté pour le faire ? Tu ne pouvais pas me faire confiance.

— J'avais besoin de preuves.

Résultats en poche, ils repartirent.

— Je peux savoir où l'on va, maintenant ?

— Chez mes avocats.

Le contrat de mariage qu'il avait fait préparer ne laissait rien au hasard. D'ailleurs, il comptait cinquante pages que Lola lut d'un bout à l'autre, n'hésitant pas à l'annoter ou même à barrer d'un trait de stylo rouge ce qu'elle refusait. Elle avait obtenu des notes médiocres en classe mais, dans les débats, elle était la meilleure. C'est pourquoi, à l'âge de douze ans, c'était elle que sa mère déléguait auprès du fournisseur d'électricité pour négocier le rétablissement du courant. Elle encore qui discutait pied à pied avec les agents de recouvrement. Après l'échec de ses castings dans le cinéma, elle avait tout de même réussi à décrocher un poste d'assistante de direction d'un puissant magnat du septième art. Lola savait avaler les couleuvres quand il le fallait et déjouer les pièges. Fine mouche, elle savait de qui et de quoi se méfier. Même le langage abscons des juristes ne la rebutait pas.

Elle reposa papiers et stylo et déclara qu'elle exigeait des modifications.

— À commencer par le paragraphe 4C, dit-elle.

Après pas mal de palabres, elle obtint ce qu'elle voulait, car ce qui lui importait par-dessus tout, c'était la garde de Jett.

Étonnamment, Rodrigo tenait beaucoup à la clause à prévoir en cas de divorce ou d'infidélité de sa femme. Il est vrai qu'il avait déjà été fiancé trois fois. Et trahi à chaque fois. Ceci expliquait cela. Il fallait qu'elle comprenne.

En résumé, en cas de divorce, quel que soit le fautif, elle obtenait la garde de Jett. Si elle trompait Rodrigo, même après trente ans de mariage, elle n'aurait pas un sou. Pas de pension alimentaire. Pas même une petite cuiller. Rien que les trois valises avec lesquelles elle était arrivée.

Épuisée, elle se leva.

— Messieurs…

— Tu n'as jamais songé à devenir avocat ? lui souffla Rodrigo. Parce que tu es très bonne, tu sais.

— Avocate ? Moi ? Je ne suis même pas sûre d'obtenir mon équivalence.

Ils quittèrent le cabinet d'avocats et regagnèrent leur voiture.

— Où va-t-on ? demanda Lola.

— On rentre. Chez moi. À Soho. Au fait, dis-moi…

Méfiante, elle se tourna vers lui.

— Pourquoi as-tu arrêté tes études ?

— Que veux-tu savoir ?

— Tu es intelligente, Lola. Combative. Pourquoi n'es-tu pas allée en fac ? Pourquoi être allée à Los Angeles pour faire…

Il hésita.

— … ce que tu as fait.

Ses joues commencèrent à la brûler.

— J'avais mes raisons.

Elle ne pouvait pas expliquer pourquoi, à dix-huit ans, manquant cruellement d'argent, elle avait fait des choses dont elle n'était pas fière. À sa décharge, elle était jeune et naïve…

Mais elle n'allait pas laisser Rodrigo penser qu'elle était une moins-que-rien, en plus d'être une prostituée !

— Tu as toujours été vive, reprit Rodrigo. Si tu étais restée au lycée…

— Je ne veux pas en parler.

— Tu serais allée loin. Tu serais peut-être un grand avocat aujourd'hui ou P-DG d'une grande entreprise. Personne n'a cherché ou réussi à te convaincre ?

Elle ne le regarda pas. Sa gorge s'était nouée. Elle était bonne à l'école, au début. À sept ans, elle adorait résoudre les problèmes mathématiques et lire. Mais au décès de son père, tout avait basculé. Sa mère n'avait plus eu de temps pour l'aider. Quelque temps plus tard, elle s'était remariée. Après la naissance de ses deux demi-sœurs et l'accident du travail de son beau-père, l'école était devenue un luxe.

Quand elle avait eu quinze ans, Lola s'était inquiétée pour la santé de sa mère. Elle avait d'abord voulu croire que c'était un coup de fatigue parce qu'elle travaillait trop. En fait, cela durait depuis des mois. Par manque d'argent et de temps, sa maman n'avait pas voulu voir de médecin, jusqu'au jour où le diagnostic était tombé : elle souffrait d'un cancer, et n'avait plus que quelques mois à vivre. Son beau-père, qui se débattait entre ses factures, ses dettes et son alcoolisme, avait fini par aller en prison pour trafic de drogue. Dorénavant, il n'y avait plus de pilier pour garder la famille unie.

Tournée vers la fenêtre, Lola s'essuya discrètement les yeux. Elle n'avait rien dit de cette histoire à Hallie ni à Tess. Pas plus qu'elle ne leur avait parlé du père de son bébé. C'était sa façon à elle de supporter l'insupportable, de faire comme si ça n'existait pas.

— Je m'en fichais, tu sais ! dit-elle crânement. Je n'étais pas obsédée par la fac.

— Par quoi, alors ?

Elle pensa à sa famille. À tous ceux qu'elle avait perdus. À tous ces êtres chers qu'elle n'avait pas pu sauver.

— Par le besoin de protéger ceux que j'aimais.

3

Lola baissa sa vitre pour prendre l'air et claqua des dents. Le matin de ce début novembre était froid et gris, mais n'expliquait pas qu'elle tremble de tous ses membres.

Peut-être était-ce la perspective d'être bientôt Mme Cabrera ? Qu'allaient dire Hallie et Tess en recevant l'invitation à son mariage ? Elles allaient tomber de l'échelle !

Elle avait rencontré Hallie Hatfield et Tess Foster, l'année dernière, dans un groupe de parole pour mères célibataires. Elles étaient toutes les deux enceintes et aucune d'elles n'en avait informé les futurs pères.

Ses amies étaient maintenant mariées et heureuses, tandis que Lola en était à se demander si elle ne s'engageait pas sur une mauvaise voie.

Rodrigo avança jusqu'à l'entrée de son immeuble et donna ses clés à un voiturier.

— Bonjour, monsieur Cabrera. Dans le garage, comme d'habitude ?

— Merci, Andrews, dit Rodrigo, en allant prendre la poussette dans le coffre, sous le regard effaré du voiturier.

Lola mit Jett dans la poussette et entra. L'ascenseur monta directement jusqu'au loft qui dominait New

York et jouissait d'une vue imprenable sur la *skyline* de Manhattan. Lola connaissait bien les lieux mais cela faisait plus d'un an maintenant qu'elle n'y avait pas mis les pieds.

Presque intimidée, elle regarda autour d'elle. L'ambiance bohème n'avait pas changé. Les mêmes affiches de cinéma décoraient les murs de briques nues. Elle apercevait l'immeuble d'acier et de verre où elle avait travaillé avec Sergei Morozov. Pour un peu, Rodrigo l'aurait vue… C'était étrange. Être si près, et pourtant si loin l'un de l'autre.

Elle cligna des yeux pour chasser l'émotion qui la submergeait. D'accord, elle allait devenir sa femme, mais elle ne serait jamais à lui.

— Lola Price !

La gouvernante, Mme Farrow, apparut sur le pas de la porte.

— Je suis tellement heureuse de vous revoir ! Et j'apprends que vous allez vous marier…

— C'est inattendu, n'est-ce pas ? dit Lola, mal à l'aise.

Un homme aux cheveux blancs suivait Mme Farrow.

— C'est charmant, dit-il.

Mme Farrow se pencha sur la poussette et fit des chatouilles à Jett, ravi qu'on s'occupe de lui.

— Il est adorable.

— Merci.

L'homme aux cheveux blancs lui sourit.

— Et si nous commencions cette cérémonie ?

Lola fronça les sourcils.

— De quoi parle-t-il ? demanda-t-elle à Rodrigo.

— C'est le juge qui va nous marier.

— Pardon ? Quand ?

— Maintenant.

Lola se pétrifia.

— Comment cela, *maintenant* ? C'est impossible, il faut un certificat de mariage.

— Occasionnellement, quand il y a une raison valable, on peut contourner la loi.

— Et c'est quoi, cette raison valable ?

— Le fait qu'on est dimanche et que je souhaite t'épouser aujourd'hui. Je refuse d'attendre demain pour obtenir le papier de la mairie et encore vingt-quatre heures ensuite.

Il se tourna vers le juge.

— Nous pouvons commencer, Votre Honneur.

— Non ! s'insurgea Lola. Je veux une vraie cérémonie ! Avec mes amies !

Rodrigo haussa les épaules.

— Je suis navré, mais ce n'est pas possible. Il va falloir que tu te contentes de ça.

Joignant le geste à la parole, il fouilla dans sa poche et en sortit un écrin qu'il ouvrit, découvrant une bague. Un diamant aussi gros qu'un bouchon de carafe. Une merveille.

— Nous avons tout ce qu'il nous faut. Les témoins, s'il vous plaît !

Rodrigo regarda Mme Farrow, et Tobias, le garde du corps qui venait d'entrer.

— Je ne suis pas d'accord ! protesta Lola.

— Excusez-nous un instant, intervint Rodrigo.

La prenant par le bras, il sortit avec elle.

— Tu te rends compte de ce que tu fais ? gronda-t-il.

— Je ne me marie pas sans mes amies !

— Quels amis ? Tu veux parler de ton Russe qui faisait tout pour me rendre jaloux ?

— Sergei ? Tu plaisantes !

— Je n'ai pas l'intention d'attendre. Nous allons nous marier. Tout de suite.

— Sinon ?

— Je risque de tout annuler.

— Je ne serais pas contre !

— Je peux aussi intenter une action en justice et te traîner devant les tribunaux. Un long procès ne me fait pas peur.

— Je n'aime pas beaucoup les menaces.

Il haussa les épaules.

— Je veux t'épouser. Tout de suite. Tu comprends ?

— Et moi, je veux mes amies !

Elle avait besoin du soutien de Tess et Hallie. Et de ses petites sœurs. Elle ne les avait pas vues depuis sept ans, mais elles étaient sa seule famille et elle avait besoin d'elles, tout près d'elle, aujourd'hui.

Décemment, elle ne pouvait pas faire de caprice, alors elle tenta autre chose. Elle montra son blouson noir et ses cuissardes.

— Ça ressemble à une robe de mariée, ça ?

Otant son manteau de cachemire, il pointa un doigt sur sa chemise puis sur son pantalon.

— Nous sommes tous les deux en noir, ça tombe bien, non ?

Elle allait se marier seule, vêtue de noir comme pour des funérailles. Quelle tristesse ! Et quelle désillusion, après avoir si longtemps rêvé d'une union de conte de fées…

— Bien, dit-elle froidement. Finissons-en.

Ils retournèrent dans le salon.

— Nous sommes prêts, annonça Rodrigo au juge.

— Rien ne presse, répliqua ce dernier qui devait avoir perçu les hésitations de Lola. Le mariage est une décision sérieuse qui ne se prend pas à la légère. Ce n'est pas sans raison que le législateur impose un délai de réflexion de vingt-quatre heures entre…

— Je vous demande de nous marier, insista Rodrigo.

— Oui, s'il vous plaît, renchérit Lola, la gorge nouée.

— Bien, nous allons commencer. Mesdames et Messieurs, nous sommes réunis ici, aujourd'hui, pour unir cet homme et cette femme par les liens du mariage…

La cérémonie fut brève. Comme dans un rêve, Lola s'entendit prononcer le petit mot qui la liait à Rodrigo pour la vie…

En fait, elle se sentait liée à lui depuis leur première nuit…

L'échange de vœux terminé, Rodrigo se tourna vers elle. Il avait l'air étonné, comme s'il était surpris que ce mariage ait vraiment eu lieu. Sans rien dire, il prit la main de Lola et, la regardant dans les yeux, glissa à son doigt l'énorme diamant. Étrange. Autrefois elle aurait rêvé d'un moment comme celui-ci. À quatorze ans, elle rêvait d'amour, d'un prince charmant. À dix-huit ans, elle se serait empressée de mettre la bague au Mont-de-Piété. Aujourd'hui, à vingt-cinq ans, rien ne ressemblait à ce qu'elle avait imaginé.

— … Je vous déclare mari et femme.

Le juge leur fit un clin d'œil.

— Vous pouvez vous embrasser.

Lola regarda l'homme qui était maintenant son époux. Elle ne ressentait rien pour lui.

Voyant Rodrigo baisser la tête, elle l'arrêta de la main.

— Tu n'as pas d'alliance, lui fit-elle remarquer.

— Je suis un homme. Je n'ai pas besoin de bijou pour me sentir marié, madame Cabrera.

Interloquée de s'entendre appeler par ce nom, elle

resta un instant bouche bée. Rodrigo, amusé, happa aussitôt ses lèvres. Et Lola ne résista pas. La bouche de Rodrigo avait goût d'épices et de feu. Oubliant tout, elle se lova contre lui. Plus rien n'importait en cet instant que le corps de cet homme contre le sien. Ce corps qu'elle avait admiré, adoré, et qui lui avait échappé…

Dans son tumulte intérieur, elle entendit vaguement le juge, la gouvernante et le garde du corps applaudir.

Elle rouvrit les yeux et tenta de déchiffrer l'expression de Rodrigo. Ce baiser l'avait-il bouleversé autant qu'elle ?

— Merci, dit-il au juge. Tout est prêt, Tobias ?

— La voiture est chargée, monsieur Cabrera.

Lola fronça les sourcils.

— Tu t'en vas ?

— Pas moi. Nous. L'avion nous attend. Nous allons à Los Angeles.

— Mais j'habite à New York ! C'est là que sont mes sœurs, mes amies…

— Tes amis ! Comme Morozov ? ricana-t-il.

— Il n'a jamais été mon ami ! Cesse de me parler de lui !

— Tu es ma femme, maintenant, Lola, et il va falloir que tu te montres raisonnable, dorénavant.

Rodrigo n'en revenait pas. Après trois fiançailles rompues, il était marié. Avec Lola !

Le bras sur la portière de son cabriolet, il roulait vers sa maison, sur la plage de Malibu. Ils avaient atterri sans encombre à l'aéroport de Los Angeles, le temps était dégagé, tout allait bien. Derrière, son bébé gazouillait en agitant ses petites jambes. Le ciel bleu, la chaleur et les palmiers de la Californie semblaient lui plaire.

C'était étrange. Il était passé, en quelques jours, du statut de célibataire à celui de père puis de mari, lui qui n'avait pas vraiment eu de parents. Quelle ironie !

Mais que savait-il de l'art d'être père ? Ses parents l'avaient confié à des nounous. Sa mère, une ravissante actrice, bien décidée à s'amuser dans la vie, parcourait le monde au gré de ses amours, tandis que l'homme supposé être son père, Francisco Cabrera, poursuivait l'infidèle qu'il adorait, dévoré par la jalousie.

C'est aux funérailles de Francisco — Rodrigo avait alors vingt et un ans — que sa mère lui avait avoué pourquoi cet homme avait toujours manifesté tant de mépris à son égard. Son vrai père n'était pas Francisco, mais le chauffeur, avec qui sa mère avait eu une brève liaison.

Aujourd'hui, il n'arrivait même plus à lui en vouloir…

Il jeta un coup d'œil dans le rétroviseur. Jett, à l'arrière, était bien sage. Puis il se tourna vers celle qui était maintenant sa femme.

Un jour, Marnie lui avait remis un lot de photos audacieuses de Lola, à moitié nue, à califourchon sur une chaise. « Monsieur, il y a des choses qu'il faut que vous sachiez sur Lola Price… »

Pourquoi Lola avait-elle fait ça ? À dix-huit ans ! Ce n'était manifestement pas une croqueuse de diamants, comme il l'avait cru au début. Parce que si tel avait été le cas, elle aurait exigé une énorme compensation financière quand elle avait découvert qu'elle était enceinte.

Alors pourquoi avait-elle posé pour ces photos sulfureuses ? Espérait-elle décrocher un rôle dans un long-métrage en exposant ses charmes ? Ou dans un film X ? Et si quelqu'un l'y avait forcée ?

Rodrigo la regarda du coin de l'œil. Le vent emmêlait ses cheveux blonds qui brillaient au soleil. Inutile de lui demander des explications. Il savait qu'elle gardait farouchement ses secrets. Comme lui.

— Nous sommes arrivés, dit-il en s'engageant dans une allée.

Alors qu'ils approchaient de la maison, la porte d'entrée s'ouvrit. Son assistante, Marnie McAdam, apparut.

— Vous êtes de retour…

Quand elle vit le diamant au doigt de Lola, elle pâlit, puis se ressaisit et adressa à celle-ci un sourire avenant.

— Ce sera tout pour aujourd'hui, Marnie. Vous pouvez disposer, dit Rodrigo. J'aurai peut-être besoin de quelques meubles supplémentaires pour le bébé, mais nous verrons ça plus tard.

— Bien sûr.

— Je vais coucher Jett, dit Lola.

— J'ai demandé à Mme Lee d'aménager la chambre d'amis, précisa Rodrigo.

— Je dormirai près de lui, dans ce cas, ajouta Lola.

Sans un mot, elle prit sa valise et suivit Watson dans le couloir.

Une fois seul dans le salon, Rodrigo regarda lentement autour de lui. Ici, contre le mur, il lui avait fait l'amour. Et c'était là, sur ce canapé, qu'ils paressaient le dimanche matin…

Il admira la vue sur le Pacifique, par la baie vitrée. Le soleil, dans un ciel sans nuages, lui brûlait le visage.

En bas, sur la plage de sable blanc, une nuit de pleine lune, ils avaient fait un feu de joie. Comme d'habitude, les vents de Santa Ana soufflaient violemment. Lola lui avait dit qu'elle l'aimait. En guise de réponse, il l'avait prise dans ses bras et embrassée avec fougue. Ivre d'amour, elle s'était accrochée à lui comme si sa vie en dépendait. Quelle nuit ! Il en frissonnait encore. Ils s'étaient toujours protégés, sauf cette fois-là. Emportés par un désir fou, ils avaient négligé ce « détail ». C'était certainement cette nuit-là qu'ils avaient conçu leur bébé…

Il se retourna pour aller se servir un verre. Quelques minutes plus tard, Lola revenait. Elle ne s'était pas changée et portait la même chemise et les mêmes cuissardes que pour son mariage.

Une bouffée de chaleur lui monta à la tête. Se rendait-elle compte que sa tenue était excitante ? Pour se calmer, il avala son whisky et reposa brutalement son verre.

— Tu ne dors pas dans la chambre d'enfant, Lola. Je croyais avoir été clair. Tu dors dans ma chambre. Avec moi.

— Sûrement pas. Je ne prendrai pas la suite de toutes les maîtresses qui se sont roulées dans ton lit depuis que tu m'as… congédiée !

— Tu dis n'importe quoi. Je n'ai pas reçu de femme, ici. Ni ici ni ailleurs.

Il lui caressa la joue.

— Je n'ai envie que de toi, Lola. De toi et personne d'autre ! Tu veux bien le comprendre ?

— J'ai du mal à te croire…

Il l'attira contre lui.

— Maintenant que tu es à moi, je ne te laisserai pas partir.

Sans lui laisser la chance d'esquiver, il happa ses lèvres. Malgré sa froideur apparente, sans doute espérait-elle ce baiser car au lieu de la résistance à laquelle il s'attendait, elle se plaqua contre lui. Survoltée par le désir de Rodrigo qu'elle sentait durcir contre elle, elle se mit à onduler contre son corps. Ivre de plaisir, elle passa les bras autour de son cou et répondit à son baiser avec fougue.

Mais brusquement, elle recula.

Revoir cette maison avait ravivé des souvenirs, certains doux, d'autres cruels. Comme elle fermait les yeux, il l'empoigna par les bras et la plaqua contre le mur. Penchant la tête, il reprit ses lèvres, déroula un chapelet de baisers sur son cou, sur sa gorge, écarta du menton son chemisier et embrassa ses seins, l'un après l'autre, doucement, comme s'il se délectait d'un mets délicieux.

— Rodrigo...

Il la prit dans ses bras et l'emmena dans leur chambre.

— Je vais te prendre, lui dit-il en la déposant sur le lit.

Elle se laissa faire.

Une fois nue, elle lui tendit les bras. Il se dévêtit à la hâte et la rejoignit.

— Tu es à moi maintenant, Lola, murmura-t-il.

Il s'agenouilla devant elle et bientôt, elle sentit son souffle chaud entre ses cuisses. Du bout des doigts, il lui caressa les hanches, puis passa les mains derrière son dos... Le plaisir qu'elle éprouvait était indicible, à peine tolérable tant il était violent.

Elle commença à haleter, à supplier. Elle voulait plus, elle voulait tout. Tout de suite. Et tant pis s'il ne l'aimait pas. Elle se passerait de son amour mais pas de la jouissance que ses mains habiles, que sa langue, que son sexe pouvaient lui donner.

— Rodrigo …

La fixant de son regard fiévreux, il entra en elle, tandis qu'elle lui empoignait les épaules et se cambrait pour mieux s'offrir. Puis il se retira mais pour mieux la reprendre, plus profondément encore. Elle poussa un petit cri de douleur mais l'encouragea à recommencer, encore et encore, se donnant sans retenue. Sans pudeur. Encouragé par son audace et le plaisir qu'il lisait sur son visage, il donna de nouveaux coups de reins, lui arrachant des gémissements de plaisir. Quand il la sentit s'abandonner, il la rejoignit dans l'extase puis se laissa tomber près d'elle, épuisé mais comblé.

4

— Tu es à moi pour toujours. Tu ne me tromperas jamais. Jure-le.

— Je ne te tromperai jamais, répéta-t-elle.

Rodrigo lui avait fait l'amour, pensant trouver là un moyen très agréable de se détendre. Mais il n'avait pas prévu que l'émotion qu'il ressentirait irait bien au-delà du simple plaisir physique.

Quand il avait repris conscience, des minutes ou des heures plus tard — il n'aurait su le dire —, il s'était rendu compte que pendant tout ce temps Lola était restée prisonnière de ses bras. Pendant qu'ils se tenaient ainsi, tendrement enlacés, il avait regardé les grains de poussière qui voletaient dans les rais de lumière que le soleil projetait dans la chambre. Et tout lui était revenu. Tout, et en particulier la raison pour laquelle il ne faisait plus confiance aux femmes.

Tout doucement, il repoussa Lola et sortit du lit.

— Où vas-tu ?

— Je vais préparer mes valises.

Il voulait surtout mettre de la distance entre eux car ce qu'il avait ressenti en lui faisant l'amour ressemblait à un sentiment dont il refusait de devenir l'esclave. L'amour, c'était bon pour les faibles, pour les losers. Pas pour lui.

— Je pars en Amérique du Sud.

Elle se redressa dans le lit.

— Comment ? Tu m'amènes de force en Californie et tu repars aussitôt ? Je viens avec toi !

— C'est impossible. De toute façon, je serai de retour très vite. Mme Lee, Tobias et Lester sont là. Ils t'aideront si besoin.

Il s'approcha pour déposer un petit baiser sur ses lèvres, puis il disparut.

Lola n'avait pas imaginé à quel point il lui manquerait. Elle passa la semaine entre la plage et la piscine, et les soins à Jett. Mais le cœur n'y était pas. L'absence de Rodrigo lui pesait. De jour comme de nuit. Les employés étaient là, gentils, ne sachant que faire pour la distraire.

Ce mariage n'avait aucun sens. À peine marié, il l'avait quittée. Elle avait beau essayer de se persuader qu'elle s'en moquait, elle ne parvenait pas à s'en convaincre. Mais quelle importance, pour elle et Jett ? Après tout, cela faisait des mois qu'ils se passaient très bien de lui. Ce qu'elle aurait apprécié, s'il remettait leur mariage en question, c'est qu'il le lui dise. Elle pourrait ainsi retourner à New York et retrouver ses habitudes et ses amis.

En fait, il l'ignorait. Depuis son départ, il n'avait pas décroché une seule fois son téléphone quand elle l'appelait. Elle aurait voulu lui apprendre qu'elle était reçue à son examen, mais elle en avait été pour ses frais. Pas de réponse non plus à ses courriels, quel qu'en soit le sujet. Résultat : elle commençait à prendre en grippe cette maison dans laquelle elle se sentait si seule.

Elle serra son cardigan en cachemire sur sa poitrine. Il ne faisait pas froid, juste un peu frais autour de la piscine. Le soleil brillait encore, plus faiblement maintenant et, quelques encablures plus loin, l'océan avait des reflets d'argent. Malgré ses désillusions, elle adorait ce paysage. N'empêche, elle serait mieux à New York.

Un souvenir en amenant un autre, elle pensa à Tess et Hallie. Que penseraient-elles de cette situation ? Elles auraient sûrement une idée. Hallie avait beaucoup de bon sens et était réaliste. Tess était plus idéaliste. Comme elles lui manquaient ! Quand elle leur avait appris par un message qu'elle avait réussi l'équivalence, elles avaient aussitôt réagi, contrairement à son mari.

Tu es une cachotière, Lola ! Tu ne nous avais même pas dit que tu avais laissé tomber le lycée.

Tu aurais pu me dire que tu préparais un examen. Je t'aurais apporté des petits plats pour te donner des forces.

Que diraient ses amies quand elles apprendraient qu'elle avait quitté New York pour la Californie ? Et s'était mariée sans les avoir invitées ? C'était certain, elles lui tourneraient le dos !

Elle resserra encore son cardigan. Le pire, ce serait quand elle leur apprendrait qu'à peine marié Rodrigo les avait abandonnés, Jett et elle ! Elle allait passer pour une idiote.

Soudain, elle fronça les sourcils. Elle avait été patiente mais maintenant, ça suffisait. Il lui avait dit de faire ce qu'elle voulait avec son chéquier, qu'il laissait dans son bureau. Eh bien, elle allait s'en servir !

Elle rédigea un chèque à cinq zéros, puis elle prit

un papier et une enveloppe et écrivit une lettre à ses sœurs, la première en sept ans.

Sept ans !

Elle n'avait jamais pris la décision de sortir de leur vie. Mais le temps avait passé, et Johanna avait maintenant douze ans, Kelsey quinze. Le même âge qu'elle quand elle avait perdu sa mère et décidé de subvenir aux besoins de sa famille.

Ses sœurs ne se doutaient sûrement pas des efforts qu'elle avait faits pour essayer de sauver tout le monde…

Mais puisque ce gros chèque ne priverait personne, autant qu'elles en profitent ! se dit-elle en glissant la lettre dans l'enveloppe avec le chèque. Elle tremblait en quittant le bureau. Ravie malgré tout de ce qu'elle venait de faire, elle alla chercher Jett et lui fredonna l'air qu'elle chantait à ses sœurs quand elles étaient petites. De bonne humeur, elle se mit à danser avec lui, qui gazouillait de plaisir. Mais brusquement, elle s'arrêta. Et si ça ne marchait pas ? Et si ses sœurs l'ignoraient, comme Rodrigo ?

D'humeur sombre, elle entra dans la cuisine où elle trouva la gouvernante qui s'affairait devant le four. L'odeur de pain chaud lui donna faim.

— J'ai fait votre préféré, madame Cabrera, dit Mme Lee en souriant. Je sais que vous l'aimez beaucoup.

— C'est trop gentil. Je me demandais… si vous pourriez poster cette lettre pour moi.

— Pas de problème. Je serai heureuse de vous rendre ce service. J'ai justement des courses à faire en ville. J'en profiterai.

— Envoyez-la en recommandé si cela ne vous ennuie pas.

— Oh ! ça a l'air important.

— Oui, c'est un cadeau… Pour mes sœurs.

Le cœur de Lola se mit à battre la chamade. Elle savait que les filles étaient heureuses dans leur famille adoptive. Depuis longtemps maintenant elle avait renoncé à l'idée de demander leur garde. Ce qu'elle espérait, aujourd'hui, c'est qu'elles se souviennent d'elle. Et qu'elles lui pardonnent.

Une heure après son atterrissage à Los Angeles, Rodrigo arrivait à son bureau. Il était fatigué mais ni son déplacement à Mexico City où il avait visité ses nouveaux studios de cinéma, ni son voyage à Buenos Aires où il venait de faire l'acquisition d'une nouvelle chaîne de télévision n'en semblaient la cause.

La semaine passée, il avait peu dormi. Et quand il avait dormi, cela n'avait pas été d'un sommeil réparateur. Sa nouvelle vie le perturbait. Il avait épousé Lola, l'avait mise dans son lit. Il la tenait, maintenant… mais à distance. Il n'avait répondu à aucun de ses messages ni de ses appels. Il recevait des rapports de ses gardes du corps et savait que son fils et elle allaient bien. Il pensait qu'en s'éloignant il serait moins obsédé par elle. Grossière erreur !

Il rêvait d'elle toutes les nuits, des rêves d'une sensualité à peine avouable. C'était pour cela qu'il était parti. Pour ne plus la voir, la sentir, pour ne plus entendre sa voix. Il avait envie d'elle, de la posséder, de la pénétrer, mais il sentait qu'en sa présence il n'était plus maître de son corps, de ses pulsions. Mais il savait que tout cela n'était que du sexe. Sentimentalement, il n'éprouvait rien. Ne voulait rien ressentir. L'amour était juste bon à vous faire souffrir. S'attacher à une femme, c'était chercher les difficultés. Les femmes mentaient, trichaient, trompaient. On pouvait leur faire confiance pour une chose : vous faire du mal.

Garder ses distances était le seul moyen de faire que ce mariage marche. La seule façon d'offrir à son enfant une famille stable.

Hélas, se retrouver à des milliers de kilomètres de Lola n'avait pas eu l'effet escompté. Il allait devoir trouver une autre solution. D'un autre côté, Lola avait raison. Il ne l'avait pas traînée devant l'autel pour l'abandonner et négliger son enfant.

Être privé de son fils depuis une semaine était une souffrance. Ce petit bonhomme lui manquait. De plus, Rodrigo connaissait Lola. Elle ne supporterait sûrement pas ce traitement très longtemps. Il était même surpris qu'elle ne se soit pas encore révoltée.

Après un soupir de découragement, il entra dans son bureau, posa son porte-documents sur sa table et s'approcha de la baie vitrée. La superbe vue sur les gratte-ciel du centre-ville de Los Angeles noyés dans la brume ne le toucha pas.

Posséder Lola ne l'avait pas sorti de son désarroi. Au souvenir de son corps contre le sien, il sentit son corps se tendre. Il la désirait. Il voulait la prendre. Au lit. Sur son bureau. Contre le mur. Il voulait la posséder jusqu'à ce qu'ils soient tous les deux assouvis, rassasiés.

— Ah, vous êtes là ?

Il se retourna. Marnie McAdam, debout sur le pas de la porte, lui tendait des papiers.

— Votre courrier, monsieur Cabrera.

Elle posa la pile de papiers et s'éclaircit la gorge.

— L'International Studio Guild veut savoir si votre femme vous accompagnera à Madrid.

Rodrigo réfléchit. En arrivant à Madrid avec Lola, sa belle Lola, pour recevoir le prix du P-DG de l'année, la semaine prochaine, il ferait des jaloux. On ne lui envierait pas le prix mais sa femme. Il en frissonna d'orgueil.

— Je n'y ai pas encore réfléchi, Marnie.

— Il faut que vous soyez accompagné. C'est un rendez-vous mondain, insista son assistante. Si votre femme ne peut être là, je veux bien la remplacer… si cela vous rend service.

Rodrigo fronça les sourcils.

— Merci, Marnie, dit-il. Ce ne sera pas nécessaire.

Mais elle insista.

— Si cela peut vous dépanner, je le ferai volontiers.

Son téléphone qui sonnait mit un terme à cette proposition qu'il commençait à trouver étrange. C'était Tobias.

— Ce sera tout pour l'instant, Marnie.

Comme elle refermait derrière elle, il répondit.

— Ma femme a un problème ?

— C'est moi, Rodrigo.

— Lola ? Mais… Comment as-tu eu ce téléphone ?

— Je n'ai pas eu le choix. Tu ne décroches pas quand je t'appelle avec le mien, alors j'ai emprunté celui de Tobias.

Partagé entre joie et colère, Rodrigo essaya de rester de glace.

— J'étais en déplacement.

— Quand je t'ai épousé, Rodrigo, je pensais que ce serait pour toujours. Mais *toujours* ce n'est pas ça. En tout cas, pas pour moi !

Et elle raccrocha.

5

Quand Rodrigo vint la retrouver dans la maison du bord de mer, Lola était furieuse contre lui. Ses valises étaient faites. Elle ne s'était pas mariée pour être délaissée quelques jours plus tard. Comme il ne semblait pas décidé à tenir ses promesses, elle repartirait donc pour New York avec Jett. Là-bas, au moins, elle avait des amies qui l'entoureraient.

En voyant Rodrigo s'avancer vers elle, beau comme un dieu comme d'habitude, Lola, son bébé dans les bras, lui lança :

— C'est très aimable à toi de venir nous rendre visite !

Le ton était à la fois glacial et sarcastique. Il fallait qu'il soit fort pour ne pas réagir.

— Je croyais que tu avais oublié que tu étais marié. Il te faudrait peut-être une alliance.

— Je voyageais. Pour mes affaires.

Elle cala Jett sur sa hanche.

— Tu es rentré vite. Tu étais impatient de nous revoir ? se moqua-t-elle.

— Je suis arrivé à Los Angeles, ce matin. J'étais au bureau quand tu as appelé.

— Tu es allé là-bas en premier ? Au lieu de venir à la maison ?

— Les affaires priment. Tu le sais bien. Et puis, tout allait bien pour toi. Tu avais Tobias, Lester et Mme Lee.

Lola le regarda froidement.

— Si c'est ta conception du mariage et de la famille, moi, je n'ai pas signé pour ça.

Rodrigo, agacé, haussa les épaules.

— Je ne me suis absenté qu'une semaine !

— La première semaine de notre vie à deux. Notre lune de miel.

— Ne sois pas ridicule, Lola. Nous ne sommes pas amoureux. Nous n'avons pas fait un mariage d'amour.

— Peut-être, mais ce que tu fais témoigne d'un total manque de respect.

Rodrigo se tourna vers la grande baie vitrée. L'eau bleue du Pacifique scintillait comme les écailles d'un poisson argenté.

— Écoute, si tu veux qu'on se sépare, c'est facile. Mes valises sont faites. J'emmène Jett avec moi à New York, où j'ai tous mes amis.

Rodrigo se détourna et, doucement, caressa les cheveux bouclés de son fils.

— Tu as raison. Je n'aurais pas dû m'en aller.

Étonnée qu'il admette son erreur, elle souffla. C'était la première fois qu'il faisait preuve d'un peu d'humilité.

— Je ne t'abandonnerai plus comme ça, Lola, dit-il, penaud. Je te donne ma parole.

Son mea-culpa la surprit. Elle ne s'y attendait vraiment pas.

— Au fait, dit-elle d'un ton enjoué qui contrastait avec la colère rentrée qu'elle manifestait un instant plus tôt, Jett a fait une dent.

Rodrigo caressa la joue de l'enfant.

— Voyez-vous ça !

— Pendant ton absence, j'ai écrit à mes sœurs.

— Tu leur as expédié leur cadeau ?

— Oui. Je leur offre leurs études universitaires. Médecine, droit, ce qu'elles veulent, et où elles veulent.

— C'est une excellente idée.

— Et tu sais quoi ? Je suis reçue à mon équivalence.

Malgré ses efforts, elle ne put cacher sa tristesse.

— Je t'ai envoyé un texto. Je voulais que tu sois fier de moi.

— Ça n'a pas été une surprise, je savais que tu réussirais.

— N'empêche que tu m'as ignorée.

— J'ai dit à Marnie de te faire porter des fleurs. Elle ne l'a pas fait ?

— Non.

— Arrête, Lola. Ton animosité envers Marnie n'a pas de sens.

— Pas de sens ?

— Elle a cru bien faire en me révélant ce qu'elle savait de ton passé. Elle l'a fait pour l'entreprise.

— Elle ne l'a pas fait pour ton entreprise mais pour me déconsidérer à tes yeux, c'est tout. Ne sois pas naïf !

Lola n'avait jamais pardonné la façon dont Marnie la rabaissait, lui reprochant ses mauvaises manières, son manque d'instruction et d'intelligence. Et son incompétence.

— Arrête de lui reprocher les mauvais choix que *tu* as faits, répondit Rodrigo. Ce n'est pas elle qui a posé nue. Pas elle non plus qui a essayé de se vendre à dix-huit ans dans l'espoir de devenir une star.

— Je n'ai jamais cherché à me vendre ! gronda-t-elle, entre larmes et colère.

Sidéré, Rodrigo la regarda.

— J'ai vu les photos, Lola. Pourquoi nier l'évidence ?

Bouleversée, elle déposa Jett dans son parc et se tourna vers Rodrigo.

— Je n'ai pas essayé de me vendre pour être une star, dit-elle à voix basse. J'avais désespérément besoin d'argent.

— Si tu crois que c'est mieux !

— Je t'en prie, tais-toi !

Il se tut. Très énervée, les poings serrés, elle reprit :

— Je t'ai dit que mes sœurs et moi avons été séparées, petites…

Comme elle repensait à leur passé en familles d'accueil, elle refoula à grand-peine une envie de pleurer. Ses sœurs avaient cinq et trois ans quand une assistante sociale les avait arrachées à elle.

— Je les verrai toujours pleurer, crier, s'accrocher à moi, me supplier de ne pas les laisser partir.

Leurs cris la hanteraient toujours.

— J'ai promis de revenir les chercher dès que possible pour qu'on soit de nouveau ensemble. Le jour de mes dix-huit ans, j'ai abandonné le lycée et déménagé à Los Angeles dans l'espoir de gagner de l'argent. Mon projet était de faire du cinéma. Ça n'a pas marché.

— Beaucoup d'appelés et peu d'élus, laissa tomber Rodrigo.

— Un jour, un homme m'a dit qu'il était agent de stars et qu'il pouvait faire de moi une comédienne. Je l'ai laissé me prendre en photo en petite tenue. Il a dit que c'étaient des photos tests.

Les bras croisés, Rodrigo l'écoutait, cherchant son regard. Mais elle garda les yeux baissés.

— Il m'a emmenée dans un hôtel, « pour rencontrer

un producteur », m'a-t-il dit. Mais l'homme ne m'a même pas laissée lire le rôle.

Elle rougit, encore honteuse de ce qu'il s'était passé.

— Il a tenté de m'arracher mes vêtements et d'abuser de moi.

Rodrigo serra les poings.

— Je me suis débattue, je lui ai donné un coup de pied dans le ventre et je me suis sauvée de l'hôtel. Il m'a crié que je ne travaillerais jamais à Hollywood.

Elle releva les yeux.

— C'est comme ça que ça s'est passé.

Rodrigo s'approcha tout près d'elle.

— Je suis désolé. Ce sont des salauds, des crapules.

— Marnie a sans doute parlé à cet agent pour avoir ces photos en sa possession, mais elle s'est trompée d'histoire. Je n'ai jamais *vendu* mes charmes pour décrocher un rôle. Cette expérience a été tellement horrible que j'ai évité d'être seule avec un homme pendant des années. Jusqu'à…

— Jusqu'à moi ?

Elle hocha la tête.

— Ensuite, j'ai presque regretté de ne pas lui avoir donné ce qu'il voulait. Parce que, quand j'ai gagné assez d'argent comme secrétaire, c'était trop tard.

— Trop tard ?

Elle se tourna vers la baie vitrée et regarda, au-delà des palmiers qui ondulaient dans le vent, le sable blanc et l'océan bleu.

— Trop tard pour récupérer ma famille.

Son cœur saignait encore au souvenir de ce jour maudit où, après avoir gagné assez d'argent pour avoir un appartement à elle, sans colocataires, elle s'était précipitée chez ses sœurs pour leur dire qu'elle les ramenait. Elle en pleurait presque de joie. Mais quand elle était arrivée, elle avait trouvé Kelsey et Johanna, alors âgées de neuf et six ans, en train de pédaler sur des vélos flambant neufs devant une coquette maison de la banlieue de Los Angeles, avec leur golden retriever bondissant dans le soleil.

— Que s'est-il passé ? demanda Rodrigo.

— Elles ne se souvenaient pas de moi. Quand je leur ai dit que j'allais les emmener, elles se sont mises à pleurer et se sont accrochées à leur mère adoptive, qui a commencé à hurler. J'ai alors découvert que mon beau-père avait renoncé à ses droits parentaux en prison.

Elle soupira.

— Elles venaient d'être adoptées définitivement par leur famille d'accueil.

Elle prit une profonde inspiration.

— Je me suis insurgée. J'ai tellement crié que je leur ai fait peur, si bien que les parents ont déménagé. À New York.

— Pauvre Lola…

Cette fois, elle ne put retenir ses larmes.

— J'ai perdu ce qu'il me restait de famille, Rodrigo, dit-elle s'étouffant à moitié. J'ai tout raté.

Pour la première fois de sa vie d'adulte, elle se laissa aller à pleurer devant un témoin.

Sans un mot, Rodrigo la prit dans ses bras et la serra contre lui. Tendrement, il lui caressa les cheveux, la laissant inonder sa chemise de ses larmes. Quand, enfin, elle cessa de sangloter, Rodrigo entreprit de la consoler.

— Tu étais jeune, toi aussi. Tu as fait de ton mieux. Cesse de t'en vouloir.

Il embrassa le sommet de sa tête.

— Tu auras bientôt de leurs nouvelles. Après le cadeau que tu leur as fait, elles vont sûrement se manifester.

Elle se sécha les yeux.

— Et puis, tu as une nouvelle famille, maintenant. Tu as Jett. Et moi.

— Tu es sérieux ?

— Je n'ai jamais vraiment eu de famille, moi non plus.

— Tu avais des parents. De l'argent. Tu as hérité une grosse fortune…

Rodrigo regarda au loin, comme perdu dans ses songes.

— Avoir de l'argent ne fait pas tout.

— Tu te rappelles quand nous travaillions ensemble ? dit-elle soudain.

— Tu te souviens de ce que tu m'as dit le premier jour où tu es venue travailler dans ma société ?

— J'ai dit que tu m'avais engagée à temps.

— C'était vrai. Et depuis ton départ, ma société n'a pas progressé d'un pouce. Moi non plus, d'ailleurs.

— Tu as Marnie.

Il hocha la tête.

— Elle a embauché deux assistantes pour la seconder. Elle fait de son mieux, mais elle n'a pas tes compétences. Les clients te réclament encore.

Il lui sourit.

— Tu me manques. Je réussissais mieux avec toi à mes côtés.

— Je suis de retour à tes côtés, maintenant.

— Tu as raison.

Il prit une grande inspiration et poursuivit :

— Je dois aller à Madrid, la semaine prochaine. Viendrais-tu avec moi ? Avec Jett.

— À Madrid ?

Rodrigo prit un air modeste.

— Je dois recevoir le prix du P-DG de l'année, de l'International Studio Guild.

— Formidable, dit-elle en le regardant avec admiration. C'est un prix très prestigieux.

Il avança la main pour lui remettre une mèche de ses cheveux blonds derrière l'oreille.

— Je te le dois en partie, Lola.

Il lui avait effleuré la joue, elle en tremblait d'émotion.

— Moi ?

— Oui, toi. Tu m'as aidé dans l'acquisition de mon nouveau réseau de télévision. Tu m'as convaincu de produire un film dont personne ne voulait, qui n'a presque rien coûté et qui a déjà rapporté près d'un demi-milliard de dollars.

Elle le regardait, ébahie.

— Alors ? reprit-il. Tu m'accompagnes ?

— Bien sûr.

À cet instant, un bâillement les fit se retourner. Allongé sur le dos dans son parc, Jett s'impatientait.

— C'est l'heure de sa sieste, dit Lola.

— Je m'en occupe.

Rodrigo se pencha et prit le bébé dans ses bras sous l'œil un peu inquiet de Lola.

— Papa t'a manqué, petit bonhomme ? lui dit-il tendrement.

Les voyant tous les deux, Lola ressentit une émotion si vive que les larmes lui montèrent aux yeux.

Ah non ! Elle n'allait pas recommencer à pleurer. Il fallait qu'elle se domine. Elle n'était pas aussi sensible, avant…

— Voilà son doudou, dit-elle, le tendant à Rodrigo.

Il y a un biberon dans le frigidaire. D'habitude, je le berce un peu pour l'endormir.

— Ne t'inquiète pas, ça va aller, la rassura-t-il. Au fait…

Il s'arrêta au milieu du couloir et se retourna.

— Lola… Merci de me faire confiance.

Ses yeux brillaient. Il avait l'air très ému.

Debout dans l'ombre, Lola s'arrêta. Son cœur battait si fort qu'il lui faisait mal. Elle avait les joues en feu. Elle se sentait vulnérable, exposée. Elle n'avait jamais parlé de son passé avec personne, mais Rodrigo n'était pas n'importe qui. Plus maintenant.

Lentement, un sourire éclaira son visage.

C'était comme ça, une famille.

Une semaine plus tard, Rodrigo et Lola sillonnaient les rues de Madrid à bord de la Rolls-Royce conduite par leur chauffeur et garde du corps espagnol. Assis entre eux sur son siège d'enfant, Jett les accompagnait.

Lola était très fière de son fils et buvait des yeux son mari qui la regardait aussi avec admiration. Comment avait-il pu se tromper à ce point sur son compte ?

Quand il repensait à la façon dont il l'avait rayée de sa vie un an plus tôt, il rougissait de honte. Au lieu de prendre pour argent comptant ce que lui avait dit Marnie, il aurait dû discuter avec Lola. Lui permettre de s'expliquer.

Il avait beaucoup de mal à donner sa confiance. Une expérience malheureuse puis une trahison l'avaient amené à ne plus croire en personne.

Avec Lola, il n'avait pas de raison d'être aussi tranchant. Il la connaissait depuis des années. Il aurait dû lui accorder le bénéfice du doute. Il allait se rattraper, réparer ses erreurs, se réconcilier avec elle. Il la protégerait et lui donnerait la vie qu'elle méritait. La vie qu'ils méritaient tous les deux.

Au souvenir des plaisirs qu'ils avaient partagés, la semaine passée, il frissonna. Leur relation s'était apaisée après que Lola, la dure et intraitable Lola, avait pleuré dans ses bras.

À cet instant, il avait compris qu'elle était beaucoup plus fragile qu'elle ne voulait bien le laisser paraître. Qu'elle avait besoin de lui. Mais il avait aussi compris *qu'il* avait besoin d'elle. Et que, plus jamais, il ne la laisserait partir.

Il avait vérifié son histoire, bien sûr. Son détective privé avait confirmé ses dires. Lola avait même minimisé la pauvreté et les drames qu'elle avait vécus. Elle avait oublié d'évoquer son beau-père, incarcéré et mort en prison. Elle avait oublié de dénoncer le triste sort de sa mère, décédée prématurément d'une maladie diagnostiquée trop tard faute d'argent et de temps pour consulter un spécialiste.

Dans la foulée, le détective avait fouillé dans la vie sentimentale de Lola et conclu qu'elle avait mené une vie de nonne. Sergei Morozov n'avait rien été de plus que son patron.

Rassuré, Rodrigo avait soufflé. Il pouvait lui faire confiance. Étonnamment, bien qu'ils aient été élevés dans des conditions très différentes, elle dans la pauvreté en lisière du désert californien, lui dans le luxe à Madrid, ils n'étaient pas si différents. Tous les deux avaient souffert.

Plus jamais ça ! se dit-il.

Le chauffeur arrêta la voiture le long d'une avenue

bordée de platanes, devant un élégant immeuble. Lola détacha leur bébé de son siège et sortit.

— C'est enfin fini ! s'exclama-t-elle.

— Oui, enfin.

Depuis qu'il était adulte, il avait évité cet immeuble, préférant descendre au Campania Madrid, plutôt que d'affronter les souvenirs qui suintaient des murs de la maison de son enfance. C'est Lola qui l'avait convaincu, deux ans auparavant, de réaménager les lieux pour en faire son chez lui. Elle trouvait navrant qu'il laisse se dégrader un hôtel particulier de cette qualité, en bordure du célèbre parc d'Alcalà.

— J'ai hâte de voir l'intérieur, dit-elle, tout excitée. Je n'y suis jamais entrée.

Rodrigo regarda la façade. Il n'avait pas été heureux, ici. Il était seul, livré à lui-même. Ses parents étaient souvent absents. Et quand ils étaient là, la maison n'était que disputes, hurlements et portes claquées, entre les railleries de sa mère et les bris des bouteilles que son père lançait contre les murs.

— Rodrigo ? Quelque chose ne va pas ?

Revenant à lui, il hocha la tête.

— Il n'y avait pas grand-chose à voir, après vingt ans de négligence. Des murs abîmés. De la crasse.

— J'imagine, dit-elle doucement, lui prenant la main. Mais c'est différent, maintenant.

Pendant un instant, il resta perdu dans ses pensées puis se ressaisit.

— Allez, viens voir.

Ils entrèrent avec Jett, laissant le chauffeur s'occuper des bagages. C'était impressionnant. Un grand escalier ovale montait jusqu'au dernier étage surmonté d'un dôme vitré qui projetait des motifs de toutes les couleurs sur le sol en marbre blanc du grand hall d'entrée.

— Oh ! c'est somptueux. Tu as tout rénové ?

— Oui, tout l'immeuble. J'ai remodelé tous les appartements et les ai revendus. Suis-moi.

Il l'emmena vers un ascenseur tout neuf qui remplaçait la petite cage à oiseaux qu'il prenait quand il était enfant. Sa nounou l'emmenait jouer à Retiro Park, surtout quand les cris de ses parents devenaient assourdissants. En général, à leur retour, parfois même quelques heures plus tard, ils hurlaient toujours. Sa nounou, navrée qu'on inflige à un enfant un spectacle aussi désolant, inventait des jeux pour essayer de le distraire.

La porte de l'ascenseur coulissa et les amena au dernier étage où il avait établi ses pénates. Rodrigo s'arrêta devant la porte comme s'il écoutait d'éventuelles disputes avant d'entrer. Les souvenirs avaient la peau dure.

Tout était calme, il n'y avait ni cri ni bruit de vaisselle cassée dans son penthouse.

Son père — du moins l'homme qu'il croyait être son père —, un aristocrate espagnol, avait eu les moyens, très jeune, d'acheter un petit studio de cinéma. C'est là qu'il avait rencontré la mère de Rodrigo, une actrice américaine capricieuse et beaucoup plus jeune que lui. Il l'aimait, mais elle ne l'avait jamais aimé. En revanche, elle adorait son argent. Elle mettait un malin plaisir à se moquer de lui et de ses affaires. La rage de son père avait fini par avoir raison de lui et il avait succombé à un AVC. Rodrigo avait vingt et un ans. Sa mère avait suivi son souffre-douleur quelques années plus tard, victime d'une réaction à l'anesthésie qu'elle avait subie à l'occasion de sa énième chirurgie plastique.

Il n'avait jamais rencontré son géniteur, celui-ci étant décédé alors que Rodrigo n'était encore qu'un enfant.

Tant de mensonges. Tant de tromperies et de fureur… Prenant une profonde inspiration, Rodrigo ferma les yeux.

— Qu'est-ce qui ne va pas ? dit Lola. Tu n'as pas ta clé ?

— Si, je l'ai, la voilà.

Il ouvrit et s'effaça pour laisser entrer Lola, qui s'extasia.

— C'est ici que tu habitais quand tu étais petit ?

— Oui, mais ça ne ressemblait pas à ça.

— Non, mais quand même… Si tu voyais où j'ai grandi !

— Dans une caravane. En lisière du désert de Californie.

Lola écarquilla les yeux. Elle pâlit.

— Comment le sais-tu ? Tu as fait faire une enquête sur moi ?

— J'ai voulu savoir si ce que tu me disais était vrai. J'avais besoin de savoir si je pouvais te faire confiance.

— Quoi ?

Il tendit la main et la prit dans ses bras.

— Maintenant, je connais la réponse.

6

Dès leur arrivée à Madrid pour la remise du prix, Rodrigo décida de se rendre sur le tournage du film produit par sa société, un drame historico-sentimental dont l'action se déroulait pendant la guerre civile espagnole.

Tout en discutant avec le réalisateur, il ne quittait pas sa femme des yeux. Elle était belle et il était fier d'elle. L'ambiance du plateau lui plaisait et elle rayonnait, très à l'aise avec les acteurs et toute l'équipe. Sa joie et son sourire faisaient plaisir à voir. Et elle n'avait rien à envier à la jeune comédienne qui faisait des mines pour essayer d'attirer l'attention sur elle. Lola ne semblait pas se rendre compte qu'elle focalisait tous les regards. Pour un peu, il en aurait été jaloux.

Elle avait une démarche très gracieuse, balancée et sensuelle, et donnait l'impression de danser sur une musique qu'elle seule entendait. La voyant en grande conversation avec la star du film, Rodrigo fronça les sourcils. Il connaissait cette actrice espagnole. Il la connaissait même très bien.

Dix ans plus tôt, il avait alors vingt-sept ans, Rodrigo, en pleine gloire, avait développé le studio de Madrid hérité de son père. D'une poignée d'employés ils étaient passés à vingt-cinq, dont Marnie McAdam.

À cette époque, il était fiancé à Pia Ramirez. Mais cela n'avait pas duré.

Il était tombé amoureux de Pia avant même de la rencontrer, en la voyant au cinéma. Elle interprétait le rôle d'une femme héroïque qui se sacrifiait jusqu'à mourir, par amour. Elle crevait l'écran. Aussi amoureuse que lui dès le premier rendez-vous, elle s'était laissé séduire et il lui avait fait sa demande en mariage deux semaines plus tard. Et elle avait accepté.

Un mois après leurs fiançailles, on lui avait adressé anonymement des photos de Pia, nue, au lit avec un homme inconnu de lui. Jeune et naïf comme il était à l'époque, il avait failli en mourir.

Rodrigo ne se doutait pas que ce même scénario se répéterait avec deux autres femmes, après des fiançailles éclair suivies d'une trahison tout aussi rapide. Et des photos en prime…

Il y a quelques mois, lorsque le réalisateur avait voulu engager Pia pour son film, Rodrigo n'avait pas essayé de l'en dissuader. Pia avait du talent et, à quarante-deux ans, elle était toujours *bankable*, comme on disait dans le métier. Ses deux autres ex-fiancées travaillaient également dans le cinéma, et il n'avait jamais essayé de nuire à leur carrière.

« Si tu mets sur liste noire tous ceux qui t'ont trahi à Hollywood, tu n'auras plus personne avec qui travailler ! », se plaisait-on à répéter à Los Angeles.

Alors que le réalisateur l'entretenait des rushs du film et de son budget, Rodrigo n'écoutait pas. Il n'avait d'yeux que pour sa femme qui bavardait avec son ex-fiancée. De quoi pouvaient-elles bien parler avec tant d'enthousiasme ? De lui ? Non, sûrement pas. Il n'y avait aucune raison.

Soudain, Lola sortit son téléphone de sa poche et lut quelque chose qui la fit sourire. Un sourire lumineux. Souriant toujours, elle remit le téléphone dans sa poche.

Quel message pouvait bien la réjouir ainsi ?

Qui l'avait envoyé ?

Un de ses fameux amis de New York ? Ce Sergei Morozov ?

Arrête de te monter la tête, se dit Rodrigo. *Elle n'a pas eu de contact avec Morozov. Le détective te l'a dit.*

Alors pourquoi se sentait-il soudain si nerveux ?

Interrompant le réalisateur au milieu d'une phrase, il partit comme une fusée.

— Excusez-moi…

Et il tourna les talons pour aller saluer Pia Ramirez.

— Bonjour, Pia…

Elle était mariée depuis huit ans maintenant et avait trois enfants.

— Bonjour, répondit-elle. Je viens de faire la connaissance de ta femme.

— Vous étiez en grande conversation, de quoi parliez-vous ?

— De rien en particulier.

Rodrigo regarda Lola. Elle ne semblait pas avoir la conscience tranquille. Que lui cachait-elle ?

Les deux femmes gardant le silence, il prit Lola par la main.

— Bien, dit-il. Allons-y.

— Bonne idée. Jett a faim.

— Moi aussi, dit-il.

Son biberon donné à Jett, Lola suggéra qu'ils aillent déjeuner dans un bar à tapas. Rodrigo déplia la poussette et ils partirent à la recherche d'un petit restaurant sympathique. Tout en marchant, ils parlaient de choses et d'autres. Des nominés pour le prix du meilleur acteur et du meilleur réalisateur, du discours que Rodrigo allait prononcer le lendemain à l'occasion de la remise du prix du P-DG de l'année. Rodrigo essayait d'être aimable mais il se sentait nerveux. Les petits *bips* qui résonnaient sans cesse, annonçant la réception de textos sur le téléphone portable de Lola, le dérangeaient. Qui pouvait bien la poursuivre ainsi ? Et pourquoi ne les lisait-elle pas ? N'osait-elle pas le faire devant lui ?

Comme ils passaient devant une boutique haute couture, ils s'arrêtèrent.

— Viens, je t'offre une robe pour demain soir, dit-il en l'entraînant.

La vendeuse emmena tout de suite Lola dans une cabine et lui apporta un choix de robes plus belles les unes que les autres. Elle offrit ensuite une coupe de champagne à Rodrigo. Alors qu'il attendait qu'elle vienne se montrer, il entendit de nouveau biper son portable. Cette fois, c'était elle qui envoyait des textos. Furieux, il se leva et ouvrit le rideau de velours.

— Oh !

Instinctivement, elle croisa les bras sur sa poitrine. Il eut juste le temps d'apercevoir ses seins ronds et généreux nichés dans un mini-soutien-gorge en dentelle et sa petite culotte noire aussi, qui la couvrait à peine…

Au même instant, voyant le téléphone dans sa main, il se calma.

— À qui téléphonais-tu ?

— Mais…

— Donne-moi ton téléphone.

— Non !

Il s'approcha pour lui prendre l'appareil.

— Donne, insista-t-il.

Comme elle ne bougeait pas, il le lui prit des mains et regarda l'écran. Contrairement à ce qu'il imaginait, il n'était pas question de Sergei Morozov. Elle échangeait avec deux femmes. Hallie et Tess. Il lut les messages en diagonale et la regarda.

— Ce ne sont que tes amies…

— Évidemment. Qui voulais-tu que ce soit ?

— Pourquoi essayais-tu de me les cacher, alors ?

— C'est personnel. Ce sont mes amies, pas les tiennes.

— Je suis sûr qu'il y a une raison.

Elle plissa les yeux.

— Je voulais te le demander plus tard mais puisque tu insistes… Mes amies étaient inquiètes de ne plus me voir. Alors elles sont allées chez moi et Mildred leur a dit que j'étais partie avec un homme.

— Un homme ! Je suis ton *mari*.

— Excuse-moi, mais je n'ai pas encore intégré cette notion ! Elles étaient sous le choc. Je leur ai dit que j'avais retrouvé un ex.

Elle se mordit les lèvres.

— Elles meurent d'envie d'en savoir plus. Tess nous invite pour Thanksgiving, jeudi prochain. Je veux y aller. Je leur raconterai tout de vive voix.

L'air étonné, Rodrigo la regarda sans rien dire.

— Tu connais Thanksgiving, non ? dit-elle, agacée.

— Bien sûr. C'est le week-end où les cinémas marchent le mieux aux États-Unis.

— C'est surtout une grande fête. Famille, amis, tout le monde se réunit autour de la dinde et de la purée de patates douces !

— Merci, je connais. Ma mère était américaine.

Les yeux de Lola pétillèrent.

— Il n'y a pas de quoi en faire tout un plat ! reprit-il.

Mes parents étaient presque toujours absents ce jour-là. Avec… des amis.

Sa mère partait généralement avec son amant du moment, tandis que son père se noyait dans le travail ou la poursuivait de sa rage, selon son humeur.

— Ma mère prenait quand même soin de demander à la cuisinière de me préparer quelque chose qui ressemble à de la dinde. C'était le plus souvent du poulet espagnol avec du riz au safran. Pas grave. Je n'en suis pas mort.

Quelle triste enfance il avait eue !

— Je trouve que tu mérites d'avoir une vraie fête.

— C'est pour cela que tu proposes d'aller rendre visite à tes amies à New York ? Pour moi ?

— Oui, mais pas seulement.

Elle posa la main sur son bras.

— Je n'ai pas pu les inviter à notre mariage alors que j'en avais très envie. Tess et Stefano organisent Thanksgiving dans leur nouvelle maison. Nous sommes conviés. Je veux passer cette journée à New York. Soit avec toi…

Elle pointa le menton.

— Soit sans toi.

Un moment distrait par le contact de sa main sur son bras, il se tut, puis réagit.

— Tu ne vas pas me priver de mon fils le jour de Thanksgiving.

— Je croyais que ça ne voulait rien dire pour toi.

Décidément, il était difficile à suivre ! Elle aurait tellement aimé un homme simple, facile à vivre.

— Dis-moi, quand tu parles de Tess et Stefano, tu ne parles pas de Stefano Zacco, le prince ? Le milliardaire de la haute couture.

— Si.

— Ça alors ! Tu es la meilleure amie de la femme de Zacco ? Et l'autre, Hallie, je la connais ?

Lola éclata de rire.

— Tu descends dans les hôtels de son mari.

Incrédule, il écarquilla les yeux.

— Ton amie est mariée avec Cristiano Moretti ? Tes deux meilleures amies ont des maris milliardaires ?

— Oui, pourquoi ?

— Ce sont eux qui t'auraient aidée à obtenir la garde de Jett ?

Elle hocha la tête en riant.

— On s'entraide !

Elle n'avait donc jamais comploté avec Sergei Morozov. Avec sa jalousie maladive, il devenait complètement parano ! Il lui prit les mains et les embrassa.

— Pardon, Lola. Pardon d'avoir douté de toi.

— Arrête avec ta jalousie, Rodrigo. Arrête ! Je t'ai dit que je ne te tromperais jamais. Tente de me faire confiance.

Complètement rassuré, il la dévisagea en souriant. Puis son regard glissa sur ses seins, sur son ventre, sur ses cuisses, et elle remarqua que son regard se troublait.

— Laisse-moi te regarder, dit-il.

Il se penchait pour l'embrasser quand il se redressa brusquement, lui enserra les poignets et la plaqua contre la cloison. Se dégageant aussitôt, elle passa les bras autour de son cou et se hissa sur la pointe des pieds pour l'embrasser.

À l'extérieur de la cabine, près du canapé de cuir blanc et du miroir en pied qui meublaient leur salon privé, leur bébé dormait dans sa poussette. Pour l'instant, ils étaient seuls, mais à tout moment, ils pouvaient être interrompus, Rodrigo le savait.

Mais il avait envie d'elle, maintenant. Cela ne pouvait pas attendre.

S'assurant que le lourd rideau de velours était bien tiré, il prit sa bouche et l'embrassa furieusement.

Elle était tendre, elle était douce. Comment avait-il pu douter d'elle ? De sa sincérité ?

« Je ne te tromperai jamais, Rodrigo. » Elle le lui avait dit et il voulait la croire.

Elle était à lui, à lui seul, maintenant et pour toujours.

Ses cheveux blonds tombaient sur ses épaules. Ils étaient soyeux et doux, comme sa peau, comme son sourire, comme elle. Elle sentait bon la vanille et l'été, le soleil, la chaleur. Comme il caressait ses bras nus, il la sentit trembler. Il dégrafa ses balconnets de tulle et les laissa tomber.

Sa respiration se précipita, ce qui l'excita davantage encore. Il passa les mains sur ses hanches, puis sur son dos. Il caressa la ganse de satin de sa culotte, puis l'écarta pour glisser un doigt au cœur de sa féminité. Il la sentit frissonner, trembler. Elle haletait maintenant, les yeux fermés, indifférente, semblait-il, à leur environnement.

Agenouillé, il lui enleva sa culotte, pressa la bouche contre sa peau et la goûta. Elle haletait, une main sur le mur, l'autre sur son épaule qu'elle avait empoignée et serrait tellement fort qu'elle lui entamait la chair.

Elle poussa un cri étouffé, se mordant la lèvre pour étouffer le bruit. Il lui avait donné du plaisir, mais ce n'était pas suffisant. Il voulait lui donner plus. Beaucoup plus. Se levant à la hâte, il ouvrit son pantalon. Il empoigna ses fesses et la souleva contre la cloison et, tandis qu'elle enroulait ses jambes autour de ses hanches, il la pénétra. Il la sentit se resserrer aussitôt autour de lui et savoura ses soupirs. Les yeux fermés, elle rayonnait d'une joie sensuelle. Éperdu, il donna un puissant coup de reins et s'enfonça une dernière fois en elle, lui arrachant un cri étouffé.

Ils revenaient à eux quand, dans le salon privé, derrière le rideau de velours, une petite plainte s'éleva, attirant leur attention.

— Tu l'as réveillé, dit Lola.

— Moi ? Tu as fait plus de bruit que moi !

— À cause de toi !

Ils se sourirent. Il se sentit soudain transporté de bonheur, ce sentiment étrange qu'il avait décidé de fuir.

— Je vais m'occuper de Jett, marmonna-t-il, contrarié d'avoir éprouvé autre chose que du plaisir.

Aimer ? Non, il en était incapable et, surtout, il ne retomberait plus jamais amoureux. Pour être encore trompé… Prendre du plaisir, oui, cela lui plaisait et ne prêtait pas à conséquence.

— Tout va bien, monsieur ?

Alertée par le bruit, une vendeuse jetait un coup d'œil dans le petit salon.

— Nous avons cru entendre crier.

Rodrigo lui lança un regard glacial.

— Mon fils s'est réveillé. Ce n'est pas grave.

— Votre charmante femme a-t-elle besoin de quelque chose ?

Non, sa charmante femme avait tout. Sa fortune. Son nom. Son corps. Mais elle n'avait pas son amour. Et ne l'aurait sans doute jamais car, chaque fois qu'il aimait une femme, elle le trahissait.

Toutes les femmes étaient-elles infidèles ? Ou y avait-il quelque chose chez lui qui les poussait à le tromper ?

Il n'avait pas été trahi une fois, ni deux, mais trois fois. Il n'y en aurait pas une quatrième. De toute manière, ce n'était pas le sujet. Ce qu'il ressentait pour Lola était purement physique. Lola et lui en resteraient là.

7

Le lendemain soir, en entrant à son bras dans la grande salle de bal de l'hôtel de la Gran Vía, Lola jeta un regard à son mari.

Ils avaient passé ces dernières vingt-quatre heures à faire l'amour. Après leurs ébats dans la boutique haute couture, ils étaient rentrés et Rodrigo avait recommencé. Plus tard dans la soirée, une fois leur bébé endormi, Rodrigo lui avait encore fait l'amour, lentement, longuement, caressant chaque centimètre de son corps.

Lola ne comprenait pas qu'une femme puisse lui être infidèle. Elle n'était pas la seule, apparemment, à s'étonner de ses déboires. Son ex, avec qui elle avait parlé la veille, la célèbre Pia Ramirez, avait semblé déconcertée elle aussi.

— Vous êtes la femme de Rodrigo ! lui avait-elle dit. Je commençais à penser qu'il ne se marierait jamais.

— C'est vous qui l'avez trompé, avait répondu Lola sans ménagement.

La comédienne avait froncé les sourcils, semblant hésiter entre contrariété et indifférence. L'indifférence dut l'emporter car elle ne s'était pas fâchée.

— J'aimais Rodrigo, avait-elle soupiré, comme on

aime quand on est jeune et fou. Il travaillait beaucoup pour créer son empire. Un jour où il était parti…

Elle avait levé les mains en signe d'impuissance.

— … Un acteur est passé et m'a fait du charme. Il m'a dit qu'il était amoureux fou, qu'il mourrait pour moi. J'ai cédé et je ne sais pas comment des photos de nous sont arrivées sur le bureau de Rodrigo.

Elle avait détourné le regard.

— Je suis heureuse maintenant, je suis mariée, j'ai des enfants. Mais je me demande encore qui a pu poster ces photos. Et qui était cet homme. Je ne l'ai jamais revu. Mais il a fait des dégâts.

— Vous lui avez fait beaucoup de mal, avait déclaré froidement Lola.

La sonnerie de son téléphone avait mis un terme à leur conversation. Tess et Hallie la suppliaient de venir à New York pour Thanksgiving.

Plus Lola y pensait, plus elle s'interrogeait. Comment pouvait-on tromper un homme tel que Rodrigo ?

Il était séduisant, élégant, surtout ce soir dans un smoking qui mettait en valeur sa silhouette élancée. En plus, il était le héros de la soirée. Ils dînaient à la table d'honneur où on venait les saluer et le féliciter. Chaque fois qu'on le complimentait, il répondait invariablement qu'une partie de sa gloire revenait à sa femme.

— Elle devrait recevoir le prix avec moi, ajoutait-il avec malice.

Elle était flattée, mais surtout fière d'être son épouse.

Quand il monta sur le podium, sous une salve d'applaudissements, et qu'il commença son discours, elle trembla pour lui. C'était idiot, car il maîtrisait la situation.

— Alors, comme ça, vous êtes la femme du héros du jour ?

Lola se retourna. C'était Ulrika Lund, la célèbre réalisatrice avec laquelle Rodrigo avait été fiancé après Pia Ramirez, quelque huit ans auparavant.

Elle était très mince, et vêtue de noir des pieds à la tête.

— Vous permettez ? dit Lola. J'aimerais l'entendre.

— Nous avons été fiancés, poursuivit quand même Ulrika. Mais pas longtemps. Dès que j'ai accepté de l'épouser, il s'est trouvé plein d'excuses pour ne plus me voir.

— Je vois ! C'est pour cela que vous l'avez trompé, répliqua Lola.

Nerveuse, Ulrika tambourina sur la table avec ses doigts.

— J'ai croisé un homme un jour où Rodrigo était parti. Un homme qui buvait mes paroles. J'ai fini par lui céder. Mais quelqu'un a envoyé des photos de nous à Rodrigo. Ça ne lui a pas fait plaisir, vous vous en doutez. Il en a profité pour mettre un point final à nos fiançailles.

Elle marqua un temps d'arrêt, puis reprit son souffle pour continuer.

— Je n'ai jamais revu l'homme en question. Je l'ai cherché, pourtant. Il m'avait donné un faux nom.

Lola plissa le front. Cette histoire lui rappelait celle de Pia Ramirez. Drôle de coïncidence !

— Je pense que c'est Rodrigo qui est derrière tout ça, poursuivit Ulrika. C'est lui qui tire les ficelles. Il m'a fallu un certain temps pour le comprendre, mais j'en suis sûre, désormais. Chaque fois que Rodrigo s'approche d'une femme, il la détruit.

Elle regarda Lola avec insistance.

— Méfiez-vous. Il vous a épousée, les dégâts seront encore plus sérieux.

— Mais je ne le tromperai pas, moi !

— Comme vous voudrez, mais je vous aurai mise en garde.

Ulrika regarda du côté de l'estrade.

— Vous verrez, ça ne durera pas. Il fera ce qu'il faut.

Sur ces encouragements, elle s'en alla, laissant Lola assommée. Sur la scène, son mari souriait aux professionnels du cinéma qui l'écoutaient, attentifs à son beau discours.

— Et surtout, j'aimerais remercier celle qui a été mon assistante et qui est aujourd'hui ma femme. J'ai nommé Lola Price Cabrera…

Entendant son nom, Lola sursauta.

— Elle est la raison de ma présence ici ce soir. C'est à elle que je dois cette récompense et je la remercie.

Il la chercha des yeux dans la salle.

— Je la remercie surtout de m'avoir fait le plus beau des cadeaux : notre petit garçon.

Il y eut des hourras puis un tonnerre d'applaudissements. Rodrigo, rayonnant, brandit la statuette et descendit de l'estrade.

Mais Lola était ailleurs. Repensant aux confidences des deux ex de Rodrigo, elle venait d'avoir des soupçons. L'inconnu qui l'avait abordée sur la plage quand Rodrigo était en Amérique du Sud, cet inconnu qui sortait de nulle part pour discuter avec elle sur la plage, qui était-il ?

D'abord embarrassée, elle s'était dit que c'était normal en Californie. Que les rapports étaient sans doute plus directs, plus familiers. Quant à la beauté troublante de l'homme, la moitié des habitants de L.A. étant des acteurs au chômage, elle ne l'avait pas étonnée outre mesure. Néanmoins, rétrospectivement, cette rencontre lui paraissait étrange.

« Chaque fois que Rodrigo s'approche d'une femme, il la détruit », avait dit Ulrika.

Non. Ce n'était pas possible. Pourquoi saborder ses propres fiançailles ? Cela n'avait pas de sens.

Le souvenir de son visage quand ils étaient revenus à l'appartement de Madrid refit brusquement surface. Il avait l'air hanté.

Pourtant, il avait grandi dans l'aisance, avec ses deux parents. Elle avait toujours pensé qu'il avait eu une enfance heureuse, privilégiée. Mais les ombres qu'elle voyait parfois dans ses yeux l'intriguaient. Et cette froideur impitoyable sous ses manières policées...

« Ensemble, toi et moi nous lui assurerons une enfance plus heureuse que les nôtres. »

Elle n'avait jamais vu de photo de Rodrigo enfant, ni dans la maison du bord de mer ni ailleurs. Il y avait aussi l'histoire de ses parents qui l'avaient abandonné à Thanksgiving, le laissant avec la cuisinière. Qui osait faire une chose pareille ?

Dans le fond, elle savait peu de chose de son passé.

Glacée, elle frissonna. Les soupçons d'Ulrika Lund pouvaient-ils être fondés ? Rodrigo avait-il pu engager lui-même des hommes pour tenter de séduire ses fiancées afin de tester leur fidélité ?

Ou, pire, comme Ulrika en était convaincue, Rodrigo cherchait-il un prétexte pour rompre ses fiançailles ?

Non, pensa Lola. Il n'avait pas pu faire ça.

— Eh bien ?

Rodrigo posa la statuette sur la table et s'assit à côté de Lola.

— Tu as été très bien, dit-elle, regrettant d'avoir écouté les sornettes d'Ulrika au lieu de son discours.

— Je pense ce que j'ai dit, Lola. Chaque mot.

— Ah…, répondit-elle de façon évasive.

Elle était perdue dans ses pensés, dans ses interrogations, ses doutes. Les histoires de ses ex, l'inconnu de la plage… Que dirait-il si elle lui faisait part de ses soupçons ? De l'accusation d'Ulrika ? Il rirait. Oui, il rirait sûrement. Puis ils riraient tous les deux.

— Lola ? Tu m'entends ?

Elle cligna des yeux.

— Oui, enfin… Non. Que disais-tu ?

— J'ai décidé d'aller avec toi et Jett à New York pour Thanksgiving.

Un sourire illumina le visage de Lola.

— C'est vrai ?

— J'en profiterai pour négocier avec Cristiano Moretti. Pour ses hôtels. Mais je sais ce que tu penses. Que je travaille trop. Que Thanksgiving est l'occasion de voir la famille, les amis…

— Exactement.

Elle se tourna sous prétexte de prendre sa pochette. En fait, elle voulait lui cacher sa déception.

— Je vais dire à Tess qu'elle peut compter sur nous, alors.

Elle prit son mobile et tapa un message. Comme les invités commençaient à prendre congé, elle saisit la main de son mari.

— On profite de la gouvernante qui surveille Jett ce soir pour aller à l'after ?

Penché sur elle, il ramena une de ses mèches derrière son oreille.

— Tu ne préfères pas rentrer ?

Sa voix, rauque, ne laissait planer aucun doute sur ses intentions. Mais après ce qu'elle avait entendu au cours de la soirée, elle n'était pas sûre d'avoir envie de partager autre chose que des mots avec lui. Malgré cela, elle s'entendit répondre :

— Oui, rentrons.

— Bien.

Ravi, son mari lui caressa la joue. Il la couvait du regard, l'œil brillant, presque fiévreux, comme un chat qui regarde la souris prisonnière de ses griffes.

Après cinq jours à Madrid, ils avaient pris l'avion pour New York. Jett, qui faisait ses dents, avait beaucoup pleuré pendant le vol. Le voir souffrir avait fait souffrir ses parents. Résultat, tout le monde était grincheux.

Lola rêvait de voir la parade de Thanksgiving. Autrefois, elle la regardait à la télévision avec sa mère. Plus tard, comme sa mère travaillait, ce jour-là, elle la regardait avec ses sœurs. Elle souhaitait que son fils garde de ce spectacle le même souvenir magique qu'elle-même.

Elle avait donc insisté pour réveiller Jett tôt. Ils étaient sortis tous les trois dans le froid et la neige et avaient attendu sur le trottoir que le défilé commence. Elle était aux anges. Enfin, ils ressemblaient à une vraie famille ! Et Jett avait l'enfance dont elle avait rêvé pour elle quand elle était petite fille.

Elle prit la main de Rodrigo et lui dit, tout émue :

— Merci.

Il eut d'abord l'air étonné puis ses yeux se mirent à briller.

— Ça ne vaut pas de tels remerciements, dit-il.

— Tu ne comprends pas. J'ai rêvé de ça pendant toute ma jeunesse. De vivre comme les gens qui ont de l'argent. D'être à New York pour Thanksgiving, de voir de la vraie neige, de manger des bretzels dans la rue et d'être à Times Square le 31 décembre…

— Tu sais qu'il n'y a pas besoin d'être riche pour faire tout ça.

— Et d'avoir un immense sapin de noël. Et une belle propriété à Beverly Hills.

— Beverly Hills ? Malibu n'est pas assez bien pour toi ?

— Je sais, ce que je dis est idiot. C'est que, pour mon premier Noël à Los Angeles, alors que j'espérais encore faire du cinéma, je livrais des bouquets pour un fleuriste de Beverly Hills. Je suis entrée dans des propriétés incroyables, décorées pour Noël avec des guirlandes partout. Il y avait des Pères Noël avec leurs traîneaux grandeur nature, tout illuminés, sur les pelouses, parfois même sur les toits. Ça clignotait, ça brillait, c'était féerique. Une des maisons, en particulier, qui avait autrefois appartenu à une vedette du muet. Un soir de Noël, j'ai vu la famille qui y vivait et j'ai rêvé que…

Elle regarda au loin, songeuse.

— Que quoi ?

— J'ai rêvé d'une montagne de cadeaux au pied d'un sapin.

Il prit sa main mais elle ne le regarda pas.

— Tu n'es pas un peu exigeante ? dit Rodrigo malicieusement. Le Père Noël apporte des montagnes de cadeaux à ceux qui sont gentils, pas aux méchantes filles comme toi.

— Mais je suis sage !

Rodrigo se pencha pour l'embrasser.

— Je peux peut-être faire mieux, ajouta-t-elle.

Leur bébé, fatigué et agacé par ses dents, commença à geindre. Lola le prit alors sur ses genoux et essaya de le calmer. Pas facile. Autour d'elle, les spectateurs lui lançaient des regards réprobateurs. *A-t-on idée de venir, par ce froid, avec un bébé, voir un défilé ? Ces parents sont fous !* Ils ne le disaient pas mais elle les entendait…

Ennuyé parce qu'ils gênaient tout le monde, Rodrigo lui prit le bébé.

— Détends-toi, dit-il à Lola. Et toi, Jett, n'empêche pas ta mère de profiter du défilé.

Le bébé leva les yeux vers son père et agita ses petits bras potelés puis, calmé, se mit à mâchouiller la tétine en caoutchouc que Rodrigo lui avait mise dans la bouche. De gros ballons volaient dans le ciel et captivaient son attention.

Lola aussi les regardait, émerveillée comme une petite fille.

Le défilé terminé, ils allèrent dans un magasin de jouets que Rodrigo dévalisa. Rien n'était ni trop beau ni trop cher pour son fils.

— Vous serez aimable de me faire livrer tout cela en Californie, dit-il à la vendeuse.

— Pourquoi pas à New York ? demanda Lola. On est si bien, ici ! J'ai mes sœurs, mes amies.

— Tes sœurs n'ont toujours pas encaissé le chèque que tu leur as envoyé, m'a dit mon comptable. Elles ont pris contact avec toi ?

— Non. Pas encore. Elles doivent être très occupées. Tu sais comment sont les adolescentes…

— Peut-être, mais elles ont des parents.

La seule fois que Lola avait vu ces parents, ils l'avaient chassée. Cela faisait sept ans maintenant. Ce jour-là, les fillettes s'accrochaient à leur mère adoptive comme à une bouée de sauvetage tandis que le père menaçait d'appeler la police.

Lola repoussa ce souvenir qui lui faisait mal. Beaucoup de choses avaient changé depuis. Quand ils se rendraient compte qu'ils n'avaient rien à craindre d'elle, ils accepteraient son cadeau et lui adresseraient un petit mot de remerciements.

Pour l'instant, elle n'avait rien reçu. Même le gros chèque ne les avait pas poussées à renouer.

Refusant de laisser paraître sa tristesse, elle se détourna.

— Peu importe ! Je finirai bien par les amadouer. Mais ce serait plus facile ici que depuis la Californie…

La remarque déplut à Rodrigo dont le visage se ferma.

— C'est non !

Refusant de se laisser impressionner, Lola insista.

— Tu sais que l'industrie du cinéma se déplace de plus en plus vers New York. Avec la mondialisation, les choses bougent, en particulier dans les médias et l'industrie du divertissement. L'avenir, c'est la côte Est.

— Tu viens d'inventer ça ? ricana Rodrigo.

Elle sourit.

— Tu verras !

— Pour l'instant, nous sommes ici, alors profites-en tant que ça dure.

Ils avaient quitté le magasin de jouets et approchaient de chez Tess. Lola avait la gorge nouée. Ce que venait de dire Rodrigo était-il un mauvais présage pour leur couple ?

— Eh bien ? s'impatienta-t-il. Tu avais tellement peur de ne pas arriver à l'heure. Qu'est-ce que tu attends ?

— Rien.

Si ce n'est que ce qu'elle avait entendu tournait en boucle dans sa tête et devenait obsédant.

Arrivée chez les Zacco, Lola frappa à la porte et attendit. À l'intérieur, on parlait fort et on riait beaucoup. Regrettant presque d'être venue, elle soupira.

Contrairement à ses amies, elle avait refusé de leur révéler le nom du père de son bébé. Moyennant quoi, Hallie et Tess avaient échafaudé les hypothèses les plus folles sur son identité. L'homme était marié ou c'était un repris de justice ou un violeur en série… Ou, qui sait, un mineur que Lola avait détourné. Tess était la championne des théories fumeuses.

Elle n'avait pas voulu leur dire la vérité, à savoir que le père de Jett était son ancien patron. Parce qu'elle avait essayé d'oublier son existence et pensé qu'en évitant de le nommer elle finirait par ne plus penser à lui.

Mais maintenant, elle avait l'impression d'être une prestidigitatrice, de sortir cette nouvelle de son chapeau ! *Vous vous rappelez que je refusais obstinément de vous parler du père de Jett ? Eh bien, le voici ! C'est un Espagnol. Milliardaire ! Eh oui ! Et devinez quoi ? Nous sommes mariés !*

Finalement, pensa Lola, elle avait rendu service à ses amies en ne leur disant rien. Elles avaient fait, ainsi, l'économie d'une robe de demoiselle d'honneur.

De nouveau, elle frappa à la porte qui s'ouvrit sur une Tess, rayonnante.

— Lola !

Elle se retourna et appela :

— Hallie ! C'est Lola !

La jolie brune arriva en courant. Jett sur sa hanche, Lola entra, suivie de Rodrigo poussant la poussette vide.

Les yeux écarquillés, Tess interrogea Lola du regard. Mais Lola fit mine de ne pas comprendre.

— J'aime ton appartement, Tess, dit Lola. Mais où sont tes meubles ?

— Pas encore arrivés. Stefano voulait qu'on attende le réveillon du nouvel an pour recevoir…

— Mais Tess a insisté pour fêter Thanksgiving, l'interrompit son mari qui venait de les rejoindre.

Son mari, le prince sicilien Stefano Zacco, prit sa femme par la taille et la serra contre lui.

— Cabrera ! s'exclama-t-il. Qu'est-ce que tu fiches ici ?

— Rodrigo Cabrera ! dit Tess, interloquée. Je me disais bien que je vous connaissais !

— Salut, Zacco.

Des pas précipités se rapprochèrent.

— C'est moi qui reçois le 31 décembre ! annonça Cristiano, le mari d'Hallie.

— Qui est-ce ? demanda Hallie tout bas en regardant Rodrigo. Et que fait-il avec la poussette de Jett ?

Lola se jeta à l'eau.

— Je vous présente Rodrigo Cabrera. Je travaillais avec lui en Californie. Il est… Euh…

Elle le regarda, bafouilla,

— C'est le père de mon fils.

— Quoi ? s'étrangla Tess.

— Non, tu plaisantes ! renchérit Hallie.

— Et ce n'est pas tout, enchaîna Lola, montrant son annulaire. Nous sommes... mariés !

— Mariés ! répéta Hallie, suffoquée.

— Je le savais ! s'exclama Tess, tapant dans ses mains. Je le savais !

Elle caressa les cheveux de Jett.

— Je savais que tu ne pouvais aimer que quelqu'un de bien.

Au mot aimer, Lola devint toute rouge et chercha Rodrigo des yeux, mais il bavardait avec les deux hommes et n'avait pas entendu.

— Pourquoi ne nous as-tu rien dit ? gronda Hallie. On avait envisagé le pire !

Elle regarda Rodrigo.

— Il n'a pas l'air si mal.

Lola regarda son mari.

— Il est même très bien, répondit-elle, un peu pincée.

— Je ne t'ai pas vexée, quand même ! lança Hallie.

— Bien sûr que non ! Mais, tu sais, si nous nous sommes mariés, c'est pour Jett. Pour son bien. Pour des questions pratiques.

— Tu veux dire que... vous ne faites pas l'amour ?

Lola piqua un fard.

— Je ne veux rien dire du tout. C'est le père de mon bébé, je le respecte, et je l'aime beaucoup.

Hallie suivit son regard. Puis Tess, la vibrionnante Tess, conclut, péremptoire comme à son habitude :

— Tu l'aimes beaucoup ? Tu l'adores, tu veux dire ! Ça se voit !

Prenant Jett dans ses bras, la rousse flamboyante fit signe à ses amies de la suivre, puis se tourna vers les hommes et lança :

— Nous allons dans la cuisine.

— Besoin d'aide ? s'enquit Stefano.

— Non, merci.

— En ce cas, on va regarder le match, dit Cristiano. Mon père est déjà là, il surveille Esme et Jack. Tu viens, Cabrera ?

— Ah, les hommes et le sport ! soupira Hallie.

— Par ici, dit Tess, empruntant un long couloir. On n'a toujours pas reçu notre vaisselle ni notre batterie de cuisine. Ça ne vous dérange pas de manger dans les assiettes en carton, j'espère ?

— Pas du tout, dit Hallie.

Visiblement préoccupée, Lola regardait autour d'elle.

— Mais… On va quand même faire un vrai dîner ? Parce que… c'est le premier Thanksgiving de Rodrigo.

— Pas de panique, Lola. Nous avons commandé le dîner chez le meilleur traiteur. Il n'y a que le pain et les tartes qui seront faits par mes cousines. Elles ont repris l'affaire familiale.

— La boulangerie ? Mais ce sont des gamines !

— Quelques années de moins que nous, mais je te jure qu'elles savent ce qu'elles veulent !

— Mais nous ne sommes pas là pour parler de tes cousines ! fit Hallie. Raconte plutôt, Lola. Comment ça se passe avec ton mari ?

— Comment as-tu pu te marier sans nous ? renchérit Tess. Nous aurions dû être tes demoiselles d'honneur. Comme toi pour nous.

Lola se sentait coupable et faillit ne pas répondre, mais elle se ravisa. C'étaient ses deux meilleures amies, elle n'allait pas bouder ni leur mentir.

Sans qu'elle comprenne pourquoi, des larmes lui montèrent aux yeux.

— Lola ? dit Hallie.

— Lola, ça va ? renchérit Tess.

— Excusez-moi. Je suis fatiguée, j'ai mal dormi.

— Tu veux un morceau de gâteau ?

— Un verre de vin ?

C'était tellement cocasse, finalement, que Lola se mit à rire en séchant ses larmes. Et commença à tout raconter. Sa pauvreté et sa détresse quand elle était petite, sa mère qui se tuait au travail, et son beau-père qui, resté handicapé après un accident et devenu trafiquant de drogue pour subvenir aux besoins de la famille, avait fini en prison.

— Oh ! dit Hallie.

— Je me suis sentie responsable de mes demi-sœurs alors que j'étais moi-même toute jeune, poursuivit-elle. À dix-huit ans, quand j'ai vu combien elles étaient heureuses dans leur famille, je n'ai pas cherché à les reprendre. De toute manière, elles m'avaient oubliée.

Elle baissa les yeux.

— À ce moment-là, je me suis dit qu'il n'y avait qu'une chose importante dans la vie : l'argent. Et j'ai fait des choses dont je ne suis pas fière.

Hallie lui tapota l'épaule.

— T'inquiète ! On en a toutes fait autant ! C'est humain, ma chérie.

— Je n'en reviens pas, dit Tess. Tu avais toujours l'air si déterminé ! Tu étais presque cassante.

— Comme si rien ne pouvait te toucher, dit Hallie. Tu nous as bien aidées.

— Alors maintenant, laisse-nous t'aider, renchérit Tess. Tu es amoureuse ?

— Non, je…

Les mots s'étranglèrent dans sa gorge. Elle ne pouvait pas leur mentir.

Dans un souffle, elle confia :

— Je ne sais pas.

Hallie et Tess se regardèrent.

— Comment ça, *tu ne sais pas* ? releva Hallie.

— Il ne faut pas. L'année dernière, je l'ai aimé. Une fois. Avant de savoir que j'étais enceinte. Et quand je lui ai dit ce que je ressentais, il m'a pratiquement virée de chez lui. Il ne croit pas à l'amour. Il pense que ça n'apporte que du chagrin.

Elle hésita, puis ajouta :

— Il a été fiancé trois fois avant de me rencontrer.

Tess l'idéaliste eut l'air choqué.

— Trois fois ?

— Oui et chaque fois il a été trompé… Je regrette de ne pas vous avoir invitées à notre mariage. Mais dès que Rodrigo a su pour le bébé, il a décidé de m'épouser, avec sa gouvernante et son garde du corps comme témoins.

— Tu n'as même pas pu organiser ton mariage ? dit Tess avec indignation.

Lola baissa les yeux.

— Non mais ce n'était pas si mal que ça.

— Un homme qui a rompu trois fois ses fiançailles ! C'est du jamais vu ! s'exclama Hallie.

— Ça arrive, dit Lola, prise d'une subite envie de le défendre. Et puis ce n'est pas lui qui…

Le téléphone de la maison qui sonnait sur le comptoir de la cuisine les interrompit.

— Allô ! Le traiteur ? Oui, dites-lui de monter. Mes cousines aussi.

Elle raccrocha et lança joyeusement :

— Les garçons ! Le dîner arrive !

Il y eut un grand cri et une cavalcade dans le couloir.

— Ça va aller, Lola ?

La voix d'Hallie derrière elle était calme. Lola se retourna.

— Ne t'inquiète pas. Je suis émue, c'est tout.

Séchant ses dernières larmes, elle prit Jett dans ses bras.

— Rodrigo et moi nous ne sommes pas malheureux. Nous avons un bébé. Nous sommes mariés. Et bons amis.

Elle fit une drôle de mimique.

— Et nous adorons faire l'amour ensemble.

— Sans amour, je ne vois pas comment ça pourra durer.

« Vous ne resterez pas longtemps ensemble », avait prédit Ulrika.

Percevant l'inquiétude de ses amies, Lola se mit à trembler. Se pouvait-il que son mari soit derrière ces trahisons et ces fiançailles rompues ? Ou n'était-ce qu'une folle coïncidence ?

Elle avait parlé à deux de ses fiancées, mais pas à la troisième, Elise Patel, musicienne reconnue. Peut-être son histoire serait-elle complètement différente ?

Lola plissa les yeux. Il fallait qu'elle sache.

8

C'est étrange, pensa Rodrigo, *d'avoir son premier Thanksgiving à trente-sept ans, quand on a une mère américaine.*

Étrange aussi que ce dîner traditionnel soit servi dans des assiettes en carton, avec des inconnus.

Depuis quelque temps, tout dans sa vie était étrange.

Il connaissait peu le prince Stefano Zacco, un grand nom de la haute couture. En revanche, il connaissait Cristiano Moretti pour avoir séjourné dans ses hôtels.

Rodrigo n'avait pas le souvenir d'avoir, un jour, croisé Tess et Hallie. Il n'avait jamais rencontré le père de Cristiano, originaire d'Italie, ni les deux jeunes cousines de Tess, qui dirigeaient maintenant la boulangerie familiale.

Oui, ce Thanksgiving était étrange mais, tout compte fait, assez conforme à l'idée qu'il s'en faisait lorsqu'il était enfant et qu'il se retrouvait seul avec la nounou et la cuisinière, pendant que sa mère s'envolait pour les pentes neigeuses d'Aspen avec son dernier amant en date, et que son père, fou de colère, partait passer sa rage sur un plateau de cinéma.

Assis à table, au milieu des rires et des plaisanteries des convives, Rodrigo avait l'impression de se trouver sur un tournage, acteur d'une série sur Thanksgiving ou une fête de famille. La dinde généreusement arrosée de sauce aux canneberges était bonne, la farce délicieuse.

— J'ai l'os du bonheur ! s'exclama Lola. Qui veut le casser avec moi ?

— Moi ! s'écria Hallie en prenant l'autre branche du bréchet.

Elles tirèrent, chacune sur une branche.

— J'ai gagné, s'écria Lola. Chic ! Ça va me porter bonheur !

— Pourquoi ? releva Rodrigo. Tu n'es pas heureuse ?

Lola le gratifia d'un sourire qu'il ne sut déchiffrer. Était-ce de la peur ? Des remords ? De l'espoir ?

Elle haussa les épaules.

— Si, mais…

— Mais quoi ? insista-t-il.

— Rien. Tout va bien.

— Tu me rassures !

— Si c'était toi qui avais eu l'os du bonheur, qu'aurais-tu fait comme vœu ?

— Moi ? Rien. Très franchement, j'ai tout ce qu'un homme peut souhaiter.

Toute la tablée applaudit, sauf Lola, trop émue, qui se détourna.

— On va passer au dessert, annonça Tess. Vous venez m'aider, les filles ?

Lola avait les yeux brillants, ce que Rodrigo remarqua tout de suite. Pour être aussi troublée, elle cachait sûrement quelque chose. Oui, elle avait un secret, c'était certain. Comme expliquer son attitude, autrement ?

— Voici les gâteaux ! annonça Tess.

Les trois amies apportèrent des tartes à la citrouille-cannelle, aux noix de pécan et aux pommes. Lola mit une part de chaque dans une assiette qu'elle posa devant Rodrigo.

— Trois parts ! dit-il. C'est beaucoup, non ?

— Goûte et dis-nous celle que tu préfères.

Debout à côté de lui, elle déposa un baiser sur sa tempe.

— Je veux que ton premier Thanksgiving reste un souvenir mémorable.

Rodrigo goûta la première tarte, puis la deuxième. Visiblement, le cœur n'y était pas.

— Alors ? demanda Lola. Tes premières impressions ?

Pas de réponse.

Il goûta un morceau de la troisième tarte.

— Eh bien ? dit Lola. Qu'est-ce que tu réponds ?

— Embrasse-moi. Je te dirai ensuite ce que je préfère.

Lola caressa sa joue et se pencha pour l'embrasser. Elle avait des lèvres si tendres qu'il en frissonna.

— La noix de pécan, dit-il.

— Je le savais ! triompha l'une des cousines. Je te l'avais dit, Natalie, que c'était la meilleure !

Rodrigo se moquait de la tarte, il ne pensait qu'à Lola. Aucune femme n'avait eu cette importance dans sa vie. Elle avait ensoleillé son existence et…

Brusquement, l'idée que ce bonheur pouvait être détruit l'envahit. Angoissé, il prit sa main et chercha son regard. Son sourire mélancolique acheva de l'affoler. Tout ce qu'il avait ressenti depuis le début de la journée s'évanouit en l'espace une seconde.

Il n'était plus question de tergiverser, cette fois. Il fallait qu'il découvre son secret. Avant qu'il ne soit trop tard.

Avant qu'il ne reçoive une nouvelle photo anonyme.

— Merci d'être venue, mdame Patel, dit Lola en se levant de table pour aller à la rencontre de sa visiteuse.

— C'est un plaisir.

Remontant ses lunettes de soleil dans ses cheveux, Elise Patel regarda autour d'elle en clignant des yeux. Le soleil, radieux, éclaboussait l'océan de milliards d'étoiles.

— Honnêtement, c'est la première fois que je quitte mon studio depuis des semaines.

— Vous composez ?

— Je compose et je produis.

Elise Patel laissa glisser son sac à terre.

— Un triple express, s'il vous plaît…

— Triple ? releva Lola en riant. Si je buvais ça, je ne dormirais pas pendant des semaines !

— J'aimerais bien. J'ai dormi trois heures et c'est encore trop. À ce propos, je n'ai que dix minutes à vous accorder avant de retourner travailler. Je suis débordée.

Des cernes violets sous les yeux et les traits tirés, la célèbre productrice avait effectivement l'air fatigué.

Lola s'adossa à sa chaise.

— Pourquoi avez-vous accepté de me rencontrer, alors ?

Elise Patel retroussa les lèvres.

— Pour faire la connaissance de l'heureuse élue qui a réussi à attraper Rodrigo !

Autour d'eux, de belles blondes sophistiquées papotaient en sirotant leur cocktail devant le spectacle toujours recommencé de l'océan Pacifique balayé par le vent du large.

Le soleil brillait dans le ciel californien. Bien qu'on soit mi-décembre, l'air était suffisamment chaud pour que, dans sa poussette, Jett soit en T-shirt et jambes nues. Lola, quant à elle, portait une robe bain de soleil et des sandalettes. Elle avait attaché ses cheveux en queue-de-cheval.

— Je souhaitais vous rencontrer, dit Lola en buvant son cappuccino, parce que je sais que vous avez été fiancée à Rodrigo Cabrera. J'ai eu l'occasion de croiser ses deux fiancées précédentes et je ne m'explique pas la raison de ces ruptures successives. Mis à part le fait que toutes les trois, vous l'avez trompé.

Contrariée, la productrice battit plusieurs fois des paupières, puis elle se força à sourire.

— Le moins que l'on puisse dire, c'est que vous êtes directe. Ça me plaît. Au moins, on ne perd pas de temps avec vous.

Elle leva les yeux vers le serveur qui arrivait avec son express.

— Merci.

Prenant une gorgée, elle s'assit, puis soupirant d'aise, laissa tomber du bout des lèvres :

— Délicieux.

Elle pointa le menton vers Lola.

— Dites-moi, que voulez-vous savoir ?

— Pourquoi avez-vous rompu ?

— Pourquoi ai-je rompu ou pourquoi l'ai-je trompé ?

Elle fit la moue.

— C'est indiscret. Cela ne regarde que moi. Je n'ai aucune raison de vous répondre. À moins que vous pensiez le tromper vous aussi !

— Certainement pas ! s'insurgea Lola.

— Vous savez, c'est une vieille histoire.

— Vieille ? releva Lola. Cinq ans à peine.

— C'est bien ce que je dis, cela remonte aux calendes grecques !

— Question d'appréciation.

Soufflant sur son café, la productrice hocha la tête.

— Je vous ai dit que je compose, aussi ? Avez-vous une idée du nombre de musiques de film que j'ai écrites depuis que nous nous sommes séparés ? Du nombre de prix que j'ai gagnés ?

— Je sais que vous êtes très demandée et très célèbre, dit Lola. C'est pour le devenir que vous avez trompé Rodrigo ? Pour attirer l'attention sur vous ?

— Je l'aimais. Enfin, je crois. Mais nous ne nous voyions jamais. Après m'avoir demandée en mariage, il s'est lancé à corps perdu dans ses affaires. Il a disparu pendant des mois. Un beau jour, un assistant de production, très séduisant, m'a apporté des fleurs. Il s'est intéressé à mon travail. M'a félicitée. Il m'a offert de me masser les pieds !

Elle haussa les épaules.

— Et vous êtes tombée amoureuse… du dragueur.

— Nous avons fait l'amour. Juste une fois. J'ai tout de suite regretté. J'aurais pu essayer de renouer avec Rodrigo, mais quelqu'un lui a envoyé des photos. J'ai trouvé cela bizarre. Si l'objectif était de le faire chanter, on lui aurait réclamé de l'argent. Or, le corbeau ne l'a jamais fait. Il s'est purement et simplement volatilisé.

— Volatilisé…

Alertée par des picotements dans la nuque, Lola baissa les yeux vers Jett qui gazouillait dans sa poussette. L'histoire d'Elise Patel était un copié-collé de celle des deux autres fiancées. Une coïncidence ? Non, elle n'y croyait pas.

— Quand j'y repense, je suis assez heureuse de ce qui s'est passé. Depuis notre rupture je me consacre à ma musique, et ça paie. Dites-le à Rodrigo quand vous le verrez. Remerciez-le de ma part !

— C'est entendu, répondit Lola.

Inclinant la tête, Elise murmura :

— Je crois savoir pourquoi il vous a épousée.

Lola, intriguée, tendit l'oreille très attentivement.

— Je me suis laissé dire que vous étiez son assistante. Que vous avez démissionné pour lui. Vous n'avez donc rien d'autre à faire que le suivre. Vous êtes son faire-valoir, en somme. Et, à l'occasion, il vous exhibe. Vous le flattez.

Elle pinça les lèvres.

— Je pense que c'est ce qu'il attend d'une femme. Alors, à mon avis, votre mariage tiendra.

Elle finit son café d'un trait puis posa un billet de vingt dollars sur la table.

— Merci pour le café.

Choquée, Lola la regarda gagner son 4x4 qui s'éloigna sur la route longeant la côte.

Blessée par les paroles d'Elise, elle fit signe au serveur. Son cœur battait comme un fou. Elle était la femme de Rodrigo ! Elle avait un bébé ! N'en déplaise à Mme Patel, cela lui donnait du travail. D'ailleurs, elle avait toujours travaillé et elle en était fière. Être l'assistante d'un homme tel que Rodrigo était prenant et difficile, et elle avait bien réussi. Aujourd'hui, elle jouait son rôle de maîtresse de maison et…

Un homme qui traversait la terrasse s'arrêta devant elle.

— Tiens ? Re-bonjour, dit-il.

Lola l'observa, perplexe. Où avait-elle déjà vu ce grand blond, en T-shirt et short de surf ?

— Vous ne vous souvenez pas de moi ? dit-il avec un large sourire.

Il bomba le torse en la caressant du regard.

— Nous nous sommes rencontrés il y a quelques semaines. Sur la plage.

— Qui vous envoie ?

Le jeune homme pâlit sous son bronzage.

— Moi ? Personne !

— Je ne vous crois pas. Qui vous a engagé ? demanda-t-elle en tapant sur la table.

— Vous vous faites des idées, dit-il en reculant.

Il fit le tour de la terrasse des yeux dans l'espoir d'alerter les clients.

— Elle est folle ! lança-t-il.

Puis, se retournant brusquement, il décampa sans demander son reste.

Il fallut à Lola quelques instants pour reprendre ses esprits. Le sang battait à ses tempes. Ignorant les regards fixés sur elle, elle s'agenouilla devant la poussette pour rassurer le bébé qui s'était mis à pleurer.

— Tout va bien, madame Cabrera ? Cet homme vous a ennuyée ?

Levant les yeux, elle vit Tobias, le garde du corps auquel elle n'avait pas fait appel aujourd'hui.

— Que faites-vous ici, Lester ?

— Le patron m'a demandé de veiller sur vous.

— Pour m'espionner ?

L'homme avait l'air mal à l'aise.

— Il voulait juste…

Elle explosa.

— Je me moque de ce qu'il voulait ! Arrêtez de me suivre !

Elle empoigna la poussette et s'en alla, les nerfs à

fleur de peau. Rodrigo avait-il pu engager cet inconnu pour tenter de la séduire ? Et Tobias ? Était-il là pour les surprendre et les photographier ? Si c'était cela, c'était diabolique. Son mari était un redoutable pervers…

Mais ce n'était pas possible. Rodrigo était incapable de manœuvres aussi abjectes. D'ailleurs, il était à San Francisco pour affaires, aujourd'hui, et il ignorait qu'elle prendrait un café avec Elise Patel sur la terrasse de cet hôtel.

Rassérénée, elle rangea la poussette dans le coffre de la voiture et mit le contact. Mais au lieu de démarrer, elle resta à contempler l'océan.

Le numéro de téléphone d'Elise Patel était sur liste rouge. Lola l'avait obtenu hier grâce à Marnie. Si celle-ci avait parlé, Rodrigo avait pu deviner son programme de la journée et dépêcher le bel inconnu, soit pour éprouver sa fidélité, soit pour un autre motif, encore plus malveillant.

Rodrigo avait-il en tête de se débarrasser d'elle, comme il l'avait fait pour les autres ? De mettre fin à leur union, facilement et à moindre coût, en la piégeant dans une aventure — ou un simulacre d'aventure ?

La peur s'empara d'elle. Puis la rage. Elle empoigna le volant et appuya à fond sur l'accélérateur. Cette fois, elle en avait assez. Elle allait l'interroger dès son retour, ce soir.

Non. Elle ne pouvait pas. Si Rodrigo était innocent et que tout soit pure coïncidence, il la croirait folle et il n'aurait pas tort. Si deux rencontres dues au hasard la mettaient dans un état pareil, c'est qu'elle n'allait pas bien.

De retour chez eux, elle passa des heures à faire les cent pas, incapable de se décider. Elle avait l'impression de perdre la tête. Ce qui se passait semblait évident, mais elle refusait d'admettre ce qui crevait les yeux. Si seulement elle avait pu être aveugle et sourde ! Si elle avait pu ne plus penser et ignorer les preuves qui s'accumulaient.

— Madame Cabrera ? appela la femme de ménage. Vous avez du courrier. Je le dépose là.

— Merci.

Lola approcha du guéridon et prit la lettre. Elle avait été postée dans une ville de la banlieue de New York.

Ses sœurs !

Le cœur battant, elle l'ouvrit. Le chèque qu'elle leur avait envoyé tomba par terre en tourbillonnant. Elles ne l'avaient pas encaissé. Elles n'avaient pas voulu de son argent. Elles ne lui avaient pas pardonné.

Le cœur serré, au bord des larmes, Lola déplia la lettre qui l'accompagnait.

Chère Lola,

Merci de nous avoir envoyé de l'argent pour la fac. Nos parents nous ont dit de ne pas l'accepter. Nous avons de quoi vivre et n'avons pas besoin qu'on nous fasse la charité.

En revanche, ils nous ont dit de t'inviter pour Noël. Je pense que c'est une bonne idée parce qu'on aurait besoin d'une grande sœur. Pas moi, parce que j'en ai une, mais Kelsey. J'en ai assez de l'entendre raconter ses souvenirs, j'en voudrais bien, moi aussi.

Je te demande pardon d'avoir eu peur la dernière fois. Je n'ai plus peur. S'il te plaît, dis-moi que tu viendras.

Bien à toi,

Johanna Sandford.

Assaillie par un flot d'émotions contradictoires, Lola, les larmes aux yeux, plaqua la lettre sur son cœur.

La dernière fois qu'elle avait vu Johanna, celle-ci avait six ans et faisait du vélo avec sa grande sœur devant la maison de leurs parents adoptifs. Quand Lola leur avait annoncé qu'elle venait les chercher pour les emmener, elle s'attendait à des cris de joie. Sa déclaration avait eu l'effet inverse. Les deux petites filles s'étaient accrochées aux basques de leur mère et au golden retriever de la famille. Douchée par cet accueil, Lola n'avait plus cherché à les reprendre.

Une douleur sourde lui nouait la gorge. Elle cligna des yeux et regarda l'océan, par la fenêtre. Jett dormait dans sa chambre d'enfant, fraîche et silencieuse. Au loin, sur l'horizon, le soleil couchant striait le ciel de rose et d'orange.

Depuis cette époque, elle avait beaucoup pensé à ses sœurs mais n'avait plus eu le courage de les affronter. Elle s'était dit qu'elles l'avaient oubliée ou qu'elles la détestaient… ce qui, tout compte fait, l'avait bien arrangée.

C'était l'argent de Rodrigo — et Rodrigo lui-même — qui l'avaient encouragée à renouer. Mais elles avaient renvoyé le chèque, refusant l'argent mais lui demandant de venir pour Noël.

Elle ferma les yeux en serrant la courte lettre de sa sœur sur sa poitrine comme s'il s'agissait d'un cadeau précieux. Tout était clair, soudain.

Quand Rodrigo rentra de voyage, assez tard cette nuit-là, Lola l'attendait, assise sur le canapé. Entendant son pas, elle alluma.

— Lola ! dit-il, surpris. Je pensais que tu dormirais. Que fais-tu dans le noir ?

Les bras croisés sur la poitrine, elle se leva.

— Il faut qu'on parle.

Les yeux noirs de Rodrigo brillaient intensément.

— Je suis content que tu sois réveillée. Tu m'as manqué, ma chérie…

— Un inconnu m'a abordée, aujourd'hui, Rodrigo.

— Ah ?

— Oui, il m'a draguée. Il ne s'est rien passé de grave, c'est resté amical mais c'est la deuxième fois qu'il tente sa chance. Et…

Elle soupira.

— C'est exactement ce qui s'est passé avec tes trois fiancées.

Rodrigo la regarda, l'air interrogateur.

— Je sais que tu as passé la matinée avec Elise Patel. Marnie m'a dit que tu lui avais demandé son numéro de téléphone. J'avoue que je me suis demandé pourquoi.

— Ulrika Lund est venue me voir pendant la remise de ton prix à Madrid… Pendant que tu faisais ton discours. Elle a son idée sur la raison de votre rupture et…

— Oui, son infidélité, la coupa Rodrigo.

— Peut-être, mais pourquoi ?

Agacé par cet interrogatoire, il se raidit.

— C'est quoi, cette question ?

— Tu n'aurais pas engagé des hommes pour les draguer… Et plus…

Rodrigo lâcha sa valise et éclata de rire.

— Tu plaisantes ? Je ne peux pas te laisser une journée seule ! Regarde dans quel état je te retrouve !

— Je ne plaisante pas, Rodrigo. Tu voulais peut-être tester leur fidélité. Ou…

Mal à l'aise, elle ajouta, presque à voix basse :

— Tu as peut-être eu peur de les aimer. Alors, tu auras préféré te séparer d'elles avant…

Il avança vers elle, les yeux brillants.

— Tu es folle, Lola !

Elle se ressaisit.

— Tu ne m'aurais pas envoyé ce jeune homme, par hasard ? Parce que, je te le répète, il me draguait. Cherches-tu à te débarrasser de moi ?

— Comment peux-tu penser une chose pareille ? Tu sais que je te fais confiance.

— Parce que tu appelles ça *faire confiance* ? Dire à Tobias de me suivre !

— C'est pour ta sécurité.

— Non ! Ce n'est pas pour moi ! C'est pour toi ! Pour te rassurer !

Entre exaspération et incrédulité, Rodrigo la prit par les épaules et chercha son regard. Mais elle tournait obstinément les yeux.

— Dis-moi que tu plaisantes. Tu sais très bien que je suis incapable d'une chose aussi méprisable.

— Dis-moi pourquoi alors, chaque fois que quelqu'un t'approche et commence à s'intéresser à toi, tu le repousses.

— Tu connais mes ex, alors tu sais pourquoi.

— Non !

Les traits tendus, Rodrigo s'approcha du bar et se servit un whisky hors d'âge. Puis il revint vers Lola.

— Tu as raison. J'ai appris à ne faire confiance à personne, et ça, depuis longtemps. Depuis tout petit.

— À cause de tes parents ? murmura-t-elle en le regardant.

Il avala une deuxième gorgée de scotch.

Par un jeu d'ombre et de lumière, le clair de lune creusait son visage, accusant la dureté de ses traits. Pourtant, soudain, il lui parut vulnérable…

— Mon père n'était pas mon père, lâcha-t-il.

— Pardon ?

— Quand j'étais jeune, je voyais bien que mon père me méprisait. Il ne m'a jamais embrassé. Il me regardait à peine.

Il fixa la nuit, le regard perdu.

— Le jour de ses obsèques, ma mère m'a tout avoué. Il savait depuis le début que je n'étais pas son fils.

Un sourire triste étira ses lèvres.

— Elle avait eu une brève liaison avec le chauffeur de la famille. Un amant parmi d'autres. Et elle se flattait devant mon père de l'amour que cet homme éprouvait pour elle.

— C'est pour cela que tu as exigé un test de paternité ? demanda Lola, et que tu as insisté pour m'épouser tout de suite ?

— Je ne voulais pas que mon enfant subisse un jour le choc que j'ai subi ce jour-là.

C'était limpide, maintenant. Il avait de solides raisons de ne faire confiance à personne. Mais saurait-il, un jour, surmonter son traumatisme et redonner sa confiance ?

Rodrigo regarda par la fenêtre la plage éclairée par la lune.

— En grandissant, je n'ai eu qu'une hâte : me marier. Je voulais une vraie famille, une vraie maison. Mais ça n'a jamais marché. Avec Pia, je suis tombé amoureux du personnage qu'elle jouait dans un film, pas d'elle.

Ulrika et moi, on se disputait tout le temps. Quant à Elise... Nos carrières passaient avant notre amour.

— Au fait, elle m'a dit de te remercier. D'avoir rompu. Comme cela, elle peut s'abrutir dans le travail. Elle adore ça !

Toujours tourné vers la fenêtre, il se tut un moment puis il se retourna et lui dit qu'elle avait raison. Qu'il avait compris qu'elles n'étaient pas faites pour lui et s'était réjoui de la rupture.

— Mais je ne les ai pas piégées comme tu as l'air de le croire. Ça, non !

Il semblait de si bonne foi qu'elle eut envie de le croire.

— À mon tour, dit-il reposant son verre. J'ai le sentiment que tu me caches quelque chose. Un secret.

— Moi ? Non. Je voulais juste comprendre l'échec de tes fiançailles successives. Savoir si tu avais provoqué ces trahisons.

— Pourquoi ? demanda-t-il, l'air sombre.

— Je veux savoir si je dois m'attendre au même sort.

Rodrigo la fixa. Puis la prit dans ses bras.

— Je ne te trahirai jamais, Lola.

Il la serra contre lui et l'embrassa avec fougue.

— Maintenant, regarde, dit-il. Je t'ai acheté un cadeau de Noël.

Le plus beau des cadeaux, il venait de le lui offrir en l'assurant qu'il ne chercherait pas à briser leur ménage.

— Qu'est-ce que c'est ? dit-elle, voyant qu'il attendait qu'elle lui pose la question.

— Tu ne le sauras pas tout de suite ! Tu vas devoir patienter.

— En ce cas, j'attendrai. À propos, j'ai reçu des nouvelles de mes sœurs.

Il recula pour mieux voir son visage.

— C'est ma plus jeune sœur qui a écrit. Elles ne veulent pas de l'argent, mais elles demandent que je vienne à Noël. Ce serait chouette, Noël avec mes sœurs à New York, et le premier de l'an chez Cristiano, dans leur nouvelle maison de Times Square… Qu'en penses-tu ?

Rodrigo la dévisagea, visiblement déçu.

— C'est notre premier Noël en famille. Je pensais le passer ici. J'avais un projet.

— S'il te plaît…

— C'est si important pour toi, ma chérie ? Dans ce cas, c'est oui.

Folle de joie, elle sauta au cou de Rodrigo et lui couvrit le visage de baisers.

— Tu ne le regretteras pas ! lui promit-elle.

9

C'était l'avant-veille de Noël, et le temps avait fraîchi, même à Los Angeles. Lola avait troqué ses vêtements légers contre un jean et un pull. Sous les palmiers et le soleil de Californie, elle trouvait étrange d'écouter des chants de Noël qui parlaient de neige et de famille. Peu importait, elle était heureuse, ils allaient très vite s'envoler pour New York.

Tout était organisé. Ils partaient demain, à bord du jet de Rodrigo, et ne reviendraient pas avant le jour de l'an. Encore un jour et elle allait revoir ses sœurs ! Une fête après tant d'années de séparation… Elle avait eu une conversation vidéo avec elles la semaine dernière, et avait été stupéfiée par leur changement. Elles avaient incroyablement grandi. Elle avait même échangé quelques mots avec leurs parents. Lola se souvenait d'un couple assez âgé, un peu coincé mais, cette fois, il lui avait semblé plus chaleureux et plus amical.

Peut-être ne la craignaient-ils plus parce qu'ils avaient compris qu'elle n'était pas une menace. Elle ne s'était jamais battue pour la garde de ses sœurs afin de ne pas stresser les parents. Comment aurait-elle pu ? Elle leur était reconnaissante d'avoir accueilli les filles dans leur foyer, de les avoir adoptées et rendues heureuses.

La première fois qu'elle les avait vus, Lola les avait

détestés. En fait, elle était verte de jalousie. Jalouse parce qu'ils avaient de l'argent. Jalouse parce que Kelsey et Johanna les préféraient à elle. Elle savait maintenant que c'étaient des gens tout à fait normaux. Lui travaillait comme ingénieur ; elle était secrétaire dans une école.

Jett avait des tantes, maintenant. Il avait de la famille pour l'entourer au cas où… Non, elle ne voulait pas penser à des choses tristes. Pas ce soir.

Elle avait emballé les cadeaux de Noël. Des cadeaux simples mais pensés, des présents venus du cœur. Une licorne de cristal pour Johanna, un album d'ABBA en vinyle, rare et original, pour Kelsey. Pour les parents adoptifs, elle avait acheté une pierre à pizza et ses accessoires, pour agrémenter les soirées du jeudi dont Johanna lui avait parlé. Même le chien, Harley, serait gâté, avec des friandises et des jouets à mâcher.

Rien que d'y penser, Lola sourit.

Pour Jett, Rodrigo et elle avaient fait les emplettes à New York. Il ne restait donc qu'une personne à gâter. Une personne affreusement difficile. Elle s'était creusé les méninges sans avoir d'idées jusqu'à aujourd'hui quand, enfin, alors qu'elle courait les boutiques avec le bébé, l'idée avait germé.

Gêné par une voiture qui s'était rabattue trop vite, Tobias, qui les ramenait à la maison, Jett et elle, freina un peu fort. Projetée en avant, Lola aperçu le paquet qu'elle avait posé à ses pieds. Le cadeau qu'elle allait faire à son mari. Une alliance. Quand il verrait ce qu'elle avait fait graver à l'intérieur…

Elle trembla. Allait-elle oser ?

Alors que leur 4x4 se garait devant la maison, la voix de Tobias la sortit de sa rêverie.

— M. Cabrera vient d'envoyer un message. Il vous attend.

— Merci, Tobias, dit-elle avec un sourire.

Depuis leur dernière dispute, le soir de son retour de San Francisco, Rodrigo n'était plus parti en voyage. Il s'était également arrangé pour réduire ses heures de travail. La raison était claire. Il voulait passer plus de temps avec Jett.

Mais avec elle ?

Dorénavant, il prenait le petit déjeuner avec eux, sur la terrasse, au bord de la piscine. Le soir, il rentrait plus tôt de manière à dîner avec eux. Les week-ends étaient consacrés à des promenades en famille.

Pour ce soir, il avait laissé entendre qu'il avait prévu, avant le départ pour New York, un programme très spécial.

— Pas seulement pour Noël, avait-il précisé alors qu'ils traînaient au lit, enlacés et heureux. Pour toujours.

Elle avait passé la journée à essayer de deviner ce qu'il avait en tête. Sans succès.

— Au fait, Tobias, comment va votre fils ?

— Très bien. Grâce à vous, madame Cabrera, nous allons tous les deux très bien. Merci.

Lola se pencha pour détacher la ceinture de sécurité de Jett et, distraite, ne se redressa pas tout de suite. Elle ne voulait pas de cadeau de Rodrigo. Ou plutôt, si. Elle en voulait un, un seul. Qu'il lui dise *je t'aime*.

— Madame Cabrera ? Ça va ?

Lola se releva et souleva son bébé de son siège.

— Je vais le porter, dit-elle à Tobias qui se précipitait.

La maison était bordée de palmiers, minces et hauts, qui ondulaient dans le vent, silhouettes pourpres se détachant sur l'horizon strié d'éclairs orange et rouges dessinés par le soleil couchant.

Arrivée à la maison, elle poussa la porte et entra.

— Oh !

Le salon, avec son mobilier contemporain et ses grandes baies vitrées ouvrant sur le Pacifique, avait été transformé en un champ de roses de toutes les couleurs, roses, rouges, jaunes et blanches. Mais le plus extraordinaire n'était pas là.

Debout dans l'encadrement de la porte, sublime dans son smoking, une splendide rose fuchsia à la main, Rodrigo lui souriait.

Suffoquée, Lola plaqua la main sur son cœur.

— Mais… Ce n'est pas encore Noël.

— Demain, ce sera avec ta famille. Ce soir, ce n'est rien que nous.

— Je pensais qu'on irait acheter un sapin, ce soir.

— On va le faire. En quelque sorte… Pendant ce temps, Mme Lee surveillera Jett.

La gouvernante s'avança pour prendre le bébé des bras de Lola.

— Bonne soirée, madame Cabrera.

— Mais où allons-nous ?

— Dans notre chambre, dit Rodrigo.

Ils longèrent le couloir qui menait à leur suite et là, surprise, Lola fut accueillie par un styliste flanqué d'un coiffeur et d'une maquilleuse.

— Bonjour, dirent-ils en chœur. Nous sommes là pour vous faire encore plus belle que vous ne l'êtes ! Cela ne va pas être une mince affaire ! Première étape…

Il s'avança vers un portant.

— Je vais choisir pour vous une robe de soirée. Et des escarpins. Vous me direz s'ils vous plaisent.

Une demi-heure plus tard, Lola était une star. C'est tout juste si elle se reconnaissait. Ses cheveux blonds, lissés, lui tombaient à la taille. La robe bustier, en mousseline d'un délicat rose poudré, mettait en valeur sa silhouette de sirène. Du khôl noir et des faux cils lui faisaient des yeux de biche et soulignaient leur tendre couleur noisette. Quant à ses lèvres, joliment dessinées et invariablement gourmandes, elles étaient rehaussées de rose. Elle était d'une beauté à couper le souffle.

— C'est magnifique, dit-elle en chaussant des stilettos de quinze centimètres de haut, mais que fait-on maintenant ? À mon avis, nous n'allons pas acheter un sapin !

— Venez, votre mari vous attend au salon.

Juchée sur ses talons aiguilles sur lesquels, contre toute attente, elle se sentait à l'aise, elle alla rejoindre Rodrigo.

— Tu es époustouflante ! s'exclama-t-il.

— Tu n'es pas mal non plus ! rétorqua-t-elle en riant.

— Ferme les yeux… Voilà, tu peux les rouvrir.

Il avait sorti de sa poche un écrin qu'il ouvrit devant elle.

— Oh !

Un collier de diamants, somptueux, lançait des éclairs de feu sur le plafond du salon.

— Remonte tes cheveux, dit-il d'une voix rauque.

Avec des gestes délicats, il sortit le collier de son écrin de velours et le lui attacha autour du cou.

— Et voilà !

Troublée par le contact de ses doigts sur sa nuque, elle frissonna.

— Maintenant, tu es prête !

Le cœur battant, Lola leva les yeux vers lui. C'était

trop. Son cœur débordait de tendresse, d'amour et elle n'osait pas le lui dire. C'était trop bête !

— Ne me regarde pas comme ça, ma chérie. Parce que, si tu continues, j'annule ce que j'avais prévu pour ce soir et je t'emmène tout droit au lit !

— Ça ne serait pas une punition !

— Non… Et oui. Parce que je ne pourrais pas t'offrir ton cadeau. Il n'est pas… *empaquetable* !

— Que de mystères ! laissa tomber Lola.

— Je sais qu'il te plaira. Que tu en rêvais.

Elle sentit son cœur se serrer. C'était certain, il allait lui dire qu'il l'aimait. Quel bonheur ! Elle grillait d'impatience de l'entendre.

— Moi aussi, j'ai quelque chose pour toi.

Sur ces mots, elle fila dans leur chambre et revint avec l'écrin dans lequel se trouvait l'alliance en or qu'elle avait achetée et fait graver.

Je t'aime pour toujours.

Elle la cacha dans son mini-sac avec quelques dollars, un papier d'identité et son téléphone portable.

Rodrigo s'approcha et l'embrassa.

— Tu es très belle, dit-il. Ce soir, je veux que tous tes rêves se réalisent.

Il était si grave que Lola ne douta plus de la suite.

Le cœur battant, elle sortit, lui donnant le bras. Sa Ferrari les attendait. *Calme-toi*, se dit-elle. Mais c'était impossible. Elle vivait un conte de fées.

Rodrigo mit le contact et le moteur gronda. Il passa les grilles de la propriété et s'engagea sur l'autoroute qui surplombait la côte. Arrivés dans Beverly Hills, Lola commença à avoir des doutes.

— Où allons-nous ? demanda-t-elle.

Rodrigo hocha la tête.

— Ici.

— Pourquoi ? Nous sommes invités à une soirée ?

— Pas exactement, mais une fête nous attend.

Lola remarqua que de nombreuses voitures stationnaient le long de la pelouse, alors que son mari allait se garer directement devant la porte d'entrée.

— Nous ne sommes pas seuls, dit-elle en riant.

Il se tourna vers elle, les yeux brillants, puis prit sa main et y glissa une clé.

— La maison de tes rêves, Lola. Elle est à toi.

Hébétée, elle cligna des yeux.

— Mais… Elle n'était pas à vendre.

— Non mais tu m'as dit qu'elle te plaisait, alors j'ai fait ce qu'il fallait. Tout le monde a un prix, ma chérie.

Lola leva les yeux vers le magnifique manoir de style espagnol. Construite par des vedettes du cinéma muet, cent ans plus tôt, cette maison était un modèle d'architecture des années 1920.

Des larmes lui montèrent aux yeux. Pas parce qu'il lui avait acheté un manoir — ils avaient déjà une maison superbe au bord de l'eau — mais parce qu'il l'avait écoutée. Quand elle lui avait raconté ses rêves de jeunesse, il ne s'était pas moqué d'elle. Il n'avait pas oublié. Il avait tout fait pour que l'un d'eux, au moins, se réalise.

— Mais pourquoi sommes-nous sur notre trente et un ? Et pourquoi toutes ces voitures ? Je ne comprends pas.

Il la regarda, un immense sourire sur les lèvres.

Qu'elle était bête ! Bien sûr, il avait invité sa famille, leurs amis. Puisqu'ils n'étaient pas venus au mariage, il allait lui déclarer son amour, ce soir, devant tous ceux qu'elle aimait, devant Hallie et Tess et leurs familles. Devant ses sœurs.

Quel romantisme ! Le cachotier ! Il lui avait bien dissimulé cette facette de sa personnalité.

Soudain, brûlant d'impatience de lui livrer son cœur, elle se lança.

— Je t'aime, Rodrigo.

Interdit, il battit des paupières.

— Tu aimes la maison…

— Non. Je t'aime, toi.

Elle leva la main et lui caressa la joue. Sa barbe la piqua.

— Pas ton argent.

Elle toucha son collier.

— Ni ces diamants. Cette maison, non plus. Je t'aime, toi, dit-elle avec ardeur.

Émue aux larmes, elle hocha la tête et continua.

— Je n'ai jamais cessé de t'aimer. Depuis notre tout premier baiser. Même quand il n'y avait aucun espoir.

Il plissa les yeux.

— Je t'ai dit que je t'épousais pour le bien de Jett. C'était un mensonge. J'avais peur d'admettre l'évidence. Mais je ne peux plus la nier, aujourd'hui.

Prenant son souffle, elle murmura :

— Je t'aime. Il n'y a que toi. Et je t'aimerai toujours.

Lola… l'aimait ? Les mots dépassaient sa pensée !

Ses trois ex-fiancées lui avaient dit pratiquement la même chose, avec les mêmes mots, les mêmes accents de sincérité… Mais elles l'avaient trahi, leur bague de fiançailles au doigt !

— Lola, tu n'as pas besoin de dire que tu m'aimes. Je t'ai acheté cette maison. Tu peux te détendre, maintenant.

Lola se raidit. Comment osait-il ? Humiliée, meurtrie, elle s'interdit de pleurer devant lui. Elle n'allait pas, en plus, lui faire ce plaisir.

— Lola ? dit-il, la voyant blêmir.

Il savait qu'elle était sincère et croyait vraiment l'aimer. Mais il savait aussi que l'amour était fugace, éphémère, une illusion. Ils étaient mariés. Ils avaient un enfant. L'enjeu était trop important pour le risquer au jeu de l'amour.

Désolé de voir qu'il l'avait blessée, il se crispa.

— Viens. Nous avons des invités. Nous devons entrer.

— Des invités ? dit-elle, reprenant espoir. Quels invités ?

— C'est une surprise pour la pendaison de crémaillère.

— Tu as invité mes sœurs ? Mes amies ?

Zut ! Il n'y avait pas pensé, pas plus qu'aux Zacco et aux Moretti.

— Non, dit-il, ennuyé. Des relations du monde du cinéma.

Nouvelle déception. Les beaux yeux de Lola s'assombrirent de nouveau.

Décidément, croyant bien faire, il ratait tout. Les projets de Noël qu'il mûrissait depuis des semaines avec Marnie, le collier, le manoir qu'il était tout excité d'offrir à sa femme, ce soir, tout tombait à plat.

Accablé, il lui prit la main et entra dans le grand hall de la demeure.

— Monsieur Cabrera !

Perchée sur des talons aiguilles, moulée dans un fourreau noir, Marnie McAdam s'avançait vers eux.

— Madame Cabrera, j'espère que cette fête va vous plaire, dit Marnie d'une voix enjouée qui étonna Rodrigo.

— Certainement, répondit Rodrigo à sa place.

L'immense entrée bruissait déjà des conversations des personnalités les plus influentes du monde du spectacle et des médias : chefs de studio, réalisateurs et stars de cinéma se haussaient du col, impatients d'être vus. Il les avait invités pour leur présenter Lola, non plus comme assistante mais en tant qu'épouse. Pour qu'ils la respectent.

Un bref coup d'œil à Lola, qui lui serrait le bras, lui fit tout de suite comprendre son erreur. Il avait beau avoir fait décorer le manoir de boules de Noël, de guirlandes, de houx et de lierre, il avait beau avoir fait livrer un sapin de près de sept mètres de haut qui scintillait comme un ciel étoilé, Lola était maussade. Lui qui s'était imaginé qu'elle sauterait de joie ! C'était raté.

En plus, il lui imposait des invités qu'elle ne connaissait pas. Des partenaires en affaires ou des concurrents qui la jugeaient, la jaugeaient quand lui-même lui faisait tant de mal.

Soudain, la vanité de cette soirée sauta aux yeux de Rodrigo. Cette fête était stupide. Il la détestait. Et cette maison aussi. Comment avait-il pu penser à un cadeau aussi absurde qui ressemblait si peu à Lola ? À cet instant, il se retint de ne pas tout envoyer promener. Il se dit qu'il aurait donné cher pour être dans leur maison au bord de l'océan. Avec elle et Jett.

Ravis, tous les smokings et robes de soirée se pressaient autour d'eux. Les bouchons de champagne sautaient.

— À M. et Mme Cabrera ! cria un convive en levant sa flûte de champagne.

— Félicitations ! renchérirent les autres. Et joyeux Noël ! En nous souhaitant à tous de grosses rentrées d'argent en cette heureuse saison !

Incapable de se retenir, Lola éclata en sanglots.

— Pardon, dit-elle, se couvrant le visage. Pardon.

Et elle s'enfuit.

— Lola, attends !

Il essaya de la suivre, mais des invités, désireux de placer leurs projets, l'arrêtaient au passage.

— Ne vous inquiétez pas, monsieur.

Debout près de lui, Marnie lui lança un regard compatissant.

— Je vais voir où elle est.

— Non, attendez…

Mais son assistante était déjà partie.

Cinq minutes, se dit-il. Il laissait à Lola cinq minutes pour se reprendre. Au-delà…

— Et tout à fait dans l'esprit de Noël, Cabrera, lui disait un agent de Hollywood qui l'avait harponné. Je vous laisse le scénario de mon client. Lisez-le. C'est vraiment spectaculaire et…

Rodrigo n'entendit pas la suite. Il n'attendrait pas cinq minutes. Savoir Lola en train de pleurer, seule, et ne pas se précipiter pour la consoler, lui était insupportable.

Alors qu'il se frayait un chemin vers la porte par laquelle Lola avait disparu, Marnie lui barra la route.

— Nous avons un invité indésirable, dit-elle.

— Occupez-vous de lui ! rétorqua Rodrigo sèchement. Je dois trouver Lola.

Comme il la poussait, son assistante l'arrêta.

— C'est Sergei Morozov. Il est là-bas.

L'ancien patron de sa femme à New York ? Le magnat russe qui voulait l'épouser ? Rodrigo fronça les sourcils.

— Il n'était pas sur la liste des invités.

— Non. Il a trouvé un moyen de se faufiler.

Rodrigo réfléchit très vite. Non, sa femme n'avait pas pu manigancer ça. Elle était trop sincère quand elle lui avait dit qu'elle l'aimait.

— Laissez-le, ça n'a pas d'importance. Je dois chercher ma femme.

— C'est que, justement, M. Morozov est avec elle. Ils sont ensemble.

— Ensemble ?

— Oui, dans le jardin de derrière. Je les ai vus. Ils... Comment dire... Ils s'embrassaient.

Marnie continua, mais il ne l'entendait plus. Il fonça sur la terrasse, scruta tous les coins du jardin. Elle n'était pas là.

Il revint sur ses pas et heurta Marnie qui l'avait suivi.

— Vous vous êtes trompée, Marnie.

Au même instant, il aperçut quelque chose de rose qui flottait, puis des cheveux blonds. Lola ! Avec elle, il distingua une silhouette en noir. Un homme qui embrassait sa femme. Il crut entendre des mots en russe.

— *Lyoo-blyoo, zvezda moya*.

Et une autre phrase, en français.

— Ne t'inquiète pas, tu ne crains plus rien, maintenant.

10

Interdite, Lola se débattait dans les bras de son ancien patron.

Un instant plus tôt, elle était sortie sur la terrasse, sombre et déserte, pensant y être seule pour pleurer tranquillement, quand un homme avait surgi. Elle avait d'abord cru que c'était Rodrigo et avait souri. Mais deux secondes plus tard, elle avait reconnu son ancien patron, Sergei Morozov.

— Sergei ? Vous, ici ?

— Que t'a-t-il fait, Lolitchka ? Tu pleures.

Elle avait hoché la tête.

— Non, il…

Et elle s'était tue. Rodrigo ne lui avait rien fait. Elle s'était mise dans cet état toute seule. Parce qu'elle l'aimait et qu'il ne l'aimerait jamais. C'était trop cruel. Par moments, son chagrin débordait et elle ne retenait plus ses larmes.

En séchant ses yeux, elle avait demandé à Sergei si c'était Rodrigo qui l'avait convié.

— Non. Il m'a envoyé un message m'invitant à t'emmener.

Lola avait froncé les sourcils. Elle avait dû mal comprendre.

— À t'emmener loin de lui. Je ne comprends pas

qu'il se soit aussi vite lassé de toi. Mais je ne me pose pas de questions. Je suis là, je t'enlève…

Sur ces mots, il l'avait attrapée et serrée contre lui.

Soudain, elle entendit une porte-fenêtre s'ouvrir et des pas précipités.

Rodrigo.

Il était blême.

— Non, Rodrigo, attends ! Ce n'est pas ce que tu crois !

Lola se libéra de l'emprise de Sergei et aperçut Marnie.

— J'aime mon mari. Je ne le tromperai jamais, jamais ! cria-t-elle avant de se précipiter dans le manoir à la recherche de Rodrigo.

Ne le trouvant pas dans la maison, elle sortit et le vit s'engouffrer dans sa Ferrari et démarrer en trombe. Il s'arrêta à sa hauteur.

— Monte, dit-il sèchement.

Elle s'exécuta et, sans un mot, il lança son bolide, plantant là ses invités, les cadeaux et le reste.

— S'il te plaît, supplia-t-elle, ne me dis pas que tu crois que je te…

— Je crois ce que j'ai vu, ricana-t-il, amer.

Il lui lança un regard dur.

— Non, Rodrigo. S'il te plaît, écoute-moi. Sergei m'a dit que tu lui avais adressé un message dans lequel tu lui demandais de m'emmener.

— De t'emmener ?

— De te débarrasser de moi, si tu préfères. Mais je sais que tu n'as pas pu faire ça.

Il tourna à droite, trop vite, faisant déraper sa voiture.

— C'est toi qui l'as invité à la pendaison de crémaillère ! Oui, ça ne peut être que toi.

— Comment est-ce possible ? J'ignorais tout de cette soirée…

Soudain, elle comprit.

— Je sais ! dit-elle brusquement. C'est Marnie. C'est elle qui a invité Sergei, ce soir. J'en suis sûre.

— Tu dis n'importe quoi, ma pauvre Lola !

Et il accéléra.

— J'en suis sûre. Elle est amoureuse de toi, je m'en doutais mais maintenant j'en suis certaine. Tes trois fiancées, c'était elle aussi.

— C'est ridicule. Je la connais depuis plus de dix ans !

— Peu importe ! Elle a accès à tout. Tes messages, tes comptes bancaires, tes fichiers, et elle ne s'est pas privée d'en profiter. Le beau gosse qui m'a draguée sur la plage, c'est elle. Les photos de tes ex, c'est elle. Elle est diabolique, Rodrigo. Crois-moi. Elle te veut et emploie tous les moyens possibles pour éloigner de ta vie les femmes qui s'y aventurent.

— Arrête, Lola. N'accuse pas cette pauvre Marnie pour te disculper.

— Mais enfin…

Il freina brusquement et se rangea le long du trottoir.

— Ça suffit. Descends.

Il n'allait quand même pas la laisser là !

— Sors, Lola. Descends.

Les palmiers décorés de lampions brillaient dans la nuit, ondulant au vent.

— Mais pourquoi ? se rebiffa-t-elle.

— Tu m'as menti. Je veux que tu sortes de ma vie. Pour de bon.

La voix était grave, le ton haineux.

— Sérieusement, tu ne vas pas me laisser ici ?

Abasourdie, n'ayant plus rien à quoi se raccrocher,

hormis sa fierté, Lola posa la main sur la poignée. Lentement, elle ouvrit la portière, se retourna pour prendre sa pochette et ajouta :

— S'il te plaît, Rodrigo, si tu veux bien m'écouter…

En guise de réponse, il appuya sur l'accélérateur, la plantant là, dans la nuit, sur un trottoir de Santa Monica.

Au désespoir, Lola se mit à pleurer puis, grelottante dans le vent, chercha son téléphone dans son sac.

— Oh !

L'alliance en or qu'elle avait prévu de lui offrir, ce soir, était là. Avec l'inscription qu'elle avait fait graver.

Je t'aime pour toujours.

Secouée par les sanglots, elle se prit le visage à deux mains.

Son mari était parti. Tout était fichu. Elle avait tout perdu… sauf son bébé.

Fébrile, elle composa un numéro de téléphone et attendit qu'on décroche.

— S'il vous plaît, dit-elle alors entre deux hoquets. C'est Lola. S'il vous plaît, aidez-moi.

Hors de lui, Rodrigo n'éprouvait plus rien. Il était anesthésié.

Et exaspéré par ce téléphone qui n'arrêtait pas de sonner. C'était Lola, évidemment. *Qu'elle aille au diable !* se dit-il. Elle avait un téléphone, des cartes de crédit. Elle n'avait qu'à prendre un taxi. Il ne serait pas là quand elle arriverait. On venait une fois de plus de le ridiculiser et, cette fois, ce n'était pas une fiancée, mais sa femme, la mère de leur enfant.

Il jeta un coup d'œil à l'océan d'un noir d'encre. Noir comme son humeur. Il aurait dû savoir qu'il ne fallait pas lui faire confiance… Il était maudit depuis l'enfance. Sa mère ne l'avait pas aimé, son père biologique ne l'avait pas réclamé, et l'homme qui lui avait donné son nom — Cabrera — l'avait méprisé. Personne ne l'avait jamais aimé. Il n'aimerait plus jamais personne.

Il serra les dents.

Il n'avait pas besoin de Lola. Il l'oublierait, comme les autres.

Ravalant sa rage, il serra le volant très fort. Il lui ferait regretter ce qu'elle lui avait fait. Il se battrait pour la garde de Jett. Elle ne méritait pas de vivre avec leur fils. Elle était intéressée, menteuse, elle n'était pas une mère digne de ce nom.

Mais Jett dans tout cela ? Était-il prêt à le priver de sa mère pour le laisser aux soins de nounous, comme on l'avait fait pour lui quand il était petit ?

Non. Il allait laisser la garde à Lola, mais elle n'aurait pas un sou.

Une fois rentré chez lui, il commença par consulter les appels qu'il avait reçus. Bizarrement, ce n'était pas Lola mais Marnie qui lui avait laissé des messages. Elle avait dû s'inquiéter de le voir quitter la soirée sans explication.

Ruminant sa colère, il alla au salon. Comment Lola avait-elle pu lui faire ça ? Elle avait l'air tellement sincère et amoureux quand elle lui avait dit qu'elle l'aimait.

Mais… Tout bien réfléchi, elle n'était pas au courant de cette fête. Elle n'avait donc pas pu convier Morozov.

Qui l'avait fait, alors ?

Marnie ? Non. Cela n'avait pas de sens. Morozov ? Il n'avait peut-être pas cessé de harceler Lola, et le détective qu'il avait engagé pour la surveiller n'avait rien vu. Oui, ça devait être ça. De toute façon, peu importait, désormais.

Il allait confier l'affaire à ses avocats. Dès demain. Pour l'heure, il allait embrasser son fils. La seule personne sur terre pour laquelle il comptait — peut-être — un peu.

La maison était plongée dans le noir. Il n'y avait pas un bruit. Inquiet, il appela la gouvernante qui ne répondit pas, puis gagna la chambre d'enfant. Le berceau était vide.

Affolé, il téléphona à Tobias. S'il ne répondait pas, il appellerait la police.

— Allô ?

— Où est Jett ?

— Jett va bien, monsieur, répondit Tobias calmement. Il est dans la voiture. Avec sa mère.

Rodrigo resta sans voix.

— Je conduis Mme Cabrera à l'aéroport. Elle prend le premier vol pour New York.

Silence sur la ligne.

— Elle m'a appelé quand vous l'avez laissée à Santa Monica. Il faisait froid, alors je suis allé la chercher…

Passez-la-moi ! faillit lui dire Rodrigo, mais il se tut. Il lui avait dit qu'il ne voulait plus la voir, et il n'allait pas faire machine arrière. Il avait sa dignité.

— Très bien, Tobias, conduisez-les à l'aéroport. Et qu'on me fiche la paix !

Là-dessus, il raccrocha et, s'emparant d'une bouteille de whisky, but jusqu'à l'ivresse.

La maison était vide, maintenant. Tout cet espace… Il n'en avait plus besoin. Surtout depuis que Mme Lee avait renvoyé les affaires de Lola et de Jett à New York, chez Hallie Moretti.

Le lendemain de Noël, Rodrigo rangea le whisky et se força à se lever. Il se rasa, se doucha, partit courir sur la plage. Deux bonnes heures.

La semaine qui suivit, il s'abrutit dans le travail et tenta de se convaincre qu'il vivait beaucoup mieux tout seul.

De mauvaise humeur, il harcela ses équipes.

Le 31 décembre, terré dans son bureau du siège de Cabrera Media Group, en plein cœur de Los Angeles, Rodrigo fixait son écran d'ordinateur. Il avait passé la nuit là, à lire script sur script. Et, cette nuit, en guise de réveillon, il allait recommencer.

Ses avocats avaient préparé les documents pour son divorce, il ne lui restait qu'à signer.

Marnie, très nerveuse depuis le début de la semaine, passa la tête dans le bureau.

— Tout va bien, monsieur ?

— Tout va bien, Marnie.

Sur la pointe des pieds, elle entra.

— Ned Stone vous adresse un script. Il dit que c'est le blockbuster de l'année.

Ned Stone était l'agent le plus en vue de Hollywood, et ses films étaient toujours de grands succès. Celui-ci plairait à la fois aux jeunes et aux moins jeunes, aux femmes et aux hommes.

— Reprenez-le, je n'en veux pas.

Depuis que Lola était partie, il avait engagé des millions de dollars dans des projets dont il ne se souvenait même plus.

La moitié de son conseil d'administration menaçait de démissionner et le soupçonnait de burn-out. Sinon pire…

Il ne souffrait de rien de tout cela. Lola lui manquait et c'était tout.

Parce que, sans elle, rien n'avait d'importance. Ni le succès, ni la gloire, ni la fortune. Pas même un film à grand succès…

Parce qu'il l'aimait.

Mon Dieu ! *Il l'aimait.*

Depuis leur première rencontre, il avait essayé de préserver son cœur. Mais il s'était menti à lui-même. La vérité, c'est qu'au fond de lui il avait tout de suite su qu'il l'aimait. Il l'avait compris depuis qu'elle l'avait embrassé à Mexico. Et même avant.

Mais aimer le terrifiait, alors il avait cherché une excuse pour mettre fin à leur relation. En la serrant dans ses bras, Morozov la lui avait fournie. Il en avait été presque soulagé.

— Vous allez bien, monsieur ? Vous êtes sûr ?

Il regarda son assistante.

— Marnie, dit alors Rodrigo calmement. Je sais ce que vous avez fait.

Son assistante écarquilla les yeux.

— Quoi, monsieur ?

— Vous m'avez fait rompre mes fiançailles.

Marnie monta sur ses grands chevaux.

— Mais… Je voulais vous éviter le pire, monsieur. Elles n'étaient pas dignes de vous.

— Et Lola ?

— Lola ? Ah ! Elle a éconduit le plus bel acteur de Hollywood. Il a fallu que je trouve une autre idée.

— Alors vous avez envoyé un message à Morozov, en vous faisant passer pour moi.

— Je savais que vous ne vouliez pas vous marier. Et vous avez raison, elle ne vous aime pas. Alors que moi…

Le souvenir du tendre visage de Lola lui disant qu'elle l'aimait et n'aimerait jamais que lui s'imposa à son esprit.

— J'ai tout fait pour vous. Je n'ai vécu que pour vous. J'ai sacrifié ma vie pour vous. Vous avez besoin de moi, Rodrigo. Moi seule peux vous protéger. De tout.

Rodrigo leva la tête et la fixa.

— Je ne vous ai rien demandé, Marnie, et sûrement pas de me protéger. Maintenant… je vous demande de partir.

Décomposée, elle se figea.

— Vous m'avez entendu ? Partez ! J'aime ma femme et à cause de vous…

À cause de vous, je l'ai maltraitée, faillit-il dire. Mais ce n'était pas juste. Il n'y avait pas que les fourberies de Marnie qui l'avaient éloigné de Lola. Il avait eu peur. Peur d'être délaissé et de souffrir. Peur d'aimer.

— Allez-vous-en, Marnie. Allez chercher du travail et un autre homme à aimer… Ailleurs !

Son assistante se mit à sangloter.

— Que vais-je devenir ? Vous ne pouvez pas me faire ça.

— Je crois savoir que Morozov retourne à Moscou et cherche une nouvelle assistante. Postulez !

Il se leva précipitamment et, sans ajouter un mot, sortit de son bureau.

— Rentrez tous chez vous, ordonna-t-il à ses troupes, et bonne année à tous !

Il attrapa son portable et appela le pilote de son jet.

— Préparez tout. Dès que vous êtes prêt, on s'envole pour New York.

Il devait voir Lola. Ni dans huit jours ni demain. Ce soir. Avant minuit. Pour commencer la nouvelle année et sa nouvelle vie avec elle. Il savait maintenant qu'il ne pouvait se passer d'elle. Qu'il l'aimait. Et il se sentait le courage de le lui avouer.

Alors qu'il roulait vers l'aéroport, pédale à fond sur l'accélérateur, une angoisse l'étreignit. N'était-il pas déjà trop tard pour lui déclarer son amour ?

11

Pourquoi ses amies l'avaient-elles laissée faire ça ?

— Plus que dix minutes ! lança Hallie en embrassant son mari.

Autour de Lola, des couples heureux comptaient les minutes qui les séparaient de la nouvelle année. Devant elle, sous une grosse boule de gui, Stefano embrassait Tess.

Le réveillon avait lieu au bar et sur la terrasse du restaurant de Cristiano et de Tess qui avaient invité leurs familles et leurs plus proches amis. En bas, sur Times Square, des milliers de piétons se pressaient, impatients de s'embrasser et de s'émerveiller du feu d'artifice qui allait embraser le ciel de Manhattan.

Mais Lola ne profitait pas de la fête, et frissonnait dans la robe lamée argent empruntée à Hallie. Depuis son retour de Los Angeles, avec Jett, la semaine dernière, elle n'avait pas retrouvé le sourire. Son cœur était brisé. Rodrigo lui manquait. Son mari lui manquait. Elle voulait le retrouver.

Elle ouvrit la main et regarda l'alliance en or qu'elle avait eu l'intention de lui offrir à Noël. Elle l'avait apportée, déterminée à la jeter, ce soir à minuit, afin de pouvoir commencer une nouvelle année sereine. Sans souvenir.

Essuyant une larme furtive, elle quitta le bar et sortit sur la terrasse. Il faisait froid, un froid glacial, engourdissant.

Hallie et Tess ne la quittaient pas des yeux, désolées de la voir seule et triste. Elle était heureuse pour ses amies. Vraiment. Elles avaient tout risqué par amour et elles avaient gagné.

Elle avait tout risqué et elle avait perdu.

Une boule dans la gorge, elle s'accouda au garde-fou. Elle n'avait pas le droit de se plaindre. Son fils était en bonne santé. Elle en avait la garde. Ses petites sœurs étaient revenues dans sa vie. Elle avait de bonnes amies, un toit dans la grande maison des Moretti où elle avait laissé Jett aux soins d'une nounou, avec le bébé d'Hallie, Jack.

On lui avait même offert deux emplois, un dans l'hôtel de Cristiano, l'autre dans la maison de couture de Tess qui était sur la rampe de lancement !

Elle avait refusé les deux, ayant décidé d'entreprendre des études de droit. Tess et Hallie avaient applaudi et l'avaient vivement encouragée. C'était Rodrigo qui lui avait soufflé cette idée, lui prouvant ainsi qu'il avait confiance en ses capacités.

Elle regarda sa main et le diamant qu'il lui avait offert. Il faudrait qu'elle le lui renvoie. Comme le collier. Le divorce allait bientôt être prononcé. Rodrigo avait dû faire les démarches. Elle recevrait bientôt les papiers à signer.

Elle regarda en bas. Times Square bruissait d'agitation.

Ça suffit ! Assez ressassé. Amuse-toi ou fais semblant !

Elle n'avait pas le droit de gâcher la fête de tout le monde.

S'essuyant les yeux une nouvelle fois, elle se retourna…

Non, elle rêvait !

Mais non, ce n'était pas un mirage. C'était Rodrigo, en chair et en os !

Flageolant sur ses jambes, elle passa les bras derrière son dos pour se cramponner à la rambarde.

— Que fais-tu là ? murmura-t-elle, interdite.

— Je suis venu pour toi.

Il était beau, tout en noir, avec sa voix suave et son regard velouté dans son visage amaigri. Dans le froid de la nuit, une légère buée s'échappait de ses belles lèvres entrouvertes.

Tremblante, elle lâcha la rambarde et fit un pas vers lui.

— Pour moi ? dit-elle, incrédule.

Comme elle posait la main sur sa joue et la caressait, il l'emprisonna sous la sienne.

— Oui, pour te dire que tu avais raison.

Reprenant espoir, Lola inspira longuement.

— À propos de Marnie ?

— Oui, mais pas seulement…

Lentement, Rodrigo la serra dans ses bras. Il avait maigri mais il était toujours aussi puissant. Aussi solide et fort. Ses beaux yeux noirs brillaient plus que jamais.

— Je suis amoureux, Lola. Amoureux *de toi.* Je t'ai toujours aimée.

Avec douceur, il souleva ses cheveux et caressa ses épaules nues.

— Je t'aime tellement que j'ai eu peur. Peur de te perdre un jour comme j'ai perdu les autres.

Il marqua un temps d'arrêt.

— Mais, maintenant, je n'ai plus peur. Après ton départ, tout s'est écroulé. Je me suis effondré. J'ai pris conscience de la place que tu avais dans ma vie et que rien d'autre n'avait d'importance. Tu es tout ce que je désire, Lola. Tout ce dont j'ai besoin. Tu es tout pour moi. Parce que je t'aime.

Bouleversée, elle plongea son regard dans le sien.

— J'ai été stupide. Marnie a peut-être sabordé mes fiançailles mais j'ai ma part de responsabilité dans ces échecs. Avec toi, tout est différent. Je t'admire, je te respecte. Tu n'es pas seulement la femme que j'aime, tu es mon amie, ma complice. Tout ce que je veux, c'est être avec toi. Tu es mon âme sœur.

Sur la terrasse et, en bas, sur Times Square, on égrenait les secondes.

— Vingt, dix-neuf…

— Et je sais que j'ai tout gâché, poursuivit-il tout bas, comme pour lui-même. J'aimerais retourner en arrière pour effacer mes erreurs.

Il lui caressa les cheveux.

— Dis-moi que tu me pardonnes. Dis-moi ce que je dois faire pour te reconquérir.

— Dix… Neuf… Huit…

Trop émue pour parler, elle le regardait dans les yeux.

— Je ferai tout pour te reconquérir, Lola. N'importe quoi. Dis-moi.

— Chut ! dit-elle posant un doigt sur ses lèvres.

— Cinq…

Ouvrant la main, elle lui tendit l'alliance en or.

— Voilà ma réponse, dit-elle.

Il prit l'anneau dans le creux de sa main et lut à mi-voix.

— « Je t'aime pour toujours ».

Soulagé, Rodrigo releva les yeux.

— Un… Zéro. Bonne année !

L'enveloppant de ses bras, il l'embrassa comme il

ne l'avait jamais embrassée, avec tendresse et passion. Encouragée par sa fougue, elle lui rendit son baiser avec la même ardeur.

Mais des acclamations s'élevaient derrière eux, les arrachant au charme de leur étreinte. La tête contre sa poitrine, elle vit les Moretti et les Zacco, et tous les invités à la fête se presser contre les grandes baies vitrées. Tous sans exception riaient et applaudissaient. Hallie et Tess, radieuses, brandissaient des coupes de champagne, comme si elles avaient toujours su que l'amour gagnerait.

Elles avaient raison, pensa Lola. L'amour avait triomphé. Quelles que soient les difficultés traversées dans la vie, quelles que soient la peine et la douleur qu'on pouvait endurer, l'amour pouvait sortir vainqueur des épreuves.

— Et si l'on s'installait à New York ? dit Rodrigo contre toute attente.

Elle le regarda avec une joie mêlée de perplexité.

— Tu es sérieux ?

— Pourquoi pas ? J'ai entendu dire que les choses bougeaient. Qu'avec la mondialisation, l'avenir des sociétés du spectacle, des médias et du cinéma est à New York.

Décidément, il l'avait bien écoutée.

Elle éclata de rire.

— Sans compter que la plupart de nos amis et de nos familles sont ici.

— Oui et je me suis rendu compte que ce qui te rend heureuse me rend heureux aussi.

Après avoir glissé l'anneau à son doigt, il lui prit le visage à deux mains.

— J'ai passé ma vie à te chercher, mon ange, et

maintenant que je t'ai trouvée, je ne te laisserai jamais partir.

— Je t'aime, chuchota Lola, souriant à travers ses larmes. Je t'aime et je t'aimerai toujours.

Alors que Rodrigo happait ses lèvres pour le plus fougueux des baisers, le feu d'artifice éclata pour saluer la nouvelle année et leur nouvelle vie.

Épilogue

L'été était enfin arrivé à New York. Les arbres étaient verts, le soleil brillait et les touristes se bousculaient, fidèles à New York comme les hirondelles de San Juan Capistrano.

Trois amies jacassaient dans le parc d'une magnifique demeure du West Village, tandis que leurs maris s'affairaient autour d'un barbecue.

— Écoutez-les se disputer sur la cuisson des steaks ! plaisanta Tess.

— Ils finiront bien par se mettre d'accord, intervint Hallie.

— Pourvu que ce soit avant que la viande soit carbonisée ! pouffa Lola.

Esme, seize mois, le fils de Tess, s'approcha, tel un culbuto, de Jack, le fils de Hallie, à peine plus jeune que lui.

— Ils ne vont quand même pas se disputer, eux aussi ! dit Lola qui tenait Jett endormi dans ses bras.

Tess éclata de rire.

— Dites, les filles, si on se commandait des pizzas ?

— Ha ha !

Comprenant qu'elles se moquaient d'eux, les trois maris les regardèrent.

— Qu'y a-t-il ?

— Rien, faites joujou avec la marinade !

Pour se donner une contenance, Hallie avala une gorgée d'eau pétillante.

— Vous vous rendez compte, dit-elle, rêveuse, comme les choses ont changé depuis notre première rencontre dans le groupe de parole des mères célibataires ?

Elle pencha la tête de côté.

— L'année dernière, à la même époque, j'étais au creux de la vague.

— Comme nous, dit Lola. Je pensais que je n'aurais jamais ce que je rêvais d'avoir.

Hallie, émue, soupira.

— J'avais envie d'une famille. D'une maison…

— Moi, je voulais de l'amour, renchérit Tess. Amour, toujours…

— Finalement, j'étais la seule à être pragmatique, déclara Lola. Contrairement à vous, je savais que l'argent fait le bonheur.

Effarées, ses deux amies la regardèrent puis éclatèrent de rire.

— Quoi ? dit Lola. C'est vrai !

— Ne nous raconte pas d'histoires, rétorqua Tess. Tu n'as jamais voulu d'argent. Tu voulais une vraie famille. Comme nous.

— Ne t'inquiète pas, la rassura Hallie en lui tapotant la main. Ça restera entre nous.

Lola la regarda, l'air froissé. Puis elle éclata de rire.

— Je t'ai bien eue !

Après un regard à leurs maris, Hallie prit ses amies par la main et se pencha avec elles en avant.

— Je peux vous dire un secret ? Vous n'en parlerez pas ?

— Parole, dit Tess.

Hallie leva son verre d'eau pétillante.

— À votre avis, pourquoi est-ce que je bois de l'eau gazeuse et pas de la sangria ?

— Et moi ? renchérit Tess.

Lola se redressa sur sa chaise.

— Moi aussi, fit-elle remarquer.

Les trois amies se regardèrent, les yeux écarquillés.

— Toutes les trois ensemble…

— Toutes les trois enceintes…

— Et amies pour toujours…

Elles se jetèrent dans les bras les unes des autres et s'embrassèrent.

Alertés par leurs éclats de rire, les trois maris se retournèrent.

— Qu'est-ce qui peut bien les faire rire comme ça ? dit Cristiano tout haut.

Stefano fronça les sourcils.

— Aucune idée.

Rodrigo jeta un coup d'œil par-dessus son épaule. Le jardin ensoleillé, leurs enfants heureux, leurs femmes rayonnantes et mystérieuses… Il se retourna vers ces hommes devenus ses amis et sourit.

— Mon petit doigt me dit que nous le saurons bientôt.

HEIDI RICE

Entre haine et désir

Traduction française de
ISABELLE DONNADIEU

HARLEQUIN

Titre original :
BOUND BY THEIR SCANDALOUS BABY

Ce roman a déjà été publié en 2019

1

Lukas Blackstone détestait la foule, mais il aimait encore moins les pièces plongées dans l'obscurité. Ce soir, hélas, il allait devoir faire face à ses deux hantises en même temps. À cette idée, quelques gouttes de sueur perlèrent à ses tempes. Il les essuya rapidement. Son costume, pourtant l'œuvre d'un grand couturier, le serrait, l'empêchait de respirer. À moins que ce ne soit la peur qui lui nouait la gorge.

Depuis la mezzanine, il jeta un coup d'œil sur les invités d'honneur rassemblés dans la salle de bal, décorée dans le plus pur style Art déco, de l'hôtel Blackstone de Manhattan.

Les vedettes de Hollywood se mêlaient à des hommes d'affaires, les stars de la télévision à celles de la chanson et de la politique. Les diamants scintillaient, le champagne coulait à flots et le buffet était l'œuvre d'un chef réputé dans le monde entier. Quant à l'ambiance musicale, elle était assurée par un orchestre d'une trentaine de musiciens. Le Bal de la pleine lune de l'hôtel Blackstone était l'un des événements les plus courus de la saison, mais, contrairement à Alexeï, son défunt jumeau, Lukas n'avait jamais apprécié cette soirée. Elle avait pour lui des allures de cauchemar.

La voix de son frère, fière, irrévérencieuse et dotée

de ce charme irrésistible qui faisait craquer toutes les femmes, résonna dans son inconscient : « Ne t'en fais pas, frérot. Si tu ne veux pas danser dans le noir avec des déesses, pas de problème. Mais ne viens pas pleurer si je conclus à la fin de la soirée et pas toi ! »

Las, il baissa les épaules. Il avait tout à coup l'impression qu'un sac de plomb lui écrasait le dos. Il enfouit les poings dans les poches de son pantalon et, les yeux dans le vague, laissa la nostalgie l'envahir.

— Monsieur Blackstone ? M. Garvey voudrait savoir si vous avez choisi votre partenaire pour la Valse de minuit ?

Il se retourna brusquement et dévisagea le jeune stagiaire de son attaché de presse. Il était déjà l'heure ? Il baissa les yeux vers sa montre. Minuit moins dix… Rassemblant son courage, Lukas prit une profonde inspiration. Le programme prévoyait qu'il fasse une apparition sur le parquet à minuit pile et invite une jeune femme à danser devant une nuée de photographes.

La tradition avait été lancée dans les années 1920 par son arrière-grand-père, un émigré russe aux mœurs légères qui souhaitait se trouver une épouse parmi les débutantes de la haute société new-yorkaise. Pour le plus grand malheur de Lukas, son attaché de presse, Dex Garvey, avait décidé de relancer la tradition avec lui.

— Dites à Dex que cela ne le regarde pas.

Le stagiaire s'éloigna, visiblement effrayé par son ton menaçant.

L'idée de se jeter en pâture devant la presse du monde entier le révulsait. Hélas, il était trop tard pour reculer.

À contrecœur, il baissa à nouveau les yeux vers la salle de bal, à la recherche d'une candidate pour la fameuse valse. Les jeunes femmes célibataires étaient rassemblées au centre du parquet. Il ignora les demoiselles issues des plus grandes familles d'Europe. Il savait que Dex Garvey les avait invitées dans l'unique espoir qu'il en choisisse une, ce qui créerait le buzz, un excellent moyen de promouvoir le nouvel hôtel Blackstone qui devait prochainement ouvrir aux Maldives.

Oui, il voulait, lui aussi, faire parler de ce nouvel hôtel, mais il n'allait certainement pas se marier juste pour faire de la publicité.

De plus en plus nerveux, Lukas quitta son sanctuaire. D'un pas lent et résigné, il commença à descendre l'escalier. Une foule de visages féminins enthousiastes le fixait tandis qu'un murmure d'impatience bruissait parmi les invitées. Il aperçut soudain une jeune femme un peu à l'écart. Contrairement aux autres, qui faisaient tout pour être remarquées, minaudant, battant des cils, celle-ci ne cherchait pas à attirer son attention.

Incrédule, il la dévisagea. Son corps parfait était mis en valeur par une robe vert émeraude, une robe beaucoup plus simple que celles que portaient les autres femmes de la soirée. L'intensité lumineuse baissa. Seule la lune éclairait désormais sa peau, lui donnant une attirante teinte argentée qui contrastait avec sa flamboyante chevelure rousse.

Il approcha et sa température grimpa de quelques degrés.

Darcy O'Hara…

Darcy O'Hara était ici ?

Darcy O'Hara, la jeune femme qui, quatre ans plus tôt, avait tenté de faire chanter Alexeï, juste avant le décès de celui-ci… Mais que diable faisait-elle à New York ?

Sans réfléchir, Lukas se dirigea vers elle. La colère lui serrait la gorge et l'empêchait de respirer, mais impossible de s'arrêter ou de changer de direction, il était bien trop captivé. Il ne voyait plus aucune des autres femmes. Il n'en voyait plus qu'une, et le stress tendait chacun de ses muscles. Son instinct de prédateur venait de se réveiller.

Telle une gazelle devinant la présence du lion dans les hautes herbes, la jeune femme tremblait, mais elle ne semblait pas avoir la force de fuir. Une preuve de courage ? Non, il ne s'agissait que d'un jeu de rôle pour elle, il le savait. Elle pouvait jouer les femmes fragiles si cela l'amusait, il n'y croyait pas une seconde.

Il avança un peu plus. Le goût âcre de la vengeance était désormais plus fort que les craintes d'enfant qui l'envahissaient depuis des années à chaque fois que la lumière baissait. Désormais, la colère rugissait dans ses veines, une colère teintée d'un surprenant désir.

Tu aurais dû fuir, Darcy, car tu ne vas pas aimer ce qui est sur le point d'arriver.

Il arriva à son niveau juste au moment où l'orchestre jouait les premières notes de la Valse de minuit. Sans un mot, il attira la jeune femme contre lui, la faisant prisonnière de ses bras. Elle poussa un petit cri mais ne résista pas. Elle se contenta de se cambrer contre son bras ; Lukas en profita pour savourer la douceur de sa peau contre sa main.

Peu lui importait si elle avait l'impression qu'il la traitait comme une femme de petite vertu, c'était exactement ce qu'elle était. Darcy O'Hara allait payer pour ses mensonges à Alexeï, et elle allait regretter d'être venue à cette soirée sans y avoir été invitée. À la fin de la danse, tous les paparazzis de Manhattan sauraient qu'elle n'était qu'une vulgaire croqueuse de diamants.

— Monsieur Blackstone…, bafouilla-t-elle avec cet accent anglais dont il se souvenait toujours, même quatre ans après leur brève rencontre. Vous me faites mal !

Il desserra légèrement son étreinte afin de ne pas laisser de marque sur sa peau – il n'était tout de même pas un monstre. En fait, c'était elle, le monstre.

— Appelez-moi Lukas, rétorqua-t-il d'un ton sec. Et arrêtez de vous tortiller ainsi !

Il repensa à Alexeï, jeune homme impulsif, fougueux, incapable de résister à un beau visage. Il repensa à tout ce qu'il avait perdu, le jour où cette jeune femme s'était glissée dans le lit de son frère. Il prit alors une décision irrévocable : il allait venger son frère.

La tête lui tournait. Entre les bras de Lukas Blackstone, qui la serraient et la retenaient prisonnière, Bronte avait le vertige.

Ignorant les questions qui se bousculaient dans sa tête, elle tenta de réfléchir calmement à ce qui venait de se passer. Hélas, elle avait du mal. Cet homme qu'elle rencontrait pour la première fois avait réveillé tous ses sens. Elle n'était même plus capable de protester.

Elle avala tant bien que mal sa salive. Sa robe la serrait. Elle l'avait achetée sans l'essayer dans une friperie de l'East Village, de façon à pouvoir se glisser dans cette soirée et rencontrer l'homme qui représentait sans doute la dernière chance de Nico, son neveu.

Lukas Blackstone était un salaud, la façon dont il avait traité Darcy quatre ans plus tôt en était la preuve.

Malgré tout, malgré sa haine pour lui, elle était venue le supplier de lui accorder son aide. Mais jamais elle ne s'était imaginé que sa main puissante lui donnerait la chair de poule, ni que son regard noir l'aimanterait, encore moins que son parfum musqué l'envoûterait.

En quelques instants, cet homme lui avait fait perdre tous ses moyens.

La musique accéléra soudain, et sa respiration devint plus rapide. Toute sa raison était en train de l'abandonner. Sous la douce lumière de la pleine lune, elle avait l'impression de vivre un rêve… Un rêve érotique mais terrifiant. Son corps n'était plus qu'une boule d'émotions contradictoires qui s'entrechoquaient et lui donnaient le tournis. Bronte tenta de se raccrocher à sa haine pour cet homme, pour tout ce qu'il était et surtout ce qu'il avait fait subir à Darcy. Quatre ans plus tôt, il avait en effet tenté de faire chanter sa sœur, lui proposant une grosse somme d'argent pour qu'elle avorte de l'enfant de son frère Alexeï.

Si cet homme était une telle ordure, pourquoi avait-elle l'impression d'être aussi vivante entre ses bras ? Pourquoi avait-elle l'impression que tous ses sens bouillonnaient, comme si, en l'attirant entre ses bras, Lukas Blackstone avait brisé la carapace de protection qu'elle avait érigée autour d'elle ? Pourquoi son corps se réveillait-il alors qu'il la serrait fort, comme pour la punir ? Pourquoi mourait-elle d'envie de se lover contre son corps musclé ?

Après un moment qui lui sembla durer une éternité, la musique s'arrêta. Son cavalier relâcha son étreinte. Elle faillit trébucher, tellement la tête lui tournait. Heureusement, il la rattrapa en refermant sa main puissante sur son bras.

Des applaudissements s'élevèrent autour d'eux, et, avant qu'elle ait pu réagir, les lèvres de Lukas Blackstone se posèrent sur les siennes…

Sous le choc, sous le charme, Bronte entrouvrit la bouche. La langue de Blackstone se mit à danser contre la sienne. Son corps s'enflamma aussitôt. Elle aurait voulu résister à ce baiser, mais elle en était incapable. Il la punissait, elle le savait, elle pouvait même sentir le goût de son mépris. Malgré tout, impossible de lutter. La tentation était bien trop forte.

Soudain, il rompit le baiser, et un silence pesant remplaça les applaudissements et les murmures. Encore abasourdie, Bronte dévisagea enfin Lukas Blackstone. Pour la première fois, elle examina attentivement ce visage qui la hantait depuis trois ans.

Il ne ressemblait en rien aux photos qu'elle avait vues de son jumeau. Son regard s'arrêta sur la cicatrice qui lui barrait la joue gauche. D'après ce qu'elle savait, il s'agissait de la conséquence d'un accident lorsqu'il était enfant. Cette blessure qui avait abîmé la parfaite symétrie de ses traits rendait son visage plus attirant encore. Mais aussi plus dangereux, plus redoutable.

— Je vois que vous êtes toujours la même femme de petite vertu qui a séduit mon frère, lui lança-t-il.

Il claqua des doigts pour appeler le service de sécurité auquel Bronte avait essayé d'échapper toute la soirée.

Ses mots explosèrent dans sa tête, brisant la bulle de plaisir qui avait grandi en elle pendant la danse. La peur, la colère et le dégoût remplacèrent le désir. Alors, sans réfléchir, elle le gifla. Comme dans un film au ralenti, elle entendit le bruit de la gifle, aussi bref qu'un coup de canon, vit Lukas rejeter la tête en arrière, puis sentit la douleur envahir sa main.

— C'est votre frère qui était un homme de petite vertu ! Pas Darcy.

Avant qu'il ait eu le temps de répondre, des mains puissantes l'empoignèrent.

— Mettez-la dehors et confiez-la à la police, ordonna Blackstone.

Il se toucha la joue comme pour vérifier l'état de sa mâchoire, puis fit demi-tour et s'éloigna.

— Attendez ! Attendez !

Mais Blackstone ne se retourna pas, et le garde du corps l'entraîna dans la direction opposée.

Quelle idiote elle était ! Elle avait dépensé toutes ses économies pour tenter de retrouver cet homme, et voilà qu'elle avait détruit toutes ses chances à cause d'une simple danse et d'un baiser qui lui avaient fait perdre la tête.

Le désespoir qui la hantait depuis des semaines, depuis qu'elle avait appris que son neveu souffrait d'une rare forme de cancer du sang, la rattrapa. Elle allait être arrêtée, Lukas Blackstone prendrait des mesures pour qu'elle ne puisse plus l'approcher, et Nico n'aurait plus aucune chance.

Non, hors de question de baisser les bras ! Elle allait se battre ! Rassemblant toute l'énergie qui lui restait, Bronte donna un coup au garde du corps, si fort que celui-ci la lâcha et qu'elle tomba. Elle se releva tant bien que mal et courut aussitôt en direction de la nuée de photographes qui suivait Blackstone. Elle l'attrapa par la manche et l'obligea à se retourner.

— Je ne suis pas Darcy, je suis sa sœur. Darcy est

décédée. Elle est morte il y a trois ans. Je suis ici pour vous parler de son fils Nico, le fils d'Alexeï. Je… Aïe !

Le bras du garde du corps s'était refermé une nouvelle fois autour de son ventre, la serrant encore plus fort que la première fois. Blackstone leva la main pour empêcher l'homme de la traîner dehors.

— Lâchez-la.

Lukas serra les dents pour se maîtriser, retrouver son légendaire sang-froid – qui l'avait abandonné à la minute où il avait posé le regard sur cette femme. Tout en tenant son bras, il examina son visage en forme de cœur, ses prunelles couleur émeraude qui le défiaient, ses taches de rousseur et ses lèvres gourmandes encore gonflées par leur baiser.

À la lumière, il constatait qu'en effet cette jeune femme n'était pas celle qui avait fait perdre la tête à son frère quatre ans plus tôt. La forme de son visage était différente. Elle était aussi plus petite et ne possédait pas la ruse de Darcy O'Hara, même si elle avait décidé d'utiliser le même mensonge que sa sœur pour tenter de lui extorquer de l'argent.

Son attirance pour cette femme était-elle plus légitime ? Non. Il n'aurait jamais dû la toucher, et sûrement pas l'embrasser. Mais son envie de lui donner une bonne leçon, mélangée à un désir intense, l'avait fait dérailler.

Un seul regard sur ces lèvres sensuelles à la fin de la danse, et il n'avait plus eu qu'une idée en tête : s'en emparer et les dévorer. À vrai dire, il n'était pas fier de sa réaction. D'habitude, il restait toujours maître de lui-même, il contrôlait ses envies, ses désirs. Contrairement à son frère, il avait appris très tôt que la spontanéité était une faiblesse et qu'elle pouvait même devenir dangereuse si on y succombait. Mais jamais son *self-control* n'avait autant été mis au défi que lorsqu'il avait aperçu cette jeune femme au milieu de la foule. Instantanément, sa raison avait abdiqué et son corps avait pris le contrôle.

— S'il vous plaît, vous devez m'écouter, le supplia-t-elle.

Il ressentait une certaine admiration pour elle. Elle était peut-être une intrigante manipulatrice, à l'image de sa sœur, mais elle ne possédait pas les talents d'actrice de celle-ci. Ainsi, elle ne parvenait pas à cacher son hostilité à son égard.

— Rien ne m'y oblige, répondit-il enfin.

Il ne lâcha toutefois pas son bras. Au lieu de cela, il continua vers l'escalier, l'entraînant avec lui.

— Monsieur Blackstone, la police est en chemin, lui annonça Jack Tanner, son chef de la sécurité, visiblement mal à l'aise.

Il avait raison de l'être : ses services avaient été défaillants.

— Découvrez comment elle est parvenue à passer les contrôles. Je veux un rapport complet sur mon bureau dans une heure.

— Bien, monsieur Blackstone. En attendant, voulez-vous que nous vous débarrassions d'elle ?

Lukas ne répondit pas. Il continua à avancer avec sa proie au bout du bras. En haut de l'escalier, il s'arrêta. Malgré le cordon de sécurité, il pouvait voir les paparazzis les mitrailler. Cet incident allait faire le bonheur des journaux à scandale, demain. D'ailleurs, peut-être était-il déjà à la une des blogs et des sites people. Non seulement les journalistes l'avaient vu embrasser la sœur de Darcy O'Hara, mais en plus ils l'avaient entendue affirmer qu'Alexeï avait eu un enfant…

La tristesse l'envahit, puis la colère. À coup sûr, cette fille avait attendu le moment opportun pour annoncer haut et fort son mensonge, de façon qu'il soit entendu de tout le monde, de façon à faire monter les enchères et lui demander encore plus d'argent en échange de son silence. Si seulement il n'avait pas offert aux photographes la photo parfaite en l'embrassant avec gourmandise… Il s'en voulait presque autant qu'il lui en voulait à elle.

Cependant, elle allait vite découvrir qu'il n'était pas un homme qui se laissait manipuler aussi facilement que quatre ans plus tôt, lorsqu'il avait versé cinquante mille dollars à sa sœur pour éviter à Alexeï d'annoncer publiquement qu'il était responsable de cette prétendue grossesse.

Aujourd'hui, son frère n'était plus là. Un accident de voiture lui avait coûté la vie, un soir où il avait bu pour tenter d'oublier les mensonges de Darcy O'Hara. Cette femme avait tué son frère, telle était la vérité. Il n'avait donc aucune raison de donner à sa sœur le moindre dollar, mais plutôt une bonne leçon. Il le devait bien à Alexeï.

— J'aimerais lui parler en privé, annonça-t-il à Jack Tanner. Occupez les policiers et débarrassez-vous des journalistes.

Il demanderait à Dex Garvey de rédiger un communiqué afin de tuer dans l'œuf toutes les rumeurs ayant pu naître durant la soirée. L'important était d'éviter que d'autres petites malignes se mettent en tête de lui extorquer de l'argent.

Il sentit le corps de la jeune femme s'assouplir, comme

si elle était soulagée. Elle pensait avoir obtenu ce qu'elle désirait ? Elle n'allait pas être déçue en découvrant que c'était le contraire !

Une fois dans sa suite, Lukas lâcha la jeune femme, puis claqua la porte derrière lui et la verrouilla. Il enfouit ensuite les mains dans ses poches. Pourquoi diable la désirait-il encore ? Le baiser ne lui avait donc pas suffi ?

Elle croisa les bras devant sa poitrine avant de relever les yeux et de river son regard au sien. Ses joues étaient roses ; pour la première fois, il remarqua des cernes sous ses yeux. Après réflexion, peut-être était-elle une meilleure actrice que sa sœur, capable de se faire passer pour un ange vengeur alors qu'elle était en fait un maître chanteur accompli.

Bien décidé à lui montrer le mépris qu'elle lui inspirait, il la regarda droit dans les yeux. À la lumière, la robe qu'elle portait était bien moins impressionnante. Elle ne lui allait même pas, elle serrait trop sa poitrine. Son regard s'arrêta sur les pointes de ses seins, qui tendaient le tissu, mais il le détourna vite : son sexe était en train de durcir à nouveau.

Elle ne portait aucun bijou et très peu de maquillage. Sa peau semblait aussi douce que celle d'un enfant. D'ailleurs, quel âge avait-elle ? Dix-huit ans, dix-neuf tout au plus. Elle avait l'air d'une adolescente.

— Je vous écoute. Vous avez cinq minutes pour me dire combien la révélation de la soi-disant paternité d'Alexeï est censée me coûter, puis je vous remettrai entre les mains de la police.

Et à ce moment-là, Lukas serait ravi de porter plainte pour tentative d'extorsion de fonds.

2

— Que… Quoi ?

Bronte était tellement sous le choc et tellement exténuée que sa voix craquait.

— Vous m'avez bien entendu, répéta-t-il. Combien ?

Elle le détestait. Cet homme était d'une cruauté sans bornes. Elle venait de lui annoncer que son frère disparu avait eu un enfant et tout ce qui l'intéressait, c'était l'argent ? À partir du moment où il avait posé le regard sur elle, il l'avait traitée avec mépris. Il l'avait d'abord embrassée devant des centaines de personnes, il l'avait ensuite insultée alors qu'elle ne pouvait pas se défendre. Et, maintenant, il l'accusait de vouloir le faire chanter ?

Elle se mordit la lèvre, si fort qu'elle sentit le goût du sang. Elle avait envie de crier tellement il la rendait folle. Elle serra les poings pour se contrôler. Elle ne devait surtout pas s'énerver, elle avait besoin de sa coopération. Nico avait besoin de sa coopération.

Malheureusement, c'était Lukas Blackstone qui avait les cartes en main ; pas seulement en termes d'argent et d'influence, mais aussi physiquement. Dans cet espace clos, il la toisait. Sans talons, elle ne mesurait guère plus d'un mètre soixante, alors que lui devait dépasser le mètre quatre-vingt-dix. Il avait un corps puissant, musclé, sans une once de douceur. Il lui faisait penser à un lion en cage, indomptable et capable, d'un seul mouvement de patte, de l'écraser et de lui faire perdre tous ses espoirs.

Elle se força à parler d'une voix aussi claire et déterminée que possible :

— Je ne veux pas de votre argent.

Elle avait pourtant du mal, ses genoux tremblaient. *Tu n'as pas peur de lui*, se répéta-t-elle comme pour s'en convaincre. Si elle réagissait ainsi, ce n'était qu'à cause des événements de ces derniers temps. Lukas Blackstone concentrait ses espoirs, ses craintes, ses rêves et ses cauchemars. Pour le meilleur ou le pire, elle allait devoir gagner cette bataille ; sinon, elle perdrait tout ce qui comptait pour elle. Et elle n'aurait plus rien.

Hélas, elle n'était pas solaire ni irrésistible comme sa sœur. Darcy, avec son petit sourire, son rire contagieux et sa détermination à toujours voir le bien chez les autres, même chez le père qui les avait rejetées avant de fonder une autre famille, charmait tout le monde. Elle avait même réussi à séduire Alexeï Blackstone, qui selon elle était tombé fou amoureux d'elle – même si les faits suggéraient aujourd'hui le contraire.

Alexeï Blackstone n'était qu'un play-boy qui avait séduit Darcy un soir à Monaco alors que celle-ci travaillait dans un bar. Après une balade au soleil couchant dans sa voiture de sport et quelques coupes de champagne, il lui avait volé sa virginité avant de jeter Darcy dès le lendemain. Sa sœur avait perdu son emploi et était rentrée à Londres le cœur brisé. Lorsqu'elle avait découvert qu'elle était enceinte, elle n'avait pas réussi à joindre Alexeï. Il n'avait répondu à aucun de ses messages frénétiques. Lukas avait fait son apparition à Londres quelques jours plus tard. Il lui avait offert de l'argent pour la pousser à avorter.

Darcy était convaincue que c'était l'idée de Lukas, pas celle d'Alexeï. De son côté, Bronte était certaine que c'était au contraire Alexeï qui avait confié à son frère la mission d'acheter le silence de sa sœur, qui n'avait jamais voulu l'entendre. Alexeï Blackstone était un salaud, tout comme son frère. Il était juste un peu plus charmant. Mais lorsque Darcy avait évoqué son amant, les yeux remplis d'amour, quelques heures après avoir donné naissance à Nico, Bronte n'avait pas eu la force de briser les illusions de sa sœur.

— Promets-moi que tu ne diras pas au frère d'Alexeï que j'ai gardé le bébé. Lukas ne doit jamais apprendre l'existence de Nico.

Les souvenirs qui remontaient à sa mémoire la bouleversaient. Trois ans plus tard, elle pouvait toujours sentir la main fragile de Darcy, l'odeur de la morphine et du désinfectant, et surtout ces mots qui la hantaient depuis :

— Je te le promets, Darcy. Je prendrai soin de Nico, et Lukas Blackstone n'apprendra jamais son existence.

Elle n'avait que dix-huit ans lorsque Nico était entré dans sa vie et que la mort de Darcy l'avait privée de sa jeunesse. Au départ, le nouveau-né avait été un poids pour elle, d'autant plus que Bronte pleurait encore sa sœur, puis Nico était devenu un bébé souriant, facile, et surtout la bouée de sauvetage qui lui avait permis de survivre. Elle avait trouvé un emploi de femme de ménage dans une boîte de nuit et elle travaillait autant que possible pour élever Nico seule. Elle avait respecté la promesse faite à Darcy, du moins jusqu'à ce que la pédiatre de son neveu, le Dr Patel, ne lui annonce, dans son bureau de l'hôpital pour enfants de Westminster, qu'elle n'était pas compatible pour le don de moelle épinière qui pouvait sauver Nico et qu'elle devait tenter de trouver un donneur dans la famille du père.

Contrairement à Darcy, elle avait toujours été réaliste, pragmatique. Si la pédiatre pensait que le diable lui-même était la meilleure chance pour Nico, alors elle allait le trouver et le forcer à coopérer. Le problème, c'était que maintenant qu'elle l'avait trouvé, elle ignorait comme le séduire, et surtout comment le convaincre. Elle n'avait aucune expérience en la matière.

Et Lukas avait l'air de plus en plus sombre et menaçant…

— Si vous ne voulez pas d'argent, alors pourquoi avez-vous joué les pique-assiette ce soir ?

— Je vous ai déjà dit pourquoi.

Elle s'interrompit et réprima un soupir : son ton était bien trop sec, ce n'était pas une bonne tactique.

— Je dois vous parler de Nico, le fils de votre frère Alexeï, reprit-elle d'une voix plus douce.

Le regard de Lukas vacilla l'espace d'un instant, si brièvement qu'elle n'eut pas le temps de décrypter cette émotion. Puis il se reprit et la fixa avec mépris. Le désespoir la gagna. Finalement, peut-être avait-elle eu tort de venir jusqu'ici. Peut-être sa mission était-elle perdue d'avance.

Non, elle ne pouvait pas baisser les bras. Hors de question.

— Nico est votre neveu.

Admettre un lien entre cet homme cynique et l'enfant innocent et rieur qu'était Nico lui faisait un drôle d'effet, mais tant pis.

— Il n'a que trois ans mais il est très malade. Son

seul espoir est un traitement expérimental à base de cellules souches. Nous avons besoin d'un donneur. Ses deux parents étant décédés, le médecin qui suit Nico estime que vous êtes le meilleur donneur potentiel, puisque vous êtes le jumeau de son père.

Le visage impassible de Blackstone la déstabilisait. À part un petit tic du muscle de sa joue, il ne laissait rien passer. Était-il vraiment humain ? Comment pouvait-il rester de marbre alors qu'elle le suppliait d'aider un enfant, le fils de son frère ?

Il fronça un peu plus les sourcils, comme s'il réfléchissait aux mots qu'elle venait de prononcer. L'avait-il entendue ? Allait-il enfin accepter de l'aider ?

— Si cet enfant existe vraiment, et s'il est en effet malade, je crois que nous savons tous les deux qu'il n'y a aucune chance que je sois un donneur potentiel.

— Pourquoi dites-vous cela ? Vous n'avez même pas été testé ?

— Parce qu'il n'y a aucune chance qu'Alexeï soit son père.

— Vous savez qu'Alexeï était son père, sinon jamais vous n'auriez proposé cinquante mille dollars à ma sœur pour qu'elle se fasse avorter.

Il haussa les sourcils. L'avait-elle surpris ?

— C'est ce que vous a raconté votre sœur ?

— Oui et je l'ai crue. Elle ne m'aurait jamais menti.

Darcy était l'honnêteté incarnée. Elle avait accepté l'argent de cet homme, mais juste pour le bien de son enfant. Elle l'avait d'ailleurs utilisé comme apport pour s'acheter le studio en rez-de-chaussée dans lequel Bronte vivait aujourd'hui, à Hackney, dans l'est de Londres.

— Vous racontez n'importe quoi. Je ne lui ai pas ordonné de se faire avorter, pour la simple et bonne raison que je n'ai jamais cru qu'elle était enceinte. Et si elle avait été enceinte, cet enfant n'aurait pas été celui d'Alexeï. Si votre sœur a cru que l'argent était destiné à un avortement, tant pis pour elle. Pour moi, il s'agissait juste de débarrasser Alexeï du problème qu'elle représentait.

— Mais elle était enceinte d'Alexeï !

— J'ai rencontré votre sœur une seule fois, continua Lukas, d'une voix glaciale qui lui donna la chair de poule. Je pensais qu'elle était juste une bonne menteuse, une arnaqueuse de talent. J'ai dû sous-estimer le problème car je n'ai pas compris qu'elle délirait, qu'elle croyait vraiment que mon frère pouvait être le père.

— Darcy ne délirait pas. Elle disait la vérité.

— Non, elle mentait. Alexeï ne pouvait pas être le père, il était stérile.

— C'est impossible ! s'écria-t-elle.

Le doute la gagna cependant. Darcy s'était-elle trompée ? Du coup, sa mission pour sauver Nico était-elle vaine ?

— Je vous assure que c'est vrai. Mon père a consulté un grand nombre de spécialistes après que mon frère a souffert d'une grave inflammation des testicules lorsqu'il était adolescent.

La colère qui bouillonnait en Lukas avait visiblement pris le pas sur l'indifférence qu'il affichait quelques secondes plus tôt. À l'évidence, il n'était pas sans cœur, en tout cas quand il était question de son frère.

Malgré le choc de la révélation qu'il venait de lui faire, elle se força à rester concentrée. Quelque chose ne tournait pas rond dans cette histoire. Alexeï avait été le premier amant de Darcy, son seul amant. Lukas semblait toutefois convaincu de ce qu'il affirmait concernant son jumeau. Cela expliquerait pourquoi il avait offert de l'argent à Darcy, et pourquoi Alexeï avait refusé de répondre aux nombreux messages de Darcy. À l'évidence, les deux hommes avaient cru que sa sœur était une mythomane qui cherchait juste à gagner de l'argent. Les cinquante mille dollars n'étaient pas destinés à un avortement, comme Darcy l'avait cru en paniquant ; il s'agissait de l'empêcher d'annoncer à la presse cette grossesse que les deux hommes pensaient impossible.

Dans ce cas-là, pourquoi Nico ressemblait-il tellement aux frères Blackstone ? Et comment Darcy aurait-elle pu tomber enceinte d'un autre homme ? Elle n'avait couché qu'avec Alexeï.

Non, peu importait ce que pensait Lukas Blackstone, il se trompait. Forcément. Alexeï était le père de Nico et cela voulait dire que Lukas était toujours le meilleur donneur potentiel pour le petit garçon.

— Cela m'est égal si le monde entier pensait que votre frère était stérile. Il ne l'était pas parce que Nico est son fils. Darcy me l'a dit, et il suffit de le regarder pour savoir que c'est la vérité.

Lukas se renfrogna un peu plus. Sa mâchoire était de plus en plus crispée. Le lion était sur le point d'attaquer, mais Bronte s'en moquait : elle continuerait à le harceler jusqu'à ce qu'il admette la vérité et accepte de donner une chance à Nico.

— Je crois que tout comme votre sœur, vous avez perdu la tête, annonça-t-il en sortant son portable de sa poche et en composant un numéro. Votre temps est écoulé, mademoiselle O'Hara, la farce a assez duré.

Il porta son téléphone à son oreille.

— Arrêtez !

Elle lui attrapa le bras et sursauta, surprise par la décharge électrique qui la traversa en touchant son muscle à travers le smoking.

— Réfléchissez un instant, reprit-elle. Et si les grands spécialistes s'étaient trompés ? Et si par miracle votre frère avait bel et bien eu un enfant, et que Nico était tout ce qu'il restait de lui ?

— Je ne crois pas aux miracles, répondit-il d'un ton toujours aussi froid.

Toutefois, il baissa son téléphone.

— Laissez-moi vous montrer une photo de Nico, reprit Bronte, déterminée à profiter du petit espoir qu'elle percevait enfin. J'en ai beaucoup sur mon téléphone. Il est dans un sac caché derrière un lave-vaisselle, dans les cuisines.

Ce sac contenait également l'uniforme de serveuse qu'elle avait utilisé pour se faufiler discrètement à l'intérieur de l'hôtel.

— Si après avoir vu les photos, vous n'avez pas envie d'enquêter pour savoir si Nico est lié à vous et à votre frère, je ne frapperai plus jamais à votre porte, je vous le promets.

De toute façon, elle ne le pourrait pas puisqu'il lui avait clairement annoncé son intention de porter plainte contre elle. Qu'allait-il décider ? se demanda-t-elle, anxieuse. Il porta à nouveau son téléphone à son oreille et elle retint son souffle.

Pitié, mon Dieu, laissez Lukas Blackstone donner à Nico une chance de vivre !

— Tanner, demandez à l'un de vos hommes d'aller

dans les cuisines. Il y a un sac caché derrière un des lave-vaisselle. Apportez-le-moi.

— Merci.

Soulagée, elle prit une profonde inspiration.

— Je dois admettre que vous êtes une aussi bonne actrice que votre sœur.

Pour toute réponse, elle se contenta de hocher la tête. Elle ne pouvait pas encore se réjouir, le visage de Blackstone était bien trop sombre. Elle le dévisagea alors, s'attarda sur sa cicatrice et, incapable de s'en empêcher, en suivit la ligne avec son doigt.

— Je suis désolée, murmura-t-elle, troublée.

Avait-il souffert, enfant, tout comme Nico souffrait aujourd'hui ?

Il se redressa et s'éloigna, le regard de plus en plus noir, de plus en plus menaçant. Bon sang, à quoi pensait-elle ? Elle allait tout gâcher en se conduisant ainsi !

— Inutile de me toucher, mademoiselle O'Hara. Contrairement à mon frère, aucune belle jeune femme ne réussira jamais à m'influencer.

Il ordonna aux deux gardes du corps en faction devant la porte de la surveiller, lui demanda le code de son téléphone puis sortit. Lasse, Bronte se laissa alors tomber sur le canapé.

Les vingt minutes suivantes lui semblèrent durer une éternité. *Tout ira bien une fois que Lukas aura vu les photos de Niko*, se répétait-elle pour se donner du courage. En attendant, leur conversation repassait en boucle dans son esprit ; à chaque fois, une vague de chaleur l'envahissait et sa tête se mettait à tourner.

Si elle discutait avec les gorilles immobiles de part et d'autre de la porte, peut-être parviendrait-elle à se changer les idées…

— Vous pensez que je vais me faire arrêter ?

— C'est M. Blackstone qui prendra la décision, répondit le plus âgé des deux.

Au même instant, la porte s'ouvrit et Lukas Blackstone entra, la privant instantanément d'oxygène.

— Laissez-nous, ordonna-t-il avec autorité.

Les gardes du corps obtempérèrent sans attendre. Blackstone faisait-il cet effet à tous ses employés ?

Il avait retiré sa veste de smoking et son nœud papillon. Il avait aussi remonté les manches de sa chemise blanche, dévoilant des avant-bras musclés et bronzés. Ses cheveux étaient en désordre, comme s'il avait passé la main dedans, mais son regard était toujours aussi sombre, ses traits toujours aussi sévères.

Bronte avala sa salive. Elle tremblait mais se força à se maîtriser. Montrer le moindre signe de faiblesse à cet homme serait une erreur, elle le savait.

Il laissa son regard noir aller et venir sur sa robe de satin, et ses joues s'empourprèrent. Elle devait avoir l'air d'une pauvre fille dans sa robe d'occasion trop serrée, avec son chignon qui tombait. Elle repoussa ses craintes futiles dans un coin de sa tête : elle n'avait pas le temps de se préoccuper de son apparence.

— Avez-vous vu les photos de Nico ?

— Oui.

— C'est vrai ?

Alors pourquoi était-il toujours impassible ? Comment pouvait-il ne pas avoir vu la ressemblance ? Elle sautait pourtant aux yeux.

— Mon équipe médicale a contacté le pédiatre

de l'hôpital des enfants de Westminster. Nous avons trouvé le numéro dans votre téléphone.

— Cela veut dire que vous me croyez ?

Des lueurs d'espoir s'allumèrent en elle.

— La ressemblance est suffisante pour enquêter plus avant.

Il ne montrait aucun signe d'émotion. Au contraire, il plissait le front. Mais il n'avait pas dit non, c'était le plus important.

— Quand avez-vous l'intention… d'enquêter ?

Le temps était essentiel, dans cette affaire. Blackstone pouvait subir des examens à New York et envoyer les résultats en Angleterre afin que les médecins déterminent si, oui ou non, il était un donneur potentiel.

Il baissa les yeux vers sa montre.

— Nous partons dans vingt minutes, dès que l'hélicoptère aura fait le plein.

— *Nous ?* s'exclama-t-elle. Où allons-nous ?

— À l'aéroport JFK. Le jet de mon entreprise va nous conduire à Londres. Nous devrions arriver vers 8 heures demain matin. L'hôpital nous attend.

— Cela veut dire que vous allez tout de suite subir des examens ?

Elle avait du mal à y croire.

— Le seul test que je suis prêt à passer est un test ADN.

Son ton était neutre. Il ne semblait toujours pas convaincu, mais peu importe car elle n'avait aucun doute sur le résultat.

— Et lorsque le test prouvera que Nico est bien le fils d'Alexeï ?

À ce moment-là, il n'aurait pas le choix, il devrait subir des examens complémentaires. Elle n'avait donc pas tout gâché en le giflant. Nico avait toujours une chance.

— Ensuite, vous devrez répondre à certaines questions.

Il quitta la suite. Bronte comprit que sa bataille contre Lukas Blackstone était loin d'être terminée. Il ne semblait ni excité ni satisfait à l'idée de découvrir qu'il avait un neveu. Il avait surtout l'air en colère.

Contre elle.

3

L'hélicoptère se posa sur le toit de l'hôpital pour enfants de Westminster. Instinctivement, Bronte resserra son manteau autour d'elle. Elle portait toujours la robe de satin vert qu'elle avait revêtue pour le bal Blackstone, alors elle avait froid. Où était son sac ? Elle n'en avait pas la moindre idée et n'allait sûrement pas poser la question à Lukas.

Elle lui avait à peine parlé durant le trajet. De nombreuses questions s'étaient pourtant bousculées en elle, mais elle n'avait pas eu le courage de les poser à Lukas. À vrai dire, il ne lui en avait guère laissé l'opportunité non plus. Il l'avait ignorée pendant la majeure partie du temps, travaillant sur son ordinateur portable et passant des coups de fil. Elle avait malgré tout réussi à dormir quelques heures.

Son stress était déjà à un niveau élevé, parce que c'était la première fois qu'elle montait dans un hélicoptère et la première fois qu'elle prenait un jet privé. Elle n'avait pas eu le courage de l'accroître en interrogeant Blackstone sur ses intentions envers son neveu.

Naïvement, elle avait cru qu'il s'était radouci lorsqu'il lui avait annoncé leur départ. Mais pourquoi cela aurait-il été le cas ? Qu'est-ce qui lui faisait croire que Lukas serait meilleur que la plupart des hommes ?

Son propre père les avait abandonnées, elle et sa sœur, quand elles étaient encore si petites qu'elles pouvaient à peine se souvenir de lui. Il était parti sans dire un mot, un jour, et n'était jamais revenu.

Leur mère avait passé des années à le chercher, convaincue qu'il avait perdu la vie dans un dramatique accident ou qu'il avait perdu la mémoire, jusqu'au jour où, dix ans plus tard, elle avait découvert via un article du journal local qu'il vivait dans une ville voisine avec sa nouvelle femme.

La porte de l'hélicoptère s'ouvrit, et Bronte tenta de refouler ses souvenirs. En vain, ils étaient bien trop puissants, bien trop oppressants. Aujourd'hui encore, elle se souvenait de son impatience pendant que sa mère habillait ses deux filles avec leurs plus belles robes, leur répétant qu'elles allaient voir leur papa. Elle se souvenait aussi du regard vide et froid de cet homme lorsqu'il avait ouvert la porte et annoncé à leur mère qu'il avait tourné la page. Il n'avait même pas baissé les yeux sur Darcy et elle, ne les avait même pas regardées !

Depuis ce jour, elle avait mis un point d'honneur à ne plus jamais penser à son père. Elle avait fait tout son possible pour oublier ce jour funeste, pour enfouir au plus profond de sa mémoire ce sentiment de ne pas être à sa place qu'elle éprouvait à chaque fois qu'elle pensait à lui. Mais depuis qu'elle avait embarqué avec Lukas Blackstone, elle ne pouvait s'empêcher de rejouer chaque minute de cette terrible journée.

Sans doute pensait-elle à son père car aujourd'hui, comme à l'époque, tous ses espoirs reposaient sur les épaules d'un seul homme, au cœur aussi dur que de la pierre.

Que ferait-elle si Blackstone refusait d'aider Nico

une fois que le lien sanguin serait confirmé ? Y avait-il au moins une chance qu'il accepte de l'aider ? Pendant un moment, elle avait été optimiste, mais plus elle y réfléchissait, plus elle craignait de se faire des illusions. Pour l'instant, Blackstone n'avait fait preuve que de colère et de cynisme face à elle. Était-il même capable d'une autre émotion ? Elle en doutait.

Il quitta l'hélicoptère accompagné de son assistante, et elle les suivit au pas de course.

Dès qu'elle aperçut le Dr Patel et sa voisine bien-aimée, Maureen, qui s'était occupée de Nico en son absence, Bronte s'apaisa légèrement.

Elle allait enfin revoir Nico. Depuis trois jours qu'elle était partie à New York, il lui manquait terriblement.

— Monsieur Blackstone, je suis heureuse que vous ayez accepté de venir, lança la pédiatre en souriant. Comme je l'ai dit à votre équipe au téléphone, Nico est…

Lukas Blackstone la coupa en levant une main.

— Inutile de me parler de l'enfant avant que les résultats du test ADN soient connus. Mon équipe juridique vous a-t-elle contactée ?

— Quelle équipe juridique ? intervint Bronte, d'une voix haut perchée tellement elle était inquiète.

Certes, elle était épuisée, sous le coup du décalage horaire, et elle avait besoin de voir Nico, mais la façon dont Blackstone prenait le contrôle de la situation ne lui plaisait pas. Il était en Angleterre, désormais. Il ne pouvait pas lui donner des ordres, encore moins aux employés de l'hôpital.

Apparemment, il n'avait pas compris le message parce qu'il ne la regarda même pas lorsqu'il reprit :

— Vous devriez peut-être aller voir votre neveu. Je ne crois pas que votre présence soit nécessaire pour le test ADN.

Elle avait envie de protester, de lui demander une nouvelle fois pourquoi ses avocats devaient intervenir, mais Lukas suivit le Dr Patel. Maureen en profita pour s'approcher d'elle et l'embrasser tendrement.

— Bronte, je suis si contente de te voir. Nico sera fou de joie. Il ne cesse de te réclamer. Avant que j'oublie, j'ai apporté les vêtements que tu m'as demandés.

— Merci. Je suis impatiente moi aussi de le retrouver.

Elle avait également hâte de pouvoir retirer sa robe de soirée trop serrée.

— C'est une excellente nouvelle que M. Blackstone ait accepté de venir ici pour aider Nico ! s'exclama Maureen, enthousiaste.

L'excitation de sa voisine et amie réveilla ses inquiétudes.

— Tu crois ? lui demanda-t-elle d'une petite voix.

Surprise par sa réponse, Maureen la dévisagea avec curiosité.

— Quel est le problème, ma chérie ? Tu n'as pas l'air aussi soulagée que je l'imaginais.

Elle soupira. Maureen avait été comme un roc à ses côtés, depuis que celle-ci avait emménagé dans l'appartement au-dessus du sien, un an plus tôt. Infirmière à la retraite, sans famille, elle avait été un grand soutien pour elle. Et depuis que Nico était malade, elle lui était devenue indispensable. En plus, son neveu l'adorait.

— Je ne suis pas sûre que Blackstone ait l'intention d'aider Nico, même si le test ADN est positif, avoua-t-elle.

C'était la première fois qu'elle évoquait ses craintes à haute voix.

— Tu es fatiguée, Bronte, c'est pour ça que tu vois tout en noir. Tu ne devrais pas t'en faire. Le Dr Patel m'a dit que M. Blackstone avait fait une donation d'un million de dollars à l'hôpital, la nuit dernière. En plus, il est venu jusqu'à Londres. Il n'aurait pas fait autant d'efforts s'il n'avait pas l'intention d'aider Nico.

Blackstone avait fait une donation d'un million de dollars ? Elle n'en revenait pas ! Malheureusement, cette nouvelle ne suffisait pas à faire taire ses mauvais pressentiments.

— La seule chose qui doit t'inquiéter est de savoir si M. Blackstone est oui ou non le donneur dont nous avons besoin.

Elle lisait de l'optimisme dans le large sourire de sa voisine, un optimisme qui lui manquait cruellement à cet instant.

— Étant donné que M. Blackstone est le portrait craché de Nico, reprit Maureen, je pense que nous n'avons pas d'inquiétude à avoir concernant le résultat du test ADN.

Pour toute réponse, elle se contenta d'un hochement de tête. Elle était bien trop épuisée pour argumenter.

— D'accord.

Elles remontèrent le couloir jusqu'au service de pédiatrie. Devant la porte, Maureen l'embrassa et lui ordonna une nouvelle fois de ne pas s'inquiéter. En vain. Bronte avait du mal à respirer tellement elle était nerveuse. Et si la donation n'était pas un acte sans arrière-pensée, mais une façon de prendre le contrôle ? Elle ne faisait aucune confiance à Lukas Blackstone.

4

Alexeï avait donné naissance à un fils.

Un fils aujourd'hui gravement malade.

Lukas restait impassible mais, en lui, une tempête de questions rugissait. Ainsi, Darcy O'Hara n'avait pas menti, et sa sœur non plus ! Le problème, c'était que celle-ci avait gardé secrète l'existence de ce petit garçon pendant trois ans. Si celui-ci n'était pas tombé malade, Lukas aurait-il jamais été au courant que son frère avait eu un fils ?

La colère s'insinua jusqu'au creux de son ventre et il ferma les yeux pour tenter de la contenir.

— Le test ADN ne se contente pas de confirmer que votre frère est bien le père de Nico, lui expliqua la pédiatre. Ces résultats suggèrent surtout une forte probabilité de compatibilité entre vous et Nico. Évidemment, nous devrons faire quelques examens complémentaires mais, comme son père et vous étiez de vrais jumeaux, vous devriez être le donneur parfait. À condition, bien évidemment, que vous consentiez au don.

— Bien sûr.

Si sa moelle épinière pouvait sauver l'enfant, il serait un monstre de refuser, d'autant plus qu'il savait qu'Alexeï avait toujours rêvé d'avoir des enfants. C'était d'ailleurs la nouvelle de sa stérilité qui l'avait poussé dans cette spirale autodestructrice qui avait fini par le tuer.

Lui avait refoulé toutes les émotions qui l'avaient rendu vulnérable lorsqu'il était enfant ; Alexeï avait choisi l'option inverse, vivant à cent à l'heure, flirtant sans cesse avec les limites, jusqu'à la mort.

La vie était parfois ironique. La femme qu'il considérait comme responsable de la mort de son frère avait en fait assuré sa descendance. Elle lui avait donné un héritier. Un enfant qui devrait porter le nom de Blackstone.

— Aimeriez-vous rencontrer votre neveu ? Nous avons le temps en attendant votre prochaine prise de sang.

Son ventre se noua un peu plus. Il avait envie de répondre non. La dernière chose qu'il désirait était de créer un lien avec cet enfant, mais… Sans doute devait-il le rencontrer au moins une fois.

— Bien sûr. J'ai cependant quelques obligations professionnelles urgentes à régler avant. Je repasserai pour faire sa connaissance plus tard.

Il devait lancer des procédures, et surtout vérifier qu'il gardait la maîtrise totale des événements.

La pédiatre lui adressa un sourire gêné. Apparemment, son refus de rencontrer le gamin tout de suite la surprenait. Heureusement, elle ne lui adressa aucun reproche.

— Je vais aller annoncer la bonne nouvelle à Bronte.

Pour toute réponse, il se contenta d'un geste de la tête puis sortit. Il était pressé d'appeler son avocat. L'enfant était un Blackstone, désormais.

— C'est une bonne nouvelle ? fit Bronte d'une petite voix.

Elle hésitait encore à se réjouir.

— C'est une *excellente* nouvelle, acquiesça le Dr Patel. Nous devrons faire quelques examens complémentaires, mais les premiers résultats sont très prometteurs.

— Et Lukas Blackstone a accepté de donner sa moelle épinière ?

Peu à peu, la joie la gagna, s'insinua dans chaque parcelle de son corps, renversa les murs de protection qu'elle avait érigés autour de ses pires craintes. Pour Nico, elle s'était obligée à rester forte, à ne jamais laisser couler la moindre larme.

— Oui, il a accepté.

— Vous lui avez pourtant expliqué qu'il ne s'agit pas d'un acte anodin, que c'est douloureux ? demanda-t-elle, à la recherche d'assurances supplémentaires.

Elle avait encore du mal à croire que Lukas Blackstone était bel et bien le sauveur dont elle avait tant rêvé.

— Oui, je lui ai décrit toute la procédure et il n'a pas hésité une seconde avant d'accepter.

Ses genoux se mirent à vaciller. Elle était tellement soulagée que ses jambes ne la portaient plus. La tête lui tournait.

— Asseyez-vous, lui ordonna le Dr Patel.

Devinant qu'elle risquait de s'évanouir, la praticienne l'installa d'autorité sur une des chaises en plastique de la salle d'attente, puis lui tendit un mouchoir.

— C'est une tellement bonne nouvelle que je n'arrive pas à y croire, marmonna-t-elle.

Elle se moucha et laissa échapper un rire nerveux.

— Tout n'est pas encore réglé, nuança le Dr Patel en lui prenant la main. Les signes sont cependant très positifs. Vous pouvez avoir confiance.

— Je sais… C'est juste que… Je pensais que Lukas Blackstone était un mauvais sujet. J'étais convaincu que, même s'il était l'oncle de Nico, il refuserait de l'aider. Je me suis bien trompée.

Honteuse, elle baissa les yeux. Elle avait jugé le milliardaire sans même le connaître. Elle avait imaginé un homme arrogant, méprisant ; or il avait accepté de faire un acte d'une incroyable générosité pour un enfant qu'il ne connaissait même pas. Cet homme était un héros.

Elle essuya ses larmes. Au départ, elle avait hésité à contacter Blackstone, de peur de rompre la promesse faite à Darcy ; mais aussi, et surtout, parce qu'elle était la seule famille de Nico. Même si elle voulait désespérément lui trouver un donneur, une petite partie d'elle espérait qu'elle pourrait, elle, être celle qui sauverait son neveu.

Elle se releva. Stop ! Elle n'avait le temps ni de pleurer ni de se faire des reproches. Le plus urgent était de remercier Lukas. Elle ne l'avait pas fait correctement lorsqu'il avait accepté de traverser l'Atlantique. C'était pourtant un premier indice qui aurait dû lui indiquer qu'il n'était pas si mauvais.

Quelle idiote elle était ! Elle s'était conduite comme la pire des ingrates dans l'avion, mettant au point toutes sortes de scénarios cauchemardesques qui ignoraient l'évidence, à savoir que Lukas Blackstone était prêt à aider le petit garçon.

Elle laissa échapper un long soupir puis, se forçant à se concentrer sur le présent, suivit le Dr Patel.

Lukas Blackstone était l'oncle de Nico, c'était désormais officiel. Ce qui voulait dire qu'elle allait devoir surmonter ses craintes et le laisser pénétrer dans la vie de l'enfant. Parce que, évidemment, Lukas voudrait rencontrer le fils de son frère, il voudrait jouer un rôle dans sa vie. A priori, il allait le sauver, ce qui lui donnerait certains droits. De nombreux droits.

Lorsque Bronte entra dans la chambre, Nico lui adressa un sourire fatigué.

— Tu es réveillé, mon amour ! s'exclama-t-elle.

Elle caressa les courtes boucles brunes, qui avaient commencé à repousser depuis la dernière séance de chimiothérapie.

L'espoir lui serra le cœur et l'émotion l'envahit. Avec un peu de chance, il n'aurait plus à subir d'autres chimiothérapies. Avec un peu de chance, il ne souffrirait plus.

— Comment te sens-tu, mon chéri ?

— Je suis fatigué.

Son neveu bâilla et elle le serra entre ses bras, savourant son souffle chaud contre sa joue.

— J'ai une nouvelle importante à t'annoncer mais, si tu es fatigué, je vais peut-être attendre demain. Je ne voudrais pas que tu t'endormes.

Nico la regarda en fronçant ses petits sourcils et elle esquissa un sourire attendri.

— Je ne vais pas m'endormir, je ne suis plus un bébé ! Je vais avoir trois ans trois quarts la semaine prochaine. C'est quoi la nouvelle importante ?

— Un monsieur a fait un long voyage pour venir te rencontrer. Il a même traversé un océan.

Lorsqu'elle lui avait annoncé son départ pour les États-Unis, elle avait veillé à ne pas lui donner de faux espoirs. Aujourd'hui, cependant, elle avait du mal à cacher son optimisme.

— Tu parles du monsieur avec les os magiques ? Celui qui va m'aider à me sentir mieux ? Tu l'as trouvé ?

Son bonheur lui allait droit au cœur. Cela faisait tellement longtemps qu'elle n'avait pas aperçu un tel éclat dans les prunelles de l'enfant.

— Oui, je l'ai trouvé. Tu te souviens, je t'ai expliqué que c'était le frère de ton papa.

— Mon papa qui est mort ?

— C'est ça, oui. Lukas est un frère très spécial de ton papa, qui s'appelle un « jumeau ». Il est venu de très loin pour te rencontrer et, je l'espère, t'aider à te sentir mieux.

Si le traitement ne fonctionnait pas, elle trouverait autre chose à lui dire mais, pour le moment, elle voulait juste voir ses yeux briller. Et, quoi qu'il advienne, elle serait toujours reconnaissante à Lukas Blackstone d'avoir donné de l'espoir à Nico.

— C'est un super héros ?

— Ton super héros à toi tout seul. Pas mal, non ?

— C'est lui, Superman ? demanda Nico, pointant un doigt vers la porte. Qu'est-ce qu'il est grand !

Bronte jeta un coup d'œil par-dessus son épaule et s'empourpra aussitôt.

Lukas avait l'air encore plus grand que d'habitude. Mais aussi plus sombre. Il approcha du lit, suivi par deux hommes en costume noir et son assistante, qui tapait frénétiquement sur son téléphone portable.

La main toujours sur l'épaule de Nico, Bronte se leva pour faire face à Lukas.

— Nous sommes contents de vous voir, fit-elle d'une voix aussi amicale et chaleureuse que possible.

Si elle trouvait Lukas intimidant, qu'en serait-il d'un petit garçon de même pas quatre ans ?

— Vraiment ?

— Absolument, prétendit-elle.

Oui, c'était un mensonge, mais elle aurait tant aimé qu'il soit vrai ! Elle prit la main de Nico, prête à les présenter l'un à l'autre mais son neveu, plus courageux qu'elle, bondit hors du lit.

— Je suis Nico. Tata Bronte dit que vous êtes mon super héros et que vous allez m'aider à me sentir mieux.

Surpris, Lukas la regarda avec curiosité avant de baisser les yeux vers le petit garçon.

— Je vais essayer, marmonna-t-il, l'air un peu embarrassé.

Nico serra Lukas entre ses petits bras avant d'enfouir le visage contre les jambes de son pantalon.

— Merci. Je déteste être malade, c'est horrible !

Nico se mit à pleurer, à gros sanglots, et Bronte, le cœur brisé, lui posa une main sur l'épaule pour tenter de l'apaiser et l'éloigner de Lukas. Tendu, celui-ci avait levé les mains, visiblement très mal à l'aise. Le brillant homme d'affaires n'avait à l'évidence aucune expérience avec les enfants.

Elle prit Nico dans les bras et le porta dans son lit, puis le borda en prenant bien soin de ne pas le blesser avec sa perfusion.

— Tout va bien, mon chéri. Tu peux pleurer si tu en as envie.

Ignorant Lukas, toujours raide, elle caressa les cheveux de Nico pour qu'il s'arrête de pleurer.

— Mais je n'ai pas envie de pleurer. Je veux être un grand garçon courageux.

— Tu es un grand garçon courageux, murmura-t-elle avant de déposer un baiser sur son front. Même si tu pleures.

Nico lui adressa un sourire las. Son chagrin semblait l'avoir privé des rares forces qu'il possédait encore.

— Est-ce que mon super héros peut rester avec moi ?

Elle se retourna. Toujours sous le choc apparemment, Lukas n'avait pas bougé.

— Il va rester jusqu'à ce que tu t'endormes.

D'un simple mouvement de la tête, Lukas donna son accord.

— Merci, murmura Nico, visiblement rassuré par la présence pourtant austère de Lukas.

Il mit ensuite son pouce dans la bouche et attrapa une mèche de ses cheveux, comme il avait l'habitude de le faire lorsqu'il n'était qu'un petit bébé.

— Tu peux me chanter une berceuse, s'il te plaît ?

Bronte lui fredonna alors sa chanson préférée, tentant d'y insuffler tout l'amour qu'elle ressentait pour lui et ce nouvel espoir que représentait la greffe. Lorsqu'il ferma les yeux, elle l'embrassa et s'enivra de son parfum de bébé. Même mélangée à celle de l'hôpital, cette odeur suffisait à déclencher des avalanches d'émotions en elle, exactement comme la première fois qu'elle avait tenu son petit corps contre le sien.

— Tu iras mieux très bientôt, mon amour. Je te le promets.

Nico endormi, elle se releva, pleine d'espoir, mais son humeur s'obscurcit dès qu'elle croisa le regard de Lukas Blackstone.

Quoi qu'il arrive dans le futur, leurs vies seraient irrévocablement changées car cet homme y aurait une place. Le problème, c'était qu'elle ne se sentait absolument pas prête pour le moindre changement, surtout si c'était Lukas qui symbolisait le changement.

Le regard noir de Lukas se fixa sur elle. Aussitôt, une décharge électrique la traversa, la privant de tous ses moyens. Seigneur ! Il fallait à tout prix qu'elle apprenne à mieux contrôler les réactions de son corps face à cet homme.

— Il est si petit, fit-il.

— À vrai dire, Nico est plutôt grand pour son âge. Il tenait sans doute sa taille de la famille Blackstone, elle-même était obligée de lever la tête pour parler à Lukas tellement il était grand.

Son regard s'attarda sur ses larges épaules, sur sa silhouette élancée, intimidante. Même sans sa veste, il était impressionnant. Nico lui ressemblerait-il quand il aurait vingt ans ? Serait-il aussi grand ? Aussi beau ?

Lukas étudia Nico durant de longues minutes, comme pour absorber chaque détail de l'enfant qui dormait paisiblement, mais son visage ne trahissait toujours pas la moindre émotion.

Une chose était sûre, Nico ne serait pas un homme arrogant, dénué de toute chaleur, elle s'en faisait la promesse.

Qu'était-il arrivé à Lukas pour qu'il garde ses émotions aussi profondément enfouies en lui ? Parce que quelque chose avait dû se passer, elle en avait la certitude. Même s'il semblait imperturbable, elle avait vu la surprise se peindre sur son visage lorsque Nico l'avait étreint.

— Pourquoi lui avoir dit que j'allais le sauver ? Rien ne garantit que je serai le donneur dont il a besoin ; et même si je le suis, il s'agit d'un traitement expérimental.

— Pour l'instant, ce dont Nico a besoin, c'est d'espoir. Oui, il s'agit d'un traitement expérimental, mais les premiers résultats sont très encourageants. La pédiatre a déjà dit que les premières analyses sanguines laissent à penser que vous serez un donneur parfait.

— Je sais, mais j'apprécierais si vous arrêtiez de me traiter comme un héros. De toute façon, une fois cette affaire réglée, je n'aurai pas beaucoup de contact avec l'enfant.

— Non ? Vous êtes pourtant son oncle.

Bronte était tellement surprise que sa réponse était sortie comme un cri du cœur. Avait-elle déjà oublié qu'elle n'avait pas particulièrement envie de l'avoir dans leur vie ?

— Je ne suis pas doué avec les enfants.

Ça, elle s'en était aperçue. Elle avait bien envie de lui répondre que Nico était déjà attaché à lui et que sa vie serait bien plus riche, bien plus intéressante avec ce petit garçon, mais elle se retint. Ce n'était pas à elle de dire à cet homme à quoi pouvait ressembler sa relation avec son neveu. En plus, elle se porterait d'autant mieux qu'elle n'aurait pas à le voir régulièrement.

— Si c'est ce que vous voulez…

— Monsieur Blackstone, l'achat de la propriété que vous avez sélectionnée est prêt à être finalisé, annonça soudain son assistante.

— Bon travail, Lisa.

— Il y a juste un problème. Ils ont refusé de descendre en dessous de 28,5.

Quoi ? Blackstone s'occupait de ses investissements immobiliers au milieu de l'hôpital ? Ne pouvait-il pas attendre quelques minutes ?

— Ce n'est pas un problème, dit-il. Vingt-huit millions et demi de livres sterling pour une maison dans ce quartier, cela reste un très bon prix.

Incrédule, elle écarquilla les yeux. Depuis qu'elle

avait embarqué dans le jet privé de Lukas Blackstone, elle avait l'impression de vivre dans un autre monde. Quel genre de maison coûtait vingt-huit millions et demi de livres ?

— Prenez les dispositions nécessaires pour déménager les possessions de Mlle O'Hara et du petit garçon aussi rapidement que possible. Et engagez le personnel nécessaire.

— Excusez-moi, mais où *Mlle O'Hara* déménage-t-elle ? s'exclama-t-elle, abasourdie.

Était-elle en train de rêver ? Il organisait sa vie sans même la consulter ? Mais… pourquoi ?

— Et de quel personnel parlez-vous ?

— J'ai acheté, pour Nico et vous, une propriété à Regent's Park.

Il parlait d'un ton neutre, comme s'il lui annonçait qu'il lui avait acheté un rouge à lèvres.

— Comme vous le savez, Lisa est mon assistante personnelle à Londres, reprit-il. Elle prendra les dispositions nécessaires pour que vous puissiez vous installer là-bas dès ce soir.

— Mais nous avons déjà un appartement à Hackney !

Peut-être leur petit logis en rez-de-chaussée ne correspondait-il pas aux critères du grand Lukas Blackstone, mais elle n'avait pas les moyens de vivre ailleurs.

— Il ne convient plus.

— Et pourquoi cela ?

Elle se força à rester calme, à ne pas s'énerver, à ne pas paniquer. Mais la générosité de Lukas ne lui donnait pas le droit d'intervenir ainsi dans leur vie !

Au lieu de lui répondre, il s'adressa aux deux hommes en costume sombre qui l'avaient accompagné.

— Messieurs, je vous présente Nico, annonça-t-il

en leur montrant le petit garçon d'un geste de la tête. C'est un Blackstone. J'attends donc de vous que vous soyez prêts à risquer votre vie pour lui. Je veux que vous soyez en permanence deux à ses côtés et…

— Attendez une minute, coupa Bronte en lui agrippant le bras. Qui sont ces hommes ? Je ne les connais ni d'Ève ni d'Adam, et Nico non plus. Je n'ai pas donné mon accord pour qu'ils le surveillent.

Malgré ses efforts pour garder son sang-froid, sa voix était de plus en plus aiguë.

— J'ai déjà réglé la question de leur présence avec la direction de l'hôpital. Ils font partie d'une équipe de six gardes du corps qui veillera sur mon neveu.

— Je n'ai pas accepté leur présence, moi ! Et il était mon neveu en premier !

Elle était ridicule, elle en était bien consciente, mais comment accepter que cet homme arrogant prenne le contrôle de leur vie après avoir passé seulement dix petites minutes aux côtés de Nico ?

— Venez, allons discuter dehors, lui intima-t-elle.

Elle l'entraîna jusqu'à une salle d'attente vide.

— Occupez-vous du déménagement, Lisa, s'il vous plaît, ordonna-t-il à la jeune femme, qui les avait suivis jusque-là. Je veux que tout soit terminé avant que nous partions ce soir. Ensuite, préparez le transfert de mon neveu vers la clinique privée de Chelsea.

Son assistante répondit d'un mouvement de la tête, puis sortit de la pièce et les laissa seuls.

Quand Lukas ferma la porte, Bronte croisa les bras devant sa poitrine. *Réfléchis calmement, ne panique pas, surtout.* Devait-elle le remercier une nouvelle fois ?

Lui faire savoir à quel point le fait qu'il accepte d'aider Nico était important pour elle ? Non, ce n'était sans doute pas la bonne tactique. Mieux valait ne pas lui donner l'impression qu'il pouvait la manipuler.

Que faire, alors ? Elle se sentait totalement impuissante, un peu comme lorsque, petite fille, elle grandissait entre un père absent et une mère incapable de faire face. Mieux valait sans doute qu'elle lui dise le fond de sa pensée, même si elle avait peur. Oui, il fallait qu'elle reste ferme sur ses positions. C'était important si elle ne voulait pas qu'il lui marche sur les pieds.

À l'évidence, Lukas Blackstone était un homme qui avait l'habitude d'être obéi au doigt et à l'œil, mais elle était la tutrice de Nico. Elle seule avait toujours son intérêt en tête. Lukas lui avait dit quelques minutes plus tôt qu'il n'avait aucune envie de jouer un rôle dans la vie de son neveu, ce qui faisait donc d'elle la seule dans la pièce qui aimait Nico, continuerait à l'aimer et à prendre soin de lui une fois que son oncle lui aurait sauvé la vie. Ce qui voulait dire qu'elle avait des droits. Des droits qu'elle avait bien l'intention de défendre.

— Hors de question que Nico soit transféré dans une clinique privée, lui annonça-t-elle d'une voix aussi assurée que possible. Tout comme il est hors de question que nous déménagions dans une maison valant vingt-huit millions de livres. Je vous remercie de votre générosité, mais tout cela n'est pas nécessaire. Les médecins de Nico sont ici. Notre maison, c'est mon appartement, et Nico est sous ma responsabilité. Je suis sa tutrice, c'est moi qui décide ce qui est le mieux pour lui. Pas vous.

La montée d'adrénaline en lui le surprit, surtout quand elle réveilla son sexe. Lukas serra les poings pour se contrôler. La réaction perverse de son corps face à cette femme était ridicule. Et pourtant, quelque chose en elle avait le pouvoir d'allumer tous ses sens, même quand elle le défiait.

Surtout quand elle le défiait…

Il se força à détourner le regard pour ne pas voir sa poitrine voluptueuse monter et descendre au rythme de sa respiration. Une poitrine à présent masquée par un petit débardeur, nota-t-il. Elle avait dû se changer après leur vol au-dessus de l'Atlantique, ce vol pendant lequel il s'était plongé dans son travail pour s'obliger à l'ignorer.

Malheureusement, sa technique n'avait pas fonctionné.

Sa réaction inédite devant le petit garçon, quelques minutes plus tôt, avait encore davantage troublé son esprit. Rencontrer pour la première fois cet enfant avait été un choc. Les souvenirs de son enfance étaient revenus en lui comme un boomerang, avant même qu'il ait eu le temps de les contrôler. Voir cet enfant s'accrocher à lui, voir ses boucles aussi brunes que celles de son frère à cet âge, entendre les sanglots secouer son petit corps fragile, tout cela avait été une véritable torture, à laquelle il n'était pas préparé.

Et maintenant, c'était son corps qui réagissait de façon stupide devant Bronte O'Hara.

Las, il passa une main dans ses cheveux. Il n'en pouvait plus.

— Nico est un Blackstone, dit-il, déterminé à ne pas se laisser aller, et surtout à résister à la tentation de la prendre dans ses bras et de s'emparer de sa bouche si sensuelle.

— Je sais bien, j'ai traversé l'océan pour vous l'annoncer. Je ne vois cependant pas le rapport…

— Je vous rappelle que vous l'avez annoncé en public au milieu d'une soirée mondaine, devant des dizaines de journalistes. Il ne va pas leur falloir longtemps pour découvrir que j'ai quitté New York avec vous.

— Je ne comprends toujours pas…

— Internet bruisse déjà de nombreuses spéculations. D'ici demain matin, la maladie de Nico, votre appartement, tous les détails de votre vie et de celle de votre sœur, sa mort et son aventure d'un soir avec Alexeï, tout sera commenté. Mes bureaux, ici et à Manhattan, ont déjà reçu de nombreuses demandes d'interview. D'après les dernières estimations, la fortune des Blackstone s'élève à trente milliards de dollars…

— Vous vous moquez de moi !

Elle écarquilla ses grands yeux émeraude. Sa peau laiteuse semblait en feu. Quand avait-il vu une femme rougir ainsi pour la dernière fois ? Il ne s'en souvenait pas. En tout cas, il n'avait jamais rencontré de femme qui rougisse aussi régulièrement et spontanément que Bronte O'Hara.

— Je ne me moque pas, rétorqua-t-il, amusé par sa naïveté. Sitôt que le Dr Patel m'a informé des résultats du test ADN, Nico est devenu mon héritier, ce qui veut dire qu'il vaut lui aussi près de trente milliards de dollars.

— Nous ne voulons pas de votre argent. Nous voulons juste votre moelle épinière. Je…

Elle s'interrompit net et porta la main à sa bouche, comme si elle regrettait les mots qu'elle venait de prononcer.

— Je suis désolée, je ne voulais pas être aussi directe.

Mais une maison de vingt-huit millions ? C'est beaucoup trop, je ne peux pas accepter.

— Ce n'est pas pour vous, c'est pour Nico.

Et pour le bien de l'enfant, elle y vivrait aussi, songea Lukas, ce qui lui permettrait de garder aussi un œil sur elle.

À l'idée qu'il allait pouvoir la surveiller, il sentit son sexe se tendre. Encore une fois, le désir de la serrer contre lui l'envahit. Il mourait d'envie de l'embrasser jusqu'à plus soif.

Stop ! Hors de question de faire le moindre geste en direction de cette femme.

— Nico a droit à la part d'Alexeï de la fortune familiale.

Il ne lui restait plus qu'à espérer qu'il ne soit pas frappé par la malédiction des Blackstone. Cela lui semblait toutefois peu probable. D'après ce qu'il avait vu des rapports entre Bronte et l'enfant, elle se comportait comme une mère dévouée, même si elle n'était que sa tante.

Sa mère ne s'était jamais intéressée à lui ni à Alexeï. Dès leur naissance, elle les avait confiés aux bons soins d'une armée de nourrices de façon à pouvoir profiter au maximum de la fortune de leur père. Ce qu'elle avait fait jusqu'à sa mort dans un accident d'avion, quelques jours avant leur cinquième anniversaire.

Après son décès, il n'avait pas ressenti le moindre manque, et il ne le ressentait toujours pas. Il s'était forgé un cœur de pierre, son père lui ayant expliqué que c'était un signe de force. Malgré tout, il était heureux de voir que le fils d'Alexeï n'aurait pas à vivre une enfance solitaire et dépourvue d'amour.

— Il est juste un petit garçon qui a déjà beaucoup souffert, murmura-t-elle.

Ses beaux yeux verts étaient cernés. En fait, ce n'était pas juste l'enfant qui avait dû vivre des moments difficiles, s'avisa-t-il. Elle semblait à bout de forces. Même s'il ressentait toujours de la colère envers elle parce qu'elle ne l'avait pas averti de l'existence de l'enfant, Lukas était conscient qu'elle l'avait fait pour de bonnes raisons. Mais que le traitement fonctionne ou pas, Nico était aujourd'hui son héritier, ce qui voulait dire qu'il avait besoin d'être protégé ; ce que Bronte ne pouvait ni comprendre ni lui garantir. Il ne savait que trop bien à quel point un enfant était vulnérable.

Sa cicatrice le brûla soudain, faisant remonter à la surface la douleur. Il la refoula très vite. Ce n'était pas lui, le problème à cet instant, mais le fils d'Alexeï. Même s'il n'avait aucun désir de construire une relation avec l'enfant, il pouvait, et devait, le protéger.

— Est-ce que nous ne pourrions pas juste cacher le fait qu'il est votre héritier ? proposa Bronte. Nous pourrions raconter un mensonge à la presse. Je n'ai pas envie que sa vie soit encore plus chamboulée qu'elle ne l'est déjà.

— Il est trop tard pour cela, la nouvelle est déjà publique. Mon attaché de presse a organisé une conférence de presse demain. J'y annoncerai que Nico est mon héritier, je donnerai quelques informations concernant sa maladie puis demanderai que son intimité soit préservée pendant ce moment difficile.

— Est-ce que cela fonctionnera ?

Elle avait l'air désespérée.

— Je l'espère. Malgré tout, vous ne pourrez pas

retourner dans votre appartement ni retrouver votre vie d'avant car la presse n'est pas la seule menace.

Il s'interrompit. Mieux valait s'arrêter ici. Bronte O'Hara était peut-être jeune et naïve mais, depuis quatre ans, elle menait sa vie seule tout en s'occupant d'un bébé. Elle devait savoir jusqu'où certaines personnes pouvaient aller pour de l'argent.

— Je vois, marmonna-t-elle, visiblement abattue. Je suis désolée de me plaindre. Vous essayez de faire ce qu'il faut et je ne fais que compliquer votre vie. C'est juste que… C'est difficile.

— Dites-vous bien que vous n'aurez plus à récurer des toilettes, désormais.

Son désir de la libérer du lourd fardeau qui était le sien l'étonnait. Elle le fixa avec surprise, puis avec suspicion. À l'évidence, elle ne s'attendait pas à ce qu'il mène une enquête sur elle. Encore une preuve supplémentaire de cette naïveté qu'il commençait à trouver un peu trop adorable…

— Il n'y a rien de mal à récurer des toilettes, rétorqua-t-elle en levant le menton. Il faut bien que quelqu'un s'en charge. Vous payez bien quelqu'un pour le faire chez vous, non ?

— En effet. J'imagine cependant que cette personne préférerait gagner sa vie autrement.

Les sacrifices que cette jeune femme intelligente et pleine de ressources avait consentis pour s'occuper de Nico forçaient son admiration. D'après le rapport de son équipe de sécurité, elle avait commencé alors qu'elle n'avait que dix-huit ans, accumulant les petits boulots. Elle aurait dû le contacter bien plus tôt pour lui annoncer l'existence de Nico, mais le fait qu'elle ne l'ait pas fait était une preuve supplémentaire de son altruisme. Et une preuve surprenante. Elle aurait en effet pu utiliser l'enfant comme monnaie de chantage.

— Pour être honnête, répondit-elle d'une petite voix, le nettoyage des toilettes ne me manquera pas. Par contre, l'anonymat, si. Je vous avoue que je n'avais pas réfléchi à toutes les implications. En venant à Manhattan, je ne pensais qu'à une chose : tout faire pour que vous acceptiez d'aider Nico à guérir. Je regrette juste d'avoir dit la vérité en public. Tout cela est ma faute.

Incapable de résister à la tentation de la toucher, Lukas posa un doigt sous son menton pour l'obliger à relever la tête, puis riva son regard au sien.

— Ce n'est pas votre faute. Une fois le lien familial entre Nico et Alexeï confirmé, la presse aurait fini tôt ou tard par en avoir vent.

— Vous restez calme et pragmatique, alors que je perds tous mes moyens.

Seulement parce que je ne suis pas investi émotionnellement, faillit-il répondre.

— C'est une situation difficile pour tous les deux. Je n'imaginais pas devenir oncle en un claquement de doigts, ni découvrir au même moment que je représentais la seule chance de survie pour mon neveu.

Elle recula, rompant le contact avec lui. Dans son regard, il lisait sa vulnérabilité.

— Je comprends. Je vais essayer d'être un peu plus coopérative à partir de maintenant. J'apprécie vraiment tout ce que vous faites. Vous avez été formidable, alors que ce n'était pas facile pour vous.

Lukas ne souffrait pas autant que Bronte l'imaginait. Il connaissait à peine le petit garçon et n'avait pas vraiment pleuré la mort d'Alexeï. Il n'avait jamais été proche de son frère. De toute façon, il était incapable d'être proche de qui que ce soit depuis…

Il refoula ses pensées et enfouit les mains dans ses poches pour ne pas être tenté de toucher à nouveau la jeune femme.

— Vous acceptez donc de déménager dans la maison de Regent's Park sans protester ?

— Si c'est vraiment nécessaire…

— Ça l'est. Et les gardes du corps ? Sur ce sujet également, j'ai besoin de votre coopération, pour le bien de Nico.

Elle hésitait, il le voyait. Elle s'occupait toute seule de lui depuis si longtemps qu'elle devait avoir du mal à relâcher son contrôle.

— Serait-il possible que les gardes du corps soient habillés un peu plus… *normalement* ? Qu'ils soient un peu moins intimidants ? Nico est un petit garçon très sociable quand il est en forme, mais il est fragile en ce moment. Je ne voudrais pas que leur présence l'inquiète.

— Bien sûr. J'en parlerai à mon assistante. Je lui dirai de choisir des agents qui ont de l'expérience avec les enfants et qui savent communiquer avec eux.

En fait, elle ne le mettait au défi que parce qu'elle pensait aux besoins de l'enfant en premier, des besoins auxquels il n'aurait jamais pensé tout seul.

— Merci. Puis-je dire autre chose ?

— Je vous écoute.

— Je ne veux pas que Nico soit transféré dans une clinique privée.

Son instinct lui ordonnait de refuser, mais Lukas se força à prendre son temps avant de répondre, et à négocier – ce dont il n'avait pas l'habitude. En général, tout le monde lui obéissait au doigt et à l'œil.

— La sécurité autour d'un hôpital public n'est pas suffisante.

— Alors engagez des gardes du corps supplémentaires, ou trouvez un moyen d'améliorer cette sécurité.

— Inutile de…

— Cet hôpital est à la pointe dans le traitement dont Nico a besoin, le coupa-t-elle. Sans ses médecins, Nico n'aurait pas eu une seule chance. En plus, il a des amis parmi les autres petits patients, les infirmières et les docteurs. C'est peut-être un hôpital public, mais c'est ici que doit être Nico.

La passion dans sa voix et le rouge sur ses joues lui prouvaient que le bien-être de Nico était à l'origine de sa détermination. Ce qui voulait dire qu'il ne pouvait pas lui refuser cette requête. Il demanderait simplement l'avis d'experts médicaux, pour vérifier les dires de Bronte.

— Très bien. J'accepte pour le moment de suivre votre avis. Vous connaissez Nico mieux que moi.

— Merci. Et à propos du personnel…

— Le personnel n'est pas négociable.

— Je n'ai pas besoin de personnel. Je suis tout à fait capable de m'occuper seule de Nico.

Sa voix perçante l'irritait, presque autant que sa propre émotion en voyant à quel point elle était fatiguée.

— Vous n'aurez plus à le faire. Vous avez besoin d'un chauffeur, d'un jardinier, d'une femme de ménage et d'une nourrice.

Il n'avait pas envie qu'elle tombe malade de fatigue simplement parce qu'elle était trop fière pour accepter de l'aide.

— Pourquoi aurais-je besoin d'un chauffeur ? Je n'ai même pas de voiture ! Je n'ai pas besoin d'une nourrice non plus. Je peux m'occuper de Nico, surtout si je n'ai plus besoin d'aller récurer des toilettes.

La détermination de la jeune femme aiguisait sa frustration. Elle semblait décidée à lui prouver coûte que coûte qu'elle n'avait besoin ni de lui ni de son argent. En fait, elle était tout sauf la croqueuse de diamants qu'il avait vue en elle au début.

— Vous aurez besoin d'un moyen de transport pour aller à l'hôpital et pour en revenir.

D'où la nécessité du chauffeur et des trois voitures blindées, mais inutile de lui donner ces détails et de risquer d'envenimer la situation.

— La nourrice servira en cas de dépannage, reprit-il.

Il ignorait pourquoi il insistait à ce point pour qu'elle en ait une. Peut-être en raison de ces cernes sombres sous ses yeux.

— D'accord, mais je ne veux pas employer une étrangère. Pourrais-je demander à Maureen si elle accepterait d'emménager avec nous ?

— Qui est Maureen ?

— Vous l'avez rencontrée lorsque vous êtes arrivé. C'est ma voisine. Elle s'entend très bien avec Nico.

Elle fronçait les sourcils, comme si elle était déçue qu'il ne s'en souvienne pas.

— Est-elle qualifiée ?

— Bien sûr ! C'est une infirmière à la retraite.

Elle n'est donc pas qualifiée pour s'occuper de jeunes enfants, eut-il envie de dire. Mais il referma la bouche devant les flammes d'indignation qui brillaient dans les prunelles émeraude. Et qui, étrangement, réveillaient tous ses sens.

— Très bien. Je demanderai à Lisa de veiller à ce que la maison du gardien soit prête pour elle, et qu'elle perçoive un salaire acceptable.

Il fallait à tout prix qu'il mette un terme à cette conversation. Il avait perdu suffisamment de temps sur des détails, des détails qui n'auraient pas dû l'intéresser.

Elle ouvrit la bouche, comme pour protester, puis la referma. Tous les muscles de sa silhouette frêle semblaient tendus. Oui, Lukas en avait désormais la preuve, elle aussi ressentait un désir viscéral, un désir aussi fort que le sien.

— Je devrais retourner voir Nico, annonça-t-elle.

Elle enfouit les mains dans les poches de son jean, ce qui étira son débardeur et souligna alors un peu plus ses seins. Ses tétons pointaient sous le fin tissu de coton. Son sexe se dressa aussitôt. Bon sang, que lui arrivait-il ? Ce n'était ni le lieu ni le moment de ressentir du désir !

Bronte fit un pas en arrière, visiblement gênée, et il remarqua à nouveau sa fatigue. Ses yeux semblaient immenses sur son visage pâle.

— Je veux être là quand Nico se réveillera, dit-elle rapidement.

Avait-elle peur de lui, ou était-ce juste la conséquence de la tension sexuelle qui régnait entre eux ?

— Voulez-vous venir attendre avec moi ? continua-t-elle. Je suis persuadée que Nico serait heureux de vous voir.

D'un geste de la tête, Lukas refusa. Elle esquissa un petit soupir, comme si elle était soulagée de son refus.

— Je ne pense pas que ce soit nécessaire.

Mieux valait garder une certaine distance avec eux. Il s'était déjà bien trop impliqué dans cette affaire.

Il devait rester éloigné du petit garçon, mais surtout de sa tante. Une tante bien trop attirante, bien trop séduisante, bien trop ensorcelante.

— Je séjournerai à l'hôtel Blackstone de Park Lane. Si vous avez besoin de quoi que ce soit d'autre, n'hésitez pas à vous adresser à Lisa.

La main de Bronte tremblait sur la poignée de la porte. Elle hocha la tête.

— Merci encore pour tout.

Son émotion presque palpable la rendait encore plus sexy.

— Merci d'être venu à Londres et d'avoir donné sa chance à Nico, poursuivit-elle. Je sais que vous ne voulez pas être un super héros mais, si le traitement fonctionne, vous en serez un à mes yeux.

Pour toute réponse, il se contenta d'un geste de la tête. Il ne se faisait pas confiance pour répondre. Il n'était pas un super héros, il n'était même pas un homme bien. Bronte O'Hara le découvrirait bien assez tôt s'ils décidaient de succomber à l'alchimie qui pétillait entre eux dès qu'ils étaient face à face.

5

Bronte s'allongea sur l'immense lit à baldaquin d'une chambre plus grande que la totalité de son appartement. Elle fixa les moulures au plafond et réfléchit aux événements de ces dernières heures.

La maison – ou plutôt le palais – que Lukas Blackstone avait insisté pour leur acheter, à Nico et elle, était somptueuse. Quatre étages, un jardin digne d'un château de la Renaissance… Malgré tout, ce n'était pas cet endroit qui la mettait dans cet état. C'était lui. Cet homme qui faisait battre son cœur plus vite dans sa poitrine.

Que lui arrivait-il ? Elle aurait dû être folle de joie. Cette maison, le personnel, sa décision d'engager Maureen – qui s'installerait dans la maison du gardien dès le lendemain –, le fait que Lukas avait accepté de donner sa moelle épinière… Les bonnes nouvelles étaient nombreuses. Au lieu de cela, elle se sentait complètement dépassée.

Le problème, c'était ses réactions inexplicables à chaque fois qu'elle se trouvait face à lui. Elle soupira. Voilà, elle l'avait admis. Cet homme était tellement imposant… Ce n'était pas sa richesse qui lui avait causé le choc le plus violent, mais sa haute taille, sa musculature d'Apollon, son visage parfait, cette mystérieuse cicatrice, sans compter la lueur dans son regard lorsqu'ils étaient ensemble dans la salle d'attente, quelques heures plus tôt. Cette lueur indéfinissable avait fait se tendre ses seins, durcir ses tétons. Pendant quelques secondes, elle n'avait plus eu qu'une envie : qu'il déchire son T-shirt, libère ses seins de son soutien-gorge et qu'il en prenne possession, comme il avait dévoré sa bouche, au bal.

Que lui arrivait-il ? Elle avait l'impression de n'être plus qu'une boule d'émotions. Elle serra les cuisses l'une contre l'autre, honteuse de ce désir qu'elle ne parvenait pas à maîtriser depuis leur rencontre. Avait-il deviné ? Savait-il que son corps rêvait du sien ? Pitié, non !

Et alors, qu'est-ce que cela changerait, s'il savait ? Jamais il ne succomberait à son désir. Lukas Blackstone sortait avec des vedettes, des mannequins, elle n'était pas son genre de femme. Et même si elle l'était, faire l'amour n'était pas à son programme. Seul Nico comptait en ce moment. Seul Nico avait jamais compté.

De toute façon, Lukas Blackstone n'était pas non plus le genre d'homme avec lequel elle envisagerait de sortir, si jamais elle devait sortir avec quelqu'un. Ce qui n'était pas le cas. Les femmes dans sa famille avaient la mauvaise habitude de s'attacher à des hommes à la personnalité écrasante. Cela avait été le cas de sa mère, puis de Darcy. Elle n'allait pas suivre leur exemple juste à cause d'une stupide réaction physique.

Séduire Lukas Blackstone ne lui ressemblait pas. Elle valait bien mieux que ça.

Elle se glissa sous les draps en satin, se forçant à oublier Lukas et à se concentrer plutôt sur Nico et les semaines à venir. Il valait mieux qu'elle pense à demain, aux examens qu'allait devoir subir Lukas, à l'opération qui suivrait et à la convalescence de Nico.

Lukas Blackstone et les frissons qu'il faisait naître en elle n'étaient qu'une distraction.

Le pire, en fait, c'était qu'elle avait cru, l'espace d'un moment, qu'il souhaitait engager une nourrice parce qu'il se faisait du souci pour elle. Mais pourquoi s'inquiéterait-il pour elle ? Et pourquoi avait-elle envie que ce soit le cas ?

Elle huma l'odeur fleurie des draps propres, détailla du regard la chambre et remarqua la porte ouverte menant à la suite voisine. Elle aperçut le lit de Nico. Le lit dans lequel il dormirait bientôt, si le traitement était une réussite. Sa respiration s'apaisa, au moins un peu.

Voir Nico en pleine forme et heureux, l'aider à vivre avec son nouveau statut d'héritier Blackstone, et faire de ce palais sa maison, voilà les objectifs sur lesquels elle devait se concentrer. Elle ferma les yeux. Aussitôt, le visage de Lukas envahit son esprit, un visage parfait barré par une mystérieuse cicatrice.

Au souvenir de son regard gourmand, elle sentit sa température grimper de quelques degrés. Tout son corps se mit à pétiller, à crépiter, impatient de découvrir des sensations qu'il ignorait encore, impatient de découvrir des sentiments qu'elle avait cru avoir refoulés pour toujours le jour où elle avait frappé à la porte de son père et qu'il les avait repoussées, Darcy et elle.

Au fil des jours, Bronte s'adaptait aux changements dans sa vie et celle de Nico plus facilement qu'elle ne l'avait imaginé – sans doute parce que toute son énergie était focalisée sur le traitement médical.

Le lendemain de leur arrivée dans leur nouvelle maison, elle avait reçu un long appel du Dr Patel, qui lui avait confirmé que Lukas était le donneur dont ils avaient besoin pour le traitement expérimental. Les jours suivants avaient passé comme dans un tourbillon jusqu'à l'opération, puis l'installation de Nico dans une chambre stérile pour sa convalescence.

Maureen, Lisa, l'équipe de gardes du corps ainsi que tout le personnel que Lukas avait engagé s'occupaient de tous les détails de la vie quotidienne. Du coup, elle pouvait se consacrer entièrement à Nico et à sa guérison. Elle quittait la maison tôt chaque matin, dans une voiture conduite par un chauffeur, qui traversait la nuée de reporters et de paparazzis qui campaient devant les grilles avant de la déposer à l'hôpital. Elle rentrait épuisée chaque soir, mais toujours plus confiante que la veille.

Nico s'accrochait. Il répondait très bien au traitement. Quelques semaines seulement après l'opération, il était déjà suffisamment en forme pour recevoir quelques visites : Maureen, le personnel de son ancienne crèche, Manny – le gardien de la discothèque dans lequel elle travaillait autrefois – et même Lisa, l'assistante de Lukas. Seul ce dernier ne vint pas.

Au départ, elle lui avait su gré de garder ses distances. Elle n'avait pas la force de faire face à toutes les émotions contradictoires et bouleversantes qu'il faisait naître en elle à chaque fois qu'elle le voyait. Mais la guérison de Nico en bonne voie, l'attitude de Lukas commençait à la tourmenter, surtout parce que Nico lui parlait sans cesse de son oncle. Le petit garçon s'était visiblement attaché à lui, alors qu'ils n'avaient passé que cinq petites minutes ensemble et que Lukas n'avait même pas su communiquer avec l'enfant.

Les semaines se transformèrent en mois et, bientôt,

Nico rentra à la maison. Toujours aucune nouvelle de Lukas. Bronte était inquiète, à présent. Elle avait essayé de le contacter à plusieurs reprises, pour le remercier du don de moelle épinière et le tenir informé des résultats de la greffe, mais Lisa n'avait pas réussi à le convaincre de lui répondre en personne.

Sans doute avait-elle aussi accepté ce point, le jour où tout s'était décidé, dans la salle d'attente. Malgré tout, l'absence de Lukas n'était pas la meilleure solution pour Nico. Il allait forcément finir par se demander pourquoi son super héros ne lui rendait jamais visite ; or elle n'avait pas envie que son neveu se sente rejeté, comme elle-même s'était sentie rejetée par son père.

Lukas était l'oncle de Nico, et le seul lien de celui-ci avec son père. Donc Lukas allait devoir faire des efforts, sinon Nico finirait forcément par en souffrir.

Par un bel après-midi d'automne, Bronte était en train de réfléchir au comportement toujours aussi distant de Lukas, pendant que Maureen apprenait au petit garçon à faire son fameux gâteau au chocolat, lorsque la sonnerie du téléphone la sortit de sa réflexion.

— Bronte, ici le Dr Patel. Je viens de recevoir les dernières analyses de Nico. Elles sont excellentes.

— Vraiment ?

Elle avait du mal à parler tellement sa gorge était serrée. Pouvait-elle vraiment se réjouir ?

— Il est officiellement en rémission.

Sous le choc, elle se laissa tomber sur le tabouret.

— C'est fantastique ! Mais qu'est-ce que ça veut dire, concrètement ? demanda-t-elle tout en levant un pouce en direction de Maureen qui la regardait avec curiosité.

— Nico devra subir des prises de sang régulières de contrôle, mais je n'attends plus aucune complication. Je n'ai aucune raison de penser que ces résultats ne seront pas durables.

Lorsqu'elle raccrocha le téléphone, Bronte avait les larmes aux yeux. Elle cilla pour les refouler. Tout allait si bien, mais… Cette liberté, c'était un nouveau départ, un nouveau futur qui l'enivrait et lui donnait le vertige.

— Est-ce que je peux manger la pâte ? lui demanda Nico.

Concentré sur le gâteau, il semblait à mille lieues de l'excellente nouvelle qu'elle venait de recevoir.

— Non, tu ne peux pas manger la pâte crue, mon chéri. Elle contient des œufs crus. Aide plutôt Maureen à nettoyer.

Nico se lança avec énergie et joie dans le rangement de la cuisine. Maureen en profita pour s'approcher d'elle.

— Bonnes nouvelles ?

— Excellentes nouvelles.

— Pourquoi est-ce que tu ne prends pas un peu de temps pour toi, ma belle ? Je peux donner son dîner à Nico puis le coucher, si tu veux.

— Tu es sûre ? Cela ne te dérange pas ?

— Évidemment que je suis sûre. Tu as passé toute la journée avec lui, tu as bien le droit à une petite pause.

Essuyant la farine qui maculait son pantalon, Bronte se leva.

— D'accord, merci.

Son émotion était forte, mais elle n'avait pas envie que Nico la voie dans cet état. Ces deux derniers mois, elle avait fait des efforts pour qu'il vive dans un environnement normal. Enfin, aussi normal que possible dans une maison valant plus de vingt-huit millions de livres…

— Je devrais sans doute appeler Lisa pour lui annoncer la bonne nouvelle.

Celle-ci pourrait la relayer à l'homme qui refusait de leur parler…

Après un câlin à Nico, elle quitta la cuisine et se dirigea vers le grand salon que Maureen et elle avaient transformé en salle de jeux confortable et chaleureuse. Elle adorait cette pièce. Avec ses deux canapés moelleux, son bureau d'enfant et les jouets préférés de Nico rangés dans une alcôve, à côté de la cheminée sécurisée, c'était la pièce idéale pour passer du temps.

Elle sortit son téléphone et commença à composer le numéro de Lisa. Elle s'arrêta en chemin. À quoi bon ? Elle devinait déjà la conversation qu'elle aurait avec l'assistante : à l'annonce de la bonne nouvelle, la jeune femme lui promettrait d'en informer Lukas, de tout faire pour qu'il la contacte directement, mais toutes les deux savaient qu'il ne le ferait pas.

En fait, elle-même ne valait pas mieux que lui, se dit Bronte. En acceptant de toujours passer par Lisa, elle jouait son jeu. L'assistante de Lukas lui avait dit, la semaine précédente, que son boss était à Londres en ce moment. Son ventre se noua et elle serra les poings.

Oui, elle allait agir, sa décision était prise.

Elle rangea son téléphone. Cette situation était ridicule. Elle venait d'apprendre une fantastique nouvelle, imputable en partie à Lukas. Elle devait arrêter de se servir de Lisa comme d'un bouclier. Il était temps pour elle de faire face à cet homme et à ses propres démons. Tant pis si elle avait les nerfs à fleur de peau et qu'elle avait failli craquer la dernière fois qu'elle s'était trouvée dans une pièce seule avec lui. Elle vivait alors un stress terrible, et le soulagement de son arrivée dans sa vie et celle de Nico l'avait bouleversée. Mais elle s'était reprise, depuis. Nico allait bien et ils étaient parfaitement installés dans la maison qu'il leur avait achetée.

Il devait entendre de sa propre bouche que son neveu était sauvé. Il devait entendre que Nico avait besoin de lui, et pas simplement de son argent.

Si Lukas Blackstone décidait ensuite de les repousser, tant pis. Elle ne pouvait pas le forcer à jouer un rôle dans la vie de Nico mais, au moins, elle aurait essayé.

6

— Je n'en ai rien à faire de la façon dont ma vie sentimentale influence ou non les réservations des familles, Dex. Je vous paye pour faire en sorte que ce ne soit pas un problème, lança Lukas dans son téléphone.

Le combiné coincé entre son oreille et son épaule, il déboutonna les premiers boutons de sa chemise.

Il était arrivé de Paris une heure plus tôt et il avait désespérément envie de prendre une douche. Il était censé participer à une soirée mondaine dans la salle de réception de son palace londonien, afin de lancer la nouvelle marque des hôtels Blackstone dédiée à la clientèle familiale. L'hôtel des Maldives serait le premier de cette gamme. Les travaux étaient terminés, mais il leur restait encore quelques mois avant l'inauguration, et la campagne de publicité n'était toujours pas finalisée. Le problème principal, c'était son gourou des relations publiques, Dex Garvey, qui estimait avoir le droit d'utiliser sa vie privée pour promouvoir les hôtels Blackstone.

— Et cette charmante créature que vous avez embrassée au bal de New York, il y a quelques mois ?

Apparemment, son ton sec n'avait pas réussi à refroidir son attaché de presse.

— Elle est la tante de votre neveu, n'est-ce pas ?

continua Dex. La presse meurt d'impatience d'en savoir plus sur cette fille et sur l'enfant. J'ai d'ailleurs entendu dire que celui-ci était sorti de l'hôpital et vivait désormais dans la maison que vous aviez achetée. Pourquoi ne les emmenez-vous pas tous les deux aux Maldives, juste avant l'inauguration ? Nous pourrions envoyer un photographe faire un reportage sur votre séjour. La presse adorerait et les médias sociaux aussi. Cela nous ferait une publicité d'enfer, gratuitement en plus. J'imagine déjà…

— Je n'ai pas besoin de publicité gratuite. J'ai besoin que vous fassiez votre travail et que vous arrêtiez de m'embêter avec cette histoire !

Il n'avait pas revu Bronte O'Hara depuis le jour où il l'avait ramenée à Londres après son séjour à New York. Il avait même mis un point d'honneur à n'avoir aucun contact avec elle, ni avec l'enfant.

Le fait qu'il repense régulièrement aux petits bras de l'enfant serrant ses jambes, durant leur brève rencontre, ou qu'il se réveille presque toutes les nuits, le corps en feu et en manque au souvenir du baiser de Bronte, ne voulait rien dire. S'il avait été troublé par l'enfant, c'était juste parce qu'il ressemblait comme deux gouttes d'eau à son frère décédé. Et le besoin stupide qu'il avait de protéger Bronte, de veiller à ce qu'elle ne soit pas seule, n'était qu'une conséquence logique de cette découverte. Autre explication logique à son étrange obsession pour cette fille : il n'avait pas fait l'amour depuis des mois.

Peut-être trouverait-il une femme désirable à la soirée de ce soir ? Peut-être aurait-il l'occasion de mettre un terme à son célibat ? Tous ses problèmes seraient ainsi résolus.

Il se débarrassa enfin de sa chemise.

— Je dis juste ce que je pense, dit Dex Garvey.

L'homme parlait avec cette voix mielleuse qui lui avait servi pour lancer des campagnes publicitaires rentables dans le monde entier, cette voix qui faisait de lui quelqu'un qui compte dans son domaine. Lukas avait d'ailleurs dépensé une fortune pour l'engager, deux ans plus tôt. Il commençait à le regretter…

— Je ne vais pas vous mentir, Lukas. Votre image et celle de votre entreprise en ont pris un coup lorsque vous avez décidé de ne pas jouer les papas gâteaux avec votre nouveau neveu et sa mère adoptive.

— Je n'ai rien d'un père de famille. Oubliez tout ça et trouvez une autre idée pour promouvoir ma nouvelle marque.

Il n'aurait jamais rien d'un bon père de famille. Sa propre histoire familiale ne lui avait pas donné envie de renouveler l'expérience.

— Mais c'est *vous*, le meilleur ambassadeur de cette marque ! Je ne comprends toujours pas pourquoi vous ne m'autorisez pas à dire à la presse que c'est grâce à votre don de moelle osseuse que l'enfant a été sauvé.

— Parce que cela ne regarde personne, c'est aussi simple que cela.

En plus, il aurait l'impression d'être un imposteur. Il n'avait pu aider Nico que grâce aux hasards de la génétique, il n'en tirait aucune gloire.

— Je vous verrai dans la salle de réception dans une heure, reprit-il d'un ton autoritaire. Et je ne veux plus entendre un mot de plus concernant cette histoire. Compris ?

— Compris.

Lukas raccrocha, puis finit de se déshabiller avant

d'entrer dans la douche. Il fit couler un jet froid. Il n'avait pas le choix. Il lui avait suffi de penser à Bronte pour que son sexe se réveille et que tous ses sens s'enflamment. Son érection en main, il fit alors ce qu'il avait l'habitude de faire un peu trop souvent, ces derniers mois. Il explosa au bout de quelques minutes, mais n'éprouva aucun soulagement. Son désir pour la jeune Anglaise était toujours intact.

Quel que soit le sort qu'elle lui avait jeté, il devait s'en défaire ce soir, sinon il allait finir par perdre la tête. Et si jamais Dex prononçait une nouvelle fois son prénom, il trouverait un autre attaché de presse.

— J'ai besoin de le voir, Lisa, insista Bronte. Je sais que vous faites tout votre possible, mais j'ai l'impression qu'il refuse d'admettre l'existence même de Nico. Alors pourriez-vous me conduire jusqu'à son bureau ?

— Malheureusement, il n'est pas dans son bureau. Il est dans sa suite, au dernier étage de l'hôtel. Il se prépare pour la soirée de lancement qui doit avoir lieu un peu plus tard.

— Ah, murmura-t-elle, déçue.

Elle ne pouvait tout de même pas aller lui dire ses quatre vérités dans son appartement. Dans ce cas-là, il ne lui restait plus qu'à revenir demain, du moins si elle en avait le courage.

— Sera-t-il toujours à Londres, demain ?

— Il part pour les Maldives dans l'après-midi.

La sympathie qu'elle lisait dans le regard de Lisa accentua sa honte. Elle avait débarqué dans le bureau de la jeune femme à 18 heures, sans plan défini ni idée précise… Elle aurait au moins pu la prévenir.

— Tout va bien avec Nico ?

— Oui, il va très bien. C'est justement pour cette raison que je voulais parler à Lukas. Je voulais lui annoncer que Nico est officiellement en rémission, le médecin m'a appelée tout à l'heure.

— C'est génial !

Lisa se leva et fit le tour de son bureau pour l'embrasser.

La jeune femme était vêtue d'une magnifique robe de satin rouge coquelicot. Apparemment, elle était sur le point de se rendre elle aussi à la soirée de lancement lorsque Bronte avait fait irruption dans son bureau.

Mal à l'aise, elle réprima un soupir. Lisa devait vraiment la prendre pour une moins-que-rien, avec son jean usé taché de farine et son T-shirt informe. Elle n'avait rien à faire ici.

— Je vais y aller. Je suis désolée de vous avoir dérangée, chuchota-t-elle d'une petite voix hésitante. Pourriez-vous dire à Lukas que je suis passée et lui annoncer la bonne nouvelle ?

— Attendez ! fit Lisa en lui attrapant le bras. Je pense que vous devriez le lui annoncer de vive voix.

— Je sais, mais vous m'avez dit qu'il n'était pas dans son bureau.

De toute façon, elle avait perdu toute sa confiance en elle. Même si elle habitait aujourd'hui Regent's Park, elle n'appartenait pas au même monde que Lukas Blackstone, et elle n'en ferait jamais partie. Nico, lui, vivrait dans ce monde un jour, et elle ferait de son mieux pour l'y préparer.

— Venez avec moi, lui annonça Lisa, l'air déterminé, en l'entraînant vers les ascenseurs.

La nuit était en train de tomber sur Hyde Park, les bureaux étaient presque tous déserts. Elles s'arrêtèrent devant un ascenseur sur lequel une plaque de bronze indiquait « Accès aux suites ».

— Lukas n'est pas attendu à la soirée avant au moins trente minutes, ce qui vous laisse suffisamment de temps pour lui parler, reprit la jeune femme avant d'insérer une carte magnétique dans le panneau de commande. Allez-y, c'est votre seule chance de lui parler de Nico. Ainsi, il arrêtera de vous ignorer tous les deux. Mais rassurez-vous, ce ne devrait pas être difficile, je suis persuadée qu'il est plus intéressé qu'il veut bien le laisser croire.

— Qu'est-ce qui vous fait penser cela ?

Ses jambes commençaient à trembler. Était-elle vraiment sur le point de voir Lukas Blackstone en chair et en os ? Seul ? Dans sa suite ? Toutes ses pensées interdites et ces désirs inédits qui l'avaient envahie pendant leur discussion dans la salle d'attente de l'hôpital ne risquaient-ils pas de l'assaillir à nouveau ?

— Il ne manque jamais une occasion de me demander de vos nouvelles, à tous les deux.

Le malaise la gagna. Elle n'avait pas envie d'intéresser Lukas. Ses genoux vacillaient, un peu comme si un tremblement de terre de force 9 sur l'échelle de Richter venait de se produire en elle. Son cœur battait à toute allure dans sa poitrine.

En fait, elle n'était qu'une menteuse lorsqu'elle affirmait qu'elle n'avait pas envie d'intéresser Lukas. Bien sûr que si, elle voulait qu'il s'intéresse à elle.

— Cela fait cinq ans que je travaille pour lui, continua Lisa. Je sais que c'est un homme qui garde ses sentiments profondément enfouis en lui, mais je sais aussi qu'il tient à vous deux. En tout cas, il tiendrait à vous s'il se l'autorisait.

— Je ne suis pas sûre que ce soit une bonne idée...

Tout à coup, Bronte avait envie de s'enfuir, de partir très loin. Hélas, elle ne parvenait pas à bouger. Ses jambes ne lui obéissaient plus.

Lisa appuya sur le bouton marqué « privé ».

— Je comprends votre crainte, mais je suis prête à parier que j'ai raison, ajouta la jeune assistante en lui adressant un sourire malicieux. En plus, je commence à en avoir assez qu'il m'utilise comme agent de liaison !

Les portes se fermèrent. Nerveuse, Bronte arrêta de respirer. Les portes se rouvrirent quelques secondes plus tard. Elle se retrouva dans le somptueux hall d'entrée d'une luxueuse suite. Perdue, elle se mordit la lèvre. Elle était vraiment en train de faire la pire des bêtises de toute sa vie.

Face à elle, d'immenses baies vitrées offraient une vue à couper le souffle sur Hyde Park au soleil couchant. À sa droite, les cours de la Bourse défilaient sur un grand écran.

Que faisait-elle ici ? Elle n'était pas à sa place.

— Lukas ?

Sa voix était faible et éraillée. Elle se racla la gorge et reprit plus fort :

— Lukas ?

Elle jeta un coup d'œil vers l'escalier menant à la mezzanine.

— Bronte ?

Elle se retourna si vite qu'elle faillit tomber. Elle s'agrippa alors à une console pour se rattraper.

Lukas était là, immobile, nu. Enfin... presque nu. Il ne portait qu'une serviette nouée autour de ses hanches, et il la dévisageait. Instantanément, sa température monta en flèche et des gouttes de sueur perlèrent à son front.

Bouche bée, elle laissa son regard s'attarder sur la musculature parfaitement dessinée de son torse. Encore humide, sa peau dorée scintillait sous la lumière tamisée. Hypnotisée, elle descendit vers le territoire dangereux de ses hanches, et sa gorge s'assécha. Elle n'avait plus qu'une envie, lécher ces gouttes brillantes qu'elle apercevait sur ses abdos puis… Elle avala sa salive. Que lui arrivait-il ?

— Que faites-vous ici ? lui demanda-t-il, d'une voix si rauque qu'elle résonna jusqu'au plus profond de son cœur et de son intimité. Y a-t-il un problème avec Nico ?

Nico. Oui, Nico. Nico était la raison pour laquelle elle était venue jusqu'ici. Elle ne devait pas l'oublier.

Elle essaya de se focaliser sur son neveu. En vain. Devant ce spectacle d'un érotisme fou, toute raison l'avait abandonnée. Des vagues de chaleur allaient et venaient en elle, effaçant de son esprit toute pensée rationnelle.

— Nico va bien. Il… il va même très bien. Il est en pleine forme.

Elle avait une grande nouvelle à lui annoncer concernant Nico, mais le feu qui était en train de la consumer faisait passer la réalité au second plan. Elle brûlait de caresser sa musculature d'Apollon, de découvrir sa peau, son odeur…

Bronte se força tant bien que mal à remonter le regard vers son visage. Malheureusement, le désir qu'elle lut dans ses prunelles couleur chocolat l'enivra et l'étourdit. Elle devinait aussi l'excitation de Lukas aux mouvements saccadés de sa pomme d'Adam, et surtout au renflement de plus en plus impressionnant de la serviette.

Sous le choc, sous le charme, elle demeura immobile, incapable de la moindre pensée, incapable du moindre mouvement. Elle avait l'impression que ses pieds avaient été coulés dans du béton.

— Vous n'auriez pas dû venir, déclara-t-il soudain.

À ces mots, une nouvelle décharge électrique la traversa, encore plus intense que la précédente. Elle en avait désormais la certitude, rien ne pourrait l'empêcher de céder à la tentation qui lui faisait pulser le cœur et le sexe depuis qu'elle avait rencontré cet homme.

— Bon sang, Bronte !

Il referma la main sur son bras, l'attira contre sa peau nue, et elle riva son regard au sien.

— J'ai tout fait pour m'éloigner de toi, murmura-t-il, avant d'enfouir son visage dans ses cheveux. Je me suis forcé à garder mes distances justement pour que cela n'arrive pas.

Il la désirait, elle n'avait donc pas rêvé…

Il embrassa son oreille, son cou, puis trouva enfin le chemin jusqu'à sa bouche. Aussitôt, Bronte s'ouvrit à lui. Impossible de résister, son désir était bien trop fort. Leurs langues entamèrent un ballet sensuel. Sa virilité était plaquée contre son ventre, de plus en plus dure à mesure que le baiser devenait plus charnel et possessif.

Lukas lui prit le visage en coupe. Il la regarda droit dans les yeux. Voilà, il l'avait ensorcelée.

— Pourquoi es-tu venue ?

Elle avait envie de dire qu'elle était venue pour Nico. Mais à cet instant, son désir pour lui était si fort qu'il l'emportait sur tout.

— Parce que je voulais que tu me fasses l'amour.

C'était la vérité, elle voulait qu'il soit son premier amant. Oui, voilà pourquoi elle était venue le retrouver, c'était l'unique raison.

Lukas laissa échapper un rire froid puis posa le front contre le sien. Ses mains expertes descendirent le long de son dos, la plaquèrent contre son corps brûlant.

— Je ne fais pas l'amour, Bronte. Si tu cherches l'amour, tu t'adresses à la mauvaise personne.

Elle haussa les épaules. Ce n'était pas un problème pour elle, son désir pour lui n'était pas émotionnel, il était uniquement physique. Il s'agissait juste de succomber à cette incroyable alchimie qui la consumait depuis la première fois qu'il l'avait effleurée.

— C'est juste une expression, rétorqua-t-elle, d'une voix aussi assurée que possible.

Elle posa les mains à plat sur la peau ferme de son abdomen et esquissa un sourire en le sentant frissonner. Comme par magie, cette réaction balaya ses dernières peurs. Pourquoi ne pas s'offrir ce moment de sensualité, sans engagement, sans sentiments ? Après tout, ils en avaient envie tous les deux.

Sa main dans la sienne, Lukas l'entraîna vers la chambre. Il ferma la porte derrière eux puis s'y adossa et croisa les bras devant son impressionnant torse.

— Prouve-le-moi !

— Te prouver quoi ?

Elle croisa à son tour les bras. Les questions l'assaillaient à nouveau. Ne voyait-il pas à quel point elle manquait d'expérience ? À quel point elle doutait ?

— Montre-moi qu'il ne s'agit que de sexe.

Sa voix était si rauque qu'elle lui faisait l'effet d'une

caresse de papier de verre sur sa peau. Elle la mettait à vif, l'exposait, la rendait vulnérable.

— Déshabille-toi pour moi, Bronte.

À ces mots, un violent frisson la secoua. Elle ne s'était jamais déshabillée devant un homme. Elle avait peur, mais cette peur ne faisait pas le poids face à son si puissant désir. Se forçant alors à rester digne et fière, elle décroisa les bras.

En fait, il la mettait au défi. Il essayait de lui faire peur, de la priver de cette audace dont elle avait fait preuve quelques minutes plus tôt. Il essayait de la contrôler et, surtout, de garder la maîtrise du désir qui irradiait entre eux. Eh bien, cela ne marcherait pas !

Son regard descendit vers l'impressionnante érection qui tendait la serviette. Lukas ne pouvait pas masquer son désir. Elle se força à garder les yeux rivés sur son excitation, à ne penser qu'à son intimité, à son besoin viscéral de sentir cette virilité en elle. Elle refoula les angoisses qui risquaient de lui faire perdre tous ses moyens.

Déterminée, elle commença par retirer sa veste. Puis elle agrippa le bas de son T-shirt, remonta le tissu de coton au-dessus de sa tête et le laissa tomber sur le sol. La chair de poule la gagna aussitôt, ses seins se tendirent, les pointes se dressèrent. Elle n'était plus qu'une boule de sensations, désormais.

— Ne t'arrête pas, s'il te plaît.

Était-il en train de la supplier ? Apparemment. D'habitude, il sortait avec des mannequins ; or, là, c'était *elle* qu'il admirait. Sous son regard brûlant, elle se sentait forte, invincible.

Son vieux jean, ses bottines usées et sa brassière de sport ne faisaient sans doute pas partie de la panoplie de la séduction, mais les prunelles dilatées de Lukas et son soupir sensuel suffirent à lui donner les encouragements qui lui manquaient : Bronte ouvrit tant bien que mal les boutons de son jean puis le fit glisser sur ses hanches.

Zut ! Elle avait oublié de retirer ses bottines, et son jean était maintenant au niveau de ses genoux. Le malaise la gagna instantanément et, honteuse, elle ferma les yeux. Elle était vraiment ridicule !

Au lieu de se moquer d'elle comme elle le craignait, ou de la mettre face à ses contradictions, il avança d'un pas de prédateur vers elle.

— Oublie tout ça. Je ne peux pas attendre plus longtemps.

Il la repoussa jusqu'à ce qu'elle tombe sur le lit. D'un geste expert, il délaça ensuite ses bottines, la débarrassa de son jean puis de sa culotte. La serviette glissa lorsqu'il grimpa sur le lit, et elle retint son souffle, sous le choc : le sexe tendu de Lukas était vraiment superbe. Sans un mot, il dégrafa son soutien-gorge et elle enfouit ses doigts dans ses boucles brunes.

Lorsqu'il referma la bouche sur un de ses seins, elle se cambra contre lui, impatiente de s'abandonner. Comme s'il était capable de lire en elle, il captura la pointe entre ses lèvres, l'aspira, et Bronte se sentit embarquée dans un monde nouveau de sensualité. Son sang rugissait maintenant dans ses veines, comme un torrent que plus rien ne pouvait maîtriser.

Lorsque les doigts de Lukas s'insinuèrent dans sa toison et trouvèrent son clitoris, elle oublia où elle était et qui elle était. Elle pouvait à peine respirer – une délicieuse torture.

— S'il te plaît..., le supplia-t-elle.

Elle lui griffa le dos. Elle n'osait pas s'abandonner et, en même temps, elle mourait d'envie de se laisser aller.

Ses sensations s'épanouirent, augmentèrent, et des vagues de plaisir se mirent à aller et venir en elle. Comme si elle vivait un rêve éveillé, elle flottait. Puis, tout à coup, une vague de plaisir plus forte que les autres la souleva, et Bronte retomba sur le lit, comblée, repue.

Elle n'avait plus aucune force. Elle était aussi molle qu'une poupée de chiffon. Elle avait l'impression d'être ivre – ivre de sensualité, ivre de plaisir.

Lukas passa son biceps musclé autour de sa taille, puis positionna son gland contre l'entrée de son intimité. Il poussa, et Bronte se raidit. Il buta contre la mince barrière puis, d'un violent coup de reins, la fit céder. Bronte laissa échapper un cri de douleur. Il s'arrêta net.

— Bon sang, qu'est-ce que… Tu es vierge ?

Devait-elle mentir ? Bien sûr que non, décida-t-elle. Pourquoi aurait-elle honte de son inexpérience ?

— Je… ne le suis plus.

Pour toute réponse, il laissa échapper un juron. Apparemment, il n'avait pas apprécié sa blague…

— Pourquoi ne m'as-tu rien dit ?

Son sexe se serra puis se détendit tandis qu'elle essayait de retrouver la sensation de plénitude qu'elle avait ressentie quelques minutes plus tôt.

— Parce que cela ne te regarde pas, répliqua-t-elle de sa voix le plus assurée possible.

— Je te fais mal ?

D'un mouvement léger, il repoussa une mèche de cheveux sur son visage. Elle se tourna contre sa paume et ferma les yeux. Elle n'avait pas envie qu'il voie son émotion.

— Pas du tout !

— Ne mens pas.

Il ne la croyait pas ? Tant pis.

D'une main, il lui caressa la joue, puis la fit descendre jusqu'à la refermer sur un sein. Tout en jouant avec le téton tendu, il déposa une nuée de baisers dans le creux de son cou. Ces baisers, aussi légers que des ailes de papillon la firent frissonner de la tête aux pieds.

— Peut-être un petit peu, alors, avoua-t-elle.

Sa manifestation de tendresse la bouleversait plus que ses questions.

La main de Lukas abandonna son sein et descendit plus bas. Partout où elle se posait, elle déclenchait des feux d'artifice de volupté. Bronte commença à jouer, de ses muscles intimes, avec la virilité de Lukas fichée en elle. Les sensations grandirent, s'épanouirent en elle.

— C'est mieux ? lui demanda-t-il, visiblement inquiet.

— Oui.

Du pouce, il caressa son clitoris. Bronte gémit. C'était si bon ! Lukas ne bougeait toujours pas, il ne dansait pas en elle. La douleur avait diminué, mais la gêne était toujours là. Enfin, il se mit à aller et venir en elle, à plonger au plus profond de son intimité, jusqu'à se nicher complètement en elle. Peu à peu, elle vit tout tourner. Sa raison l'abandonna. Son plaisir atteignait des sommets.

Soudain, le sexe de Lukas toucha une zone particulière, et Bronte sursauta, surprise par cette nouvelle sensation, par ce nouveau niveau de plaisir.

— Ici… C'est ça.

Lukas l'entraîna alors dans une danse d'une sensualité

folle, sans jamais cesser de la caresser. Soudain, Bronte se sentit basculer dans un autre monde, un univers de sensations magiques, comme une pluie de météorites. Elle cria son plaisir tandis que Lukas lâchait un long cri animal et s'effondrait sur elle.

Combien de temps resta-t-elle alanguie dans les volutes du plaisir ? Bronte n'aurait su le dire. Elle n'était pas encore remise de ses émotions quand Lukas la prit dans ses bras puissants et la porta vers la salle de bains.

Il l'installa dans la douche, et des jets brûlants flattèrent son corps endolori. De ses mains magiques, son amant la savonna, massa ses muscles courbaturés. Lorsqu'il insinua une main entre ses jambes et la caressa avec une douceur inouïe, elle s'abandonna à sa tendresse. Impossible de résister à tant de douceur, à tant de sollicitude.

Il l'enveloppa ensuite dans une immense serviette moelleuse, puis la porta à nouveau jusqu'à la chambre et l'allongea sur le lit.

— Attends-moi ici. Je vais prendre une douche. Ensuite, nous parlerons.

Parler ? De quoi voulait-il parler ? Inquiète, Bronte le regarda se diriger vers la salle de bains. La honte la gagna en notant des traces rouges sur son dos – les traces de ses ongles. Mais elle voyait surtout sa musculature parfaite, mise en valeur par la douce lumière, et ses fesses parfaitement rebondies. Il ferma la porte de la salle de bains et elle replongea dans ses pensées.

Et le désir l'envahit à nouveau. Bon sang, il fallait qu'elle se calme ! Elle n'était pas en état de recommencer. Elle devrait plutôt se relever, s'habiller, et partir avant que Lukas ne revienne. Elle n'était absolument pas en état de discuter.

Le problème, c'était que ses jambes étaient lourdes et que son esprit fonctionnait au ralenti. Les souvenirs des événements des dernières trente minutes se bousculaient dans sa tête : le plaisir, la douleur, mais surtout l'incroyable intimité. Un kaléidoscope d'images tournoyait en elle, des images à la fois magnifiques et terrifiantes. Jamais elle n'avait imaginé que faire l'amour puisse être aussi irrésistible, aussi ensorcelant, aussi magique.

Elle n'avait pas pensé un instant à Nico pendant qu'elle était dans les bras de Lukas ! À partir du moment où elle l'avait aperçu seulement vêtu d'une serviette autour des hanches, elle n'avait plus eu qu'une idée en tête : combler l'appétit de sensualité qui la consumait depuis des semaines. Le problème, c'était qu'il y avait eu plus que des sensations physiques. Et que cela la terrifiait…

Bronte était toujours en train de se demander comment gérer son sentiment de vulnérabilité lorsque Lukas reparut. Il portait maintenant un pantalon de smoking, qui soulignait la longueur de ses jambes.

Elle se redressa et s'assit, maintenant la serviette devant elle pour couvrir au maximum son corps. Ses joues la brûlaient.

— Encore en train de rougir ? lui demanda-t-il d'un ton canaille.

Elle secoua la tête. Elle n'était pas en état de parler. Lukas était si beau, si séduisant, si loin de son monde… Avait-elle vraiment fait l'amour avec cet homme ? Lui avait-elle vraiment offert sa virginité ? Où étaient passées toute la puissance et la confiance en elle qu'elle avait ressenties lorsqu'elle était dans ses bras ? Jamais elle ne s'était sentie aussi vulnérable qu'à cet instant, si dépourvue de force.

Il s'installa à côté d'elle et promena un doigt sur sa joue, avant de repousser une mèche de cheveux derrière son oreille. Cette caresse douce et possessive fit battre son cœur un peu plus vite dans sa poitrine, et elle s'empourpra encore plus.

— Je dois aller à cette stupide soirée, reprit Lukas. Je suis déjà en retard. Est-ce que quelqu'un sait que tu es ici ?

— Juste Lisa.

Il la fixa de son regard noir.

— Est-ce elle qui t'a donné le code d'accès à mon ascenseur privé ?

Il ne semblait pas en colère, juste curieux. Malgré tout, Bronte s'alarma.

— Je l'ai forcée, prétendit-elle, inquiète à l'idée que Lisa puisse perdre son emploi à cause d'elle. Je voulais te parler de Nico.

— Que se passe-t-il avec Nico ?

— L'hôpital m'a appelée pour m'annoncer qu'il était officiellement en rémission. J'ai pensé que tu voudrais être au courant.

La surprise sur le visage de Lukas ne suffit pas à faire taire sa peur et le malaise qui grandissait en elle. Elle n'avait pas envie de l'apprécier, encore moins de l'aimer. Elle n'avait pas envie que leur corps-à-corps ait la moindre signification. Et pourtant…

— C'est gentil de me prévenir, mais tu n'avais pas besoin de venir jusqu'ici.

Se moquait-il d'elle ? Jouait-il avec elle ? Elle n'en avait pas la moindre idée. Comme le lui avait dit Lisa, Lukas gardait toutes ses émotions profondément enfouies en lui. Malgré tout, elle crut apercevoir une lueur coquine dans son regard, une lueur qui ralluma son courage.

— Ce n'est pas pour cette seule raison que je voulais te l'annoncer en personne. Je suis aussi venue, car Nico ne cesse de te réclamer.

— Il ne m'a pourtant rencontré qu'une seule fois !

— Je sais, mais il est un peu obnubilé par toi.

Mal à l'aise, Bronte baissa les yeux et serra fort la serviette entre ses doigts. Nico n'était pas le seul à être obnubilé par Lukas Blackstone.

Elle se força à river à nouveau son regard au sien. Il fallait qu'elle soit courageuse.

— Tu es le seul homme de sa famille, et il connaît ton rôle dans sa guérison. Je ne peux pas lui répondre que tu travailles à chaque fois qu'il te réclame. Il risque de penser que tu n'as pas envie de le voir, puis il se demandera pourquoi. Je n'ai pas envie qu'il se sente responsable de ton manque d'intérêt.

Lukas demeura silencieux un long moment, se contentant de la fixer, et l'inquiétude la gagna. En avait-elle trop dit ? Savait-il que leur propre père les avait abandonnées, sa sœur et elle ? Elle se força à ne pas baisser les yeux, même si elle en avait envie, à ne pas faiblir. Non, elle était ridicule, il ne pouvait pas savoir. De toute façon, le problème, ce n'était pas elle, c'était Nico.

— Je ne suis pas fait pour jouer les pères lâcha-t-il enfin.

Il lui avait déjà dit quelque chose de similaire, et elle avait accepté cette annonce sans la mettre en question. Cette fois-ci, cette réponse ne lui suffisait plus. Pour Nico, elle se devait d'insister.

— Personne ne te demande d'être son père, Lukas.

Mais pourquoi ne pas lui rendre visite quand tu es à Londres ? Cela lui ferait très plaisir et il aurait l'impression de compter pour toi.

Cette fois-ci, ce fut Lukas qui détourna le regard ; pas assez vite cependant, et elle perçut son malaise. Faire l'amour avait-il modifié leurs rapports ? Non, ils n'avaient pas fait l'amour, elle ne devait pas l'oublier. Entre eux, il ne s'agissait que de sexe.

Cette situation était à l'évidence difficile pour Lukas. Pour une raison qu'elle ignorait, il ne voulait pas construire de lien personnel avec ce garçon dont il avait pourtant sauvé la vie, le fils de son frère.

Il soupira et passa une main sur son visage, attirant aussitôt son regard vers sa cicatrice.

Ce désir ardent qu'elle tentait de toutes ses forces d'ignorer serra à nouveau son cœur. Lukas jouait les hommes forts, mais sans doute avait-il été vulnérable, lui aussi, dans le passé.

Il jeta un coup d'œil à sa montre.

— D'accord, lâcha-t-il dans un soupir résigné. Je lui rendrai visite demain matin, si tu me promets de ne pas en faire toute une histoire.

— Pas de problème. Merci beaucoup.

Finalement, peut-être était-il capable de faire preuve de sentiments…

— À propos de paternité, je n'ai pas utilisé de préservatif, tout à l'heure. J'espère que ce n'est pas un problème.

Cette question directe et le brusque changement de sujet la laissèrent pantoise, interdite.

— Non ! lança-t-elle en rougissant.

— Tu es sûre ? Tu n'es pas la femme la plus expérimentée avec laquelle j'ai couché.

— Je suis sûre. Vierge ne veut pas dire ignorante.

— Tu prends donc la pilule ?

— Je t'ai dit que ce n'était pas un problème, répéta-t-elle.

Bronte n'était pas vraiment honnête, mais elle ne pouvait pas lui dire la vérité, pas maintenant, alors qu'elle se sentait aussi vulnérable et que lui était si froid, si pragmatique.

Bronte rassembla la fierté qui lui restait et pria pour que son rythme cardiaque s'apaise. Plutôt mourir que d'avouer à Lukas qu'elle ne prenait pas la pilule et qu'elle n'avait même jamais pensé à sa contraception. Heureusement, elle approchait de la fin de son cycle : une grossesse accidentelle était peu probable. Et si un problème survenait, elle le gérerait. Elle n'allait pas prendre le risque d'avoir un autre enfant, surtout avec un homme tel que Lukas. *Un homme qui ne fait pas l'amour,* lui rappela une petite voix intérieure.

Elle resserra la serviette autour d'elle. La fraîcheur dans la pièce lui donnait soudain la chair de poule. Si elle avait appris une chose de son père, et de la courte aventure entre Darcy et le frère de Lukas, c'était qu'il était impossible de forcer un homme à aimer une femme. L'échec était garanti. Alors hors de question de se faire des illusions, comme Darcy ou sa mère.

Elle avait peut-être perdu la tête l'espace d'un instant, mais cela n'arriverait plus. Elle n'avait ni besoin ni envie de l'amour d'un homme. Elle avait Nico, c'était bien suffisant.

Lukas la dévisageait, comme s'il tentait de lire en elle.

Mal à l'aise, elle remonta les genoux sur sa poitrine. Elle savait bien qu'elle n'était pas une bonne menteuse.

— Tu ne devrais pas aller à ta soirée ?

Elle était soudain pressée de le voir partir. Avec un peu de chance, s'il partait, tous les sentiments qu'il faisait naître en elle disparaîtraient comme par magie.

— Je veux que tu sois là quand je reviendrai.

Bronte frissonna, pas à cause de son ton autoritaire mais du sous-entendu : parce qu'elle avait couché avec lui, elle devait désormais lui obéir. Elle lui aurait volontiers signifié sa manière de penser, mais elle se retint. De toute façon, elle n'avait pas la force de se disputer avec lui. En plus, elle était nue alors qu'il était habillé. S'il insistait, son corps prendrait le pouvoir, et elle ne voulait pas faire l'amour, ou plutôt *avoir une relation sexuelle*, avec lui. Elle devait d'abord se remettre de ses émotions.

Ce qu'ils avaient partagé ne voulait rien dire pour lui. Il avait eu des dizaines de petites amies, et il lui avait déjà dit qu'il ne mêlait jamais le sexe et les sentiments. Mais il était son premier amant, et cette expérience avait été envoûtante, d'une intensité à couper le souffle. Il lui faudrait un certain temps pour admettre qu'elle avait perdu sa virginité entre les bras de Lukas Blackstone.

Il se leva, la toisant de son imposante silhouette. Ses joues s'empourprèrent à nouveau. En fait, il lui faudrait un long moment pour se remettre de ses émotions.

— Je serai de retour dans une demi-heure au plus, déclara-t-il avec autorité.

Il lui parlait sur le même ton qu'à un animal, comme s'il attendait d'elle qu'elle obéisse sans rien dire.

— Je ne serai plus là. Je ne peux pas rester.

— Et pourquoi pas ?

— Je dois rentrer voir Nico. Je l'embrasse toujours pour lui souhaiter une bonne nuit.

Ce n'était pas un mensonge. Et puis elle avait besoin de voir Nico, ce soir plus que jamais. Le petit garçon l'aidait à garder les pieds sur terre. Avec lui, elle ne risquait pas de se faire des illusions – ou pire, de fantasmer. Lukas fronça les sourcils. Apparemment, il n'aimait pas son excuse.

— D'accord. Je te verrai demain matin, alors. Je viendrai chez toi, mais je veux te voir seul à seule avant de voir Nico.

— Pourquoi ?

Son regard noir descendit vers ses mains qui tenaient la serviette. Aussitôt, ses seins se tendirent.

— Je te laisse deviner…

Sous-entendait-il que, parce qu'ils avaient couché ensemble une fois, elle serait forcément heureuse de recommencer ? Mal à l'aise, elle resserra un peu plus la serviette autour d'elle.

— Si tu veux, prétendit-elle.

Elle veillerait au contraire à ce que Nico ne s'éloigne pas tant que Lukas serait dans la maison, se promit-elle.

Après réflexion, il lui faudrait plus que quelques heures pour oublier leur étreinte. Il lui faudrait la vie tout entière. Lukas était si… Il était trop… trop tout.

Il viendrait chez elle le lendemain *pour voir Nico*, pas pour la voir, elle. Et ensuite, il partirait pour les Maldives. Il ne reviendrait pas avant plusieurs semaines. D'ici là, il l'aurait oubliée et aurait oublié ce qui s'était passé entre eux. Et avec un peu de chance, avec le temps et la distance, elle aussi l'aurait oublié. Ses émotions à vif et ce désir puissant auraient disparu.

— Prends l'ascenseur quand tu es prête, reprit-il d'un

ton ferme. Je dirai à Lisa de prévoir une voiture pour toi et quelques gardes du corps pour te faire sortir par la porte de derrière, à l'abri de la presse.

— Très bien.

La presse… Encore une raison pour laquelle avoir une aventure avec Lukas Blackstone était une très mauvaise idée.

Il se pencha pour l'embrasser sur le front. Bronte retint son souffle. Son pouls battait à une allure folle et sa température était sur le point d'atteindre de nouveaux sommets.

— À plus tard.

Elle percevait sans difficulté le désir dans son regard, et son sourire badin ne lui laissait aucun doute sur l'effet qu'elle avait sur lui.

Il quitta enfin la pièce. Son esprit se mit alors à tournoyer à toute allure. Les sous-entendus de Lukas n'allaient pas être le seul problème lorsqu'il faudrait mettre un terme à cette aventure. Son plus gros problème, c'était les réactions de son corps, qui s'enflammait dès qu'elle l'apercevait.

Lukas arpentait son salon de long en large. Il n'aurait pas dû la toucher. Il n'aurait pas dû céder à la promesse de ces lèvres sensuelles, de ces yeux d'émeraude étincelants, de ce corps parfait et si réceptif, de cet esprit ouvert et franc. S'il avait su qu'elle était vierge, il ne l'aurait pas approchée.

Hélas, il avait craqué et, maintenant, impossible de faire marche arrière. Impossible d'oublier ses caresses, ses baisers, impossible d'oublier le souvenir de son intimité étroite, la douceur de ses tétons tendus entre ses lèvres, ses envoûtants râles tandis qu'il allait et venait en elle. Impossible également d'oublier sa petite réponse insolente quand il lui avait demandé si elle était vierge…

Il mourait déjà d'envie de renouveler l'expérience.

Il ne s'agissait que d'une banale relation sexuelle. D'une folie, tout au plus, et leur alchimie finirait par s'épuiser.

Évitant l'ascenseur, il poussa la porte des escaliers de secours. Descendre les vingt étages jusqu'à la salle de réception lui permettrait peut-être de se calmer et de recouvrer ses esprits.

Malheureusement, cela ne pouvait pas lui faire oublier la vue de Bronte alanguie sur son lit, sa peau pâle rosie par le plaisir. Son dévouement à Nico était une complication, bien sûr, sans parler de son inexpérience. Heureusement, il était devenu un expert dans la maîtrise de ses sentiments.

Lorsqu'il pénétra dans le hall, les journalistes se précipitèrent vers lui pour lui poser des questions.

— Lukas, quelles nouvelles de votre neveu ? Y a-t-il une chance qu'il vous accompagne lorsque vous irez visiter votre nouvel hôtel de luxe ?

— Pourquoi vous positionner sur le marché des hôtels familiaux alors que vous n'avez pas de famille vous-même ?

— Vous comprendrez une fois que vous aurez assisté à la conférence de presse, répondit-il.

Alors qu'il entrait dans la salle de bal, entouré de ses gardes du corps, les flashs des appareils photo lui explosèrent au visage. Cette pression ne le dérangea pas autant que d'habitude. Ce soir, son esprit était concentré sur Bronte – son excitation, sa bouche séductrice, son corps de déesse… Incapable de résister, il esquissa un sourire à l'idée de la revoir le lendemain matin.

Garder leur liaison secrète de la presse, obtenir la coopération de Bronte malgré son évidente réticence et trouver un moyen de mettre un frein à sa relation avec le petit garçon allaient être un exercice d'équilibriste. Mais avoir Bronte O'Hara comme maîtresse pendant un petit moment en vaudrait la peine.

Aucun obstacle ne l'empêcherait d'obtenir ce qu'il désirait, parce qu'il savait maintenant à quel point ils étaient compatibles. Tout ce qu'il avait à faire, c'était de lui rappeler leur alchimie, ce qui ne serait pas difficile, et de s'assurer qu'elle comprenne bien que le sexe était tout ce qu'il pouvait lui offrir. Ce qui ne devrait pas être un problème non plus : Bronte était réaliste, pas romantique.

En se dirigeant vers l'estrade, il repéra soudain Lisa dans la foule. Si Bronte acceptait la proposition qu'il allait lui faire demain, dont il avait déjà les détails à l'esprit, il faudrait sans doute qu'il gratifie son assistante.

7

À 8 heures le lendemain matin, Lukas ne se sentait plus aussi sûr de lui. Il s'était réveillé tôt et, après avoir travaillé un moment, il avait pris place dans un SUV banalisé. En chemin, il avait envoyé un texto à Bronte l'informant qu'il arriverait dix minutes plus tard et désirait passer une heure seul avec elle avant de voir Nico. Avec un peu de chance, elle l'attendrait au lit…

Il entra dans la maison par la porte de derrière et traversa le jardin jusqu'à la porte de la cuisine. Il était impatient de voir Bronte, et surtout de laisser libre cours à ce violent désir qui l'avait tenu éveillé une grande partie de la nuit.

Il avait préparé sur son téléphone un dossier avec des liens vers une série de maisons situées à Chelsea, afin que Bronte puisse choisir. De toute évidence, il ne pouvait pas venir ici pour la voir, cela ne ferait que perturber le petit garçon et, de toute façon, pour ce qu'il avait prévu, ils auraient besoin d'une intimité totale. Puisqu'il payait généreusement Maureen pour qu'elle s'occupe de Nico, eh bien elle allait s'en occuper. Son neveu était guéri désormais, et cela ferait du bien à Bronte de passer un peu de temps sans lui.

Elle allait sans doute protester, mais il insisterait. S'il le fallait, il était prêt à faire des concessions, y compris à limiter leurs rencontres à deux nuits par semaine. Cela leur laisserait déjà suffisamment de temps pour ce qu'il avait en tête.

Il frappa et son sourire s'évanouit sitôt que la porte s'ouvrit sur une femme âgée. L'avait-il déjà rencontrée ? Elle ne lui semblait pas totalement inconnue.

— Monsieur Blackstone, je suis heureuse de faire enfin votre connaissance. Je suis Maureen Fitzgerald. Laissez-moi donc prendre votre veste. Il fait un temps terrible, ce matin.

Tout en lui parlant de la météo, elle accrocha son manteau à côté d'un minuscule imperméable rouge. Au sol, il y avait une paire de petites bottes en caoutchouc décorées d'éléphants gris.

— Où est Bronte ? l'interrogea-t-il.

Avec un peu de chance, elle était encore au lit, à l'attendre. C'était peut-être pour cette raison qu'elle n'était pas là pour l'accueillir.

— Elle est dans le salon avec Nico, répondit Maureen.

Déçu, il réprima un soupir et, à contrecœur, suivit la vieille femme dans l'escalier.

— Nico est déjà réveillé ? s'étonna-t-il.

N'avait-il pas dit à Bronte qu'il voulait être seul avec elle ?

— Cela fait déjà longtemps que nous sommes debout, il est plus de 8 heures ! Les garçons de quatre ans sont des lève-tôt, ajouta Maureen d'un ton moqueur. Y compris lorsqu'ils ont à peine fermé l'œil de la nuit.

Pourquoi la regardait-elle avec ce sourire malicieux.

— La pauvre Bronte a dû se lever deux fois pendant la nuit, continua Maureen.

— Pourquoi ? Nico est-il malade ?

À sa grande surprise, le bien-être de l'enfant

l'inquiétait, tout à coup. Pourtant, il n'éprouvait aucun attachement particulier envers son neveu. Simplement, il n'avait pas envie de le voir aussi fragile que lorsqu'il l'avait rencontré pour la première fois.

— Il est juste surexcité.

— Pourquoi ?

Maureen ouvrit la porte et il entendit des rires.

— Parce que vous venez le voir, évidemment.

Il entra dans le salon et aperçut aussitôt Bronte. Assise devant la cheminée, en tailleur, elle était occupée à assembler un puzzle représentant ce qui ressemblait à une voiture de sport rouge.

Elle tourna la tête dans sa direction et, instantanément, tout ralentit en lui, comme s'il venait de percuter un mur de plein fouet. Ses boucles rousses rougeoyaient devant le feu de cheminée et ses taches de rousseur lui faisaient penser à une multitude d'étoiles. Il serra les poings pour se retenir de traverser la pièce, la jeter par-dessus son épaule, pour la ramener au lit, là où il aurait dû la retrouver si elle l'avait écouté.

Pourquoi diable les étincelles de défi qu'il apercevait dans ses prunelles émeraude l'excitaient-elles ? Et comment allait-il parvenir à maîtriser son désir ? En tout cas, une chose était sûre, deux soirs par semaine ne lui suffiraient pas. Mais avant même d'avoir pu lui demander pourquoi elle ne lui avait pas obéi, une petite tête bouclée surgit derrière lui.

— Tu es venu ! Tu es venu ! Il est venu, Bronte, tu me l'avais bien dit !

Excité, le petit garçon sautait sur place en tapant dans ses mains. Puis, soudain, il s'accrocha à lui.

Lukas sursauta lorsque la tête de l'enfant manqua de justesse son entrejambe. Le petit corps était chaud et gigotait comme un asticot contre ses jambes. Lorsqu'il se pencha, le petit garçon releva la tête, et il eut pour la première fois son visage bien en face. Il se figea aussitôt, sous le choc, abasourdi. La pâleur et la fragilité qu'il avait observées trois mois plus tôt avaient disparu, Dieu merci. Mais, maintenant, la ressemblance avec Alexeï était d'autant plus déconcertante. Les souvenirs l'envahirent par dizaines. Souvenirs d'Alexeï riant aux éclats pendant qu'ils couraient l'un après l'autre, glissant sur les rampes de la maison de leur père à Manhattan. Souvenirs d'Alexeï criant sur le trottoir tandis que Lukas sentait des mains qui le serraient si fort qu'il s'évanouissait. Souvenirs d'Alexeï pleurant en découvrant les bandages sur le visage de son jumeau.

Des souvenirs encore plus sombres firent irruption en lui : l'odeur âcre du vomi, du sang et de l'urine, et surtout l'obscurité impénétrable et terrifiante se refermant sur lui.

Il ferma les yeux pour refouler ces images.

— Lukas, tout va bien ? lui demanda Bronte d'une voix douce, le faisant sortir des ténèbres.

Elle s'avança, le visage inquiet, et leva la main dans sa direction. Tout ce qu'il désirait, c'était s'agripper à cette main et qu'elle le tire vers la lumière. Au lieu de cela, elle saisit l'épaule du petit garçon et l'entraîna loin de lui. Aussitôt, le froid l'envahit et il frissonna.

— Lukas ? Quelque chose ne va pas ?

Elle tenait Nico contre elle et tous les deux le fixaient.

— Bien sûr que non, marmonna-t-il.

Sa voix était sèche. Pour la première fois depuis très longtemps, il ne se sentait pas bien, il ne se reconnaissait plus. En revanche, il reconnaissait les notes cruelles de la voix de son père dans la sienne. Honteux, il grimaça.

Il avait échoué.

Las, il laissa tomber sa main et, perdu, jeta un coup d'œil vers Bronte. Il n'avait aucune expérience avec les enfants, et il avait visiblement fait peur à Nico.

Si seulement il pouvait arranger les choses…

— Je suis désolé. Dis-moi ce que je dois faire.

— Nico, mon chéri, n'aie pas peur. Lukas ne voulait pas t'effrayer.

Bronte passa une main dans les boucles épaisses de Nico. Elle se forçait à parler d'une voix légère, mais son cœur était lourd.

Lukas avait eu l'air bouleversé lorsque Nico l'avait enlacé. Elle comprenait aujourd'hui que sa réticence à rendre visite à Nico n'avait rien à voir avec de l'égoïsme ou un manque d'émotion de sa part. Au contraire, même. Elle refoula cependant cette idée : ce n'était pas le moment d'y penser.

La réaction de Lukas avait troublé Nico, mais il ne devrait pas y avoir de dommages. Le garçonnet était fatigué et beaucoup trop excité, ce qui n'était jamais une bonne combinaison pour un enfant de quatre ans. Maintenant, elle devait convaincre Lukas que son neveu n'avait rien fait de mal.

À genoux, elle embrassa Nico, puis lui caressa le front.

— Lukas t'a dit qu'il était désolé, Nico, alors je pense que tu devrais peut-être lui demander pardon.

— Pourquoi ? demanda Nico avec la franchise d'un enfant de quatre ans.

— Ce n'est vraiment pas nécessaire, répondit Lukas, les sourcils froncés.

Voir Lukas défendre le petit garçon, qui était une

image enfantine de lui-même, la touchait. Elle s'éclaircit la gorge, déterminée à débloquer l'émotion qui s'y trouvait.

— Tu veux que Lukas joue avec toi, n'est-ce pas ?

Nico réfléchit à la question. En attendant sa réponse, elle percevait la tension émaner du corps de Lukas. Le petit garçon acquiesça enfin d'un geste de la tête. Soulagée, Bronte lâcha un long soupir.

— Très bien. Il faut alors que tu lui dises bonjour correctement et que tu lui demandes gentiment. En criant, tu lui as sans doute fait un peu peur.

— Je suis désolé de t'avoir fait peur, dit Nico. Je ne voulais pas.

Les lèvres de Lukas tremblèrent. La situation était absurde.

— C'est bon, murmura-t-il.

Émue, Bronte se mordit la lèvre. Elle mourait d'envie d'embrasser cet homme taciturne pour le remercier d'avoir écouté les excuses de Nico avec la gravité qu'elles méritaient.

— Tu veux venir jouer avec mes Lego ? reprit Nico avec ferveur.

Nico était à nouveau excité. Sa réserve avait disparu aussi rapidement qu'elle était apparue.

— Bien sûr.

Avant que Lukas ait eu le temps d'en dire plus, Nico lui saisit la main et l'entraîna vers la maison qu'il était en train de construire.

Bronte regarda Lukas plier sa longue silhouette pour pouvoir s'asseoir sur la petite chaise d'enfant à côté de celle de Nico, et son cœur fit des bonds dans sa poitrine. Il allongeait et repliait les jambes, cherchant visiblement une position confortable. La tête penchée vers Nico, il l'aida à trier ses briques de plastique. Nico babillait et Lukas hochait la tête, luttant clairement pour suivre le flot d'informations.

Attendrie, elle absorba la scène qui se jouait devant elle. Elle s'attarda sur la façon dont le pull en cachemire noir de Lukas soulignait ses épaules musclées, et la chaleur du désir se réveilla aussitôt en elle.

Stop ! Elle se força à détourner le regard. Elle désirait que Lukas tisse un lien avec Nico, mais elle n'avait pas besoin, elle, de se lier à lui.

— Peux-tu revenir jouer avec moi demain ? demanda Nico.

— Je ne peux pas, répondit Lukas. J'ai des affaires à régler aux Maldives pendant les deux prochaines semaines.

À ces mots, la déception marqua le visage de Nico.

— C'est où, les Maldives ?

— Dans l'océan Indien.

— Est-ce que je peux venir avec toi ?

— En fait…

Lukas s'interrompit, visiblement mal à l'aise. À l'évidence, il ignorait quoi répondre. Encore une fois, Bronte sentit son cœur se serrer dans sa poitrine. Toute la matinée, l'émotion n'avait cessé de l'envahir.

Lukas l'avait étonnée. Ces deux dernières heures, il avait été patient et attentif avec le petit garçon, l'avait écouté lui parler de tout et de rien, de sa maîtresse, de l'école, de ses dessins animés préférés, tout en construisant avec lui une magnifique maison en Lego.

Il l'avait surprise mais, à l'évidence il s'était surtout surpris lui-même. Malgré sa réticence à venir ici, et son premier moment de panique, Lukas s'était lié avec le fils de son frère. Alors pourquoi freinait-il encore des quatre fers ?

— Arrête d'embêter ton oncle, mon chéri.

— Mais…

— Allez, trésor, fit-elle en lui déposant un baiser sur le bout du nez, il est l'heure pour toi de faire la sieste.

— Mais je ne suis même pas fatigué ! Je n'ai pas envie que Lukas s'en aille parce que, sinon, je ne le reverrai plus jamais.

Ces mots lui firent l'effet d'un coup de poing dans le ventre. La peur qu'elle reconnaissait dans la voix de Nico faisait écho à ses propres pensées.

— Je reviendrai te rendre visite quand je rentrerai des Maldives, promit-il.

À ces mots, Bronte sentit l'émotion lui serrer la gorge. Elle voulait encourager Lukas à s'impliquer avec Nico, d'autant plus qu'elle voyait déjà à quel point ce lien pouvait être bénéfique pas seulement pour Nico, mais aussi pour lui-même. Malheureusement, en couchant avec lui la nuit précédente, elle avait compliqué la situation.

Toute la matinée, la conscience qu'elle avait de sa présence l'avait troublée. Le voir interagir et jouer avec Nico, dans une tendresse et une sérénité surprenantes, n'avait fait qu'accentuer son désir. Comment était-elle censée résister à ce désir ardent et maintenir en place des barrières protectrices si elle commençait à aimer cet homme ? C'était impossible.

— Tu me le promets ? S'il te plaît, Lukas !

— Je te le promets, répondit Lukas d'un ton solennel, comme pour prouver que sa parole était quelque chose qu'il ne donnait pas à la légère.

Nico écarquilla les yeux, heureux.

— En attendant, il faut que tu obéisses à ta tante et que tu dormes.

Il se pencha au-dessus du lit puis, d'un geste impromptu qui sembla le surprendre autant que Nico, il caressa les boucles brunes de l'enfant.

— D'accord, tonton Lukas.

Nico bâilla encore une fois avant de fermer les yeux. Il s'endormit très vite.

Le regard sombre de Lukas se riva au sien. L'alchimie entre eux, qui avait couvé toute la matinée, s'enflamma aussitôt. Et le souvenir d'une autre promesse, celle de parler en privé avec Lukas avant qu'il ne rencontre Nico aujourd'hui, lui revint en mémoire.

Mal à l'aise, elle se précipita vers la porte. Elle n'avait pas envie d'avoir cette conversation maintenant, alors que ses émotions étaient encore plus puissantes que la veille au soir.

— Je vais te raccompagner. Maureen m'a dit que ton chauffeur t'attendait pour te conduire à l'aéroport.

Il avait un vol à prendre, alors ils n'avaient pas le temps de discuter, ce qui voulait dire qu'elle était en sécurité pour aujourd'hui. Ouf !

Finalement, Nico, son énergie sans bornes et son enthousiasme à rencontrer Lukas l'avaient sauvée. Elle avait un peu honte, mais tant pis. Le but de cette visite avait toujours été Nico, elle ne devait pas l'oublier.

Au moment où elle posait les doigts sur la poignée de la porte, une main ferme se referma sur son bras, la stoppant dans son élan.

— Tu n'oublies rien ?

— Je ne crois pas, répondit-elle en se libérant.

Ignorant sa réticence, Lukas l'entraîna dans une pièce de l'autre côté du couloir.

Après avoir fermé la porte, il se tourna vers elle et la poussa contre la cloison, lui emprisonnant les mains au-dessus de la tête. Une vague de chaleur familière s'alluma en elle, jusqu'à enflammer ses joues et réveiller toutes ses émotions.

— Lukas ! Nous n'avons pas le temps pour ça.

Bronte aurait voulu paraître exaspérée, mais elle était surtout essoufflée. Elle manquait d'air, elle avait du mal à respirer. Ce diable de Lukas la privait de toutes ses forces.

— J'avais demandé à te voir seule…

Elle ferma les yeux. Son parfum musqué l'enveloppait, riche, puissant et bien trop ensorcelant.

— Je ne sais pas de quoi tu parles, répliqua-t-elle en tentant de s'échapper.

Il reposa tout son poids contre elle, et la force de son désir lui fit à nouveau perdre la tête.

— Je ne te crois pas. Tu savais que je voulais te parler de nous, ce matin. Tu t'es servi de Nico comme d'un bouclier. Admets-le.

Bronte posa les mains contre son torse pour le repousser. Ses muscles durs ondulaient sous le cachemire. Elle resta ainsi, immobile, tremblante, sans parvenir à écarter Lukas.

— Il n'y a pas de « nous ». Notre seul lien, c'est Nico.

Elle se força à le regarder avec sérieux et pria pour paraître convaincante.

— D'ailleurs, reprit-elle, je voulais te remercier d'avoir été aussi gentil avec lui, ce matin. Je ne veux rien faire qui puisse menacer ta relation avec lui.

Ce n'était pas un mensonge. Poursuivre une relation avec Lukas, n'importe quelle relation, ne serait pas seulement dangereux sur le plan émotionnel, mais pourrait surtout compliquer la relation qu'elle avait avec Nico ; ce qui serait bien pire.

Nico avait besoin de cet homme dans sa vie et, malgré ses protestations, elle suspectait que Lukas avait besoin de Nico. Elle ne se le pardonnerait jamais si quelque chose qu'elle avait fait menaçait le lien qu'il commençait juste à tisser avec son neveu.

— Ce sont des bêtises, et tu le sais, affirma-t-il.

— Pas du tout ! rétorqua-t-elle, indignée. Je veux soutenir ta relation avec lui. Or ce n'est pas possible si nous avons une aventure ensemble.

— Pourquoi pas ?

— Parce que je vis ici, avec lui.

— Et alors ?

— Je ne veux pas qu'il sache qu'il y a…

Elle s'interrompit. Son regard narquois la mettait hors d'elle. Ne comprenait-il donc pas ?

— Je ne veux pas qu'il sache qu'il se passe quelque chose entre nous. Il pourrait penser que tu viens ici pour me voir moi, plutôt que lui.

— Il n'a que quatre ans.

— Nico est très intelligent.

— Sa réaction n'est pas le sujet puisqu'il ne découvrira jamais que nous couchons ensemble.

— Comment pourrait-il ne pas le savoir ?

Pourquoi insiste-t-il à ce point ?

— Parce que je vais acheter une maison où nous pourrons nous retrouver quelques soirs par semaine, annonça-t-il comme si de rien n'était.

Abasourdie, Bronte ouvrit la bouche ; mais aucun mot n'en sortit.

— Je paie déjà un gros salaire à Maureen, continua-t-il, alors autant qu'elle travaille pour le mériter.

— Je ne veux pas que tu m'achètes une maison. Je refuse de devenir ta… ta *favorite*.

Le terme était désuet mais, au moins, il renforçait sa détermination et lui donnait les munitions dont elle avait besoin dans la bataille contre ses propres sentiments envers lui.

Peut-être Lukas avait-il des raisons secrètes pour chercher désespérément à ne pas créer de liens avec Nico, mais son arrogance folle la mettait folle de rage. Comment pouvait-il avoir le culot de l'inciter à privilégier une relation sexuelle avec lui plutôt que de veiller sur Nico ?

— Nico a besoin de moi. Et je refuse d'être une femme entretenue. Hors de question !

Lukas était tellement énervé qu'il pouvait à peine réfléchir calmement. Cela faisait déjà plusieurs heures qu'il était en équilibre sur le fil du désir. Chaque fois que leurs yeux se connectaient, chaque fois qu'il remarquait cette étincelle dans le regard émeraude de Bronte, le feu qui brûlait en lui redoublait d'intensité.

— Je paie déjà pour tout ! lança-t-il, frustré. Qu'est-ce que ça change si on profite de la situation pour s'amuser un peu ?

À la seconde où ces mots quittèrent ses lèvres, il voulut les rattraper. La lueur de défi dans les yeux de Bronte avait disparu, remplacée par de l'indignation et de la colère.

— Espèce de salaud ! jeta-t-elle, la voix tremblante et les yeux humides. Je ne suis pas à vendre ! Je n'ai accepté ton aide financière que pour le bien de Nico, mais je n'en ai pas besoin. Il n'en a pas besoin. Nous survivions très bien par nous-mêmes. Si le prix à payer pour rester ici est de coucher avec toi, on s'en va tout de suite.

Nom d'un chien ! Ce n'était pas du tout ce qu'il avait voulu dire ! Ce qu'ils avaient partagé la veille n'avait rien à voir avec ses responsabilités envers le petit garçon. Il serra les poings pour se maîtriser, mais la menace lancée par Bronte de partir d'ici le mettait hors de lui. Il s'était juré de protéger Nico, hors de question de la laisser l'emmener et disparaître.

— Si tu tentes de partir avec Nico, je te traînerai au tribunal plus vite que tu l'imagines et lancerai une bataille implacable pour obtenir sa garde.

— Tu ne peux pas me l'enlever, je suis sa tutrice !

Il voyait ses pupilles dilatées, il voyait ses seins ronds monter et descendre, et il ne pensait plus qu'à une chose : son corps de déesse.

— Chiche !

— Je te déteste !

— Je ne te crois pas.

Soudain, quelque chose explosa en lui, comme un torrent renversant un barrage.

Au diable tout ça ! Il prit Bronte dans ses bras. Il en avait assez de prétendre que la nuit dernière n'avait pas été bonne, ou qu'elle n'allait pas se reproduire. Il pressa les lèvres sur le pouls de son cou, le sentit battre sous sa langue. Elle frissonnait entre ses bras mais ne tentait pas de s'éloigner. Elle plaqua même les paumes sur sa taille et glissa les doigts sous son pull tandis qu'il reprenait possession de sa bouche.

Ses lèvres s'entrouvrirent et il s'abandonna dans le baiser. Il nourrissait l'émotion qui lui serrait le cœur, se régalait de leur désir commun. Ce désir qui s'était déchaîné la veille, mais qu'il avait vu si clairement dans ses yeux chaque fois qu'elle l'avait regardé aujourd'hui. Ses doigts s'emmêlèrent dans ses cheveux soyeux et son désir grimpa encore d'un cran.

Quand il rompit le baiser, il la sentit se laisser aller entre ses bras. Ses joues étaient rouges, ses lèvres gonflées par la fureur du baiser, mais, dans son regard, il lisait le choc et l'angoisse. Il aurait dû être satisfait – après tout, son instinct ne l'avait pas trompé –, mais au lieu de cela, il avait honte de ses actes.

Que diable venait-il de se passer ? Jamais il n'avait embrassé une femme lorsqu'il était en colère. Jamais il n'avait laissé son désir prendre le pouvoir. Et jamais il n'avait été à ce point affecté par sa réaction.

— Je vais m'absenter pendant deux semaines, annonça-t-il. Quand je reviendrai, nous reparlerons de tout ça. Comme des adultes.

Il fallait à tout prix qu'il reprenne le contrôle, pas juste de la situation mais surtout de lui-même. Il n'était pas un animal, bon sang ! Il n'avait jamais laissé son humeur prendre le dessus. Malheureusement, aujourd'hui, face à Bronte O'Hara, il avait perdu la tête.

Elle demeurait silencieuse, la main sur sa bouche, les yeux écarquillés, lui rappelant à quel point elle était inexpérimentée.

— Ce qui se passe entre nous deux n'a rien à voir avec Nico ni avec ma relation avec lui, poursuivit-il.

Il était déterminé à réparer les dommages qu'il avait

causés quand il l'avait menacée de la poursuivre en justice pour obtenir la garde du petit garçon.

Son téléphone vibra soudain dans sa poche, et il le sortit. Il avait un vol à prendre, il l'avait oublié.

— Je dois partir.

Il se fichait de ce foutu vol, il l'avait probablement déjà raté de toute façon, mais il devait profiter de cette occasion pour battre en retraite et reprendre ses esprits. Il était devenu fou, il ne se reconnaissait pas. Menacer Bronte, même involontairement, ou l'embrasser pour la faire céder, ce n'était pas la bonne technique. Tout ce qu'il avait fait, c'était enflammer la situation, et donner à la jeune femme des raisons de lui faire croire qu'il y avait plus qu'un lien sexuel fort entre eux.

— Dès que je serai de retour à Londres, reprit-il d'un ton aussi neutre que possible, j'enverrai une voiture te chercher afin que nous puissions continuer cette conversation en privé.

Avec un peu de chance, il aurait enfin retrouvé ses esprits.

— Je ne suis pas l'une de tes employées, Lukas.

— J'en suis bien conscient.

Il passa devant elle pour attraper la poignée de la porte. Il avait deux semaines pour se ressaisir avant de revoir Bronte O'Hara.

8

Bronte fixa le test de grossesse et les deux lignes roses qui grandissaient à vue d'œil, tels deux boas sur le point de lui serrer la gorge et de l'étouffer. Cela ne pouvait pas être vrai… C'était impossible ! Elle secoua frénétiquement le bâtonnet de plastique. Hélas, les deux épaisses lignes roses refusaient de disparaître. Elles étaient même de plus en plus marquées.

Incrédule, elle se laissa tomber sur le siège des toilettes et relut le mode d'emploi. Il y avait forcément une explication. Peut-être s'était-elle trompée ? Non, elle était bien enceinte.

Elle portait bien l'enfant de Lukas Blackstone.

Elle n'avait fait le test que par précaution, persuadée qu'elle se trompait, qu'elle ne pouvait pas être enceinte. Et pourtant…

Ces deux dernières semaines, elle avait essayé de ne pas penser à Lukas, ce qui n'avait pas été facile car il avait laissé ses émotions à vif après sa dernière visite. Il avait fallu qu'elle fasse de gros efforts pour refouler dans un coin reculé de son esprit son ultimatum, le baiser auquel elle n'avait pas été capable de résister et, surtout, sa menace de lui prendre Nico. Et puis il avait suffi d'un message de Lisa lui annonçant que la voiture de Lukas passerait la chercher à 16 heures pour qu'elle se rende compte que cela faisait deux semaines qu'elle n'avait pas vu Lukas.

Deux semaines qu'elle ne l'avait pas vu.

Deux semaines qu'elle avait couché avec lui.

Et presque deux semaines qu'elle aurait dû avoir ses règles…

Tremblante, elle se releva, puis fixa son reflet dans le miroir. Qu'allait-elle bien pouvoir faire maintenant ? Une chose était sûre, fuir les problèmes n'avait jamais rien résolu. Et que s'était-il passé ? La réponse était simple. Lukas l'avait prise dans ses bras, il lui avait donné l'impression d'être désirée, d'être importante, et elle avait répondu, instantanément et sans équivoque. Elle avait craqué. Elle l'avait embrassé en retour, laissant ses propres désirs la consumer, malgré sa terrible menace de lui prendre Nico. Elle avait perdu la tête, tout simplement.

Elle posa une main sur son ventre. La panique lui serrait la gorge, l'angoisse lui donnait la nausée – à moins qu'il ne s'agisse d'un des premiers symptômes de sa grossesse.

Une interruption de grossesse était bien sûr la solution la plus raisonnable, et sans doute la réponse que Lukas lui suggérerait, mais cette simple idée la révoltait.

Elle n'avait pas très envie d'en parler à Lukas. Il était déjà arrogant et dominateur en temps normal, alors il le serait encore plus quand il découvrirait à quel point elle avait été stupide ; et qu'elle lui avait menti. Et puis il y avait Nico. Il était sa priorité absolue, elle ne devait pas l'oublier.

Sa situation donnerait-elle de nouvelles munitions à Lukas afin d'obtenir la garde de Nico ?

Le souvenir du visage fermé de Lukas, et de la façon

dont tout son corps s'était raidi lorsque Nico s'était précipité sur lui, lors de sa visite il y a deux semaines, revint à son esprit. Au cours de cette matinée, Lukas avait changé. Il avait fait de gros efforts pour parler à son neveu, pour jouer avec lui. Elle l'avait même vu caresser tendrement la tête du petit garçon. Alors oui, il s'était adouci, mais elle devait être réaliste. Jamais Lukas ne voudrait de cet enfant. À contrecœur, il avait peut-être commencé à tisser un lien avec Nico, mais il avait été très clair : être père ne l'intéressait pas. Ce qui voulait dire qu'il serait furieux lorsqu'il apprendrait sa grossesse.

Sa colère ne lui faisait pas peur. Ce qui l'effrayait, c'était ses sentiments et son envie de lui demander quelque chose qu'il était incapable de lui donner.

Sa main tremblante caressa son ventre encore plat. Hors de question de mettre un terme à cette grossesse. Même si ce bébé était une erreur, même si cette grossesse compliquait à coup sûr sa vie, celle de Nico et même celle de Lukas, elle n'avait pas le moindre doute. Elle allait garder ce bébé.

Elle sursauta en entendant frapper à la porte de la salle de bains.

— Bronte, une voiture t'attend pour te conduire à l'hôtel Blackstone, fit la voix de Maureen.

En entendant ce nom, la panique et le désir l'envahirent et se mirent à tournoyer en elle, comme le vent pendant une tempête, lui faisant perdre tous ses moyens. À bout, elle se passa une serviette humide sur les joues pour tenter de reprendre ses esprits, puis but un verre d'eau. Avec un peu de chance, cela suffirait à faire disparaître les cris hystériques qui étaient coincés dans sa gorge.

Elle allait devoir parler du bébé à Lukas, elle n'avait pas le choix. La seule bonne nouvelle, c'était que dès qu'il serait au courant, il n'aurait plus aucune envie de poursuivre une relation avec elle. Ce qui voulait dire qu'elle n'aurait plus à s'inquiéter des réactions enflammées de son corps.

La sonnette de l'ascenseur retentit et la nervosité s'empara de lui. Tendu, il fixa l'entrée.

Dès que le garde du corps laissa passer Bronte, la boule qui lui serrait la gorge disparut et son inquiétude s'envola comme par magie. Incapable de résister, il marcha dans sa direction, se forçant à garder un rythme lent et régulier, à surtout ne pas courir.

— Bonjour, Bronte. Merci d'être venue.

Elle était d'une beauté époustouflante. Ses grands yeux brillaient comme deux pierres précieuses. Il avait oublié à quel point elle était superbe. Il enfonça les poings dans les poches de son pantalon pour s'empêcher de tendre la main. Son désir était tellement fort. Depuis la dernière fois qu'il l'avait vue, il avait passé quatorze nuits presque blanches. Comment était-il possible que cette jeune Anglaise lui fasse un tel effet ? Il avait beau réfléchir, il ne comprenait pas.

Elle portait sa tenue de garçon manqué habituelle, composée d'un jean, d'un débardeur et d'une chemise à carreaux. Si elle l'avait choisie pour dissimuler ses courbes sensuelles, elle avait échoué. Il la trouvait toujours aussi sexy, toujours aussi séduisante.

— Tu ne m'as pas vraiment laissé le choix, rispostat-elle.

Pourtant, il ne voyait pas l'éclair de défi qu'il avait espéré voir dans son regard. Bizarre.

Il ordonna d'un signe de la tête au garde du corps de les laisser.

Il n'avait cessé de penser à Bronte ces deux dernières semaines. Il avait pensé aux choses qu'ils avaient faites ensemble la dernière fois qu'elle était venue le voir ici, mais surtout à la façon dont il s'était comporté le lendemain matin. À voir la méfiance dans ses prunelles, il devinait qu'elle n'avait pas oublié ces événements, elle non plus.

— Bien sûr que tu avais le choix, répondit-il d'une voix douce, déterminé à faire amende honorable. Je suis désolé si je n'ai pas été assez clair.

Il repensa aux dernières paroles qu'ils avaient échangées, à son baiser brutal. Il s'était vraiment comporté comme une brute. Elle lui avait fait perdre la tête, certes, mais ce n'était pas une excuse. En fait, il n'avait aucune excuse. Elle était innocente, inexpérimentée. Il aurait dû être prévenant au lieu de se jeter sur elle comme une bête affamée. Il allait devoir faire pénitence maintenant, et faire l'effort de lui prouver qu'une liaison pourrait leur être bénéfique à tous les deux.

Masquer sa fascination pour une femme était une expérience nouvelle pour lui, d'autant plus qu'il n'avait jamais ressenti une telle attirance. Jusqu'à présent, en cas de problème avec une maîtresse, il la quittait. Avec Bronte, tout était différent. Son désir pour elle n'était pas près de disparaître, il le devinait. Son corps lui plaisait, bien sûr, mais il y avait plus. Tout en elle le captivait : sa loyauté féroce envers Nico, sa détermination à maintenir son indépendance contre vents et marées, son honnêteté rafraîchissante et la myriade d'émotions qu'il pouvait lire si facilement sur son visage ouvert, malgré tous les efforts qu'elle faisait pour les cacher.

Ce soir, elle ne cherchait pas à masquer ses émotions. Elle avait l'air tendue, anxieuse. Il ne se faisait guère d'illusions. C'était lui, la cause de ses tourments.

— Viens t'asseoir pour que nous puissions discuter de cette situation calmement, lui proposa-t-il, l'invitant, d'un geste de la main, à s'installer sur un des canapés.

— Je préfère rester debout.

Elle croisa les bras. Cherchait-elle à se protéger de lui ? À cette idée, la culpabilité l'étreignit.

— As-tu peur de moi ?

— Non, bien sûr que non !

Sa réponse le soulagea, même si elle semblait perplexe, et même un peu honteuse. Pourtant, elle n'avait rien à se reprocher, contrairement à lui.

Il songea qu'il était temps pour lui de passer aux choses sérieuses, de lancer cette offensive de charme sur laquelle il travaillait depuis deux semaines.

— Assieds-toi, je vais te chercher un verre.

Il se dirigea vers le bar, soulagé de pouvoir s'occuper pendant quelques secondes. C'était une expérience inédite pour lui. Jamais il n'avait eu à fournir autant d'efforts pour mettre une femme dans son lit. C'était sans doute pour cette raison qu'il avait perdu la tête et tout gâché, deux semaines plus tôt. Ce jour-là, il avait laissé sa colère et sa frustration sexuelle l'aveugler, mais cela n'arriverait plus jamais, il s'en était fait la promesse.

— Que voudrais-tu boire ?

En attendant sa réponse, il se servit un doigt de bourbon. Encore une première. D'habitude, il ne prenait pas d'alcool fort, en tout cas jamais quand il était avec une femme. Il préférait garder les idées claires.

Aujourd'hui, cependant, il avait besoin d'un remontant pour calmer un peu ses ardeurs et s'obliger à avancer lentement avec Bronte. Il ne pouvait pas risquer de l'effrayer à nouveau, sinon jamais il n'obtiendrait ce qu'il désirait. Ce qu'ils désiraient tous les deux.

— De l'eau ? De la bière ? Quelque chose de plus fort ?

— De l'eau.

Il lui servit un verre. Lorsqu'il le lui tendit, leurs doigts se frôlèrent et une décharge électrique le traversa. Bronte retira brusquement sa main, renversant de l'eau sur son poignet. Lukas réprima un sourire. Elle aussi percevait ce désir qui lui nouait les tripes. Tout ce qu'il lui restait à faire était de lui montrer que ce qu'elle ressentait pour lui n'était ni dangereux ni compliqué.

Lui le savait, mais pas elle, parce qu'elle n'avait jamais éprouvé ce lien avec quelqu'un d'autre. À vrai dire, lui non plus. Rien d'aussi fort, en tout cas. Mais, au moins, il savait comment gérer une relation, et aussi combien de plaisir ils pouvaient en tirer. Avant d'en profiter, il devait juste briser ce mur de protection qu'elle avait érigé.

Il la regarda boire son eau, le regard fixé sur sa gorge. Elle l'hypnotisait, elle l'ensorcelait. Tout lui plaisait dans cette femme, tout l'excitait.

— J'ai une proposition à te faire.

Ses yeux lui envoyèrent un éclair, enflammant encore plus ses sens.

— Je ne peux pas être ta maîtresse, marmonna-t-elle.

Sa détresse et son trouble étaient évidents. Il hocha la tête. Elle avait dit qu'elle ne *pouvait* pas, et non qu'elle ne *voulait* pas. C'était un point positif, et il avait bien l'intention d'exploiter cette ouverture.

— Je sais que je n'ai aucun moyen de t'empêcher de m'enlever Nico, reprit-elle, mais j'ai quelque chose à…

— N'en dis pas plus, s'il te plaît, la coupa-t-il, honteux. Tu m'as mal compris. Je n'ai jamais songé à te poursuivre en justice pour la garde de Nico dans le but de te forcer à coucher avec moi.

— Pourquoi l'as-tu dit, alors ?

— J'ai paniqué. Tout simplement.

— Je ne comprends pas.

Il se pencha en avant et croisa les mains. Il avait du mal à regarder Bronte dans les yeux car, pour la première fois de sa vie, il allait devoir enfreindre sa règle d'or et s'expliquer.

— Tu m'as menacé de le prendre et de quitter la maison de Regent's Park. Or je ne peux pas te laisser faire ça. Le fait que nous couchions ou pas ensemble n'a rien à voir là-dedans.

— Je ne comprends toujours pas.

Il soupira. Bon, il n'avait pas le choix, il allait devoir lui révéler ce secret que seule une poignée de personnes connaissait, ce lourd secret qu'il cachait depuis si longtemps.

— Quand j'avais sept ans, j'ai été kidnappé. Un gang criminel m'a enlevé à Central Park, pendant que j'étais avec Alexeï et notre gouvernante. Ils planifiaient ce rapt depuis des mois. Ils m'ont gardé pendant trois jours, le temps de persuader mon père de verser une rançon d'un million de dollars.

Lukas passa le pouce sur sa cicatrice tandis que la douleur revenait en lui, avec autant de force que si elle datait de la veille.

— La cicatrice… Ce sont eux ? Ce n'était donc pas un accident ?

Les yeux de Bronte s'élargirent sous le coup de l'horreur et de la compassion. Troublé, il baissa les yeux.

— Peu importe, prétendit-il.

Cela importait, évidemment, mais elle avait l'air dévastée par sa révélation ; et la seule chose dont il n'avait pas besoin, c'était sa pitié.

— Ils se préparaient à me tuer quand j'ai été secouru par la police. Tout cela pour t'expliquer que je ne suis pas prêt à te laisser mettre ta vie ou celle de Nico en danger. Ce qui veut dire que tu dois rester dans cette maison. Là au moins, je peux garantir votre sécurité. Tu comprends ?

Bronte hocha la tête, elle était tellement sous le choc qu'elle ne parvenait pas à articuler le moindre mot.

Elle dévisagea Lukas. Son beau visage était fermé. Elle avait néanmoins aperçu quelques lueurs dans son regard, des signes de douleur et de vulnérabilité quand il avait passé le doigt sur sa cicatrice. À l'idée qu'il avait été brutalisé de cette façon pour de l'argent, elle avait eu l'impression que c'était elle qui avait été blessée. Elle avait tellement mal pour lui.

— D'accord, répondit-elle enfin.

Elle avait du mal à parler mais elle n'avait pas le choix, il attendait visiblement une réponse de sa part.

Elle avait tellement de questions à lui poser. Comment avait-il survécu ? Trois jours représentaient une éternité pour un enfant. Était-ce à cause de ce rapt qu'il gardait ses émotions aussi profondément enfouies en lui ? Était-ce pour cette raison qu'il avait eu du mal à s'attacher à Nico ? Un traumatisme d'une telle ampleur à un âge aussi précoce aurait certainement eu un effet dévastateur sur n'importe qui. Même si elle était curieuse, elle refoula toutes les questions qui l'assaillaient. De toute façon, il y avait peu de chances qu'il y réponde.

La compassion pour ce petit garçon, et l'homme qu'il était devenu, la submergeait, se mêlait avec cette culpabilité qu'elle ressentait pour sa grossesse et qui lui donnait le vertige.

Elle aurait dû lui parler du bébé dès son arrivée. Elle en avait eu l'intention d'ailleurs mais, dès qu'elle l'avait aperçu, elle avait perdu le fil de ses pensées. Et quand elle avait enfin eu le courage de lui parler, il l'avait interrompue. Puis il lui avait donné cet aperçu dévastateur du traumatisme qu'il avait subi pendant son enfance, et le moment était passé. Résultat, la nouvelle de sa grossesse était maintenant coincée dans sa gorge comme une boule qu'elle ne semblait pas pouvoir expulser. Les raisons qu'il lui avait exposées deux semaines plus tôt pour expliquer son refus d'être père, et son refus de l'amour, lui paraissaient désormais bien plus complexes qu'elle ne l'avait cru.

Si elle lui parlait du bébé maintenant, il réagirait de la seule façon possible pour un ancien enfant traumatisé comme lui : il refoulerait ses émotions. Il se sentirait à nouveau piégé et il aurait tous les droits de lui en vouloir.

Lui dire la vérité maintenant détruirait ce petit quelque chose entre eux avant même qu'il ait eu le temps de grandir. Serait-ce si mal de lui donner une chance, non seulement pour son propre bien, mais aussi pour celui de leur enfant ?

— La proposition que je vais faire est fondée sur le consentement mutuel. Crois-moi, je ne vais pas te menacer ou te brutaliser dans mon lit. Si tu n'es pas là de ton plein gré, je n'y prendrai aucun plaisir, et toi non plus.

Pour toute réponse, elle se contenta d'un nouveau signe de tête. Sous son regard brûlant, elle mourait de chaud et sa raison vacillait. Au souvenir de ses mains sur ses hanches, de son impressionnante virilité en elle, elle sentait tous ses sens s'éveiller. Leur relation était sans doute purement sexuelle, mais qu'y avait-il de mal à vouloir découvrir s'il n'y avait pas plus ?

— Je ne vais pas te mentir, j'ai couché avec beaucoup de femmes. Et pourtant, je n'ai jamais désiré une femme comme je te désire, toi.

Ce n'était pas une déclaration d'amour, il ne parlait que de l'alchimie sexuelle entre eux. Un petit espoir demeurait cependant niché en elle.

— J'aimerais beaucoup explorer cette connexion, lui susurra-t-il d'une voix rauque qui attisa toutes ses terminaisons nerveuses. Je sais que tu manques d'expérience, alors je suis prêt à y aller doucement. Si je ne suis pas doué pour les compromis, je suis néanmoins prêt à discuter des aspects pratiques de cette liaison : où, quand, comment… L'important, c'est que tu sois à l'aise. Honnêtement, je pense que ce serait de la folie de ne pas tirer le meilleur parti d'une entente physique qui a le potentiel de nous donner tant de plaisir à tous les deux. Tu ne crois pas ?

À cette question très directe une seule réponse s'imposait : non. Coucher à nouveau avec Lukas Blackstone serait le comble de la folie d'un point de vue émotionnel, l'exemple même de l'engagement qu'elle s'était promis de ne plus jamais prendre depuis que, petite fille, elle s'était tenue sur le pas de la porte de son père en priant pour qu'il la regarde, juste une fois.

Le problème, c'était que même avant de faire le test de grossesse, elle était déjà plus investie, plus attirée par Lukas qu'elle n'aurait dû l'être. Elle savait depuis le départ que, pour elle, l'engagement n'avait jamais été purement physique.

Maintenant qu'elle était enceinte, elle avait de bonnes raisons de vouloir en savoir plus sur Lukas. Elle portait son enfant. Quoi qu'il se passe à partir d'aujourd'hui, elle serait toujours liée à cet homme. Alors serait-ce si mal de profiter de cette occasion pour apprendre à le connaître mieux, avant qu'elle ne lui parle de sa grossesse ?

Imaginer que faire l'amour avec Lukas créerait un lien émotionnel entre eux serait une erreur, surtout maintenant qu'elle savait pourquoi il avait tant de mal à s'ouvrir. Mais la proximité physique et le temps passé à ses côtés lui donneraient peut-être l'occasion de répondre à certaines des nombreuses questions qu'elle se posait sur lui.

Ne méritait-elle pas de connaître ces réponses ?

Et puis il y avait le plaisir qu'il lui promettait. Elle n'avait jamais regretté les sacrifices qu'elle avait consentis pour s'occuper de Nico, parce que les récompenses avaient été astronomiques, non seulement dans tous les sourires et les câlins qu'elle avait reçus, mais aussi dans ce qu'elle avait découvert sur elle-même. Mais il n'y avait rien de mal à vouloir découvrir et approfondir le plaisir sauvage qu'elle avait trouvé entre les bras de Lukas Blackstone.

Elle serra les mains sur les genoux et fixa l'horizon à

travers les grandes baies vitrées. Elle prit une profonde inspiration et se retourna vers lui.

Allez, sois courageuse…

— D'accord, lâcha enfin Bronte dans un murmure.

Lukas haussa les sourcils, comme s'il était surpris de sa réponse. Finalement, peut-être n'était-il pas aussi arrogant et sûr de lui qu'elle l'avait cru.

— Tu es sûre ?

Elle hocha la tête. Oui, elle était sûre.

Il se leva et passa de l'autre côté de la table basse, puis saisit ses mains tremblantes et la tira jusqu'à ce qu'elle se lève. Il prit son visage en coupe, enfouit les doigts dans ses cheveux avant de se pencher vers sa bouche. Mais il ne l'embrassa pas. Il s'arrêta à quelques centimètres.

— Je veux t'entendre prononcer les mots.

Elle esquissa un sourire. Tout à coup, elle était moins terrifiée.

— Vas-tu continuer à me dire ce que je dois faire ? Parce que, si c'est le cas, il se peut que je change d'avis.

D'où lui venait la force de le taquiner ? Elle n'en avait pas la moindre idée.

— Non, tu ne changeras pas d'avis, dit-il d'un ton ensorcelant. Je ne te laisserai pas faire.

Alors, il captura sa bouche et l'embrassa avec une gourmandise infinie. Le goût riche du bourbon sur les lèvres de Lukas brisa aussitôt la dernière de ses défenses. Bronte laissa s'épanouir le désir qui la tenaillait depuis si longtemps. Elle se balança contre son amant, dont les mains fermes lui enserraient la taille, la tenant fermement. Ses lèvres expertes descendirent dans son cou pour la pincer, la sucer, et elle bascula dans un autre monde. Elle haletait tout à coup, elle manquait d'air.

Les mains de Lukas remontèrent le long de son dos et se glissèrent sous son chemisier. Ses pouces se posèrent sur les pointes de ses seins, et il lui pinça légèrement les tétons à travers son soutien-gorge. Sous cette exquise caresse, elle se cambra contre lui, impatiente de sentir le contact de sa peau nue. Vite, qu'il la déshabille ! Elle n'en pouvait plus d'attendre, elle était en feu, elle bouillait d'impatience.

— S'il te plaît, je… Peux-tu enlever mon soutien-gorge ?

Il quitta ses seins et referma les mains sur ses joues empourprées. Seigneur ! L'avait-elle vraiment supplié de lui ôter son soutien-gorge ? Que lui arrivait-il ?

— Je suis désolée, je ne voulais pas te donner d'ordre.

Elle ne voulait pas paraître désespérée non plus ! Lukas éclata de rire.

— Tu n'as pas à t'excuser, dit-il de son envoûtante voix sensuelle, qui alluma des feux d'artifice en elle. Tu peux me dire ce que tu veux.

— Oh… Bien. Mais… pourquoi t'es-tu arrêté alors ?

Ses yeux sombres brillaient d'un feu si intense qu'elle n'était plus qu'une boule d'émotions. Elle se consumait.

— Je ne m'arrête pas, je te propose juste qu'on ralentisse.

S'agissait-il d'une question ? Elle l'ignorait. Elle acquiesça néanmoins, hypnotisée par le désir qui perlait dans sa voix. Elle ne l'avait pas refroidi, c'était l'essentiel.

Il porta sa main à ses lèvres, puis embrassa ses doigts, l'un après l'autre. Des baisers tendres, mais aussi d'une incroyable sensualité, qui donnèrent un nouveau coup de fouet à son désir. Son cœur battait maintenant à toute allure dans sa poitrine.

Il déposa une nuée de baisers dans la paume de sa main, comme s'il la cartographiait en suivant ses lignes de vie. Il s'attarda ensuite dans le creux de son poignet, là où son pouls battait à un rythme fou. La sensation transperça son corps. Qui eût cru que sa main était une zone érogène ?

Saisissant ses doigts, il l'attira contre lui et l'enlaça jusqu'à ce que tout son corps s'adoucisse contre les lignes dures des siennes. Percevoir son érection contre son ventre fit monter sa température.

— Pour ton information, chuchota-t-il en traçant les lignes de son oreille avec sa langue, sache que tu ne pourrais pas étancher ma soif de toi, même si tu essayais.

Elle se pencha en arrière, un peu mal à l'aise à l'idée qu'il ait pu lire ses doutes si facilement. Mais le désir intact qu'elle lut sur son visage la rassura.

Il l'entraîna vers sa chambre à coucher inondée de lumière.

— Peux-tu fermer les stores, s'il te plaît ? bredouilla Bronte.

Un sourire coquin au coin des lèvres, il caressa sa joue.

— Les vitres sont traitées, personne ne peut voir à travers. Et de toute façon, nous sommes au trente et unième étage.

— Ce n'est pas pour cette raison.

Ses sourcils se soulevèrent ; il semblait curieux.

— C'est juste que… La dernière fois que nous avons partagé ton lit, il faisait plus sombre. Je n'ai pas l'habitude que des hommes me voient nue.

Et elle avait beaucoup moins à cacher…

Une vague de tendresse inédite le frappa de plein fouet. Il n’en revenait pas de l’audace de Bronte, de sa bravoure.

Bon sang, qu’allait-il faire avec elle ? Elle était tellement plus que ce à quoi il s’attendait – plus douce, plus chaleureuse, plus directe. Et tellement plus vulnérable aussi…

Il allait devoir être prudent avec elle, maîtriser son désir jusqu’à ce qu’elle s’habitue à partager son lit. C’était pour cette raison qu’il n’avait pas cédé à son envie de lui arracher ses vêtements à la minute où elle le lui avait demandé.

Il réprima aussi son envie de lui suggérer qu’ils gardent les volets ouverts parce qu’il voulait voir chaque centimètre carré de sa chair succulente pendant qu’il la dévorait. Il repêcha son téléphone portable de sa poche et, grâce à une application, ajusta la fermeture des stores. La lueur du soleil couchant s’était estompée, illuminant d’une belle teinte dorée la peau laiteuse de sa maîtresse.

— Ça te va ?

— Oui, merci.

Incapable de s’en empêcher, il éclata de rire, brisant la tension dans la pièce.

— Ai-je dit quelque chose de drôle ? s’inquiéta-t-elle.

Il lui posa une main sur les fesses pour l’ancrer contre lui. Ce devait être une autre première. Il ne se souvenait pas de la dernière fois où il avait ri pendant l’amour. Le sexe était d’habitude une affaire sérieuse pour lui, une simple relation conclue entre deux adultes consentants en vue d’obtenir une satisfaction physique. Mais, avec elle, il se sentait joyeux. Jamais il ne s’était amusé à ce point.

— Non.

Il se concentra sur le déboutonnage de son chemisier, puis le repoussa sur ses épaules.

— Alors pourquoi ris-tu ?

Le chemisier à terre, il retrouva son sérieux. Son désir balayait toutes ses autres émotions. Les pics tendus de ses seins, clairement visibles à travers son débardeur et son soutien-gorge, l'attiraient comme des aimants.

Il se passa la langue sur les lèvres. Il avait tellement envie de sentir ces tétons contre sa langue que sa bouche était sèche. Il lui retira son débardeur et dégrafa son soutien-gorge.

— Je ne ris plus.

Il frotta les pouces sur les pointes offertes de ses seins magnifiques et s'amusa de ses réactions, savourant sa spontanéité. Il se pencha pour refermer la bouche sur un sein. Il n'en pouvait plus, elle le rendait fou.

Elle tenait sa tête, ses doigts lui agrippaient les cheveux pendant qu'il continuait à savourer sa poitrine et pressait la main contre le coton de sa culotte. Incapable d'attendre plus longtemps, il glissa les doigts dessous. Elle était prête… Il lui titilla le clitoris, de plus en plus vite, de plus en plus fort, excité de la voir se rapprocher petit à petit de l'orgasme.

— Oh… Oh… Je ne peux pas…, haleta-t-elle.

— Vas-y !

Il accéléra ses caresses, pressé de la voir exploser. Il insinua un doigt, puis deux, tout en continuant à la caresser de la paume.

Elle poussa enfin un cri avant de s'effondrer contre lui, repue. Maintenant, il devait la pénétrer très vite, sinon il risquait de mourir sur place.

9

— Les niveaux d'hormones de votre test correspondent aux dates que vous nous avez indiquées. Vous êtes bien enceinte de six semaines. Si vous envisagez un avortement, je vous recommande de prendre votre décision rapidement, lui expliqua la jeune infirmière avec un sourire plein d'empathie.

— Ce n'est pas le cas, dit Bronte.

Instinctivement, sa main retourna se poser sur son ventre, dans lequel grandissait une petite vie.

— Y a-t-il autre chose que vous voudriez me demander ? Vous pouvez prendre un peu plus de temps pour réfléchir aux différentes options, si nécessaire.

Bronte secoua la tête.

— Je n'ai pas besoin de temps pour y réfléchir. Je veux ce bébé, dit-elle dans un murmure.

C'était la première fois qu'elle prononçait ces mots à voix haute. Toutes les raisons pour lesquelles avoir ce bébé serait une erreur ne suffisaient pas à briser la bulle de bonheur qui grandissait en elle. Maintenant, il ne lui restait plus qu'à annoncer la nouvelle à Lukas. Elle ne pouvait plus attendre, elle commençait à souffrir de nausées matinales et cela faisait un mois qu'ils couchaient ensemble régulièrement.

Elle avait limité leurs rencontres érotiques à deux

par semaine et mettait un point d'honneur à ne jamais passer la nuit avec lui. C'était nécessaire si elle voulait maîtriser ses émotions. Mais plus elle passait de temps avec lui, plus elle avait du mal à maintenir les murs de défense qu'elle avait érigés. Au fil des jours, ils se fissuraient. Chaque fois que Lukas la caressait, la léchait ou l'entraînait vers l'orgasme, chaque fois qu'il la tenait dans ses bras et essayait de la cajoler pour qu'elle reste, elle devinait que le lien qu'ils partageaient allait bien au-delà du sexe.

La façon dont il insistait pour l'accompagner à la maison chaque fois qu'ils couchaient ensemble, le fait qu'il n'ait pas quitté le pays depuis qu'elle avait accepté leur arrangement, la façon dont il l'appelait tous les jours, l'effort qu'il faisait pour forger une relation avec Nico : tout cela comptait pour elle. Elle commençait même à considérer ses messages, de plus en plus autoritaires lorsqu'il lui demandait de venir lui rendre visite dans sa suite, comme un signe de son besoin grandissant de l'avoir dans sa vie plutôt que comme le signe qu'il était habitué à être obéi au doigt et à l'œil.

Elle était toujours en train de réfléchir à sa relation avec Lukas lorsque l'infirmière lui remit quelques brochures, lui donna les coordonnées d'une maison de naissance et une ordonnance pour aller consulter un gynécologue.

Elle enfouit ces documents dans son sac, puis quitta rapidement la clinique. Elle rentra à pied à travers les petites rues du quartier de Camden. À l'idée de la conversation qu'elle devrait avoir avec Lukas la prochaine fois qu'ils se verraient, l'angoisse l'envahit. En dépit de leur relation, elle ignorait toujours les sentiments qu'il nourrissait à son endroit. Elle ne s'attendait pas à ce qu'il s'engage, pas aussi tôt évidemment, mais elle avait espéré qu'il se confierait davantage.

Elle avait essayé d'en apprendre un peu plus sur l'enlèvement, de découvrir ce qu'il pensait de l'attachement croissant de Nico pour lui, qui frôlait l'adoration depuis que Lukas était arrivé un jour sans avoir été invité et avait passé l'après-midi à apprendre au petit garçon à lancer une balle de base-ball. Hélas, il mettait un terme à toutes ses tentatives de discussion, ou alors il tentait de la distraire en l'embrassant.

En tournant dans la rue derrière la maison, elle releva le col de son manteau et mit ses lunettes de soleil. Il y avait très peu de paparazzis ces jours-ci, mais elle préférait prendre ses précautions. Baissant la tête, elle se glissa dans l'allée menant au jardin. Elle s'arrêta en entendant le bourdonnement de son téléphone portable.

Lukas ! L'espoir la gagna aussitôt.

— Salut, lança Bronte au moment où elle pénétrait dans le jardin.

— Où étais-tu ? attaqua Lukas. Je viens de parler à Maureen, qui m'a dit que tu étais sortie sans garde du corps, ce matin.

À ces mots, la culpabilité se nicha au creux de son ventre.

— Je suis allée me promener.

Oui, elle parlerait à Lukas aujourd'hui, mais pas par téléphone. Elle avait besoin de lui annoncer la nouvelle de vive voix, car elle n'avait toujours aucune idée de la réaction qu'il aurait lorsqu'il apprendrait sa grossesse. Ce qui l'effrayait le plus, c'était à quel point elle s'était investie émotionnellement dans leur relation. S'il les rejetait, elle et le bébé, elle aurait beaucoup plus de mal à s'en remettre que quatre semaines plus tôt ; parce que, désormais, elle avait la preuve que cet homme autoritaire, exigeant et arrogant pouvait aussi être tendre, protecteur et attentionné, quand il le désirait.

— Où es-tu ? lui demanda-t-il d'un ton agacé.

— Je suis presque à la maison.

— Où, exactement ?

— Dans le jardin, derrière. Je viens de refermer le portail.

Elle entendit un juron étouffé dans le téléphone, puis un lourd soupir.

— Bon sang, Bronte, combien de fois dois-je te le répéter ? Je ne veux pas que toi ou Nico preniez ce genre de risques. Si tu veux aller faire un tour, très bien, mais prends les précautions nécessaires. Demande à l'un des gardes du corps de t'accompagner.

Elle aurait pu lui en vouloir pour son attitude autoritaire, mais préféra entendre son inquiétude. Elle repensa à lui enfant, à la douleur qu'il avait endurée, et l'émotion la gagna. Son inquiétude était justifiée.

— Avec Nico, je ne sors jamais sans protection.

Si elle était sortie sans garde du corps ce matin, c'était simplement parce qu'elle n'avait pas envie que Lukas découvre où elle était allée. Elle aurait dû lui parler plus tôt, elle le savait bien. D'ailleurs, elle n'avait jamais eu l'intention de garder le secret aussi longtemps. Mais être avec lui avait été si agréable, pas seulement le sexe, mais aussi tous ces moments où elle s'allongeait entre ses bras pendant qu'il lui posait des questions sur Nico ou qu'il lui parlait de son nouvel hôtel…

Ces moments étaient nouveaux pour elle. Elle n'était pas habituée à avoir quelqu'un à qui parler de choses qui relevaient autrefois de sa seule responsabilité. Partager les détails de sa journée, la difficulté d'élever un petit garçon turbulent avec quelqu'un qui avait un lien avec lui était un grand réconfort.

L'émerveillement d'avoir cette relation avec un homme aussi dynamique et charismatique que Lukas lui avait permis de trouver plus facilement des excuses pour ne pas lui parler du bébé. Cependant, elle ne pouvait plus reculer, au risque de compromettre cette proximité.

— La sécurité de Nico n'est pas la seule chose qui m'importe, dit Lukas.

Il ne s'agissait évidemment pas d'une déclaration d'amour, elle ne se faisait pas d'illusion ; son cœur se gonfla néanmoins d'un mélange d'espoir et de joie. Tous les rêves qu'elle avait essayé de garder en elle menaçaient de déborder, tout à coup.

— D'accord.

— Sérieusement ? Tu ne m'expliques pas à quel point tu tiens à ton indépendance ? la taquina-t-il.

— Pas aujourd'hui, rétorqua-t-elle, amusée.

— En tout cas, sache que la prochaine fois que tu refais un coup comme ça, je suis prêt à t'attacher au lit pour que tu te tiennes bien !

Elle pouvait entendre le sourire dans sa voix.

— Chiche !

— Ne me tente pas. Bon, est-ce qu'on peut se voir cet après-midi ?

— Je viens ce soir, lui rappela-t-elle.

Son inquiétude refit surface. Le reverrait-elle, une fois qu'elle lui aurait parlé du bébé ?

— Je ne veux pas attendre si longtemps.

Elle jeta un coup d'œil à l'horloge de son téléphone. Les émotions qui bataillaient en elle, le désir, l'anxiété, la tendresse et surtout l'espoir, étaient en train de la crucifier.

— Il n'est que 16 heures. Je ne peux pas venir plus tôt, je dois passer un peu de temps avec Nico avant qu'il se couche.

Ce n'était pas tout à fait vrai… Nico était très heureux que Maureen le mette au lit, mais Bronte avait mis un point d'honneur à maintenir le rituel du coucher depuis qu'elle avait débuté sa liaison avec Lukas. Elle avait toujours aimé ces moments, et la sensation de son petit corps blotti entre ses bras. Ce n'était cependant pas l'unique raison pour laquelle elle refusait d'aller retrouver Lukas avant que Nico se couche chaque soir. Maintenant que les effets de sa grossesse commençaient à se faire sentir – les seins gonflés, la fatigue, surtout après qu'ils avaient fait l'amour –, elle se rendait compte à quel point elle avait envie qu'ils forment une famille, tous les quatre. Comment ne pas fantasmer ?

— Si je comprends bien, tu me préfères un enfant de quatre ans ? Mon ego souffre !

— Ton ego survivra, répondit-elle en sonnant à la porte.

Maureen lui ouvrit.

— C'est Maureen ? Tu es à l'intérieur ? l'interrogea-t-il.

Avait-il fait exprès de prolonger la conversation jusqu'à ce qu'elle soit à l'intérieur, en sécurité ? Apparemment.

— Oui, je suis dans la cuisine avec Maureen.

Sans lâcher le téléphone, elle retira son manteau.

— Je dois y aller, j'ai une réunion, dit-il. J'enverrai la voiture à 19 heures. Et plus de promenades non accompagnées, compris ?

— Je préférerais 19 h 30.

— 19 h 15. Et pas de négociation, ou bien je viens tout de suite.

— Impossible, tu as une réunion.

— Je suis le patron, je peux faire ce que je veux.

Il s'agissait d'une mise en garde, elle le percevait.

— Ne t'énerve pas, répondit-elle d'un ton badin.

Bronte souhaitait redonner de la légèreté à la conversation, retrouver cette impression qu'elle aimait tant d'être désirée, d'être chérie.

— Très bien. Je te verrai dans ma suite à 19 h 30. Prépare-toi à retirer ta culotte dès 19 h 31.

Après avoir raccroché, Bronte fixa le téléphone. La panique montait en elle, qu'elle s'efforçait de juguler.

— Tout va bien, ma chérie ? la questionna Maureen.

— Tout va bien.

Elle enfouit le téléphone dans la poche arrière de son jean, les mains tremblantes.

— Monsieur Blackstone, est-ce que tout va bien ? lui demanda Lisa en sortant de l'ascenseur.

— Bien sûr.

Quatre heures avant de revoir Bronte. C'était une véritable torture ! Même s'il commençait à apprécier ses visites à Nico, un enfant intelligent et drôle, être dans la même pièce que Bronte sans pouvoir la toucher était un calvaire.

La veille, au moment de lui dire au revoir, il n'avait plus qu'une envie : la serrer dans ses bras et l'emmener dans la chambre à coucher la plus proche. Il s'était retenu, non sans mal.

Ce soir, il pourrait enfin évacuer cette frustration qui le rendait fou. Ce soir, elle passerait toute la nuit avec lui, c'était décidé. S'il le fallait, il la ligoterait dans son lit !

Il comprenait l'attachement de Bronte à Nico. D'ailleurs, lui aussi était attaché au petit garçon. Mais Maureen pouvait tout à fait se charger de l'emmener à l'école maternelle le matin. Il détestait voir Bronte sortir de son lit au milieu de la nuit. En gardant secrète leur liaison, et en limitant ses visites, il avait déjà fait de nombreux compromis. Des compromis qui n'avaient fait qu'accroître son désir pour elle. Quand avait-il appelé une femme en milieu de journée pour lui demander qu'elle vienne le retrouver ? Quand avait-il déjà envisagé de déserter une importante réunion pour voir une femme ? Jamais. D'ailleurs, si Bronte lui avait donné le feu vert, il aurait été dans sa voiture en dix secondes.

— Vous êtes sûr que vous allez bien, monsieur ?

— Pourquoi cette question ?

Et pourquoi Lisa le fixait-elle ainsi, l'air incrédule ?

— Vous avez pris l'ascenseur au lieu de l'escalier de secours.

— Je n'ai pas eu le temps de prendre l'escalier, c'est tout.

Il parlait comme si de rien n'était, mais lui aussi était surpris. D'habitude, il évitait les ascenseurs. Tout comme il insistait pour que ses espaces de vie soient ouverts et aussi lumineux que possible. Il détestait être au milieu de la foule ou se sentir confiné. Le sifflement mécanique des portes d'ascenseur qui se fermaient l'avait toujours perturbé. Mais, aujourd'hui, il avait été tellement absorbé par sa conversation avec Bronte qu'il était entré dans l'ascenseur sans même s'en rendre compte. Ni ses habituelles sueurs froides ni sa peur ne s'étaient matérialisées, sans doute parce qu'il avait été beaucoup trop distrait par le son de sa voix et l'idée de la savoir dehors sans la protection nécessaire.

— Avez-vous reçu le rapport de Clinton concernant l'hôtel des Maldives ? demanda-t-il à son assistante, déterminé à changer de sujet.

Certes, il avait pris l'ascenseur pour la première fois depuis... Eh bien, depuis toujours, mais inutile d'en faire tout une histoire.

— Le voici.

Il feuilleta le rapport, mais il ne voyait pas les chiffres. Impossible de se concentrer, son désir d'attacher Bronte à son lit était en train de le rendre fou.

Il se reprit et entra dans la salle de réunion.

— Bienvenue, mesdames et messieurs. Merci d'avoir fait le voyage jusqu'à Londres. Je...

Il s'interrompit. L'image de Bronte riant dans le jardin pendant qu'il jouait au base-ball avec Nico venait de faire irruption dans son esprit. Il esquissa un sourire rêveur en se souvenant de ses cheveux indisciplinés qui sortaient de la casquette qu'il lui avait achetée, de son rire si chaleureux, envoûtant. Sa poitrine se serra et il perdit le fil de sa pensée, devant ses employés qui le fixaient tous avec un mélange d'inquiétude et d'impatience.

Bon sang, qu'il arrête de penser à elle ! Hélas, il n'arrivait pas à se concentrer. Il ne se souvenait même plus pourquoi il avait organisé cette réunion. Il n'avait plus que Bronte en tête.

Le téléphone de Lisa vibra soudain, brisant le silence. La jeune femme répondit, puis écarquilla les yeux de surprise.

— D'accord, je vais le lui dire.

Elle s'approcha de lui, visiblement mal à l'aise.

— C'est Dex. C'est à propos de Bronte.

Lukas prit le téléphone, sortit de la pièce et se dirigea vers un bureau isolé.

— Que se passe-t-il ?

Bronte était malade ? Il lui était arrivé quelque chose ? Il avait tellement peur qu'il avait l'impression que tout son sang se figeait dans ses veines. Des gouttes de sueur perlaient à son front, comme si les cauchemars monstrueux de son enfance étaient de retour. Il ouvrit le bouton de son col, desserra sa cravate et s'efforça de faire entrer suffisamment d'air dans ses poumons pour rester debout.

— Je viens d'avoir un appel d'un de mes contacts à Celeb Hunt, commença Dex. Je ne vous apprends pas que c'est l'un des sites de ragots sur les stars les plus lus d'Internet. Ils ont des photos de Bronte quittant une clinique spécialisée en gynécologie. Leur spécialité, ce sont les avortements.

Sous le choc, il demeura bouche bée, incapable de prononcer le moindre mot. Sa gorge était si serrée qu'il ne parvenait plus à respirer.

— D'après mes sources, continuait Dex, elle n'a pas subi d'avortement. Elle n'était là que pour des conseils et a été dirigée vers un gynécologue pour un suivi prénatal. La bonne nouvelle, c'est que la presse spécule déjà sur votre éventuelle paternité. S'il vous plaît, dites-moi que c'est le cas, ça pourrait être l'élément qui nous manquait pour développer l'aspect familial du nouvel hôtel.

Lukas n'arrivait plus à écouter. Il ne pensait plus qu'à Bronte telle qu'elle était hier, douce, séduisante, heureuse…

Elle était enceinte et elle ne le lui avait pas dit ?

Il était en colère et il avait l'impression d'avoir été pris au piège. Il se revoyait à sept ans, avec un bandage qui le démangeait sur le visage, sa tête qui lui faisait mal, ses efforts pour ne pas pleurer et ses cauchemars sans fin.

— Lukas, êtes-vous toujours là ? demanda Dex Garvey, le sortant de sa réflexion.

— Bien sûr, marmonna-t-il en se raclant la gorge.

— Alors, c'est le vôtre ?

— Oui, c'est le mien.

Un élan possessif l'envahit et remplaça peu à peu sa colère.

— Pourquoi ne me l'avoir pas dit plus tôt ? Enfin, ce n'est pas grave. L'important, c'est que c'est une nouvelle formidable…

La voix de son responsable de la communication était de plus en plus forte, mais Lukas ne l'écoutait plus.

Bronte lui avait menti et continuait à lui mentir, mais ce n'était pas le plus important. Tout ce qui comptait maintenant, c'était l'enfant.

Son enfant.

10

Bronte sortit de la limousine que Lukas avait envoyée pour elle et s'abrita les yeux derrière la main. Les flashs des photographes l'aveuglaient.

— Par ici, mademoiselle O'Hara.

James, son garde du corps habituel, l'entraîna vers l'entrée de secours de l'hôtel.

Elle avait vu les paparazzis s'amasser devant la maison avant de partir, sans doute parce qu'il n'y avait pas beaucoup d'actualités aujourd'hui. Peu importe. Elle n'avait ni le temps ni l'envie de s'inquiéter : elle avait déjà vingt minutes de retard, parce qu'elle avait décidé de prendre une douche rapide et de s'habiller correctement pour voir Lukas. D'habitude, elle allait le voir vêtu de son traditionnel jean et d'un simple T-shirt. Mais cette fois-ci, elle avait eu envie d'être féminine, pour se sentir plus sûre d'elle avant de lui annoncer cette nouvelle qui changerait sa vie.

Elle s'attendait à recevoir un appel de sa part pendant le trajet, mais rien. Après réflexion, ce n'était pas plus mal. Elle aurait eu du mal à flirter sans lui avouer la vérité.

Elle pénétra enfin dans le hall de réception de l'hôtel.

— Pourquoi autant de journalistes ? demanda-t-elle à James pendant que celui-ci appelait l'ascenseur.

— Je l'ignore, mademoiselle.

Elle se força à respirer calmement. Une fois son ventre apparent, nul doute que les journalistes lui poseraient des questions sur l'identité du père ; avec un peu de chance, elle serait en mesure de leur avouer la vérité. Du moins, si tout se passait bien ce soir…

L'ascenseur s'arrêta à l'étage des bureaux, et James en sortit.

— Vous ne montez pas ?

Elle était surprise. D'habitude, James l'accompagnait jusqu'à l'appartement avant de disparaître discrètement.

— C'est un ordre de M. Blackstone.

— Bon.

La porte se referma. Plus l'ascenseur montait, plus Bronte sentait la bulle d'espoir grossir dans son cœur. Ainsi, Lukas avait hâte de la voir… Elle posa la main sur son ventre et lissa la soie noire de la robe courte qu'elle portait spécialement pour lui. La nervosité se mêlait en elle à l'excitation et à l'impatience. Pourvu que Lukas soit heureux de la nouvelle, ou du moins pas en colère !

Les portes s'ouvrirent. Ses yeux se fixèrent aussitôt sur l'homme debout de l'autre côté de la pièce. Dos tourné, il fixait le ciel londonien. Il avait l'air aussi grand et indomptable que d'habitude, mais aussi étrangement seul. À cette idée, son cœur se serra et l'émotion l'envahit. N'étaient-ils pas tous les deux seuls depuis trop longtemps ? Ils se protégeaient parce qu'ils avaient souffert, mais l'enfant qu'elle portait pourrait peut-être aider à les rapprocher.

— Lukas ?

— Tu es en retard, lui lança-t-il d'un ton froid en se retournant.

— Je voulais me faire belle. Je…

Elle s'interrompit. Elle se sentait timide, tout à coup.

— Jolie robe.

Il posa son verre sur la table, si fort qu'elle sursauta. Puis, avant même qu'elle ait eu le temps de reprendre son souffle, il la rejoignit. Il plongea les doigts dans ses cheveux, puis inclina le visage vers le sien.

— Tu est appétissante. Comme d'habitude.

Elle percevait des notes cassantes dans sa voix.

— Lukas, j'ai besoin de te parler, murmura-t-elle.

Elle inspira profondément pour rassembler son courage. Son anxiété était à son comble. Était-il en colère contre elle parce qu'elle avait vingt minutes de retard ?

— Nous parlerons plus tard, rétorqua-t-il d'un ton toujours sec, la repoussant jusqu'à la plaquer contre le mur. D'abord, le sexe.

La crudité de ses mots, de son attitude, la choquait, mais pas autant que le raz-de-marée de nostalgie qui venait de s'abattre sur elle.

La main de Lukas remonta le long de sa cuisse, se glissa sous sa robe courte, puis dans sa culotte. Il se mit à la caresser avec force, presque rudesse.

Que lui arrivait-il ?

— Lukas…

Quelque chose n'était pas normal. Quelque chose sonnait faux. Lukas ne ressemblait plus à l'homme avec lequel elle avait plaisanté plus tôt dans la journée, cet homme dont elle était tombée désespérément amoureuse.

Les lèvres de son amant s'accrochèrent à son cou, et un frisson de plaisir la traversa de la tête aux pieds, dissipant aussitôt sa confusion et ses questions. Elles ne faisaient pas le poids face à son désir, toujours intense.

Incapable de résister à la tentation, elle bascula la tête en arrière et s'arc-bouta contre sa main.

Il lui attrapa la jambe et l'accrocha à sa hanche d'un geste si puissant, si brusque, qu'il déchira sa robe.

— Attends, Lukas… Je…

Elle rassembla toutes ses forces. Il fallait qu'elle lui parle de sa grossesse avant qu'ils ne fassent l'amour. Absolument.

— Tu es prête pour moi, bébé, lança-t-il.

C'était la première fois qu'il utilisait un terme aussi familier. Elle aurait dû être touchée, et pourtant elle se sentait insultée. Pourquoi ?

— Tu veux vraiment que j'attende ? lui demanda-t-il en sortant son érection de son caleçon. Dis-moi la vérité.

Elle reconnaissait le désir dans sa voix, mais elle percevait aussi des intonations inquiétantes, presque terrifiantes.

— Non.

Elle n'avait pas été honnête avec lui, ces dernières semaines, alors peut-être était-ce le bon moment pour l'être.

— C'est bien ce que je pensais.

Saisissant ses deux cuisses, il l'empala sur son sexe tendu à l'extrême. Sous le choc, elle s'accrocha à ses épaules et se mit à sangloter tandis qu'il allait et venait en elle. Il lui donnait du plaisir, mais un plaisir bestial. Était-ce bien ? Était-ce mal ? Elle était perdue, elle ne savait plus quoi penser.

Il captura un téton avec sa bouche, le tira fort à travers la dentelle et la soie de sa robe. Aussitôt, les sensations prirent le pouvoir. Elle ne contrôlait plus ses réactions, son corps. Lorsque l'orgasme la saisit enfin, elle lâcha un long cri tandis que son corps se désintégrait en un million de petits morceaux pétillants.

Les secondes semblèrent durer une éternité. Puis, enfin, Lukas relâcha Bronte. Elle frissonna, et un angoissant sentiment de regret le submergea.

Ce n'était pas le moment d'avoir des états d'âme. Elle lui avait menti, elle s'était moquée de lui ! Il ne devait pas l'oublier.

Il attendit qu'elle soit debout avant de lui lâcher le bras et de fermer sa braguette. Il n'aurait pas dû la toucher, mais maintenant qu'il l'avait fait, il était encore plus déterminé à mettre son plan en marche. Peut-être avait-il été piégé par sa libido, au point de penser qu'il pouvait y avoir plus entre eux, mais le moment était passé. Désormais, il n'écouterait plus que sa raison.

— Lukas ? fit-elle en le dévisageant. Quelque chose ne va pas ?

— On pourrait dire ça.

Elle avait le culot de lui poser la question ? Il avait pourtant le droit d'être furieux, bon sang !

— Quand avais-tu l'intention de me parler de ta grossesse ?

À ces mots, ses joues s'empourprèrent.

— Comment le sais-tu ? demanda-t-elle d'une petite voix.

— Tu as été vue sortant d'une clinique, ce matin. Les photos sont sur Internet depuis environ une heure.

Dex Garvey l'avait d'ailleurs appelé une deuxième fois, le pressant de faire une déclaration officielle.

— Je vois, répondit-elle dans un chuchotement. Je suis désolée, j'aurais dû te le dire plus tôt.

En effet.

— Mais je dois te le préciser tout de suite, reprit-elle d'une voix claire et sans équivoque, un avortement est hors de question !

Il n'avait jamais voulu être père, il avait toujours su qu'il n'était pas fait pour la paternité. Pourtant, la grossesse de Bronte ne le terrifiait pas autant qu'il aurait pu le penser. Sans doute à cause d'elle et de l'effet qu'elle lui faisait.

— Je sais que c'est hors de question, répondit-il d'un ton tout aussi clair. C'est pourquoi nous allons nous marier. Dès que possible.

Il avait mis les opérations en route dès l'après-midi même et était déjà prêt à lui présenter un contrat. Il n'y avait pas d'autre option possible. Faire d'elle sa femme au lieu de sa maîtresse était la seule solution. Elle avait choisi d'avoir l'enfant, *son* enfant, il refusait d'être exclu de sa vie. Il avait bien l'intention de donner son nom à cet enfant, et de le protéger.

Depuis toujours, il maintenait une certaine distance avec les autres. Malgré tout, Bronte avait réussi à s'approcher de lui au cours des six dernières semaines, si près même qu'elle lui avait fait oublier que plus les gens étaient proches, plus ils risquaient de vous trahir. Donc, à partir de maintenant, leur relation allait se dérouler selon ses conditions à lui.

— Quoi… ? bafouilla-t-elle.

Elle semblait tellement abasourdie que c'était sans doute la preuve qu'elle n'avait pas planifié cette grossesse pour le piéger et le forcer à l'épouser. C'était une bonne nouvelle, et pourtant Lukas ne parvenait pas à se réjouir. Impossible. Tout son corps était comme engourdi.

— Tu m'as bien entendu. Tu n'auras qu'à signer un contrat de mariage. Ne t'inquiète pas, il est très généreux envers toi.

— Un *contrat*... Cela ressemble davantage à un arrangement d'affaires qu'à un mariage.

— C'est exactement ce dont il s'agit.

— Je ne peux pas accepter. Je ne veux pas t'épouser dans ces circonstances !

Elle posa sa main sur son ventre, comme si elle essayait de protéger la petite vie qui grandissait en elle. Ce simple geste l'irrita. Il n'était peut-être pas fait pour être père, mais pensait-elle vraiment qu'il ferait du mal à leur enfant ?

— Je ne te demande pas de m'épouser, je te l'ordonne.

— Je n'ai pas le choix ?

Elle avait l'air angoissée, maintenant. Tant pis pour elle. Ce n'est pas lui qui avait décidé de garder secrète sa grossesse !

— Tu as eu le choix lorsque tu as préféré me dire que tu prenais la pilule alors que ce n'était pas le cas. Et quand tu as décidé de ne pas me dire que tu étais enceinte. Et quand tu es allée à la clinique, où tu t'es fait photographier par les paparazzis.

— Tu es en colère parce que j'ai décidé de ne pas avorter ?

Il laissa son regard vagabonder jusqu'à son ventre, ignorant les battements rapides de son cœur à la pensée de cet enfant. De leur enfant.

Il aurait dû être en colère. Il avait toujours fait en sorte de ne jamais se retrouver dans ce genre de situation difficile. Or depuis qu'il avait appris la vérité, des montagnes russes d'émotions le secouaient sans cesse et il avait du mal à rester concentré.

— Je sais bien qu'il fallait être deux pour que tu tombes enceinte ; je sais également que la décision concernant ton corps te revient. Donc, non, ce n'est pas pour cette raison que je suis en colère.

Le soulagement évident de Bronte ne fit qu'attiser ces émotions tumultueuses en lui qu'il ne comprenait pas, et qu'il ne voulait pas comprendre. Il voulait juste qu'elles s'en aillent.

— Si tu penses que tu dois m'épouser à cause du bébé, ce n'est pas le cas. J'ai fait toute seule le choix de le garder, je ne te force pas à t'impliquer.

— Je suis déjà impliqué ! Aucun de mes enfants ne grandira sans porter le nom de Blackstone. Ce qui veut dire que tu devras le porter toi aussi.

— Inutile de se marier pour donner ton nom au bébé.

Il soupira. À l'évidence, elle n'avait pas compris. C'était pourtant simple : il ne pouvait pas encore vivre sans elle. Et il ne voulait pas qu'elle vive sans lui. Tant qu'elle continuerait à l'obséder à ce point, ils seraient coincés ensemble, alors autant qu'ils soient liés par un contrat de mariage. Cela lui donnerait des droits, non seulement sur son enfant, mais aussi sur elle…

Lukas sortit son téléphone portable de sa poche et composa le numéro de Lisa.

— Pouvez-vous envoyer les avocats, s'il vous plaît ?

Bronte recevrait une généreuse allocation mensuelle jusqu'à la fin de ses jours. Quant à leur enfant, il serait envoyé dans les meilleures écoles, les meilleures universités. Il ne manquerait jamais de rien.

— Tu ne peux pas me forcer à t'épouser ! affirma-t-elle

d'une voix tremblante, une lueur de panique dans le regard.

— Si, je le peux, rétorqua-t-il avec autorité. Je suis un homme très riche, Bronte. Tu vis dans une maison que je t'ai achetée. Tu m'as caché l'existence de mon neveu pendant trois ans et tu as essayé de faire de même avec mon propre enfant. Comment penses-tu qu'un juge réagirait si je demandais la garde des deux enfants ?

C'était une menace qu'il avait déjà faite involontairement mais, ce soir, il était sérieux. La fin avait toujours justifié les moyens, lui avait appris son père lorsqu'il avait sept ans. Depuis, il ne laissait jamais ses émotions l'empêcher de parvenir à son but.

— Je pense toujours que je gagnerais, murmura-t-elle. Je suis la tutrice légale de Nico, tu ne le connais que depuis quelques mois.

— Simplement parce que tu m'as caché son existence.

— À la demande de sa mère.

— Tu veux vraiment m'affronter, Bronte ? Tu veux vraiment faire subir à Nico une longue bataille entre avocats, après ce qu'il a déjà vécu ?

Certes, cette menace était un coup bas, mais il ne voulait pas lui faire de mal. Il en avait juste assez de jouer selon ses règles à elle.

— Puisque tu pourras voir le bébé et Nico autant que tu le voudras, pourquoi dois-je t'épouser ?

Pourquoi ? Jamais il ne lui avouerait la vérité. Hors de question d'être aussi vulnérable qu'à sept ans, lorsqu'il s'était retrouvé enfermé dans le noir. Voilà pourquoi il avait accepté la suggestion de Dex Garvey.

— Mon entreprise a passé les cinq dernières années à développer la marque Blackstone's Deluxe Family Resort. Notre premier hôtel destiné aux familles ouvrira dans deux semaines, et tu viens de faire exploser toute notre stratégie marketing. Les médias sociaux sont déjà inondés de spéculations sur le fait que le bébé dont tu as essayé de te débarrasser est le mien. Je suis le méchant dans ce scénario, pas toi.

— Mais je te l'ai dit : je n'ai jamais envisagé l'avortement !

— Alors tu me fais passer pour un père indigne. Nos études montrent que ce sont les mères qui décident généralement des destinations de vacances.

— Tu m'obliges à t'épouser pour pouvoir vendre des nuits d'hôtel ?

— Ce dont nous parlons, c'est d'un investissement de cinq milliards de dollars, qui, selon mon responsable de la communication, n'aura servi à rien si nous ne nous marions pas.

Ce n'était pas à proprement parler la vérité. Dex Garvey avait simplement dit qu'un mariage serait une excellente façon de soutenir le lancement. De toute façon, en cet instant, Lukas se fichait pas mal de l'argent. Tout ce qui l'intéressait, c'était de boucher le trou noir qui grandissait dans son ventre, ce trou noir qui ne s'était pas ouvert depuis des années.

— Le développement de l'hôtel des Maldives fait partie d'un projet respectueux de l'environnement, qui fournit un mode de vie durable à plus de cinq mille personnes sur place. Si ce projet capote, tous ces gens en subiront les conséquences. Tu veux vraiment être responsable de ça ?

Bronte détourna le regard. Voilà, elle avait mordu à l'hameçon.

— Bon, que veux-tu que je fasse ?

— Nous publions un communiqué de presse ce soir

et nous partons demain aux Maldives pour nous marier. Nous y restons une semaine pour la lune de miel.

— Je ne peux pas laisser Nico pendant une semaine, murmura-t-elle d'une voix brisée.

— Nico sera très bien avec Maureen. Tu pourras l'appeler tous les jours. Mais je peux faire venir Maureen et Nico après notre lune de miel, si tu veux.

— Non, je ne veux pas qu'il participe à ce coup de pub.

Sa voix était à nouveau ferme, lui rappelant la tigresse qu'il avait rencontrée à New York.

Son désir se ralluma aussitôt. Même s'il ne pourrait jamais plus lui faire confiance, au moins il savait qu'elle ferait une excellente mère pour leur enfant. Elle était déjà une bonne mère pour le fils de son frère.

— Nico n'a pas besoin de venir, ajouta-t-elle.

Lukas masqua sa déception. Le petit garçon aurait adoré certaines des installations destinées aux enfants. Mais elle avait raison, ils n'avaient pas besoin d'impliquer le garçon dans ce subterfuge.

— Que se passera-t-il après notre fausse lune de miel ?

La lune de miel n'allait pas être fausse. Pas du tout. D'autant qu'il n'était pas question de donner à Bronte une chance de faire annuler le mariage au motif qu'ils ne l'avaient pas consommé. Mais ce n'était pas le moment d'aborder cette question.

— Après ? Il faudra que j'emménage à Regent's Park pendant quelque temps.

— Combien de temps ?

— Aussi longtemps que nécessaire pour convaincre le public que ce mariage est bien réel.

Et aussi longtemps qu'il lui faudrait pour surmonter son désir de l'avoir dans son lit tous les soirs.

— Le fait qu'on joue à la famille heureuse risque d'être un peu perturbant pour Nico.

— Tu aurais dû y penser avant de me faire croire que tu prenais la pilule.

Elle ne se souciait pas de lui. Elle ne s'était jamais souciée de lui, c'était évident. Il lui attrapa le coude et la força à se tourner vers lui.

— Nous trouverons un moyen de nous assurer que cela ne perturbe pas Nico, reprit-il. De toute façon, je voyage beaucoup, donc je ne serai pas souvent là. Et puis, une fois le bébé né, Nico sera bien trop occupé à accueillir son nouveau cousin pour se soucier de ce qui se passe entre nous.

— Sans doute.

Elle se mordit la lèvre inférieure. Instantanément, Lukas sentit sa libido s'embraser.

— Promets-moi une chose, lâcha-t-elle dans un souffle.

Il hocha la tête. Le serrement dans sa poitrine devenait presque insupportable. Pourquoi était-ce si difficile ? Il faisait juste ce qui devait être fait pour protéger son enfant.

— Ne dis pas à Nico que tu ne m'aimes pas.

Il fronça les sourcils.

— Ce ne sera pas un problème.

Non, cela ne serait pas un problème, parce qu'il ne l'aimait pas. Il aurait juste aimé pouvoir la détester.

11

— Je le veux.

Sa voix était à peine plus forte qu'un murmure. Bronte se tenait au soleil, sur une magnifique plage de sable blanc, pourtant elle tremblait comme si elle avait froid.

Le pasteur continua à parler, mais les mots semblaient flotter au-dessus de sa tête et dériver sur une mer si bleue qu'elle faisait mal aux yeux.

D'un geste sûr, Lukas glissa l'alliance à son annulaire tandis qu'un photographe les prenait en photo. Malgré le luxe et la beauté du lieu, elle avait l'impression de vivre un cauchemar.

— Comment ça va ? lui demanda Lukas avant de poser sa main dans le creux de ses reins.

— Bien. Je suis juste un peu fatiguée.

Il avait fait preuve d'une impressionnante sollicitude depuis qu'elle avait accepté deux jours plus tôt ce mariage blanc, ce qui ne faisait que rendre la situation encore plus inconfortable. Si seulement elle pouvait le détester pour l'avoir forcée à l'épouser… Mais comment le pourrait-elle, alors qu'elle était désespérément amoureuse de lui ?

Pendant le festin qui suivit, elle s'efforça de sourire poliment. En vain. Elle était bien trop nerveuse.

Et dire que toute la semaine, elle allait devoir jouer les mariées heureuses pour les journalistes… Ensuite, une fois de retour à Londres, elle devrait faire semblant d'être une mère de famille comblée tout en souhaitant secrètement l'impossible, à savoir que leur mariage ne soit pas une imposture. Comment allait-elle y parvenir ?

Elle avait l'impression d'être redevenue la petite fille impuissante attendant devant la porte de son père, espérant de tout cœur un amour qui ne viendrait jamais.

Le repas de mariage se termina enfin. Lukas la fit monter dans une voiturette de golf.

— Où allons-nous ?

Il jeta un coup d'œil vers elle, comme si sa question était stupide et la réponse évidente.

— Dans notre villa, de l'autre côté de l'île, pour notre lune de miel.

Une fausse lune de miel, hélas !

La villa était magnifique. Largement ouverte sur la plage, dotée une piscine à l'arrière et d'une grande terrasse à l'avant, cette luxueuse maison de trois pièces était un véritable paradis sur terre.

Mais un paradis dans lequel Bronte allait vivre un cauchemar.

Elle s'isola sur la terrasse pendant que les majordomes rangeaient leurs bagages, dont la nouvelle garde-robe qu'avait préparée pour elle la styliste engagée par Lukas. En effet, Dex Garvey avait prévu des séances photo durant les prochains jours. Rien que d'y penser, elle était déjà épuisée ! Mais, en vérité, l'idée de jouer les fausses mariées lui faisait bien moins peur que la perspective de passer six nuits en tête à tête avec Lukas…

Bien joué, Bronte ! se dit-elle avec ironie. Elle se retrouvait dans l'un des plus beaux et des plus luxueux endroits de la planète, avec un homme d'une beauté saisissante dont elle était amoureuse, et pourtant elle était malheureuse…

L'idée de passer du temps seule avec lui l'avait terrifiée les deux jours précédents, pendant qu'elle se préparait, et préparait Nico, à son départ.

— Va-t-il être mon papa maintenant ?

La question de Nico la hantait encore. Sur le coup, elle n'avait pas su quoi lui répondre.

Rêveuse, elle pressa la paume de sa main sur la courbe naissante de son ventre et s'imagina dans sept mois. L'émotion la gagna aussitôt. Ils allaient avoir un enfant ensemble, un enfant qui mériterait d'être aimé et chéri par ses deux parents, comme elle ne l'avait jamais été.

Lukas ne pouvait pas l'aimer, elle, mais peut-être pourrait-il aimer leur enfant…

Sa décision brutale de l'obliger à l'épouser n'était ni plus ni moins qu'une tentative de chantage qui lui avait fait perdre toute sa confiance en elle. Mais ils étaient mariés désormais, pour le meilleur et pour le pire. Si elle n'avait pas l'énergie de se battre pour elle-même, ne pourrait-elle pas au moins trouver la force de se battre pour leur enfant ?

Elle entendit Lukas approcher. Instantanément, son rythme cardiaque s'emballa. Des bras puissants s'enroulèrent autour de sa taille. Lukas la plaqua contre lui. Ses lèvres caressèrent son cou à l'endroit où il savait qu'il la rendrait folle. Alors, un frisson impossible à masquer glissa le long de son dos.

— Et si on allait directement au lit ? proposa-t-il. Il faut bien que ce mariage ait quelques avantages…

Elle se retourna et posa les mains sur son torse. Elle le désirait, inutile de le nier, mais l'enjeu allait bien au-delà du sexe.

— Quel est le programme, ici ? lui demanda-t-elle avec sérieux. Nous couchons ensemble, nous faisons semblant d'être mariés, quoi d'autre ?

Elle retrouvait enfin la force de sortir du brouillard qui s'était abattu sur elle quand il l'avait forcée à l'épouser.

— Nous ne faisons pas semblant. Il s'agit d'un véritable mariage, c'est écrit sur les papiers que tu as signés.

— Il y a cependant une date de péremption, non ? Quand exactement, Lukas ?

Son beau visage demeura fermé ; la douleur s'installa en elle. Plus aucun doute n'était permis, désormais.

— Une fois que le bébé sera né ? insista Bronte. Quand tu en auras marre de coucher avec moi ? Parce que je suppose que c'est à toi de faire ce choix, pas à moi.

Pourquoi le laissait-elle transformer leur mariage en une relation froide, stérile et professionnelle, alors qu'il pourrait être bien plus que cela ?

— Calme-toi.

Il la saisit par le coude et l'attira à lui, puis posa la paume sur sa joue.

— Tu es fatiguée. Ces derniers jours ont été difficiles, j'en suis bien conscient, alors nous ne sommes pas obligés de dormir ensemble ce soir. Nous pouvons attendre.

Elle réprima un soupir. À l'évidence, Lukas n'avait toujours pas compris le problème. Et il avait beau sourire, elle voyait bien qu'il était tendu, nerveux.

— Mais nous consommerons ce mariage, reprit-il d'un ton ferme. Je ne te laisserai pas rompre ce mariage pour un motif technique.

Elle le dévisagea avec curiosité. Et si ce mariage signifiait plus pour lui aussi ? Et pourquoi avait-elle accepté toutes ses raisons objectives et logiques de se marier ? Était-ce parce qu'elle était toujours cette petite fille rejetée par son père, cette petite fille qui n'osait pas demander de l'amour ?

— Le sexe ne résoudra pas le problème, Lukas.

Elle s'éloigna de lui et rassembla son courage. Il était temps pour elle d'affronter les peurs qui l'habitaient depuis si longtemps, et la bridaient.

— Veux-tu savoir pourquoi j'ai accepté ce mariage ? commença-t-elle.

Il la regarda fixement, le regard méfiant.

— Tu as accepté parce que j'ai menacé de t'enlever Nico, et parce que tu vas avoir mon enfant.

— J'ai essayé de me convaincre que c'était pour ces raisons, mais c'est en fait beaucoup plus simple. J'ai accepté de t'épouser parce que je t'aime, Lukas.

— Ne dis jamais cela ! s'exclama Lukas.

— Pourquoi pas ?

Elle était enfin prête à regarder la vérité en face. Elle avait eu peur d'admettre ce qu'elle ressentait vraiment pour lui, à cause du rejet de son père. Et elle avait eu peur de lui parler du bébé parce qu'elle était terrifiée à l'avance par sa réponse. Elle s'était convaincue, au fond d'elle-même, qu'elle ne méritait ni l'amour ni le respect, qu'elle ne méritait pas d'être chérie, qu'elle était mieux seule et que l'amour qu'elle éprouvait pour Nico et ce bébé serait suffisant.

Mais elle s'était menti. La vérité, c'était qu'elle voulait tellement plus que ça. Elle méritait mieux que ça, et leur enfant aussi.

Si elle en voulait plus, elle allait cependant devoir se

battre. Si elle permettait à ce mariage de commencer sur la base d'un mensonge, si elle permettait à Lukas de cacher ses sentiments comme elle avait essayé de cacher les siens, les chances qu'ils construisent quelque chose de durable, quelque chose de fort, seraient nulles.

— Tu ne dois pas tomber amoureuse de moi, dit enfin Lukas. Tu le regretteras quand ce mariage prendra fin.

Elle percevait clairement la peur dans sa voix. En était-il conscient ?

— Pourquoi devrait-il prendre fin ?

Elle osait enfin poser la question qui l'obsédait depuis deux jours, la question qu'elle avait été jusqu'à présent trop lâche pour exprimer à haute voix.

— Ne me force pas à le dire.

— Tu me dois bien une réponse.

— Si tu insistes, murmura-t-il d'un ton résigné. Tout cela finira quand tu comprendras que je ne peux pas t'aimer en retour.

— Pourquoi ne peux-tu pas m'aimer en retour ?

À bout, Lukas ferma les yeux. Comment en était-il arrivé là ? Comment avait-il pu être naïf à ce point ? Il était censé être celui qui gardait le contrôle en toutes circonstances, et pourtant Bronte l'avait encore pris de court. Pas avec son corps sexy en diable, mais avec son cœur d'une incroyable générosité.

Il n'avait jamais eu l'intention de lui faire du mal. Sa colère lorsqu'il avait découvert qu'elle lui avait caché sa grossesse avait disparu sitôt qu'elle avait accepté son offre diabolique. Et ces derniers jours, il avait finalement compris les vraies raisons qui l'avaient poussé à lui faire du chantage : il la désirait. Même s'il savait pertinemment qu'il ne la méritait pas et qu'il ne pourrait jamais la rendre heureuse. Il la désirait plus que tout. C'était aussi simple que cela.

Hélas, elle allait maintenant découvrir la vérité. Parce qu'il devait être honnête avec elle, il devait lui avouer pourquoi il n'était pas un homme bien, pourquoi, malgré son argent et son succès, il était un être humain esquinté depuis l'âge de sept ans. Raison pour laquelle il n'avait jamais été capable de faire le deuil de son propre frère et avait tant de mal à tisser des liens avec Nico. Raison pour laquelle, également, il avait tout fait pour contrôler ses sentiments envers Bronte et le petit garçon.

— Que s'est-il passé, Lukas ? Est-ce à cause de ton kidnapping ? Est-ce pour cette raison que tu as tant de mal à t'ouvrir ? Tu es toujours traumatisé par cet événement ?

Elle toucha du bout des doigts la cicatrice sur sa joue et caressa sa peau abîmée. Il recula, rompant le contact, et secoua la tête. Il n'avait pas le choix, il devait lui parler. Elle méritait de savoir à quel point il était brisé afin de pouvoir se protéger.

Il fixa l'océan et l'ombre fantomatique de la lune scintillant sur l'eau. L'environnement luxueux contrastait fortement avec la chambre miteuse et sale où il avait été enfermé pendant trois jours. Pourtant, ici aussi il se sentait pris au piège.

— J'avais l'habitude de faire pipi dans mon lit, après, une fois de retour à la maison. J'ai fait des cauchemars aussi, pendant longtemps. Et j'ai toujours du mal avec les ascenseurs. Je déteste les espaces clos.

Bronte était la première personne devant laquelle il l'admettait.

— Ils m'ont gardé dans une cave. J'étais terrifié. Mais la vérité, c'est qu'à part la fois où ils m'ont tailladé la joue, pour persuader mon père de payer, ils m'ont ignoré.

— As-tu consulté un psychologue ?

Dans la voix de Bronte, il entendait cette compassion qu'il commençait à adorer, voire à rechercher sans même s'en rendre compte.

— Pas précisément. Mon père, qui était un homme froid et distant, m'a convoqué dans son bureau un mois après l'enlèvement. Il était agacé parce que je mouillais encore mon lit et que mes résultats scolaires ne s'étaient pas améliorés. Il m'a ordonné en termes très clairs de me ressaisir, parce que j'étais son héritier. Et pas seulement parce que j'étais l'aîné, mais aussi parce qu'il croyait que j'étais comme lui, alors qu'Alexeï était davantage comme notre mère, un hédoniste qui ne connaissait pas le sens des responsabilités.

— Mais tu n'avais que sept ans !

Lukas enfonça les poings dans les poches de son pantalon.

— Je n'ai jamais remis en question les mots de mon père. Il ne m'est jamais venu à l'esprit que le comportement léger d'Alexeï, sa façon de vivre à cent à l'heure, la boisson, la drogue, les femmes, que tout cela était peut-être autant un appel à l'amour de notre père que mon comportement à moi. J'ai toujours cru le mensonge selon lequel Alexeï menait sa vie ainsi parce qu'il était stérile. Mais en vérité, Alexeï savait bien que notre père se fichait de nous deux.

— Que s'est-il passé quand tu es allé le voir ?

— Il m'a dit qu'il avait choisi de ne pas payer la rançon. Les fédéraux lui avaient demandé de la préparer, afin de faciliter l'opération qu'ils prévoyaient, mais il a refusé et il s'en est vanté devant moi.

— Quoi ? s'écria Bronte, l'air épouvanté. Oh mon Dieu…

Le cri du cœur horrifié de Bronte le toucha au plus profond, dans cet endroit sensible qu'il avait caché et protégé pendant si longtemps, depuis que son père avait dit au petit Lukas qu'il n'était pas aussi important que la réputation financière de l'entreprise Blackstone.

— Ce n'était pas une question d'argent, m'a-t-il dit, mais de principe.

— Quelle ordure !

La fureur de Bronte commençait à briser la carapace qu'il avait forgée autour de lui. Hors de question toutefois de souffrir à nouveau.

— La vérité, c'est que j'ai passé ma vie entière à essayer d'être le même salaud impitoyable et froid que lui. Je crois d'ailleurs que j'ai réussi.

Sans un mot, elle lui prit le visage entre les mains et l'obligea à la regarder. Instantanément, Lukas se raidit, touché par la larme qu'il voyait rouler sur ses traits sublimes, et surtout par la colère qu'il lisait dans ses prunelles émeraude.

— C'est absurde, Lukas. Tu n'es ni froid ni impitoyable. Et pour information, sache que tu valais chaque centime de cette foutue rançon, et bien plus encore.

Lukas ferma les yeux. Il ne savait plus quoi faire, déchiré entre l'envie de s'éloigner pour fuir cet amour si fort et le désir de s'y noyer.

— Tu dois comprendre que je ne peux pas t'aimer. Je ne suis plus capable de la moindre émotion. Il est trop tard.

Bronte refoula les larmes qui lui montaient aux yeux. Elle ne devait surtout pas s'effondrer, sinon elle ne pourrait jamais dire à Lukas tout ce qu'elle avait sur le cœur.

— L'amour, ce n'est pas un grand geste romantique. Ce sont toutes les petites choses que tu fais pour montrer aux gens que tu tiens à eux et qu'ils comptent pour toi.

— Essayes-tu de me dire que tu es heureuse de m'aimer, même en sachant que je ne pourrai jamais t'aimer en retour ? C'est n'importe quoi !

— Ce n'est pas ce que je suis en train de dire.

— Alors je ne comprends pas.

Elle percevait dans sa voix l'angoisse et l'insécurité. Ce qui l'incita à lui dire :

— Quand j'étais bébé, mon père nous a abandonnées, Darcy, ma mère et moi. Comme ton père, il était égoïste et superficiel, il ne pensait qu'à lui. J'étais si jeune que je ne me souvenais même pas de lui, mais je m'étais construit une image de lui idéale. Un jour, ma mère nous a annoncé qu'on allait le rencontrer. J'étais très excitée. Quand il a ouvert la porte ce jour-là, il ne nous a même pas regardées. Il a simplement dit à ma mère qu'il avait tourné la page. C'est la dernière fois que je l'ai vu.

— Quel enfoiré !

— J'ai enfoui cette douleur profondément en moi. Je me suis dit que pour me protéger et ne plus jamais être rejetée, il suffisait de ne pas aimer, de ne pas vouloir ce genre d'engagement de la part de qui que ce soit.

— Tu ne vois donc pas que je suis comme ton père ? Tu dois te protéger de moi. M'aimer ne mènera qu'à plus de…

— Chut !

Elle posa un doigt sur ses lèvres pour le faire taire, puis caressa sa cicatrice.

— Ce que je voulais t'expliquer, c'est que j'ai compris quelque chose de très important ces dernières semaines en te voyant avec Nico et en passant du temps avec toi ; quelque chose que je n'avais pas réalisé jusqu'à ce que je prononce mes vœux sur la plage aujourd'hui.

— Ces vœux ne sont pas réels, ils ne le deviendront jamais.

— Lukas, écoute-moi, je n'ai pas terminé. Ce que je voulais dire, c'est que, pendant des mois, j'ai revécu cette expérience, devant la porte de mon père. J'imaginais qu'il nous avait regardées, Darcy et moi, et qu'il nous avait dit qu'il nous aimait et qu'il nous aimerait toujours. Puis je me suis forcée à oublier ce rêve : il ne faisait que me rendre plus malheureuse. Mais sais-tu ce que j'ai compris depuis que je t'ai rencontré ? J'ai compris que cela n'aurait pas fait de différence, parce que mon père ne m'avait jamais montré une seule fois qu'il m'aimait. Il n'était pas là pour les anniversaires ou les Noëls, il n'était pas là pour mon premier jour d'école ou mon dernier, il n'était pas là quand j'avais peur, quand j'étais seule ou que j'avais besoin de réconfort, de savoir que j'étais chérie et aimée. Il n'était pas là parce qu'il avait choisi de ne pas l'être. Depuis que je t'ai rencontré, Lukas, tu es là. Tu nous as montré, à moi et à Nico, que tu étais là. Tu as donné ta moelle osseuse, tu nous as acheté une somptueuse maison… C'est ça, l'amour.

— La moelle osseuse n'était qu'une question de génétique. Et la maison, juste de l'argent. Cela ne veut rien dire.

— Ce qui est important, c'est que tu as acheté cette

maison *pour nous.* Tu voulais qu'on soit en sécurité. Tout comme lorsque tu es venu il y a trois jours pour montrer à Nico comment jouer au base-ball, ou lorsque tu as passé des heures avec lui à construire une maison en Lego. Tu as montré à Nico qu'il compte pour toi, même si tu avais peur de cet engagement. À chaque fois que tu essayais de me convaincre de passer la nuit dans ton appartement parce que tu avais peur que je sois trop fatiguée pour rentrer chez moi, ou que tu m'appelais en panique parce que j'étais sortie sans mes gardes du corps, c'était une façon de me montrer que j'étais importante pour toi.

— N'importe qui aurait fait de même. Tu te contentes de trop peu, Bronte.

— N'importe qui ? Ton père ? Le mien ?

— Ce sont des exceptions, des hommes blessés.

— Et tu ne l'es pas ?

— Même si c'était vrai, cela ne veut toujours pas dire que je peux vous donner à toi et à Nico ce dont vous avez besoin sur le plan émotionnel.

Bronte n'était pas d'accord, mais elle n'avait pas besoin de le convaincre tout de suite. Il le découvrirait bien assez tôt. Toute la bonté et la tendresse en lui, ainsi que l'immense capacité d'amour qu'il avait muselée pendant si longtemps, finiraient par lui sauter aux yeux. Tout ce qu'elle avait à faire maintenant, c'était de leur donner une chance d'explorer toutes ces possibilités.

— Bon sang…, murmura Lukas d'une voix rauque.

Incapable de résister à la tentation une seconde de plus, il saisit Bronte par la taille. Il la plaqua contre son corps tendu avant de presser ses lèvres contre les siennes.

— Et si je n'avais rien de plus à t'offrir ?

— Ce n'est pas le cas, affirma-t-elle.

La certitude qu'il lisait sur son beau visage, l'amour qu'il y voyait lui donnaient le vertige, de même que son évidente confiance en lui. Lui, au contraire, mourait de peur.

Il devrait reculer, rompre l'étreinte. Il ne pouvait pas coucher avec elle dans ces circonstances. Mais la tentation était trop forte, de même que son immense besoin d'être désiré, d'être aimé. Il la prit alors entre ses bras.

Juste cette fois, il avait envie de faire l'amour, sans plus penser à rien.

Elle enroula les jambes autour de sa taille, et il la porta jusqu'à la chambre. Il la déposa sur le lit, la regarda se déshabiller, puis, incapable de résister une seconde de plus, il tomba sur elle comme un homme affamé et lécha ses seins devenus plus ronds depuis qu'elle était enceinte. Il caressa sa chair brûlante et esquissa un sourire en la sentant réagir.

— Prends-moi, Lukas. J'ai besoin de te sentir en moi.

Sans attendre, il plongea profondément en elle. Il essaya de se retenir, de prendre son temps, mais les sensations étaient trop puissantes, trop intenses.

Quelques secondes plus tard, il explosa.

Il s'était menti lorsqu'il avait affirmé que ce mariage était surtout une façon de protéger son entreprise, de la protéger elle, de protéger leur bébé. En fait, il n'en avait jamais été question. Il n'avait toujours été question que d'obtenir la seule chose dont il avait besoin au-delà de tout le reste : Bronte O'Hara. Mais maintenant, il avait très peur de ne jamais pouvoir la laisser partir.

Elle riva ses grands yeux aussi brillants que des pierres précieuses aux siens.

— Je t'aime, Lukas, et je vais continuer à t'aimer. Pour l'instant, peu m'importe si tu penses pouvoir m'aimer ou pas, parce que je sais que tu en es capable.

Lukas avait l'air perdu et légèrement effrayé, mais Bronte savait exactement ce qu'il ressentait ; parce qu'elle avait ressenti exactement la même chose lorsque cet homme dominant et protecteur l'avait captivée pour la première fois.

Ils avaient encore un long chemin à parcourir avant qu'il ne devienne pleinement un père et un mari merveilleux. Il leur faudrait un certain temps pour faire confiance à leur amour, qui était encore si nouveau, mais l'espoir et la sincérité étaient puissants, tellement plus puissants que les rejets qu'ils avaient tous les deux subis.

Les yeux dans les yeux, Lukas, qui avait retrouvé toute sa vigueur, la pénétra avec une infinie tendresse.

— Est-ce ta façon détournée de me dire que tu m'aimes aussi ? le taquina-t-elle.

Pour toute réponse, il s'empara de ses lèvres.

Bronte esquissa un sourire. Elle en avait désormais la certitude, Lukas était prêt à s'abandonner : à l'espoir, aux rêves, et surtout à l'amour.

Épilogue

— Alors, la paternité ? Est-ce que le nouveau bébé vous laisse dormir ?

— Bronte, appréciez-vous vos premières vacances familiales depuis la naissance ?

— Nico, Nico… Tu nous fais coucou ?

Ils venaient d'arriver à l'aéroport, et les journalistes les entouraient et les pressaient de questions.

— Blackstone Island, c'est le paradis, répondit Bronte.

— Ne les encourage pas, s'il te plaît ! grogna Lukas à son oreille.

Son mari la prit par l'épaule, les protégeant, Nico et elle, des flashs des appareils photo. Amusée par sa mauvaise humeur, elle sourit.

— Je veux qu'ils sachent à quel point l'hôtel est fantastique.

— Faire la publicité de l'hôtel ne fait pas partie de ton travail !

Il les entraîna vers le petit avion qui allait les conduire jusqu'à l'atoll privé, son bébé serré fermement contre lui.

— Il faudra que je parle à Dex, la prochaine fois que je le verrai, ajouta-t-il. Je doute fort que ce soit une coïncidence que la presse ait su exactement quand nous allions changer d'avion.

— Garvey ne fait que son travail.

Bronte monta à bord du luxueux jet privé et salua le personnel de bord.

— Il va devoir chercher un autre employeur s'il continue. Je lui ai déjà dit que ma famille n'était pas un objet de publicité.

Il caressa le dos de Markus pour qu'il se rendorme. Toute cette agitation avait réveillé le bébé.

Leur vie avait été un tourbillon au cours des dix derniers mois. Ils avaient dû s'adapter au mariage, devenir une famille, et surtout accueillir Markus dans leur vie. Mais l'amour qu'ils éprouvaient l'un pour l'autre n'avait pas faibli. Au contraire, il avait grandi.

Les mots échangés le jour de leur mariage avaient été un fondement solide sur lequel ils avaient bâti une relation nouvelle et enrichissante, non seulement entre eux, mais aussi avec Nico et le petit Markus.

Bronte caressa la joue de Lukas, s'attarda sur sa cicatrice et sourit en voyant son expression rêveuse.

— Ta métamorphose de play-boy en père de famille dévoué s'avère être une excellente publicité pour Blackstone's Deluxe Family Resort. Il faut que tu t'y fasses !

— Ne commence pas, s'il te plaît, répondit-il en levant les yeux au ciel.

— Papa, papa ! Quand est-ce qu'on arrive ?

Papa… Bronte sentit son cœur manquer un battement, comme à chaque fois qu'elle se souvenait de la scène intervenue deux mois plus tôt, lors du retour en larmes de Nico de l'école maternelle. Bronte avait bien vu que quelque chose n'allait pas, mais le petit garçon avait refusé d'en parler, jusqu'au retour de Lukas.

— Pourquoi ne peux-tu pas être mon papa et tante Bronte ma maman ? avait-il demandé à Lukas.

Si Markus peut vous avoir comme papa et maman, pourquoi pas moi ? Je ne veux pas que ma maman et mon papa soient morts.

Ce n'était pas quelque chose dont ils avaient discuté. Ni l'un ni l'autre ne voulaient usurper la place d'Alexeï et de Darcy dans la vie de Nico. Mais, comme pour tant de choses, c'était Lukas qui avait résolu le problème. Avec simplicité et pragmatisme, il avait négocié avec le petit garçon, d'homme à homme. Il s'était assis à sa hauteur et lui avait expliqué qu'il était tout aussi important pour eux que Markus, et qu'il le serait toujours. Nico lui avait rétorqué que son ami Jake lui avait dit qu'être un neveu n'était pas la même chose qu'être un fils.

Bronte avait alors vu le regard de Lukas se river au sien. Elle avait hoché la tête, lui donnant la permission de trouver une solution. Et, une fois de plus, sa foi en la capacité de Lukas à traiter Nico avec tendresse et sensibilité avait été récompensée. Il avait dit au petit garçon qu'il aurait toujours une maman et un papa supplémentaires qui l'avaient beaucoup aimé, mais que, bien sûr, il pouvait l'appeler papa et Bronte maman s'il le voulait, car c'était exactement ce qu'ils étaient pour lui.

Depuis, Nico les appelait maman et papa aussi souvent qu'il était humainement possible de le faire.

— Tu m'emmèneras faire du toboggan dans la piscine, quand on arrivera, papa ? Tu veux bien, papa ?

— Il fera nuit quand nous arriverons, mon chéri.

Lukas s'agenouilla pour parler à son neveu, les yeux dans les yeux. Il n'avait jamais peur d'être ferme.

— Mais, papa, j'en rêve depuis des heures et des heures !

— Pour en rêver, il aurait fallu dormir. Et si je me souviens bien, tu n'as pas beaucoup dormi pendant le voyage.

— Mais, papa…

— Mais, Nico, rétorqua-t-il en imitant le petit garçon, qui éclata de rire. Si tu es sage quand nous arrivons à la villa ce soir, si tu ne fais pas de caprice, alors je te promets de t'emmener faire du toboggan demain.

— Vraiment ?

Le regard de Nico s'illumina. Bronte crut que son cœur allait exploser. Lukas se leva, tout en continuant à apaiser le bébé sur son épaule.

— Ai-je déjà rompu une promesse ? demanda-t-il à Nico.

Celui-ci secoua négativement la tête.

Bronte sentit les larmes lui monter aux yeux. Comment cet homme avait-il pu croire qu'il ne ferait pas un père parfait ? Il était le meilleur papa du monde !

— Maintenant, il faut que tu dormes, mon chéri.

Lukas embrassa le front de Nico et remonta le drap.

— Oui, papa, je vais rêver au toboggan dans la piscine.

Lukas esquissa un sourire avant d'éteindre la lumière. *Papa…* Qui aurait cru que ce mot le rendrait aussi heureux ?

Retournant vers la chambre qu'il partageait avec Bronte, il remercia en silence son frère jumeau et Darcy O'Hara, pas seulement d'avoir enfanté Nico, mais pour tout ce que sa vie était devenue depuis que le garçonnet, son propre fils et Bronte y étaient entrés. Une vie colorée, joyeuse, merveilleuse.

J'espère que tu es heureux, Alexeï, où que tu sois. Darcy, j'espère que tu as pu me pardonner d'avoir douté de toi. Sache que Bronte et moi aimerons et chérirons Nico comme notre enfant.

Quand il entra dans la chambre, sa merveilleuse épouse releva la tête et il rencontra son regard ; aussitôt ses battements de cœur ralentirent, s'apaisèrent. Sous le charme, il esquissa un sourire de ravissement. Jamais il n'avait été aussi heureux.

La tête sombre de Markus était nichée contre son bras, son petit poing reposant contre son sein nu.

Son désir se réveilla. C'était prévisible, mais aussi un peu gênant. Il trouvait un peu pervers de réagir ainsi parce qu'il avait aperçu le téton de Bronte pendant qu'elle nourrissait leur fils cadet, mais ce spectacle était tellement érotique…

— Nico s'est couché sans problème ? demanda-t-elle.

— Oui. Mets-toi au lit, je vais aller coucher Markus.

— Merci, répondit-elle en bâillant.

Il se força à détourner le regard pour ne pas voir sa poitrine sensuelle et appétissante. Bronte s'endormirait sans doute dès que sa tête toucherait l'oreiller, ce qui lui permettait de contrôler plus facilement son excitation lorsqu'il se coucherait à son tour.

Il prit le temps d'installer son fils dans son berceau, et tâcha de profiter de l'incroyable vague d'amour qu'il ressentait pour tenter d'oublier son désir pour sa femme.

Quand il revint dans la chambre, Bronte ne dormait pas. Nue, elle était assise sur le lit, ses délicieuses courbes soulignées par le clair de lune. Son sexe se dressa instantanément.

— Pourquoi ne dors-tu pas ?

Son érection était déjà si tendue qu'elle en devenait douloureuse.

— Parce que je t'attendais, murmura-t-elle d'un ton taquin.

— Et moi, j'attendais que tu t'endormes. Je voulais bien me conduire et ne pas te sauter dessus.

Elle éclata de rire, allumant en lui de nouveaux feux d'artifice de désir.

— Petite coquine, je vais te faire payer pour ça ! s'exclama-t-il.

Sans attendre, il déposa une nuée de baisers gourmands sur la peau palpitante de son cou.

— Et si je concluais un marché avec toi ? demanda-t-il.

— Tu pourras faire ce que tu veux une fois que tu m'auras sauté dessus !

— Marché conclu, rétorqua-t-il en éclatant de rire.

Puis, sans attendre, il l'enlaça, heureux comme jamais. Oui, grâce à Bronte et à l'amour si pur qu'ils partageaient, il avait enfin trouvé le chemin du bonheur.

SARA CRAVEN

Le secret de Selena

Traduction française de
ANNE DE RIVIÈRE-DUGUET

HARLEQUIN

Titre original :
THE INNOCENT'S SHAMEFUL SECRET

Ce roman a déjà été publié en 2018

1

Selena vit la lettre dès qu'elle ouvrit la porte, l'enveloppe bleue tranchant sur le paillasson marron. Elle se figea à la vue du timbre grec et sentit son estomac se nouer lorsque l'image de hautes colonnes blanchies par le soleil sur fond de mer d'azur traversa son esprit. Comme le doux murmure d'une voix d'homme dans l'éclat du soleil et la chaleur d'un corps nu serré contre le sien…

Le souffle court, elle lâcha le sac qu'elle tenait à la main, et les citrons qu'il contenait rebondirent et roulèrent jusqu'au pied de l'escalier. L'instant d'après, elle reconnut l'écriture peu soignée de Millie, et son inquiétude se mua en colère.

Presque un an de silence, songea-t-elle, la gorge serrée. Et maintenant… Quoi ? De nouvelles récriminations, comme lors de leur dernière conversation téléphonique ?

« Tout est ta faute, l'avait accusée Millie en sanglotant. Tu étais censée m'aider. Au lieu de ça, tu t'es conduite comme une idiote sans cervelle et tu as tout gâché. Je ne te pardonnerai jamais et je ne veux plus jamais te voir ou te parler ! »

Là-dessus, elle avait raccroché brutalement. Le bruit, si fort qu'il avait semblé provenir de la pièce voisine et non d'une *taverna* sur une île lointaine de Grèce, l'avait laissée abasourdie. Certes, elle avait peu de choses à dire pour sa défense, même si Millie avait été disposée à l'écouter. Elle s'était bel et bien comportée comme une idiote ! Mais elle avait souffert de ses erreurs au-delà de ce que Millie pourrait jamais imaginer.

En effet, depuis ce coup de fil, plus rien. Jusqu'à maintenant…

Selena fut tentée d'ignorer la lettre, mais celle-ci ne disparaîtrait pas, pas plus qu'elle ne se désintégrerait ni ne s'envolerait sous une brise légère. Et en dépit de tout, la curiosité finirait par l'emporter.

Se penchant, elle saisit l'enveloppe, traversa le salon et la jeta sur le plan de travail de sa minuscule kitchenette, avant d'allumer la bouilloire.

Elle avait prévu de faire un grand pichet de limonade et de savourer la boisson fraîche dans la chaleur de sa petite cour intérieure pour célébrer ce nouveau départ inattendu. Mais ce dont elle avait maintenant besoin était une bonne dose de caféine, songea-t-elle tristement en sortant un paquet de café du placard. Puis elle retourna dans l'entrée et ramassa les citrons qu'elle rangea dans le panier à fruits.

C'était idiot de paniquer comme ça. Pour rien, en plus. Avait-elle vraiment pensé, même un instant que… ?

Non, se fustigea-t-elle en serrant les poings. Elle ne devait pas y songer. Plus jamais.

Elle se servit un café fort et sortit s'installer sur le vieux banc en bois dans le coin le plus ombragé. Puis elle s'efforça de récapituler les événements de la matinée et de retrouver un peu de son optimisme.

Seule dans la salle de classe, elle venait de ranger les affiches murales pour Mme Forbes et les glissait dans une pochette, tout en se demandant anxieusement comment elle allait occuper les six prochaines semaines de congé sans solde lorsque sa rêverie avait été interrompue par l'arrivée de Mme Smithson, la directrice de l'école.

— Lena, avait-elle dit sans préambule en lui adressant un grand sourire, nous avons appris la semaine dernière que Megan Greig avait décidé de ne pas revenir après son congé maternité. L'emploi d'assistante est donc passé de temporaire à permanent, et le personnel éducatif s'accorde à dire qu'il vous revient de droit. Vous avez travaillé dur et êtes devenue membre à part entière de notre équipe. Nous voulons tous que cela continue et espérons que vous pensez de même.

— Eh bien... Oui, avait répondu Selena, l'air hébétée, s'étant attendue à être de nouveau sans emploi et sans doute sans abri avant Noël. C'est... une excellente nouvelle.

Soulagée, Mme Smithson l'avait gratifiée d'un sourire éclatant.

— C'est parfait. Vous recevrez un courrier officiel d'ici à une semaine ou deux. Je vous dis à la rentrée, alors.

Son état d'euphorie avait duré jusqu'à son retour chez elle...

Elle ne voulait pas être soumise à une nouvelle attaque verbale, songea-t-elle avec lassitude, ou pire — une nouvelle demande d'argent. Si tel était le cas, Millie serait déçue, car elle était sans le sou. En outre, elle avait d'autres priorités en ce moment, comme trouver un logement où les enfants et les animaux domestiques étaient acceptés.

Millie et elle auraient tant aimé avoir un animal familier, mais tante Nora avait toujours refusé, décrétant qu'élever deux nièces orphelines était une responsabilité bien suffisante. Et vu ce qui s'était passé, peut-être n'avait-elle pas eu tort.

Selena s'aperçut vite que Mlle Conway avait proposé de recueillir les enfants de sa sœur décédée plus par devoir que par amour de la famille. Mais, en grandissant, elle avait réalisé que le geste de sa tante avait été aussi motivé par l'intérêt. En effet, sa réputation de pilier de la bonne société de Haylesford aurait sans doute été écornée si on avait appris qu'elle avait confié ses nièces à l'assistance publique.

À onze ans, bouleversée et malheureuse après la perte de ses parents, morts dans une collision avec un chauffard qui avait pris la fuite, Selena se moquait de l'endroit où Millie et elle allaient vivre du moment qu'elles restaient ensemble.

Les deux sœurs étaient pourtant aussi différentes que le jour et la nuit, tant physiquement qu'au niveau du caractère.

Millie, de deux ans sa cadette, était petite, toute en rondeurs, et très jolie avec ses cheveux d'un blond intense et légèrement bouclés et ses grands yeux bleus. Selena était au contraire grande, mince et élancée. Elle avait les yeux gris et le teint bien plus pâle que sa sœur.

Mais la grande différence tenait à ses cheveux, d'une blondeur presque argentée, qui cascadaient dans son dos même lorsqu'ils étaient emprisonnés dans une tresse imposée par tante Nora.

« De longs cheveux couleur clair de lune ».

Seigneur ! se dit-elle, les ongles enfoncés dans sa paume tandis que les souvenirs affluaient à son esprit.

Personne ne lui dirait plus ces mots. Elle s'en était assurée en se faisant faire dans le salon de coiffure de Haylesford une coupe à la garçonne qui encadrait harmonieusement son visage et mettait l'accent sur ses hautes pommettes.

Encore une différence avec Millie, se dit-elle en songeant de nouveau à sa sœur. Millie ressemblait à sa mère et elle à son père. Celui-ci avait toujours affirmé avoir des ancêtres vikings dont elle avait hérité le teint pâle. D'un autre côté, il avait eu tendance à survoler la vie comme Millie, alors que sa mère était plutôt du genre stable et sensée. Tout comme elle.

Mais quelle que fût la raison de la frilosité de tante Nora à prendre en charge ses nièces, ce n'était pas une aversion pour les enfants, car elle dirigeait une école privée pour filles très prisée qui aidait les élèves à passer des examens pour entrer dans des lycées privés tout aussi sélects. Mais Millie et elle n'intégrèrent jamais Meade House School. Au contraire, tante Nora les avait inscrites à l'école publique, gardant pour elle ses projets à long terme concernant ses nièces…

Selena but une nouvelle gorgée de café, se demandant pourquoi elle ressassait de nouveau ces souvenirs lugubres. Surtout après s'être dit que la meilleure façon de survivre était d'oublier le passé et de se tourner vers l'avenir.

Ou était-elle simplement en train de retarder le moment où elle devrait lire la lettre de Millie ? Bon, il était temps d'en finir au plus vite, décida-t-elle en terminant son café, avant de se lever et de retourner dans la cuisine.

L'unique feuille de papier dans l'enveloppe semblait avoir été arrachée d'un petit calepin.

Lena, il faut que nous parlions. Il s'agit d'une urgence, alors s'il te plaît, appelle-moi.

Suivaient un numéro de téléphone et la lettre « M » en signature.

Court et abrupt, grimaça Selena. Et c'était sûrement une question d'argent, Rhymnos connaissant sa part de soucis économiques. À moins que la vie sur l'île grecque n'ait perdu de son charme pour Millie. Cet appel au secours comprenait-il un billet de retour pour l'Angleterre ?

Mais pour faire quoi ? Et pour vivre où ? Pas ici, c'était sûr. Impossible pour elle de partager sa chambre exiguë, sans parler de la douche à peine plus grande qu'un placard.

De plus, Millie n'avait aucun diplôme, aucune compétence, hormis son travail de serveuse. Et pourquoi sa sœur ne l'avait-elle pas appelée si c'était si urgent ? Elle lui avait pourtant donné son numéro en même temps que son adresse.

Baissant les yeux, elle vit qu'elle avait chiffonné la lettre dans sa main et s'empressa aussitôt de l'aplanir sur la table. Le numéro de téléphone donné par Millie indiquait qu'elle vivait toujours avec Kostas à la *taverna*, baptisée « Amelia » en son honneur.

Malgré une furieuse envie d'ignorer cette lettre, elle ne put s'y résoudre. Après tout, Millie était sa sœur et elle avait besoin d'aide.

— Je ne peux pas la laisser tomber, dit-elle à haute voix.

Prenant sur elle, Selena saisit le téléphone. Une voix d'homme décrocha au bout de la deuxième sonnerie.

— Kostas ? s'enquit-elle d'une voix posée. C'est Selena.

— Ah, Selena, tu as appelé, répondit-il d'un ton soulagé. C'est bon de t'entendre. Mais je savais que tu allais le faire et j'ai dit à ma douce Amelia de ne pas s'inquiéter.

— Puis-je lui parler ?

— Je crains que non. Le médecin a ordonné qu'elle se repose et pour le moment elle dort.

— Le médecin ? reprit Selena en fronçant les sourcils. Elle est malade ? Qu'est-ce qu'elle a ? C'est grave ?

— Je ne saurais dire. C'est une histoire de femme et elle a peur et se sent très seule. Ma mère est là, bien sûr, ajouta-t-il après une légère hésitation, mais… ce n'est pas toujours facile.

Sûrement, songea Selena, se remémorant Anna Papoulis, tout de noir vêtue, son foulard encadrant un visage pointu avec une bouche dont les lèvres étaient figées en une moue réprobatrice face à l'épouse étrangère de son fils. Et pourtant, le mariage semblait tenir bon, ce qui était un soulagement.

— Elle te réclame à cor et à cri entre deux sanglots. Si tu acceptais de venir et de rester avec elle quelque temps, elle irait mieux, j'en suis sûr, dit-il d'un ton empli d'espoir. Et il y a une chambre prête pour toi. Je l'ai préparée au cas où.

Sous le choc, elle ne sut que dire. Croyait-il vraiment qu'elle retournerait à Rhymnos ? Après tout ce qui s'était passé ? Il devait être fou à lier.

— Non, s'écria-t-elle d'une voix dure. C'est impossible. Tu le sais très bien. On… On a besoin de moi ici.

— Mais les choses sont différentes, maintenant. Tu n'as rien à craindre. Certaines personnes sont parties, ajouta-t-il en pesant ses mots. L'île a bien changé. Tu seras en sécurité ici. Avec nous.

Elle s'était crue en sécurité avant, croyant même que c'était Millie qui était en danger. Et pourtant, c'est elle qui avait été trahie et en portait encore les cicatrices.

— Et Amelia a tellement envie de te revoir, d'être avec toi. Je ne supporte pas de la décevoir.

Non, se dit Selena. C'était ainsi que tout avait commencé. Parce qu'il ne fallait pas décevoir Millie. Deux de ses camarades de classe se rendaient en Grèce pour les vacances, pour la première fois sans leurs parents, et avaient demandé à Millie de les accompagner. Lorsque tante Nora avait refusé, Millie avait fondu en larmes.

— À dix-sept ans ? Certainement pas ! avait-elle décrété.

Les larmes seules ne l'auraient sans doute pas fait fléchir, mais des renforts étaient arrivés en la personne de Mme Raymond, la mère de Daisy qui était à l'origine de cette idée de vacances et, à sa façon, aussi redoutable que tante Nora.

— Nous devons leur accorder un peu d'indépendance à leur âge, avait-elle déclaré, leur montrer que nous leur faisons confiance. Après tout, elles iront toutes à l'université dans un an.

Daisy et Fiona, peut-être, avait songé Selena. Millie… seulement si elle se mettait à travailler.

— Et Rhymnos est une petite île paisible et peu fréquentée, donc sans grandes possibilités de faire des bêtises, avait ajouté Mme Raymond. L'hôtel est familial et a une excellente réputation. Les filles ont envie que leur amie se joigne à elles, et Millie sera sûrement déçue si elle ne peut pas les accompagner. En outre, il y a la sécurité du nombre…

Cela semblait trop beau pour être vrai, avait pensé Selena, soudain mal à l'aise, espérant que tante Nora ne changerait pas d'avis. Mais à contrecœur, celle-ci avait fini par donner son accord. Ce n'était pas son problème, après tout, avait songé Selena en haussant les épaules.

Mais elle se trompait. Parce que, subitement, c'était devenu son problème, et sa vie entière avait été bouleversée…

Kostas reprit la parole :

— Si c'est une question d'argent, je serais heureux de t'offrir le voyage. Je te demande juste de venir… pour le bien d'Amelia. Elle espère tant te voir !

— Ce n'est pas l'impression qu'elle a donnée la dernière fois qu'on s'est parlé au téléphone, répondit-elle sèchement.

Kostas soupira.

— Mais dans toutes les familles, on se dit des choses sous l'emprise de la colère, qu'on regrette ensuite. Et je compte sur ta compassion envers ta sœur malade.

Selena se mordit la lèvre. Le tableau présenté ainsi, elle ne pouvait guère refuser. Et pourtant, elle ressentit encore une fois un sentiment de malaise, même si les choses avaient changé, selon Kostas…

Mais *elle* n'avait pas changé, reconnut Selena. Et peut-être ne changerait-elle pas avant d'avoir eu le courage d'affronter et de chasser ses démons. Et si ce moment était arrivé ?

Elle prit une profonde inspiration.

— Très bien, Kostas. Je viendrai dès que j'aurais réservé un vol… que je payerai moi-même, merci tout de même. Je te recontacterai lorsque j'aurai plus de précisions. Et souhaite bon courage à Millie, ajouta-t-elle.

Elle occupa le reste de la journée à faire le ménage, faisant de son mieux pour ignorer la petite voix intérieure qui la sermonnait : elle n'avait manifestement rien appris de ses erreurs passées et s'apprêtait, de nouveau, à se comporter comme une idiote. En effet, Millie ne ferait sûrement pas les mêmes concessions qu'elle si les positions étaient inversées.

Mais cela ne gênerait pas sa sœur outre mesure, se rendit-elle compte en se rembrunissant — contrairement à elle, surtout si la maladie de Millie se révélait grave. Dans ce cas, à quel genre d'aide médicale pourrait-elle prétendre là-bas ? Si sa sœur devait rentrer en Angleterre, elle l'accueillerait volontiers, même si cela impliquait de trouver un appartement plus grand.

Selena décida de se coucher tôt en prévision de son programme chargé du lendemain et dans l'espoir que le sommeil ferait taire — au moins pour un temps — l'avertissement qui résonnait à ses oreilles.

En se déshabillant, elle fit une liste dans sa tête des vêtements qu'elle allait devoir emporter à Rhymnos, se souvenant que les températures estivales pouvaient aisément grimper jusqu'à quarante degrés.

Saisissant sa chemise de nuit, elle aperçut son reflet dans le miroir mural et s'arrêta, se demandant si les événements de l'année passée l'avaient changée d'une façon ou d'une autre. Mais en dehors de ses cheveux coupés court, elle ne vit rien de notoire. Ses seins étaient toujours hauts et ronds, sa taille fine, son ventre plat et ses hanches légèrement arrondies.

Elle avait presque l'air d'une vierge, songea-t-elle avec un petit rire. Un rire qui se mua bientôt en sanglots.

Selena passa une nuit fort agitée et fut tentée d'éteindre son réveil et de se cacher sous les draps. La tactique des lâches, se réprimanda-t-elle en se levant d'un bond, avant de se diriger vers la douche.

Elle se rendit en premier lieu à l'agence immobilière pour faire part de ses nouveaux besoins, puis flâna dans une boutique de vêtements bon marché qui avait encore quelques pantalons en coton, des T-shirts et même un maillot de bain une pièce à sa taille.

Ne sachant pas combien de temps elle resterait en Grèce, ni si elle rentrerait seule, Selena réserva un billet aller simple à l'agence de voyages et échangea des livres contre des euros, consciente de devoir les dépenser avec parcimonie.

Mais le plus dur restait à faire. Elle allait sûrement devoir affronter de nouveaux reproches et subir des pressions. Sauf que, cette fois, elle avait une réponse positive à donner, un plan d'avenir viable…

Entendant soudain quelqu'un la héler, elle se retourna et vit Janet Forbes s'avancer vers elle, le sourire aux lèvres.

— Je suis heureuse de vous voir, dit-elle. J'avais prévu de vous contacter pour bavarder avec vous, devant une tasse de café glacé peut-être ? Où êtes-vous trop occupée ?

— Non, ce sera avec plaisir.

Elles s'installèrent dans un café avec véranda surplombant la rivière. Les berges étaient fréquentées par des familles prenant des bains de soleil en dégustant des glaces et en nourrissant les canards.

— Je voulais vous dire à quel point j'étais ravie de travailler encore avec vous l'année prochaine, l'informa Mme Forbes tandis qu'elles sirotaient leur café à l'ombre de l'auvent. Megan était une jeune femme sympathique et très consciencieuse, mais elle donnait toujours l'impression de tuer le temps. Alors que vous…

Elle marqua une pause.

— Je me demandais si vous aviez déjà pensé à suivre des études pour devenir enseignante car vous êtes très douée. Non que j'aie envie de vous perdre, bien sûr, ajouta-t-elle précipitamment. Ne croyez surtout pas ça.

Selena s'apprêtait à dire qu'elle était très heureuse de son sort quand, à son propre étonnement, elle s'entendit dire :

— J'ai commencé des études mais ne suis pas allée plus loin que la première année. Soucis de famille, ajouta-t-elle en se forçant à sourire.

— Quel dommage ! s'écria Mme Forbes d'un air pensif. Mais il n'est jamais trop tard pour recommencer.

C'est ce qu'elle n'arrêtait pas de se répéter, songea Selena. Peut-être était-ce le moment d'y croire.

— Un jour, peut-être. J'aimerais beaucoup, mais j'ai… d'autres priorités.

— Eh bien, pensez-y, conclut Mme Forbes en se levant et lui tapotant l'épaule. Je n'aime pas voir le talent gâché. Peut-être lorsque vos problèmes de famille seront réglés ?

Sauf qu'elle n'en connaissait pas la moitié, songea

Selena en la regardant s'en aller. Et elle ne pourrait jamais lui dire, ni à qui que ce soit d'ailleurs, ce qui lui était arrivé il y a deux ans. Ni qu'elle en subissait encore les conséquences.

2

Elle devrait peut-être bouger, se dit Selena, retourner au magasin et acheter quelques-uns des vêtements qu'elle avait repérés. Le strict minimum car elle ne pouvait dépenser plus. Mais être accoutumée à vivre chichement lui procurerait une certaine stabilité si sa vie changeait comme elle l'espérait.

Non pas *si*, corrigea-t-elle, mais *quand*.

Et pour célébrer la bonne nouvelle, elle commanda un autre café glacé.

La vie était étrange, tout de même. Janet Forbes, dont elle admirait les qualités pédagogiques, l'avait encouragée à devenir enseignante.

Et sans aucune arrière-pensée, contrairement à ce que sa tante Nora avait fait jadis…

Selena venait d'avoir seize ans et était ravie de ses résultats d'examens quand tante Nora lâcha sa bombe. Sa tante financerait ses études universitaires si elle acceptait d'enseigner à Meade House lorsqu'elle serait diplômée. Sinon, elle pouvait oublier ses études et se mettre à chercher un travail.

— J'ai dû régler les dettes de vos parents, ainsi que vos frais d'éducation à toutes les deux. Je m'attends à être remboursée, Selena. Et Amelia devra bien entendu faire de même. Et cesse de faire cette tête d'enterrement, avait-elle ajouté après une pause pour lui laisser le temps de bien saisir la situation. Meade House vous offrira un lieu pour vivre, une carrière et la sécurité de l'emploi. Un peu de gratitude serait de mise, je pense.

Comment était-elle censée réagir quand tous ses projets, tous ses rêves de quitter Haylesford et de vivre sa vie comme elle l'entendait venaient de s'envoler ? L'espace d'un instant, elle fut tentée d'envoyer sa tante au diable et de prendre le risque de voler de ses propres ailes, mais elle ne pouvait faire des choix qui affecteraient aussi l'avenir de sa petite sœur de quatorze ans, Millie. Ce n'était ni juste ni raisonnable.

Alors, sans enthousiasme, Selena avait donné son accord. Satisfaite, sa tante assouplit quelque peu ses règles, permettant même quelques années plus tard à Millie de partir en vacances en Grèce avec ses amies.

Selena trouva un travail d'été dans un café cette année-là, mais qui ne dura guère parce que, une journée pluvieuse de juillet, sa tante s'était cassé la jambe et avait séjourné à l'hôpital. Installée dans une confortable chambre individuelle, elle l'accueillit fraîchement.

— Ils ne m'autorisent pas à rentrer à la maison avant que je maîtrise ces béquilles ! gémit-elle. J'aurai ensuite besoin d'aide et, bien entendu, Amelia part en Grèce dans dix jours.

Quelle chance elle a ! songea Selena.

Comme elle s'en était doutée, « patiente » n'était pas le terme approprié pour décrire sa tante. Celle-ci la faisait courir du matin au soir grâce à une clochette qu'elle gardait à côté d'elle.

De plus, Millie fit des histoires à n'en plus finir en

préparant ses bagages, revendiquant une exclusivité d'accès à la machine à laver et à la table à repasser, et offrant à tante Nora un prétexte supplémentaire pour ronchonner.

Ce fut presque un soulagement lorsque Mme Raymond arriva avec Daisy et Fiona pour les conduire à l'aéroport. Un problème de moins à régler, pensa Selena en refermant la porte sur elles.

— Le Dr Bishop a dit que j'aurais besoin de séances de physiothérapie lorsque le plâtre sera retiré, lui annonça sa tante, la semaine suivante. Il m'a donné une liste de praticiens fiables se déplaçant à domicile.

— Ce n'est pas pris en charge par la sécurité sociale ?

— Hélas ! non. Selon le Dr Bishop, la fracture était si importante que je vais devoir sans doute réapprendre à marcher.

Le Dr Bishop, surnommé M. Courbettes par Millie, excellait à dire à sa tante exactement ce que celle-ci voulait entendre, se remémora Selena, espérant que le physiothérapeute aurait plus de bon sens.

Elle n'avait reçu aucune nouvelle de Millie, à part son petit mot annonçant qu'elle était bien arrivée. Mais ne disait-on pas : « Pas de nouvelles, bonnes nouvelles » ?

Elle était en ville l'après-midi où les filles étaient censées rentrer, faisant des courses pour sa tante. Elle s'était attendue à ce que Millie soit là à son retour, et pourtant aucune valise ne jonchait l'entrée. Le vol avait dû être retardé, songea-t-elle quand sa tante l'appela d'une voix furieuse. Elle la trouva assise dans son fauteuil, deux taches rouges sur ses joues tranchant avec sa pâleur habituelle.

Aussitôt, le terrible souvenir de l'accident de ses parents resurgit à sa mémoire, et Selena pâlit, pétrifiée.

— Quelque… Quelque chose est-il arrivé ?

— Oh ! oui, rétorqua sa tante d'une voix vibrante de colère. Ta sœur s'est entichée d'un voyou en Grèce et a décidé de rester là-bas pour l'épouser. Il semblerait qu'elle ait quitté sa chambre d'hôtel ce matin avec toutes ses affaires. Ses amies ont dû rentrer sans elle. Eh bien, je ne l'accepte pas. Je ne lui permettrai pas de m'humilier ainsi devant toute la ville. Une gamine de son âge ! Hélas, dans mon état, je ne peux rien faire. Tu devras donc te rendre sur place et la ramener… Avant qu'il ne soit trop tard.

Selena se laissa tomber sur la chaise la plus proche. C'était tellement typique de sa tante de voir les choses sur un plan personnel plutôt que de voir le danger qu'encourait sa nièce.

— Qui est cet homme ? Daisy et Fiona le connaissent-elles ?

— Le barman de l'hôtel Olympia où elles séjournaient. Il s'appelle Kostas, précisa tante Nora avec dégoût.

Puis elle lui tendit un morceau de papier chiffonné.

— Elle a laissé ce mot, ajouta-t-elle en réprimant un frisson. Mme Raymond osait à peine me regarder dans les yeux. Je la rends entièrement responsable d'avoir autorisé ce voyage en premier lieu, puis de m'avoir harcelée pour que je permette à Amelia d'y prendre part. Mais bien entendu, cela ne l'empêchera pas de raconter à la ville entière ce qui s'est passé. Elle a d'ailleurs probablement déjà commencé.

Les sourcils froncés, Selena lut le mot de sa sœur. Il était écrit qu'elle ne rentrerait pas en Angleterre car elle aimait Kostas et voulait rester avec lui. Cela laissait peu de place à la négociation, se dit-elle.

— Comme tu vois, il n'y a pas de temps à perdre. Tu

vas donc te rendre sur place, la trouver et la ramener ici. Il n'y a rien d'autre à ajouter.

Elle marqua une pause, avant de poursuivre sur sa lancée :

— Je ne tolérerai pas que mes projets pour l'avenir de mon école soient anéantis à cause d'un engouement enfantin. Les hommes comme ce barman devraient être enfermés.

Selena tenta de la raisonner, insistant sur le fait que Millie n'était plus une enfant et qu'il valait peut-être mieux qu'elle se rende compte par elle-même de son erreur. Mais rien de ce que Selena put dire ne changea quoi que ce soit, et deux jours plus tard, elle se retrouvait à bord du ferry à destination de Rhymnos…

Elle n'était franchement pas d'humeur à apprécier la jolie vue — les nombreux voiliers et les bateaux à moteur et, au-delà, les *tavernas* et les boutiques qui ornaient le front de mer. Un peu plus loin sur la colline se dressait l'hôtel Olympia, comme l'indiquaient les grosses lettres bleues sur la façade blanche.

Ennemi en vue, songea Selena en saisissant son sac de voyage qu'elle jeta sur son épaule.

Lorsqu'elle descendit à terre, elle fut assaillie par un concert de sifflements de la part des jeunes hommes réparant des filets ou servant dans les *tavernas*.

Ce n'était pas surprenant que Millie, enfin libérée des contraintes strictes de tante Nora, ait été une proie facile pour un séducteur sans scrupules, songea Selena, dépitée.

Daisy et Fiona avaient à contrecœur fourni quelques détails. Kostas Papoulis était selon elles jeune, beau, sûr de lui et… sexy en diable. De plus, avait ajouté Daisy avec une certaine malveillance, il n'avait pas semblé particulièrement intéressé par Millie. Il ne faisait que jouer avec elle.

Selena avait eu envie de la gifler. Fort.

D'un autre côté, si Millie était dans le même état d'esprit que Kostas, cela rendrait sans doute sa propre tâche plus facile.

Le court trajet jusqu'à l'hôtel fut éprouvant sous la chaleur du soleil, et elle se mit à ardemment désirer une boisson fraîche. Un sentier escarpé, bordé de plates-bandes regorgeant de fleurs multicolores, menait à une terrasse qui courait sur toute la longueur de la façade et ouvrait sur de grandes baies vitrées.

Le hall d'entrée était clair et aéré avec un sol en marbre et un bureau d'accueil en bois poli, actuellement désert.

Mais Selena se dirigea directement vers une porte sur laquelle était indiqué le mot « Bar » et, prenant une profonde inspiration, entra.

Là encore, la pièce paraissait déserte. Où étaient-ils tous ? se demanda-t-elle en regardant autour d'elle. Soudain, elle entendit le son caractéristique de bouteilles entrechoquées derrière une porte cachée par un rideau, à l'arrière du bar.

S'approchant du comptoir, elle toussota.

— Bonjour !

Pas de réponse.

Enfin, le rideau s'écarta et un homme apparut, une écritoire à la main, et fronça les sourcils.

Selena le fixa sans mot dire, faisant de son mieux pour cacher sa stupéfaction car il ne ressemblait guère au jeune séducteur décrit par Daisy et aux jeunes hommes souriants qui l'avaient abordée au port.

D'une part, il était manifestement plus âgé, proche

de la trentaine, grand, basané, et avait besoin d'une bonne coupe de cheveux et d'un rasage. Un jean habillait à la perfection son corps mince et musclé et un polo rouge délavé mettait en valeur son torse puissant et ses larges épaules.

Un homme très séduisant... D'un coup d'œil, elle détailla ses yeux sombres et intenses où se lisait une profonde impatience. Un nez et un menton bien marqués, de hautes pommettes saillantes et les courbes sensuelles d'une bouche aux lignes fermes, traduisant une détermination implacable, complétaient le tableau. Un homme avec de la présence. Et plus encore.

Dieu du ciel, Millie n'était pas de taille à lutter contre un tel homme. Qu'avait-elle fait ?

L'homme brisa le silence et s'adressa à elle d'une voix profonde en allemand.

— Je ne comprends pas, répondit-elle.

Il posa sur elle un regard aigu, pénétrant.

S'il croyait qu'elle allait lui causer des problèmes, il avait vu juste, l'informa-t-elle silencieusement.

— Je m'excuse de mon erreur, *despinís*, dit-il dans un anglais excellent teinté seulement d'un léger accent. J'ai été induit en erreur par la couleur de vos cheveux.

Son regard s'appesantit sur sa longue chevelure blond pâle qui cascadait sur ses épaules et, l'espace d'un instant, elle eut l'impression qu'il glissait ses doigts dans la masse soyeuse.

— Je vous disais que le bar est fermé à cette heure de la journée, à moins bien sûr que vous ne désiriez un café.

— Non merci. Je suis juste venue ici pour ma sœur.

— Dans ce cas, vous devrez chercher ailleurs, rétorqua-t-il en désignant de la tête les tables inoccupées. La plupart de nos clients sont à la piscine derrière l'hôtel ou à la plage. Votre sœur loge-t-elle à l'hôtel ?

— À vous de me le dire. Après tout, vous êtes le seul à savoir où elle se trouve exactement, assura-t-elle en jetant un bref regard à sa montre. Bien, allons-nous cesser ce petit jeu ? Amenez-moi à elle et elle prendra le prochain ferry en partance pour Mykonos.

— Un excellent plan, riposta-t-il d'un ton sec. Mais il y a un petit problème. Je ne connais pas l'identité de votre sœur et j'ignore où elle se trouve. Ce n'est manifestement pas ici.

Selena étouffa un cri.

— Vous voulez dire qu'elle est déjà partie ? Elle est en route pour la maison ?

— Je vous suggère de poursuivre vos recherches ailleurs, conclut-il d'un ton sans appel en lui tournant le dos.

— Et moi je vous suggère de répondre à mes questions ! lui lança-t-elle, consciente qu'elle tremblait de colère de se voir si sommairement congédiée. Sinon, je me verrais obligée de me rendre à la police pour leur dire que vous avez profité d'une jeune fille vulnérable de dix-sept ans, que vous l'avez gardée ici pour abuser d'elle, obligeant ses amies à rentrer en Angleterre sans elle et causant beaucoup d'inquiétude à sa famille !

Après une légère pause, elle ajouta avec dédain :

— Je croyais que les Grecs étaient censés respecter les voyageurs étrangers.

— C'est le cas, même si vos compatriotes ne nous rendent pas toujours la tâche facile, lâcha-t-il d'un ton méprisant, les sourcils à nouveau froncés. Votre sœur et ses amies résidaient ici ? Leurs noms ?

— Raymond, Marsden et… Blake, répondit-elle d'une voix légèrement tremblante.

— Ah oui, acquiesça-t-il. Je me souviens avoir entendu le personnel parler d'elles.

Le ton qu'il avait employé laissait entendre que les commentaires n'étaient pas élogieux. Qu'importe, après tout. Il était la dernière personne à pouvoir se permettre un jugement.

— Quelles que soient leurs opinions, rien ne justifie votre comportement, monsieur Papoulis.

Elle s'apprêtait à poursuivre lorsque son rire sonore l'arrêta net.

— Je suis heureuse que cela vous amuse, reprit-elle. Toutefois, la police risque de ne pas partager votre sens de l'humour.

— Peut-être, s'ils apprennent que vous m'avez confondu avec mon barman, rétorqua-t-il dans un sourire. Et lorsque vous ferez irruption au commissariat tout feu tout flamme, ils vous diront certainement que vous devriez viser la bonne cible.

Là-dessus, il posa l'écritoire et lui tendit la main.

— Permettez-moi de me présenter. Je m'appelle Alexis Constantinou et cet hôtel m'appartient. Kostas est employé ici, quand il se donne la peine de venir travailler, ajouta-t-il d'un ton narquois. Mais je connais la raison de son absence cette fois, et il ne pourra pas prétexter la maladie.

Paralysée de honte et consciente de son regard moqueur, Selena lui serra brièvement la main.

— Kostas a donc réussi à attirer votre sœur dans son lit. Étrange. Il s'intéresse d'habitude aux femmes plus âgées — les femmes célibataires, divorcées. Elle a dû lui faire une grande impression, conclut-il en laissant errer son regard sur ses cheveux.

— Je ne trouve pas ça très rassurant, objecta-t-elle, le feu aux joues sous son regard inquisiteur.

— Moi non plus, dit-il de façon inattendue, avant de se tourner vers la rangée de bouteilles derrière lui. Vous avez besoin d'un verre, *despinís*, et moi aussi.

Sans attendre de réponse de sa part, il versa un breuvage de couleur ambre dans deux verres, puis lui en tendit un.

— Du Metaxa cinq étoiles. Un remède universel, surtout quand on est en état de choc.

— Vous ne semblez pas particulièrement choqué de l'attitude de votre employé, lâcha-t-elle.

— Non, convint-il. Néanmoins, c'est agaçant.

Faisant le tour du bar, il posa les verres sur une table et lui fit signe de le suivre. Elle obéit à contrecœur, emportant avec elle son sac de voyage.

— Vous voyagez léger, nota-t-il, une lueur amusée dans le regard.

— Ma visite sera brève, monsieur Constantinou. J'ai l'intention de trouver ma sœur, de la persuader de quitter ce… don Juan de bas étage dont elle s'est entichée, et de rentrer avec elle à la maison.

— Quelle belle formule, dit-il, l'air de plus en plus amusé.

— Merci. Et si je puis me permettre, vous devriez peut-être faire preuve de plus de vigilance envers les activités de vos employés en dehors de leurs heures de travail.

— Je m'assure qu'ils font bien leur travail, riposta-t-il. Je ne prétends être le responsable moral de personne.

Et c'est peut-être votre sœur et ses amies qui auraient besoin d'être encadrées.

— Comment osez-vous ? Millie est totalement dénuée d'expérience. Il a profité de son innocence.

— Vous dépeignez une image très angélique de votre sœur… Bon, trinquons maintenant, conclut-il en levant son verre, l'obligeant à faire de même. *Yamas*. Cela veut dire « santé » en grec.

Elle n'aimait pas la façon dont ce simple geste les liait, mais prit toutefois une gorgée prudente, étouffant un cri lorsque le breuvage lui brûla la gorge.

— Qu'est-ce que c'est ? demanda-t-elle lorsqu'elle put enfin parler.

— Du brandy. Pour vous donner la force de poursuivre vos recherches. Et… pour vous calmer.

Elle se mordit la lèvre.

— Je suis tout à fait calme, rassurez-vous.

Si seulement c'était vrai ! songea-t-elle, soudain consciente de son regard posé sur elle. Gênée, elle fixa sa main agrippée au verre, ses doigts fins aux ongles bien entretenus, et observa la façon dont son pouce jouait avec le pied du verre. Même avec la table entre eux, il était trop proche pour qu'elle se sente à l'aise.

— Si vous me donniez l'adresse de M. Papoulis, s'empressa-t-elle de poursuivre, je m'en irais et vous laisserais retourner à… ce que vous étiez en train de faire.

— L'inventaire, répondit-il. Quant à l'adresse de Kostas, elle ne vous aidera guère. Comme le reste du personnel, lorsqu'il travaille, il réside à l'hôtel. Mais il n'a pas utilisé sa chambre depuis plusieurs jours, semble-t-il.

— Et lorsqu'il ne travaille pas ?

— Il vit chez sa mère, une veuve très pieuse, et je doute que vous trouviez votre Millie là-bas.

— Que faire alors ? marmonna-t-elle à voix basse.

— Vous ne voulez sûrement pas de mon avis, mais je vais vous le donner quand même, susurra-t-il. Rentrez chez vous, *despinís*, et attendez que votre sœur retrouve la raison.

Selena prit une nouvelle gorgée de brandy.

— Et s'il la détient contre sa volonté ?

— Vous laissez à nouveau votre goût du spectaculaire vous faire perdre la tête. Kostas n'a pas besoin d'utiliser la force pour arriver à ses fins, croyez-moi.

— Vous prenez tout ça tellement à la légère, dit-elle d'une voix tremblante, alors que je suis malade d'inquiétude, et je… je ne peux pas partir sans elle. Je vais devoir aller à la police.

— Il vaudrait mieux éviter.

— Vous le protégez ? s'indigna-t-elle.

— Non, riposta-t-il d'un ton sinistre. Je protège mon hôtel — raison pour laquelle je suis prêt à vous aider. Accordez-moi une journée ou deux, le temps de savoir où il est et si votre sœur est bien avec lui. Mais c'est tout. Ensuite, ce sera à vous de décider quoi faire. D'accord ?

Selena garda les yeux rivés sur la table, sentant malgré elle la chaleur du brandy l'apaiser et faire place à quelque chose qui ressemblait à de l'espoir. Ce qui était bien sûr ridicule, vu les circonstances.

— Comment savoir si je peux vous faire confiance ?

— Parce que faire l'inventaire m'ennuie. Je veux que mon barman reprenne son poste. Son absence m'incommode.

Elle le fusilla du regard.

— Dans ce cas, marché conclu ! lâcha-t-elle en se levant, après avoir saisi son sac. Merci pour le verre et j'espère que votre plan fonctionnera.

— Attendez, dit-il en levant la main. J'ai besoin de savoir où vous joindre. Vous avez fait une réservation, trouvé un endroit pour loger, j'imagine.

Elle hésita.

— Pas encore, mais je suis sûre de trouver quelque chose.

— Je n'en doute pas une seconde. Avec ces cheveux et ces yeux, *pethi mou*, vous serez submergée d'offres en un rien de temps. En fait, votre sœur, où qu'elle soit, est peut-être bien plus en sécurité que vous.

Secouée par cette réflexion intime sur son apparence, Selena redressa le menton.

— Je suis étudiante, monsieur Constantinou. Je peux m'occuper de moi-même, prendre mes propres dispositions et mener ma propre enquête.

— Toutefois, vous n'irez pas en ville demander une chambre, *despinís*. Je ne le permettrais pas. Et comment comptez-vous poser des questions alors que vous ne parlez pas grec ? l'interrogea-t-il en se levant. L'hôtel est complet, mais j'ai un petit appartement au dernier étage pour mon usage personnel. Vous pourrez y séjourner.

Alexis Constantinou hocha la tête.

— Je vais prévenir ma gouvernante pour qu'elle fasse le nécessaire. Profitez-en pour finir votre brandy.

Lorsqu'il se dirigea vers la porte, Selena l'interpella.

— Pourquoi avez-vous soudain changé d'avis ? Je… Je ne comprends pas.

— Vous croyez sincèrement que je ne me soucie

pas du bien-être d'une jeune femme innocente et sans expérience ?

— Il y a un instant, vous laissiez entendre que les soucis de Millie étaient sa faute.

— Je le pense toujours, répondit-il. Mais l'innocente dont je parle n'est pas votre sœur, *despinís*, mais vous.

Là-dessus, il quitta le bar, la laissant figée, le regard rivé sur lui.

3

— Excusez-moi, désirez-vous commander autre chose ? Parce qu'il y a des clients qui attendent une table.

Le ton agacé de la serveuse la tira de sa rêverie.

— J'ai terminé, s'excusa-t-elle avec un pâle sourire. Désolée, j'étais ailleurs.

À un monde d'ici, songea-t-elle tandis que la serveuse ramassait sa tasse et s'éloignait.

Dans le piège tendu par un homme qui n'avait rien d'innocent.

Et maintenant, elle devait retourner à Rhymnos, là où tout avait commencé, là où sa vie avait été ruinée et son cœur brisé. En même temps, reconnut-elle, c'était l'occasion de se prouver qu'elle avait survécu. Et s'était même rétablie.

En sortant du café, elle passa devant le jeune couple qui patientait pour avoir sa table et vit que l'homme portait une écharpe porte-bébé sur sa poitrine et serrait contre lui un nourrisson. Elle vit aussi le regard fier du jeune père sur son enfant, puis le sourire radieux qu'il échangea avec la jeune femme qui l'accompagnait.

Une douleur terrible la submergea, un peu comme si on lui arrachait le cœur. Lentement, elle détourna le regard et s'éloigna pour affronter l'épreuve qui l'attendait…

L'entretien avait été aussi difficile que prévu, se dit-elle, un peu plus tard, en rentrant chez elle.

— Vous partez en vacances ? s'était étonnée Mme Talbot. Croyez-vous que ce soit opportun ?

— Inévitable, j'en ai peur, avait répondu Selena. Et ce ne sont pas franchement des vacances. Ma sœur est malade.

— Tout de même, vous allez manquer des visites planifiées, ce qui est très décevant… Pour tout le monde.

Elle avait été tentée d'annuler son voyage, mais elle avait fini par envoyer à Kostas un texto lui donnant l'heure d'arrivée de son avion.

Elle se fit une salade, avant de nettoyer et de vider le réfrigérateur. Puis elle déversa le contenu de son panier à linge dans un sac fourre-tout et se rendit à la laverie.

Elle emporta un livre, mais eut du mal à se concentrer comme les souvenirs affluaient à son esprit, l'obligeant à se remémorer cette rencontre fatidique, à l'hôtel Olympia…

Une fois seule au bar, elle prit une nouvelle gorgée de brandy, puis repoussa son verre. Elle avait déjà commis une erreur stupide ; inutile de s'embrouiller l'esprit encore plus. Elle devait en effet décider au plus vite si elle choisissait de rester ici et d'accepter l'aide d'Alexis Constantinou ou si elle attrapait son sac et partait en courant.

Sa mission lui avait pourtant semblé simple — venir à l'hôtel, affronter ce Kostas qui avait peut-être déjà changé d'avis, et convaincre Millie qu'une amourette de vacances n'était pas un engagement pour la vie et qu'il était temps de rentrer à la maison. Cela ne lui était jamais venu à l'esprit, pas plus qu'à tante Nora, d'ailleurs, que le couple pourrait disparaître.

Et où irait-elle ? Si l'Olympia était complet, il ne serait sans doute pas facile de trouver un logement convenable — même si la proposition d'Alexis Constantinou ne pouvait guère être considérée comme telle non plus, en dépit de ses promesses. Et son dictionnaire de voyage grec ne lui serait pas d'une grande aide pour retrouver les fuyards.

Elle aurait dû mieux préparer son voyage, se fustigea-t-elle. Si seulement elle en avait eu la possibilité !

Mais elle était là, maintenant, et sa préoccupation première était de retrouver Millie — chose qu'elle ne pourrait pas faire sans l'aide d'Alexis Constantinou, même si c'était agaçant de l'admettre. Aucune importance, se dit-elle en serrant les dents. Après tout, plus vite elle retrouverait Millie, plus vite elle rentrerait chez elle.

Fébrile, elle se leva et s'approcha des portes vitrées qui couraient sur toute la longueur du bar, avant de sortir sur la terrasse avec ses marches en marbre qui menaient à un autre jardin regorgeant de fleurs et de buissons hauts en couleur et entouré de haies d'hibiscus. Et au-delà, dans la chaleur écrasante, le bleu infini de la mer Egée et le silence, uniquement troublé par le faible clapotis de la piscine.

Si elle était venue ici pour des vacances, elle non plus n'aurait sans doute pas voulu partir, se dit-elle, le cœur serré.

Elle était immobile, savourant la sérénité du lieu, quand un bruit venant du bar la fit se retourner précipitamment, à temps pour voir un homme grand et mince avec une grosse moustache noire poser une cafetière, une tasse et une assiette de pâtisseries sur la table.

— Pour vous, *despinís. Kírie* Alexis dit que le dîner ne sera pas servi avant longtemps.

— Oh ! merci, dit-elle, avant de se souvenir d'un mot qu'elle avait appris dans l'avion. *Efharistó.*

— *Parakaló*, répliqua-t-il en inclinant la tête. Je m'appelle Stelios et je gère l'hôtel pour *kírie* Alexis. Si vous avez besoin de quoi que ce soit, n'hésitez pas à me le demander…

Le café était fort et les tartelettes au fromage délicieuses et tout juste sorties du four. Affamée, Selena n'en laissa pas une miette.

Elle venait tout juste de finir sa dernière tasse lorsqu'elle fut rejointe par une femme d'âge mûr, portant une robe noire et avec un air d'incontestable autorité.

— Androula, *despinís*. Je suis la gouvernante, annonça-t-elle. Votre chambre est prête.

Elle saisit son sac et attendit que Selena se lève. Puis elles prirent l'ascenseur jusqu'au troisième étage. Androula avança dans le couloir jusqu'à une double porte qu'elle ouvrit avant de s'effacer pour la laisser entrer dans un vaste séjour, doté de confortables canapés et de chaises garnies de tissu d'un bleu profond entourant une table basse dans les tons crème et or.

La chambre était indéniablement masculine, avec son mobilier sombre et son immense lit aux draps d'un blanc immaculé. Une courtepointe marron et or à motifs grecs était pliée au pied du lit.

Une porte dans un coin donnait sur une salle de bains presque aussi grande que la chambre, avec une immense douche à l'italienne, une baignoire et un meuble supportant un double lavabo, signe peut-être que le propriétaire des lieux ne manquait pas de compagnie.

Comme si cela la regardait !

Elle serait manifestement hébergée dans le plus grand luxe durant son bref séjour, même si elle comptait payer pour sa nourriture et son logement avec l'argent que tante Nora avait prévu à cet effet. Elle ne voulait pas être plus redevable que nécessaire à Alexis Constantinou.

— Merci. C'est superbe.

La gouvernante hocha poliment la tête.

— Reposez-vous, maintenant. J'enverrai quelqu'un vous chercher pour le dîner à 20 heures.

Là-dessus, elle sortit en fermant à clé derrière elle. Selena, horrifiée, s'apprêtait à tambouriner sur la porte lorsqu'elle remarqua une autre clé posée sur la table basse. Elle n'était sans doute pas la seule occupante de l'étage, se dit-elle en poussant un soupir de soulagement, heureuse de ne pas s'être conduite comme une idiote pour la deuxième fois en une heure.

Androula avait peut-être raison. Elle avait sans doute besoin de se reposer. Et aussi de prendre sur elle.

Sortant sa chemise de nuit froissée de son sac, elle se dirigea vers la salle de bains où elle prit un long bain, puis s'allongea dans le vaste lit. L'instant d'après, elle dormait.

Il était 19 heures passées lorsqu'elle se réveilla et, pendant un moment, elle demeura allongée, observant avec un plaisir langoureux la lumière du soir qui traversait les volets et éclairait les dalles de marbre. Oui, elle devait se préparer, mais cela ne lui prendrait pas longtemps. Elle avait le choix entre sa jupe en jean et un petit haut blanc ou sa jupe en jean et un autre petit haut blanc !

Voyager léger avait ses avantages, se dit-elle en se levant.

Ce fut la plus jolie des deux domestiques qui vint la chercher pour l'escorter au restaurant, et le regard oblique qu'elle lui lança indiqua clairement qu'elle n'était pas très impressionnée par sa tenue, ni par le fait que Selena avait natté ses cheveux comme l'exigeait toujours tante Nora. Mais Selena s'en moquait. Elle n'était pas là pour impressionner qui que ce soit, après tout.

La salle à manger était une grande pièce ventilée dont la plupart des tables étaient déjà occupées, et Selena attira peu l'attention quand un serveur la guida vers un coin retiré, séparé du reste de la pièce par un treillis de plantes grimpantes. C'était la première fois qu'elle dînerait seule dans un restaurant, se rendit-elle compte en s'asseyant. Quelle vie protégée elle avait vécue jusqu'à présent !

Elle venait tout juste de réaliser que le couvert était mis pour deux lorsque Alexis Constantinou apparut, traversant la salle d'un pas nonchalant, échangeant quelques mots avec les convives tandis qu'il s'approchait de sa table.

Oh non, murmura-t-elle dans un souffle en serrant de toutes ses forces sa serviette toute froissée.

— *Kalispéra*, dit-il en prenant place en face d'elle. Cela veut dire « bonsoir ».

— Je sais. J'ai appris quelques mots dans l'avion.

Personne ne l'aurait pris pour un barman, maintenant, songea-t-elle. Il s'était changé et son élégant costume gris pâle tranchait avec sa chemise en soie noire dont les premiers boutons ouverts révélaient quelques centimètres de peau bronzée. Il n'était pas d'une beauté classique, mais extrêmement séduisant. Elle, en comparaison, paraissait négligée.

— Parfait, commenta-t-il avec un grand sourire. Durant votre séjour ici, je pourrais peut-être élargir votre répertoire.

— Je doute que nous en ayons le temps, bougonna-t-elle, douloureusement consciente de ses joues en feu. J'espère que vous avez des nouvelles pour moi.

— Je me suis bien entendu renseigné auprès du personnel, mais jusqu'ici sans résultat.

— Peut-être le protègent-ils ?

— Je ne pensais pas qu'il était si populaire… Il semblerait que cette fois il ait pris la peine de se montrer discret. Pardonnez-moi, ajouta Alexis en la voyant grimacer. Je voulais dire par là qu'il est peut-être *cette fois* réellement amoureux.

— En deux semaines ? C'est ridicule, voyons. Personne ne peut tomber amoureux aussi vite.

— Vous ne le pensez pas ?

— Bien sûr que non. Les gens doivent d'abord… s'apprécier. Ils doivent avoir des intérêts communs et apprendre à se respecter mutuellement.

Il haussa les sourcils.

— Cela s'est-il passé ainsi pour vous ?

Qu'était-elle supposée répondre ? Devait-elle admettre qu'elle pouvait compter sur les doigts d'une main le nombre de fois où elle était sortie avec un homme ? Il valait peut-être mieux pour tout le monde lui faire croire qu'elle était engagée dans une relation.

— En fait, oui.

— Pas de passion brûlante, *pethi mou* ?

Gênée, elle déglutit. Il était temps de changer de sujet.

— Comment m'avez-vous appelée ? lui demanda-t-elle en s'efforçant de répéter les mots qu'il venait de prononcer.

— Cela veut dire… « mon petit ».

Elle redressa le menton d'un air de défi.

— Alors, ne m'appelez plus ainsi, s'il vous plaît. C'est dégradant. Je ne suis pas une enfant.

— Alors pourquoi nattez-vous vos magnifiques cheveux comme une écolière ?

— Parce que c'est propre et soigné.

— Ah, est-ce ainsi que vous vous voyez, peut-être ?

— Je n'ai jamais réfléchi à la question. Et la seule chose qui m'importe pour le moment est le bien-être de ma sœur… Comment allons-nous nous y prendre pour la retrouver ?

— Discrètement. Encore une raison pour ne pas aller à la police. Les gens parlent et les nouvelles vont vite. Il est préférable que votre sœur ne sache pas que vous êtes ici, sinon elle et Kostas risquent de fuir sur une autre île ou sur le continent, ce qui ne ferait qu'ajouter à vos difficultés.

Il fit un signe et un serveur s'approcha de la table avec un seau à glace, une bouteille de champagne et deux flûtes.

— Du champagne ? s'étonna Selena qui n'en avait jamais bu de sa vie. Qu'y a-t-il à célébrer ?

— Rien pour le moment, éluda-t-il. Trinquons donc au lancement de notre enquête et à son succès final.

Il lui était difficile de refuser, même si elle se sentait dépassée par les événements, prise dans un tourbillon troublant contre lequel elle ferait mieux de résister.

Le vin était frais et picota agréablement sa gorge sèche. Les serveurs apportèrent l'entrée.

— Ce sont des *dolmades*, l'informa son compagnon. Des feuilles de vigne fourrées d'agneau, de riz et d'épices.

Elle goûta un morceau puis, surprise et ravie, prit une bouchée plus grosse, savourant les différentes saveurs, sous le regard amusé d'Alexis.

— C'est bon ?

— Délicieux.

Tout comme l'étaient l'espadon grillé, accompagné de pommes de terre sautées, et la salade qui suivit. Sans parler du champagne dont les bulles enflammèrent ses sens.

Le dessert était lui aussi parfait — un bol de fruits à partager — des pêches, et des figues délicieusement sucrées provenant du jardin familial.

— Vous devez avoir beaucoup d'arbres, commenta-t-elle en jetant un coup d'œil à la salle désormais bondée.

— Les fruits ne sont pas pour tout le monde. Je les ai fait venir spécialement pour vous.

Elle rougit.

— *Efharistó*, monsieur Constantinou.

— *Parakaló*. Et devons-nous être aussi formels ? Comme je vous l'ai dit, je m'appelle Alexis.

— Je crois que c'est mieux ainsi. Vu les circonstances.

— Même si vous allez passer la nuit dans mon lit ?

Il avait parlé d'une voix feutrée, la faisant rougir encore plus tandis qu'elle luttait pour recouvrer son sang-froid.

— Arrêtez de dire des choses comme ça, s'il vous plaît. En Angleterre, ce serait considéré comme du harcèlement.

— Mais nous sommes en Grèce. Et je n'ai dit que la vérité, à moins que vous n'envisagiez de dormir sur le canapé ou par terre… Mais dites-moi… pourquoi n'êtes-vous pas venue ici en vacances avec votre sœur ?

— Je travaillais. En plus, elle est venue avec ses amies.

— Et vos parents l'ont permis ?

— Mes parents sont morts dans un accident de voiture. Notre tante est notre tutrice et, bien qu'elle n'ait pas été très enthousiaste au début, on l'a persuadée que Millie serait en sécurité sur une si petite île.

— La nature humaine est pourtant semblable partout. Et vous avez dû quitter votre travail pour venir ici ?

— En fait, je l'avais déjà quitté. Ma tante s'est cassé la jambe. Elle avait besoin de moi à la maison pour l'aider.

— Comment se débrouille-t-elle maintenant ?

— Elle a loué les services d'une aide à domicile, répondit-elle d'un ton sec. Puis-je vous demander quelque chose ?

— Bien entendu.

— Comment se fait-il que vous parliez si bien anglais ?

— Ma mère est née aux États-Unis. Et bien qu'elle soit venue en Grèce pour accoucher, elle et mon père ont vécu principalement à New York, même après leur divorce, et mon temps était partagé entre eux.

— Cela a dû être… difficile.

— Un divorce est toujours difficile pour les enfants. Il vaut mieux corriger les erreurs dans un mariage avant que la situation s'envenime.

Elle demeura longtemps silencieuse.

— En ce sens, nous avons été heureuses, finit-elle par dire. Mes parents s'adoraient et nous nagions dans le bonheur. Lorsqu'ils sont partis si soudainement, cela a été terrible pour nous, mais je me suis rendu compte par la suite que c'était mieux ainsi. Si seul l'un d'entre eux était mort, l'autre ne s'en serait jamais remis.

Elle s'interrompit, choquée par ce qu'elle venait de révéler à cet étranger déconcertant à qui elle n'était même pas sûre de pouvoir faire confiance.

— Je suis désolée, enchaîna-t-elle aussitôt avec un pâle sourire. Cela doit vous sembler… morbide.

— Non, pas le moins du monde… S'est-elle montrée gentille avec vous, cette tante ?

— Oui, bien sûr, riposta-t-elle. Cela n'a pas dû être facile de se retrouver avec deux préadolescentes, mais elle s'est bien débrouillée.

Il inclina poliment la tête.

— Si bien que votre sœur n'attend qu'une chose : fuir la maison par n'importe quel moyen.

— Ma sœur, comme vous l'avez vous-même admis, a été séduite par un homme peu scrupuleux et a sans doute peur des conséquences. Nous vivons dans une petite ville et il y aura forcément des commérages désagréables. Je suis donc venue ici pour limiter les dégâts, et non pas pour vous ennuyer avec nos histoires de famille.

— Vous ne m'ennuyez pas, répondit-il en appelant d'un geste le serveur. Je suggère qu'après le café vous alliez dormir. Vous avez eu une longue et éprouvante journée. Demain, nous commencerons les recherches.

— Merci, mais je crois que je dormirai mieux sans café, dit-elle en se levant. Bonne nuit, monsieur Constantinou.

— *Kaliníhta*, *kíria* Blake, répondit-il en se levant à son tour, un sourire ironique aux lèvres. Dormez bien.

Il n'avait pas ajouté « dans mon lit » cette fois, mais il aurait aussi bien pu le faire, songea Selena en traversant la salle à manger, sachant que si elle regardait derrière son épaule elle croiserait son regard…

Une fois sa lessive terminée, Selena la retira du sèche-linge et la plia avec soin, consciente que ses mains tremblaient.

Elle aurait dû partir sans attendre, se dit-elle pour la millième fois. Elle aurait dû se lever tôt et s'éclipser en laissant un mot à l'accueil pour remercier Alexis et l'informer qu'elle se débrouillerait désormais par elle-même.

Au lieu de cela, elle s'était retrouvée peu après dans la salle à manger, attablée devant un verre de jus d'oranges fraîches, des petits pains chauds au miel et une cafetière emplie de café serré, le regard rivé dehors, où la lumière du soleil dansait sur l'eau.

Lorsqu'elle eut terminé son repas sans avoir vu Alexis Constantinou, elle se demanda quoi faire. Peut-être avait-il changé d'avis et ne voulait plus l'aider, se dit-elle. Il avait un hôtel à diriger, après tout. Il ne lui restait plus qu'à revenir au plan A : se rendre à la police et prendre le risque que les commérages alertent Millie et son petit copain.

Mais en traversant le hall, elle le vit à l'accueil, l'air décontracté dans un pantalon crème et une chemise noire dont les boutons étaient ouverts presque jusqu'à la taille, cette fois, et les manches retroussées.

— *Kaliméra*. Avez-vous bien dormi ?

Il examina son petit short blanc et sa tunique bleu marine, puis son regard se posa brièvement sur ses cheveux, une fois de plus rassemblés en une longue natte, mais il ne fit aucun commentaire.

— Oui… Merci, ajouta-t-elle d'un ton gêné.

— Et vous avez mangé, donc on peut y aller.

Sans transition, il l'entraîna d'un pas vif hors de l'hôtel et jusqu'à sa jeep, garée devant le portail.

— Aller où ? demanda-t-elle d'une voix hésitante.

— Trouver Adoni Mandaki, un pêcheur local qui se trouve être aussi l'ami de Kostas, rétorqua-t-il en l'aidant à s'installer dans la jeep, avant de prendre place à son tour et de démarrer. J'ai appris dans un bar hier soir que son bateau n'était plus à l'amarre, mais que lui par contre a été aperçu en ville, buvant et jouant au *tavli* comme si l'absence de son bateau ne le dérangeait pas le moins du monde et qu'il n'avait pas besoin de gagner sa vie.

— Un bateau, répéta-t-elle, songeuse. Croyez-vous que Kostas et Millie ont quitté Rhymnos ?

— C'est ce que j'espère apprendre de lui, répondit-il tandis qu'ils se dirigeaient vers le port.

— Donc, après m'avoir envoyée au lit, vous êtes allé au port pour poser des questions à propos de ma sœur. Cela ne vous est-il jamais venu à l'esprit que j'aurais aimé être là et peut-être poser aussi quelques questions ?

— Pour faire quoi ? Crier sur tout le monde en anglais jusqu'à ce qu'ils vous disent ce que vous voulez entendre ? Croyez-moi, cela n'aurait pas marché. Et j'ai pensé que vous aviez besoin d'une bonne nuit de sommeil.

— À l'avenir, veuillez me consulter avant de prendre des décisions arbitraires, rétorqua-t-elle d'un ton guindé.

— Je tâcherai de m'en souvenir. En échange, peut-être pourriez-vous désormais m'appeler Alexis. Et me dire votre prénom aussi.

— En quoi est-ce nécessaire ?

Il haussa les épaules.

— Cela laisse entendre que nous sommes en bons termes.

Elle se raidit.

— Je crains que cela ne laisse entendre bien plus que ça.

— Et alors ? Les gens me verront juste passer la journée avec une jolie touriste. Lorsque vous retrouverez votre sœur, vous rentrerez chez vous avec elle et l'affaire sera close. Cela vaut bien le désagrément temporaire de ma compagnie, non ?

— Désolée de paraître ingrate.

— Non, je pense que vous avez peur et vous avez raison. Ce n'est pas simple, ce qu'on vous a demandé de faire — venir seule dans un pays étranger alors que vous ne parlez pas la langue et ne savez pas par où commencer.

Il poussa un long soupir.

— Je devrais me montrer plus patient avec vous. Et peut-être pourriez-vous essayer de me faire confiance, croire que je fais tout pour vous aider.

— Oui, merci… Alexis. Je m'appelle Selena, ajouta-t-elle après une brève hésitation.

— Selena, répéta-t-il en levant les sourcils. En grec, cela veut dire « déesse de la Lune ».

— Mais on m'appelle « Lena ».

— Sacrilège, murmura-t-il, pour une fille aux cheveux couleur de clair de lune.

Son cœur fit un bond dans sa poitrine et elle rougit.

— Et Millie s'appelle en fait « Amelia », poursuivit-elle, consciente de parler à tort et à travers. Peut-être porte-t-elle aussi le nom d'une déesse ?

— Hélas, non. Mais peut-être que, pour Kostas, elle est Aphrodite. Nous le saurons bientôt.

— J'espère, répondit-elle.

Et elle le pensait. En effet, quelle que soit son inquiétude pour Millie, elle aussi se sentait en danger et devait partir au plus vite.

4

Voilà qu'elle volait une fois de plus au secours de Millie, songea sombrement Selena en faisant sa valise. Mais, cette fois-ci, la situation était bien différente car elle ne reverrait pas Alexis. Selon Kostas, il était parti pour toujours, comme on le lui avait dit dans l'effrayante entrevue qu'elle avait eue de nombreux mois auparavant. Dorénavant, elle pouvait regarder l'avenir avec espoir, et non avec regret.

Seigneur, qu'elle avait été bête ! songea-t-elle en sortant un album photo d'un tiroir, avant d'en glisser une dans son sac à main.

« Fais-moi confiance », lui avait-il dit, et elle avait été assez naïve pour le croire. Et même si, à l'époque, elle n'avait guère eu le choix, ce n'était pas une excuse. En effet, alors qu'ils roulaient le long du quai, ce matin-là, à la recherche d'Adoni, elle aurait pu lui dire qu'elle avait changé d'avis et lui demander de l'amener au poste de police. Mais elle ne l'avait pas fait car elle commençait déjà à se débattre dans un maelström d'émotions troublantes.

En même temps, l'activité du port exerçait sur elle une fascination particulière. L'air sentait encore les grillades au charbon de bois. Les pêcheurs sur les caïques déchargeaient leurs premières prises au milieu des cris et des rires. Les propriétaires des boutiques de souvenirs et de vêtements déroulaient les auvents et sortaient les présentoirs, et, devant les *tavernas*, les nappes étaient fixées aux tables avec des attaches en plastique, les sols carrelés étaient lessivés et les bacs de géraniums arrosés.

En voyant la jeep, les gens hélèrent Alexis, qui les salua en retour.

C'était comme une procession royale, pensa Selena, amusée.

— Recevez-vous toujours ce genre d'accueil ?

Il haussa les épaules.

— Seulement lorsque je me suis absenté un certain temps. Une bonne partie de la population de Rhymnos considère le monde extérieur comme un endroit dangereux et ils sont ravis de me voir de retour, expliqua-t-il en lui jetant un bref regard. Trouvez-vous cela étrange ?

— Je trouve tout cela étrange, riposta-t-elle sèchement.

— Vous vous y habituerez très vite, je vous le promets.

Mais elle ne voulait pas s'habituer à cet endroit, à cette manière de vivre, songea-t-elle, la gorge nouée. Elle ne pouvait se le permettre.

Lorsqu'ils atteignirent un entrepôt délabré dont les portes étaient grandes ouvertes, Alexis gara habilement la jeep entre deux camions et coupa le moteur.

— Adoni dort là parfois, lorsqu'il n'est pas sur son bateau. Attendez ici, je vais voir s'il est assez sobre pour parler.

— Je veux venir avec vous ! protesta-t-elle.

— Je préfère que vous restiez ici. J'ai mes raisons.

Une légère brume montait de la mer et la chaleur ne cessait de s'accroître. La journée s'annonçait torride, se dit-elle en se servant de son chapeau comme éventail.

Sa fine tunique lui collait déjà à la peau. Pourvu que l'interrogatoire ne dure pas trop longtemps, se prit-elle à songer, sinon elle risquerait de fondre. Soudain Alexis sortit de l'entrepôt, accompagné d'un homme robuste, barbu et vêtu seulement d'un short usé.

Quel Adonis ! ironisa-t-elle. Il semblait néanmoins être le seul à parler et souriait tout le temps, tandis qu'Alexis l'écoutait, la tête inclinée, ce qui était peut-être bon signe.

Soudain, Adoni l'aperçut et la dévisagea ouvertement en souriant, tout en faisant une observation à Alexis. Puis ils rirent de concert, se tapèrent mutuellement l'épaule et Alexis revint vers le véhicule.

— Ayez l'air déçue, Selena *mou*, lui enjoignit-il tandis qu'il prenait place derrière le volant. Faites la moue.

— Déçue ?

Adoni avait-il refusé de les aider ? Plaidé l'innocence ? Étaient-ils parvenus à une impasse ?

Coupant court à ses pensées, Alexis lui enserra la nuque, ses doigts effleurant la peau soyeuse sous la tresse blonde.

Surprise, elle sentit son pouls s'accélérer et un frisson inhabituel traverser son corps. Soudain paniquée, elle tenta de le repousser, mais il était trop tard. Il l'attirait déjà contre lui, emprisonnant ses mains entre leurs deux corps tandis que sa bouche capturait ses lèvres entrouvertes en un long et profond baiser.

Un baiser auquel rien n'aurait pu la préparer.

Elle fut conquise, consumée par un désir violent lorsque sa bouche goûta la sienne, et que sa langue se mêlait à la sienne en de savantes caresses.

Elle devait à tout prix l'arrêter, se dit-elle confusément. Mais elle n'en avait pas envie parce qu'une sensation étrange se libérait en elle, faisant naître des petits spasmes de plaisir qui augmentaient d'instant en instant et qui pourraient facilement la submerger…

Et soudain, avec une violence qui lui fit l'effet d'une gifle, Alexis la lâcha et se renfonça dans son siège, la dévisageant avec une expression indéchiffrable.

— J'espère ne pas avoir causé de dommages permanents à votre chapeau, *agapi mou*, dit-il calmement.

Hébétée, elle baissa les yeux sur son chapeau écrasé dans sa main et ressentit soudain une profonde honte de s'être laissée embrasser ainsi en public. Et même s'il ne s'était pas montré brutal, ses lèvres étaient enflées, meurtries.

— Comment osez-vous ! hoqueta-t-elle, les poings serrés.

— Calmez-vous, répondit-il d'un ton léger en lui saisissant les mains pour l'empêcher de le frapper. Comme je vous l'ai expliqué, je veux qu'Adoni vous voie déçue, Selena *mou*, pas folle furieuse.

— Vous *vouliez* qu'il voie ça — ce répugnant spectacle ?

— Je voulais qu'il me voie vous réconforter après l'annulation de notre petite virée romantique sur son bateau.

— Mais… Je croyais que son bateau avait disparu ?

— Oui, c'est ce qu'il m'a dit lorsque j'ai voulu le lui louer pour la journée. Je suis arrivé trop tard, paraît-il. Un de ses amis l'a déjà emprunté… pour sa lune de miel.

— *Lune de miel*, répéta Selena, abasourdie. Vous voulez dire que Millie et Kostas se sont mariés ?

Il soupira.

— Non, j'ai juste changé les mots qu'il a utilisés pour épargner vos oreilles.

— Oh ! murmura-t-elle en lissant les plis de son chapeau. Et vous l'avez laissé croire que vous et moi…

— … souhaiterions partager le même plaisir, acheva-t-il lorsqu'elle se tut.

— A-t-il confirmé que c'était Kostas qui avait emprunté son bateau ? s'enquit-elle, désireuse de parler d'autre chose.

— Non, parce qu'il sait que Kostas est censé être au travail et non pas parti vadrouiller avec sa nouvelle conquête. Il pense que son absence ne m'a pas encore été signalée. « Une beauté », m'a-t-il dit en parlant de votre sœur. « Des cheveux d'or, de grands yeux bleus. Une vraie petite rose anglaise. »

Effarée, Selena se couvrit le visage de ses mains.

— Oh ! mon Dieu !

— Si vous voulez pleurer, Selena *mou*, attendez au moins que nous ayons un peu plus d'intimité. Je ne veux pas que l'île entière croie que je vous maltraite.

Elle se redressa brusquement et le fusilla du regard.

— Je n'ai aucune intention de pleurer ! Comment croyez-vous que je me sente de voir qu'on parle de Millie derrière son dos alors qu'elle ne le mérite pas ? Parce que, quoi que Daisy et Fiona aient pu faire, Millie n'était pas impliquée. Je le sais.

Alexis demeura silencieux un instant.

— Vous êtes à l'université, *óhi* ? Et durant les vacances, vous travaillez ?

— Comme la plupart des étudiants, oui.

— Vous n'avez donc pas toujours été là pour voir que votre sœur a peut-être changé, qu'elle n'est plus le bébé de la famille. Elle a peut-être grandi, déployé ses ailes.

— Qu'êtes-vous en train d'insinuer ? protesta Selena.

Que ma sœur a séduit Kostas et non l'inverse ? Ce serait elle la responsable de tout ?

Il poussa un soupir et démarra.

— Non, Selena *mou*. Je dis juste que la situation n'est pas aussi simple que vous le croyez. Mais d'abord, nous devons les trouver, et vite. Adoni me dit qu'il va y avoir de l'orage. Et en ce qui concerne le temps, il ne se trompe jamais, ajouta-t-il devant son regard dubitatif.

À peine avaient-ils quitté le port que la route se transforma en piste semée d'ornières avec la mer d'un côté et quelques maisons dispersées de l'autre. Dans les jardins bien entretenus, des poules picoraient dans la poussière, en compagnie de quelques chèvres.

Et derrière eux, s'étendant jusqu'aux rochers d'améthyste gris qui surplombaient la colline au centre de l'île, se dressaient les troncs sinueux des oliviers, leurs feuilles miroitant comme de l'argent dans le soleil.

— Les habitants ne se plaignent-ils pas de ces routes ? demanda Selena en agrippant la portière de la jeep lorsque celle-ci fit une embardée.

— Pas que je sache. En outre, leur moyen de transport y est habitué, ajouta-t-il en indiquant de la tête deux ânes broutant à l'ombre d'un arbre.

— Où allons-nous ?

— Chercher le bateau d'Adoni. Quoi d'autre ?

— Mais il pourrait être n'importe où !

— Je ne crois pas. C'est loin d'être un yacht luxueux, précisa-t-il, et il n'est pas équipé pour une longue croisière. Il est donc fort probable qu'il soit amarré près d'une plage et d'un abri, et sur Rhymnos ces endroits ne sont pas légion.

Il lui jeta un regard oblique.

— Tâchez de vous détendre, Selena *mou*. Nous les trouverons bientôt, je vous le promets.

— J'ai l'impression que tout ceci est un mauvais rêve et que je vais bientôt me réveiller à Haylesford avec Millie endormie dans la chambre à côté, soupira-t-elle.

— Vraiment ? L'endroit où vous vivez est-il si cher à vos yeux ?

Non, songea-t-elle. Et il ne le serait jamais. Mais pour l'heure, il représentait une sorte de sécurité.

— Bien sûr, s'empressa-t-elle de répondre. C'est chez moi… Vous devez ressentir la même chose pour Rhymnos.

— Oui, répondit-il brusquement après un léger silence.

Elle le dévisagea, surprise du ton qu'il avait employé, puis par son expression sombre et le pli amer de sa bouche.

Et fut choquée de réaliser qu'elle avait envie de poser la main sur son bras et de lui demander ce qui n'allait pas, ce qui le troublait. Elle devenait folle, pensa-t-elle, car en vérité, c'était bien là la dernière chose au monde à faire. Elle devait garder ses distances et se montrer polie, et lorsqu'ils auraient retrouvé Millie, se montrer reconnaissante. Et en rester là.

Elle détourna le regard. Des nuages s'amoncelaient au loin. Les prévisions météorologiques d'Adoni semblaient se vérifier, songea-t-elle, soudain mal à l'aise, avant de reporter son attention sur les oliveraies visibles de l'autre côté de la piste.

— Les gens d'ici doivent utiliser beaucoup d'huile d'olive, dit-elle, feignant un intérêt qu'elle était pourtant loin d'éprouver.

— Ils utilisent ce dont ils ont besoin. La majeure partie est désormais destinée à l'exportation.

— D'un lieu aussi petit ? s'étonna-t-elle.

— Oui, assura Alexis. Jusqu'à tout récemment, chaque foyer récoltait et pressait ses propres olives et entreposait l'huile. Mais le besoin s'est fait sentir d'accroître le marché ; les insulaires ont donc été encouragés à adhérer à une coopérative. Les olives sont désormais récoltées et pressées dans une usine flambant neuve située de l'autre côté de l'île, et l'huile vendue dans le monde entier sous le label « Rhymnos ».

Selena écarquilla les yeux.

— Je crois en avoir vu en vente dans le supermarché, près de l'université. Le dessin sur l'étiquette des bouteilles ne représente-t-il pas trois colonnes de pierre ?

Il opina, souriant légèrement.

— Les colonnes d'Apollon. La seule chose qui subsiste hélas du temple antique… Je serais heureux de vous les montrer, ajouta-t-il après une brève hésitation.

— Nous n'aurons pas le temps, j'en ai peur, se hâta-t-elle de dire. Millie et moi devons rentrer sur le premier vol en partance pour l'Angleterre.

— Bien sûr. En votre aimable compagnie, Selena *mou*, ironisa-t-il, j'avais presque oublié.

Elle se hâta de revenir à l'huile d'olive.

— Est-ce vous qui avez encouragé les insulaires à adhérer à la coopérative ?

— J'étais loin d'être le seul. Le père Stephanos, notre pope, a également soutenu le projet, tout comme la plupart des responsables de village qui savaient que la pêche et le tourisme ne seraient pas suffisants pour rendre Rhymnos autonome. Fort heureusement, j'avais encore des contacts aux États-Unis dans la publicité, ainsi que dans le marketing et la distribution, mais convaincre les producteurs n'a pas été facile. L'idée même d'une coopérative ne les intéressait pas au début. Et maintenant, ils s'enorgueillissent de son succès.

Et ils étaient aussi reconnaissants envers Alexis, devina Selena, ce qui expliquait leur accueil chaleureux, un peu plus tôt. Cela voulait peut-être dire qu'elle pouvait lui faire confiance, que c'était une bonne chose de l'avoir à ses côtés, même s'il se souciait davantage de la réputation de son hôtel que du bien-être de Millie.

Ils poursuivirent leur route en silence, Alexis roulant lentement, tout en balayant la mer du regard. Celle-ci ressemblait désormais à de l'acier bruni, remarqua Selena anxieusement, et le ciel avait presque disparu derrière un voile gris.

Au même instant, elle réalisa que la jeep avait ralenti. Alexis se rangea sur le talus herbeux et se gara à l'ombre d'un olivier.

— Avez-vous vu le bateau ? s'enquit-elle aussitôt.

Il la dévisagea, les sourcils froncés.

— Non, mais c'est le seul autre endroit où ils auraient pu descendre, et il y a une grotte sèche. S'ils s'y sont abrités, il y a peut-être des signes de leur présence ; je vais aller vérifier.

Selena sauta à bas du véhicule.

— Je viens avec vous !

Il se rembrunit.

— Vous feriez mieux de rester ici. Le chemin est escarpé.

— Croyez-vous que je m'en soucie ? riposta-t-elle, le menton relevé en un geste de défi. S'il y a quelque chose dans cette grotte, je veux le voir.

Il y eut un bref instant de silence.

— Quelles que soient les horreurs que vous imaginez, *agapi mou*, finit-il par dire, oubliez-les. Je m'attends au mieux à voir de l'eau, les restes d'un repas et peut-être une couverture.

— Cela ne change rien. Je veux voir par moi-même.

En découvrant à quel point le chemin jusqu'à la plage était raide, elle commença à regretter sa décision et, lorsque Alexis s'arrêta en haut de la falaise et lui tendit la main, elle la prit sans discussion.

Leur descente fut lente et prudente, et elle découvrit qu'il valait mieux se concentrer sur les pierres qui menaçaient de rouler sous ses pieds plutôt que de regarder en bas, vers la plage.

Lorsqu'ils arrivèrent enfin au pied de la falaise, elle se rendit compte qu'elle avait retenu son souffle tout du long. Cette réaction était-elle due à sa peur de tomber ou à l'emprise des doigts d'Alexis autour des siens ?

— Je ne vois pas de grotte, dit-elle aussitôt en se libérant.

Il désigna de la main un énorme rocher.

— L'entrée est derrière.

Il s'élança d'un pas rapide sur la plage et elle le suivit maladroitement, ses pieds s'enfonçant dans le sable grossier.

Tout était soudain si tranquille, comme si le monde qui les entourait attendait. Se rassemblait. Alexis et elle étaient seuls à bouger dans le paysage silencieux, et elle se souvint alors de l'expression « le calme avant la tempête ».

Comme elle parvenait au rocher, elle s'arrêta en voyant l'entrée étroite qu'il gardait et la pénombre à l'intérieur. Elle n'avait jamais été sujette à la claustrophobie mais, malgré la chaleur oppressante, elle sentit un frisson naître dans sa nuque.

Au même moment, elle aperçut un éclair au-dessus de la mer, suivi par un grondement de tonnerre, puis les premières gouttes de pluie se mirent à tomber dru sur sa peau.

Devant l'entrée de la grotte, Alexis lui faisait des signes impatients de la main.

— Dépêchez-vous, l'enjoignit-il. Courez.

Lorsqu'elle arriva à sa hauteur, il la saisit par les épaules, la fit pivoter et la poussa dans la brèche, s'engouffrant à sa suite tandis qu'au-dehors la pluie se transformait en déluge.

Il faisait sombre dans la grotte mais, comme ses yeux s'accoutumaient peu à peu à la pénombre, elle se rendit compte, stupéfaite, que l'entrée étroite s'ouvrait sur un vaste espace permettant à Alexis de se tenir debout. Cependant, la grotte était vide.

— Ils ne sont pas venus ici, gémit-elle, déçue.

Un nouvel éclair zébra le ciel dehors, éclairant l'espace d'un instant la grotte d'une étrange lueur verte.

Marmonnant des mots incompréhensibles, Alexis se pencha vers le sol sablonneux. Lorsqu'il se redressa, il tenait dans ses mains une chaîne en argent.

— Quelqu'un est venu il n'y a pas si longtemps, ou ceci aurait déjà été enfoui dans le sable. Vous avez déjà vu ça ? ajouta-t-il en la regardant.

Selena fixa la chaîne cassée, la gorge nouée.

— C'est le bracelet que j'ai offert à Millie pour Noël, dit-elle d'une voix rauque, sursautant quand un coup de tonnerre résonna autour d'eux.

— Vous feriez mieux de le prendre, alors, fit-il, déposant le bijou dans sa main lorsque le calme fut revenu.

Elle le glissa aussitôt dans la poche de son short.

— Ma sœur est donc venue ici… avec lui. Mais où sont-ils maintenant ? Qu'a-t-il fait d'elle ?

Un nouvel éclair zébra le ciel, suivi presque aussitôt par un grondement sinistre qui prit lentement mais inexorablement de l'ampleur jusqu'à ce qu'un fracas assourdissant retentisse, comme si la falaise tout entière s'effondrait sur eux.

Selena poussa un cri, rendu inaudible par le vacarme, et s'avança mains tendues vers Alexis, qui la prit dans ses bras et lui caressa les cheveux.

Immobile, elle eut soudain l'étrange impression que le monde entier se résumait au cercle de ses bras et que, cette fois, c'est lui qui retenait son souffle tandis qu'elle-même sentait son corps tout entier envahi d'une langueur inhabituelle.

Il repoussa quelques mèches humides sur ses tempes, puis du bout des doigts traça le contour délicat de son menton, lui enjoignant silencieusement de lever les yeux vers lui… de lire ses intentions dans la lueur ardente de son regard tandis qu'il inclinait la tête et trouvait sa bouche, l'invitant à entrouvrir les lèvres.

Elle se pressa contre la chaleur et la vigueur de son corps, répondant avec une ardeur surprenante à son baiser, se laissant envahir par sa langue chaude et hardie, tandis qu'un frisson de plaisir parcourait son corps.

Les mains d'Alexis glissèrent pour saisir ses hanches et l'attirer encore plus près, la rendant pleinement consciente de son désir pour elle et, à sa vive stupéfaction, du désir lancinant qui brûlait en elle — insoupçonné, peut-être, et puissant malgré tout, la transformant en étrangère à ses propres yeux.

Lorsqu'il écarta enfin sa bouche, elle émit un petit bruit de gorge, incapable de proférer un mot.

Levant ses mains tremblantes, elle écarta les pans de sa chemise et traça du doigt la ligne de ses épaules, avant de partir à la découverte de son torse musclé qui se contractait sous ses caresses.

Mais les mains d'Alexis ne demeurèrent pas pour autant inactives. Il défit promptement les boutons de sa tunique, la dénudant jusqu'à la taille. Puis il captura ses seins dans ses paumes et en fit rouler les pointes gonflées entre ses doigts…

Soudain, il s'écarta. Elle le vit serrer les poings, puis les mettre dans ses poches.

— Ceci… n'aurait pas dû se produire, dit-il d'un ton brusque. Pardonnez-moi.

L'espace d'un instant, elle demeura figée, sachant qu'il n'y avait là rien à pardonner. Elle l'aurait suivi n'importe où, il devait bien l'avoir deviné.

Et pourtant, il se détournait d'elle.

Pour ne pas lui montrer son dépit, elle lui tourna le dos et ajusta son haut, triturant maladroitement les boutons.

— Je devrais moi aussi m'excuser, dit-elle par-dessus son épaule. Je… Je n'ai pas peur de l'orage d'habitude, mais là j'ai cru que le plafond allait s'effondrer et j'ai… paniqué.

L'esprit embrumé, elle se rendit néanmoins compte que les éclairs étaient moins fréquents et que les coups de tonnerre n'étaient plus qu'un vague grondement, au loin.

— Mais l'orage se termine, heureusement, ajouta-t-elle.

Il y eut un léger silence qu'Alexis finit par rompre.

— Au contraire, Selena *mou*, il ne fait que commencer… Reprenons notre recherche.

Et il la précéda hors de la grotte et jusqu'à la jeep.

5

Elle devait se comporter comme s'il ne s'était rien passé, se répétait-elle en gravissant la falaise, cette fois sans assistance. Ou comme si cela avait été un incident fortuit qu'il fallait oublier.

Arrivée en haut, elle fixa la mer au loin, se protégeant les yeux contre la réverbération du soleil, comme si elle pouvait faire apparaître le bateau d'Adoni par la seule force de sa volonté. Puis, après avoir repris son souffle, elle rejoignit Alexis.

Il avait trouvé une serviette et s'en servait pour essuyer les sièges trempés par la pluie.

— Où allons-nous maintenant ? s'enquit-elle d'un ton vif en indiquant la mer d'un geste de la main. S'ils passent leur temps à naviguer, comment les trouverons-nous ?

— En hélicoptère, peut-être, répondit-il en jetant la serviette à l'arrière de la jeep.

— En hélicoptère, répéta-t-elle en riant doucement. Pourquoi n'y ai-je pas pensé ? Et j'imagine que vous en avez un de disponible ?

— Bien entendu, riposta-t-il avec un regard amusé. Sinon je ne l'aurais pas proposé. Il est à la maison.

Elle secoua la tête.

— Et vous n'avez pas pensé à vous en servir ?

— Si, admit-il, mais j'ai décidé, à tort, apparemment, que partir à leur recherche en voiture serait plus simple.

— Peut-être ne connaissez-vous pas Kostas aussi bien que vous le prétendez, insinua-t-elle.

— Je pense qu'il en est de même pour vous, avec votre sœur, Selena *mou*.

Elle s'apprêtait à lui faire une remarque cinglante quand elle réalisa qu'il retirait sa chemise.

— Que… Que faites-vous ?

— Je m'efforce de vous rendre le trajet confortable, répliqua-t-il en déposant la chemise pliée sur le siège encore humide. On y va ?

Au moment où il allait démarrer, son téléphone portable sonna. Il répondit d'un ton brusque, puis écouta un moment, son expression passant de l'impatience à l'incrédulité. Puis il lâcha une réponse, raccrocha et demeura silencieux, le regard absent.

— Quelque chose est-il arrivé ? demanda Selena.

— Oui, *agapi mou*, dit-il en démarrant. Nous n'aurons finalement pas besoin de l'hélicoptère. Le bateau d'Adoni est de retour au port, et Kostas et votre sœur sont chez moi, accompagnés de la mère de Kostas qui partage votre point de vue sur leur relation et ne se gêne pas pour le dire. Mes employés ont eu une matinée… dramatique.

Selena se mordit la lèvre.

— Je… Je suis désolée.

Avec un peu de chance, ce retour impromptu était peut-être le signe de la fin de leur idylle, et Millie serait heureuse d'oublier Rhymnos et ses erreurs et de rentrer en Angleterre.

Et elle ne serait pas la seule, songea-t-elle, troublée.

— Je pensais que cette nouvelle vous réjouirait.

Elle baissa les yeux.

— Je me demande juste ce que je vais leur dire.

— Vous n'avez qu'à parler à votre sœur. Je m'occuperai de Kostas. Et de sa mère.

— Oh ! eh bien… Merci. Millie et Kostas se parlent-ils toujours ? ajouta-t-elle après une légère hésitation.

— Ils se parlent, se tiennent par la main et refusent d'être séparés. Ce n'est pas ce que vous vouliez entendre, je crois, dit-il en fronçant les sourcils. Vous pensiez franchement qu'elle partirait sans discuter ?

— Bien entendu.

— Vous êtes optimiste, Selena *mou*… Bien, parlons de votre tante. À l'évidence, elle a de l'argent. Combien serait-elle prête à payer, à votre avis, pour le retour de votre sœur ?

— Kostas pourrait être acheté, vous voulez dire ?

— Qui sait ? En général, l'argent a tendance à être plus fort que l'amour, ironisa-t-il.

Selena se mordit la lèvre.

— Je doute même qu'elle l'envisage.

— Et dans ce cas, qu'est-ce qui attendra votre sœur à son retour ?

— Les études. Des examens importants. Des entrevues pour des universités. Oh ! et son dix-huitième anniversaire dans quelques semaines, s'empressa-t-elle de rajouter en le voyant pincer les lèvres.

— Vous n'avez pas beaucoup de temps, alors, conclut-il en appuyant à fond sur l'accélérateur.

Elle s'arc-bouta contre de nouvelles secousses, mais ils rejoignirent presque aussitôt une large route visiblement récente qui coupait à travers l'île. Le paysage était austère, principalement composé de vastes étendues de pierre et de broussailles dominées au centre par des collines accidentées et ne justifiant guère, à son avis, un accès comme celui-ci. Jusqu'à ce qu'elle aperçoive un ensemble de bâtiments d'un seul étage en béton et tôle ondulée.

— Est-ce là où l'huile d'olive est produite ?

— *Né*. Ce n'est pas beau, je vous l'accorde, dit-il en lui souriant, mais c'est efficace.

— Est-ce pour ça que c'est ici ? Au milieu de nulle part ?

— Rhymnos est trop petit pour ça, corrigea-t-il. Tout est proche de tout. Dans le cas présent, il s'agit d'un rêve devenu réalité.

— Je ne suis pas très bonne en énigmes.

Il haussa une épaule.

— Si vous restiez, je pourrais vous expliquer.

— Je vais donc devoir vivre avec ma curiosité, dit-elle, s'efforçant de garder un ton léger.

— Et moi aussi, murmura-t-il.

Une remarque qu'elle jugea plus sage de ne pas approfondir.

La route sinueuse s'étirait devant eux, serpentant au pied des collines, le paysage aride cédant le pas aux oliveraies entrecoupées de vergers bien entretenus où poussaient citronniers, pêchers et figuiers.

Et au-delà, contre la mer bleu scintillante, se dressait la villa Helios, vaste demeure de pierre blanche surmontée de tuiles vert pâle.

Quel bel endroit ! songea Selena en retenant son souffle. Elle était consciente du regard en coin d'Alexis qui souriait en voyant son expression admirative.

Alexis les conduisit à l'arrière de la demeure et se gara dans une cour où des poules étaient dispersées, gloussant avec indignation devant cette intrusion.

Selena le suivit à l'intérieur de la maison. Au bout d'un long couloir se trouvait une porte qui ouvrait directement sur une grande cuisine, de toute évidence bondée.

Il y eut un moment de silence puis, alors que Selena notait l'absence de Millie, il fut rompu par les cris perçants d'une femme maigre tout de noir vêtue, assise à la grande table, au milieu de la pièce.

Reculant d'un pas, Selena trébucha et sentit aussitôt les mains d'Alexis sur ses épaules. Les cris se firent plus stridents, et une femme d'âge mûr en robe grise s'avança et leva les mains en un geste impuissant, tout en murmurant des mots en grec.

Alexis lança des ordres d'une voix brusque, puis appela une jeune fille en uniforme d'un geste impératif.

— Allez avec Penelope voir votre sœur, Selena, lui intima-t-il. Je vous rejoindrai lorsque j'aurai parlé à Kostas.

Selena suivit la jeune fille le long d'un autre corridor jusqu'à un immense hall d'entrée qu'elle traversa avant de se diriger vers une porte à double battant. Lorsque la jeune fille tendit la main pour les ouvrir, Selena l'arrêta d'un geste.

— Parlez-vous anglais… euh… Penelope ?

— *Ne, despinís.* Lorsque j'étais enfant, j'ai vécu aux États-Unis.

— Pouvez-vous me dire alors pourquoi cette femme s'est mise à crier lorsque nous sommes arrivés ?

Le visage de Penelope se fendit d'un grand sourire.

— Mme Papoulis est très pieuse… très pudique, *despinís*. Elle était choquée de voir que *kírie* Alexis ne portait pas de chemise.

Selena écarquilla les yeux.

— Elle ne peut pas être choquée pour si peu, quand même ! Cette femme est mariée, non ?

Penelope haussa les épaules.

— Il y a toutes sortes de mariages, *despinís*. Peut-être devrions-nous avoir pitié de son mari…

Là-dessus, elle la fit entrer dans la pièce, où Millie l'accueillit froidement.

— Que fais-tu ici ?

Le visage fermé et l'allure rebelle, sa sœur était perchée sur le rebord d'un canapé, vêtue d'un short blanc minuscule et d'un haut de bikini noir, les ongles de ses doigts et de ses orteils recouverts d'un vernis doré.

— Et bonjour à toi aussi, répliqua Selena. Je suis venue voir si tu allais bien.

— Mais oui. Daisy et Fiona n'ont-elles pas transmis mon message ?

— À la lettre, assura Selena.

Elle ne devait pas perdre son sang-froid, se rappela-t-elle en prenant une chaise.

— Cela ne t'a pas traversé l'esprit que tante Nora serait malade d'inquiétude ?

— Inquiète, non, riposta Millie. Furieuse, oui. Mais je lui ai écrit et tout expliqué, et lui ai demandé de m'envoyer mon acte de naissance et d'autres petites choses. Peux-tu veiller à ce qu'elle le fasse ?

— Ton acte de naissance ? s'étonna Selena. Pourquoi ?

— Parce que j'en aurai besoin pour me marier dès que j'aurai dix-huit ans. C'est la loi grecque.

— Te marier ?

Voilà pourquoi Alexis disait qu'il n'y avait pas de temps à perdre…

Elle prit une profonde inspiration et se lança :

— Pour l'amour du ciel, Millie, réfléchis un peu ! Tu es en train de compromettre ton avenir.

— Au contraire, mon avenir est tout tracé. Je vais vivre avec l'homme que j'aime.

— Un homme que tu connais à peine.

— J'ai su tout de suite que c'était lui. Et lui aussi, assura Millie d'un air de défi. Tu peux peut-être te satisfaire de travailler comme une esclave pour notre tante bien-aimée, mais, moi, j'attends autre chose de la vie. Et je compte saisir ma chance.

Si Millie pensait ce qu'elle disait, songea Selena, le cœur soudain léger, alors elle aussi avait le champ libre.

— J'avais mes raisons pour obéir à tante Nora, dit-elle lentement, mais elles ne s'appliquent plus désormais. Revenons à toi. Crois-tu vraiment que vous pourrez vivre tous les deux sur le seul salaire de Kostas ?

— Je peux travailler, moi aussi. De plus, il ne sera pas toujours un simple barman, riposta Millie. Il a de l'ambition. Il compte avoir sa propre *taverna*.

— Mais où vivrez-vous d'ici là ?

— Eh bien… À l'hôtel.

Pour la première fois, Selena sentit de l'incertitude dans la voix de sa sœur.

— Kostas devra bien sûr avoir l'accord de son patron, mais cela ne devrait pas poser de problème. Quant à moi, je pourrais être… femme de chambre ou autre chose, ajouta-t-elle avec un geste vague.

Discours audacieux de la part de quelqu'un qui était incapable de faire son propre lit, songea Selena.

— Je n'y compterais pas trop, Millie. S'il reste des postes vacants, ils seront probablement réservés aux autochtones. De toute façon, tu es trop jeune pour prendre ce genre de décision, ajouta-t-elle. Tu dois apprendre la vie, rencontrer d'autres hommes, avant de songer à te marier.

— Oh ! pour l'amour du ciel, Lena ! soupira Millie. Je ne suis pas vierge et je prends la pilule depuis l'âge de seize ans, donc je connais sans doute mieux la « vie » que toi. Je suis venue ici passer de bonnes vacances avec des amies et je ne m'attendais certainement pas à tomber amoureuse. Kostas non plus, d'ailleurs. Mais c'est arrivé et quoi que tu penses, cela ne va pas changer.

Elle marqua une pause, puis enfonça le clou.

— Et je compte sur toi pour convaincre tante Nora. Fais-lui comprendre que j'ai le droit de vivre ma vie.

Selena tentait de rassembler ses idées pour contre-attaquer lorsqu'un coup fut frappé à la porte. Alexis entra, de nouveau entièrement habillé, suivi d'un jeune homme qui, malgré son expression boudeuse, était d'une beauté à couper le souffle. Selena voyait bien l'attrait qu'il pouvait susciter, mais était loin d'être rassurée pour autant.

— Kostas, mon chéri, s'écria Millie en se jetant à son cou. Est-ce que tout est arrangé ?

— *Óhi, kougla mou*, soupira-t-il. *Kírie* Alexis dit que tu dois rentrer en Angleterre avec ta sœur.

— Je lui ai déjà indiqué clairement que je ne quitterais pas Rhymnos.

Elle adressa un sourire enjôleur à Alexis et battit des cils, mais celui-ci sembla curieusement indifférent.

— Vous comprenez sûrement que nous souhaitions rester ensemble en attendant de nous marier. Je vous promets de ne vous causer aucun souci.

— Pardonnez-moi, *despinís*, riposta Alexis, mais vous avez déjà causé plus de soucis que vous ne pouvez imaginer. Le logement du personnel est prévu seulement pour une personne et je ne ferai aucune exception à la règle. Par ailleurs, votre présence pourrait distraire Kostas de son travail… Vous aimeriez qu'il garde son poste, j'imagine ?

— Bien sûr, répondit-elle, les larmes aux yeux. Pourquoi êtes-vous si cruel ?

— Le mariage est une chose sérieuse et votre histoire n'a pas bien commencé, rétorqua-t-il, le visage sombre. Vous avez tous les deux besoin de réfléchir… de prendre du recul. Les erreurs, une fois commises, sont difficiles à corriger.

— Mais ce n'est pas une erreur ! se défendit vivement Kostas. Amelia est la femme de ma vie. Je ne pourrais pas vivre sans elle.

— Poignant…, ironisa Alexis. Tu devrais peut-être chercher un emploi auprès du Théâtre national. Un repas léger t'attend dans la salle à manger. Va manger pendant que je discute avec *kíria* Blake… Quant à vous, *despinís*, vous devriez vous habiller de façon plus pudique avant que la mère de votre fiancé ne vous voie ainsi.

Les deux jeunes gens sortirent de la pièce à contrecœur, après que Millie eut fustigé Alexis d'un regard assassin.

— Bien, dit ce dernier lorsqu'ils furent enfin seuls. Comme je le craignais, vous rencontrez des difficultés, Selena *mou*. Que comptez-vous faire, maintenant ?

— Je ne sais pas, admit-elle en se mordillant la lèvre. Je ne peux tout de même pas la contraindre à prendre l'avion. Je vais devoir parler à ma tante, j'imagine.

Il indiqua la table du doigt.

— Le téléphone est à votre disposition. Connaissez-vous le code pour l'Angleterre ?

— Oui, merci.

— Je vais vous laisser passer votre coup de fil, alors. Je vous souhaite bonne chance, *agapi mou*, dit-il, arrivé près de la porte.

Elle était assise sur le canapé, le regard perdu, lorsqu'il revint la chercher une dizaine de minutes plus tard.

— La conversation s'est mal passée.

Il ne posait pas la question, il énonçait un fait tandis qu'il scrutait son visage pâle.

— En effet. Elle était… furieuse, admit Selena en essayant en vain de sourire. Contre moi plus que contre Millie, je crois.

Sa tante l'avait traitée d'idiote et de bonne à rien, des propos qui l'avaient piquée au vif.

— Je dois faire entendre raison à Millie, quel que soit le temps que cela me prendra. Et je n'ai pas le droit de rentrer sans elle.

— Elle ne sait pas ce qu'est l'amour, cette tante, répondit Alexis en s'asseyant à côté d'elle.

— Croyez-vous qu'ils s'aiment vraiment ?

Il haussa les épaules.

— Qui sait ? Seul l'avenir nous le dira. Lorsque j'ai parlé à Kostas tout à l'heure, il a prétendu être profondément attaché à votre sœur. Peut-être est-ce la première fois de sa vie qu'il éprouve de tels sentiments pour une femme.

Selena poussa un soupir.

— N'empêche, je dois essayer à nouveau de la faire changer d'avis.

— Mais peut-être pas tout de suite. Faites-leur croire que vous avez accepté la situation et que vous ne restez ici que pour donner le temps à votre tante de se calmer... Qui sait ? Si leur amour n'est plus mis en cause, leur idylle perdra peut-être de sa saveur...

Il marqua une pause, puis ajouta :

— Mais dites-moi... Votre sœur sait-elle cuisiner ? Faire le ménage ? Prendre soin des poules et traire une chèvre ?

Selena le fixa, médusée.

— Millie ? Bien sûr que non !

— Alors, dans l'intérêt de Kostas, elle devra apprendre. Je vais faire ramener vos affaires, Selena *mou.* Vous et votre sœur serez ici mes invitées. Ma gouvernante servira de chaperon quand Kostas viendra rendre visite à Millie. Eleni peut se montrer féroce. Il ne se permettra plus la moindre liberté avec elle. De plus, Millie passera du temps chaque jour avec le personnel pour apprendre à faire la cuisine et le ménage.

— Millie ne fera jamais ça !

— Oh ! je crois que si, *agapi mou*, lorsqu'on lui aura expliqué que c'est le chemin qui mène à son mariage. Je propose aussi que le père Stephanos lui dispense l'enseignement de la foi grecque orthodoxe, ce qui pourrait adoucir la mère de Kostas.

Aussitôt, Selena se hérissa.

— Pourquoi s'opposerait-elle à ce mariage ?

— Parce qu'elle a déjà choisi une épouse convenable pour son fils unique. N'est-ce pas ainsi en Angleterre ?

— Pas vraiment, non. Mais faites ce que vous voulez pour qu'elle cesse de crier, dit-elle à contrecœur. Même si je ne vois pas l'intérêt de les encourager à se marier.

— Je ne les encourage pas. J'essaye plutôt de montrer à votre sœur ce qui l'attend si elle épouse un homme comme Kostas. Qui peut dire quelle sera sa réaction face à ce nouveau mode de vie ?

— Vous croyez qu'elle détestera ça et voudra rentrer ?

— On peut l'espérer. Vous avez une meilleure idée ?

— Non, admit-elle à contrecœur. Mais une fois de plus, on vous met à contribution.

— Aucun problème. Et pendant que votre sœur est occupée, Selena *mou*, vous allez en profiter pour vous détendre — nager, prendre des bains de soleil, boire du vin et, j'espère, profiter de tout ce que Rhymnos peut vous offrir.

Il se leva et se dirigea vers la porte.

— Après tout, où pourriez-vous aller ? ajouta-t-il.

Ce qui la laissa sans voix.

Avec le recul, elle réalisait à quel point cela avait été facile pour elle de se dire qu'elle acceptait cette situation juste pour le bien de Millie, et qu'il ne faudrait sans doute pas plus d'une semaine pour que sa sœur décide qu'elle en avait assez d'apprendre à tenir une maison et veuille rentrer à Haylesford.

Le temps passerait vite, se persuada-t-elle, et lorsqu'elle rentrerait avec Millie une fois sa mission accomplie, sa tante serait peut-être, pour une fois, obligée de ravaler ses mots. Elle devait au moins essayer et voir si cela fonctionnait.

L'instant d'après, la porte s'ouvrit brutalement et la femme vêtue de gris entra dans la pièce.

— Je m'appelle Eleni Validi, *despinís*, annonça-t-elle sans préambule. Si vous voulez bien me suivre, je vais vous montrer votre chambre.

Comme Selena se levait, la gouvernante traversa la pièce et ouvrit les immenses portes vitrées qui couvraient presque un pan de mur et fit coulisser les volets, révélant une vaste cour intérieure avec en son centre une grande piscine.

Contournant la piscine à la suite d'Eleni, Selena fut frappée par la soudaine chaleur.

Suivirent d'autres volets et une nouvelle porte vitrée, puis elle se retrouva dans une vaste chambre dont les murs étaient blanc crème avec des carreaux de sol et des rideaux assortis. Face à elle trônait le plus grand lit qu'elle eût jamais vu, ses draps blancs tranchant avec la couverture bleu nuit pliée en bout de lit. Lui faisant face et flanquée de part et d'autre de penderies à claire-voie en bois pâle se dressait une arche qui menait à une salle de bains carrelée en nacre. Au milieu du plafond, un ventilateur tournait lentement.

Selena déglutit et se tourna vers Eleni.

— C'est magnifique. Merci. Je veux dire… *efharistó*, corrigea-t-elle en souriant.

Eleni ne lui rendit pas son sourire, se contentant d'un bref signe de tête.

— Le déjeuner sera servi dans une heure, *despinís*. Yorgos vous accompagnera à la salle à manger.

Là-dessus, elle tourna les talons et s'éclipsa.

Au temps pour l'hospitalité grecque, songea Selena, dépitée.

Une fois qu'elle eut fini d'explorer son nouveau domaine, elle aurait donné n'importe quoi pour prendre une douche dans la superbe douche à l'italienne ou s'immerger dans la baignoire, mais le manque de vêtements propres l'en dissuada.

Ce fut presque un soulagement lorsque la porte s'ouvrit et que Millie fit irruption dans la chambre, le regard renfrogné.

— Kostas est parti, annonça-t-elle d'un ton tragique.

— Parti ? répéta Selena, une note d'espoir dans la voix.

— Son affreux patron l'a ramené à l'hôtel avec lui.

— Oh ! Eh bien, c'est là qu'il travaille, non ?

— Et c'est aussi très loin d'ici, riposta Millie. Mais s'ils espèrent nous séparer, ils se trompent. Kostas va emprunter la moto de son cousin.

Elle balaya la pièce du regard, les sourcils froncés.

— Facile de voir qui sera la domestique, ici. Cette pièce est deux fois plus grande que la mienne !

— Si c'est si important pour toi, on peut échanger.

— Quoi ? Et désobéir aux ordres du sacro-saint Constantinou ? s'enquit Millie avec dérision. Tu plaisantes ! Cet homme possède la quasi-totalité de l'île et tous ceux qui y habitent. Ils obéissent tous à ses ordres.

— Y compris toi, riposta sèchement Selena, remarquant la pudique robe bleue que portait désormais Millie. N'est-ce pas là ton uniforme de lycéenne ?

Millie grimaça.

— Je l'ai mise pour le voyage afin d'éviter les réflexions de tante Nora. Et je pensais que cela jouerait en ma faveur vis-à-vis de la mère de Kostas. Je pouvais toujours rêver. Dès qu'elle m'a vue, la vieille harpie s'est mise à se frapper la poitrine de ses poings en hurlant. Tu n'imagines même pas.

Hélas, si, songea Selena *in petto*.

— Kostas nous a amenés ici dans l'espoir que son patron parlerait en notre faveur, poursuivit Millie, furieuse, et lui dirait qu'il approuvait notre mariage. Nous ne savions pas qu'elle arriverait ici avant lui.

— Elle était sans doute inquiète de la disparition de son fils, répondit Selena posément. Et peut-être que cela vaut le coup pour toi de jouer les domestiques, comme tu dis. Si Mme Papoulis voit que tu essayes d'apprendre à être une bonne épouse grecque, elle sera sans doute mieux disposée à ton égard.

— Je ne parierais pas là-dessus. Et pourquoi es-tu encore ici ? Pourquoi M. Constantinou ne t'a-t-il pas ramenée à l'hôtel pour prendre tes affaires et te conduire ensuite au ferry ?

— Parce que, moi aussi, j'essaye d'éviter la colère de tante Nora. Elle est furieuse car tu ne veux pas rentrer avec moi.

— Dommage pour toi, répondit Millie. De toute façon, je ne quitterai pas Rhymnos — ni maintenant ni plus tard —, donc tu peux attendre longtemps !

Et dans un tourbillon de bleu, elle sortit, la laissant figée au milieu de la magnifique pièce. Elle s'était fait prendre à son propre jeu, reconnut-elle dans un frisson.

Ou à celui d'Alexis…

6

Le repas fut simple — poulet grillé et salade à la grecque, fruits frais — accompagné d'un vin frais et léger. À sa vive surprise et malgré sa nervosité, Selena découvrit qu'elle était affamée et savoura chaque bouchée.

— Ce n'est pas vraiment un festin, commenta Millie d'un ton amer tandis qu'elles sirotaient leur café dense et sucré. Pas plus que cet endroit n'est un château, d'ailleurs. Il n'y a même pas de piscine à débordement ! Difficile d'imaginer que la famille Constantinou est richissime.

Songeuse, Selena reposa sa tasse.

— Peut-être ne veulent-ils pas faire étalage de leur richesse vu le climat économique actuel, répondit-elle d'un ton faussement désinvolte. Si tout ceci est bien vrai.

— Bien sûr que c'est vrai ! s'écria Millie. Selon Kostas, ils ont des maisons à Athènes et New York, sans compter celle-ci. Eleni est née à New York, raison pour laquelle elle parle si bien anglais. Elle était au service de Mme Constantinou quand elle a rencontré Yorgos lors de vacances en famille, ici même. Il n'a pas voulu quitter l'île après leur mariage. Il est donc devenu majordome et Eleni, gouvernante. Une petite vie bien agréable, bien qu'ils aient plus de travail depuis le retour d'Alexis.

Elle marqua une pause, puis reprit plus calmement :

— Toujours selon Kostas, Alexis se serait disputé avec son père concernant ses projets pour Rhymnos. C'est le bruit qui court, en tout cas.

Selena fronça le sourcil.

— Kostas semble être une mine de renseignements, dit-elle sèchement.

Millie haussa les épaules.

— Je te l'ai dit. La famille Constantinou est importante à Rhymnos. Cependant, je me marie toujours et j'aurais besoin de mon acte de naissance. N'oublie pas, surtout.

— Je ferai de mon mieux. Et je viens de me rappeler que j'avais trouvé ceci lors de mes pérégrinations, ajouta Selena en extirpant de sa poche le bracelet en argent.

— Je me demandais où il était passé ! s'écria Millie en adressant à sa sœur un sourire victorieux. Le fermoir est un peu fragile. Peut-être pourrais-tu le faire réparer et me l'envoyer avec le reste de mes affaires ?

Elle termina son café et se leva.

— Je vais maintenant quitter cette robe affreuse et prendre un bain de soleil au bord de la piscine.

Au moment où elle se tournait vers la porte, celle-ci s'ouvrit et Eleni entra avec un plateau et un tablier qu'elle tendit à Millie. Sa voix était agréable mais ferme.

— Veuillez débarrasser la table, *despinís*, puis emporter le plateau à la cuisine. Hara vous montrera où les choses sont rangées. Vous l'aiderez ensuite à préparer le dîner.

— Mais nous venons tout juste de terminer le déjeuner ! objecta Millie. Et il fait une chaleur étouffante.

— N'empêche... Vous découvrirez assez vite qu'un homme fatigué et affamé exige d'être nourri, dit Eleni d'un ton sans appel. Il faudra vous y habituer, *kíria* Amelia.

Selena se prépara à affronter la scène du siècle. Mais contre toute attente, Millie se mit en maugréant à empiler les assiettes et les couverts sur le plateau.

Selena se racla la gorge.

— Puis-je faire quelque chose pour vous aider ?

— Ce ne serait pas convenable, *despinís*. Pas pour une invitée de *kírie* Alexis. Venez, ma petite, ajouta Eleni en invitant Millie à la suivre.

Voilà qu'elle se retrouvait à nouveau seule, nota Selena sans joie. Elle hésita un instant à retourner dans sa chambre mais, au lieu de cela, fit coulisser la porte-fenêtre qui ouvrait sur la cour intérieure et sortit précautionneusement. De nouveau, elle eut l'impression de traverser un mur de chaleur.

Pendant le déjeuner, des chaises longues et des parasols avaient été installés autour de la piscine. Selena déplaça le siège le plus proche à l'ombre, ajusta le parasol à sa convenance et s'allongea.

Ses vêtements collaient à sa peau humide, et elle regarda la piscine avec envie. Hélas, l'arrivée de ses bagages ne changerait rien car son maillot de bain était resté en Angleterre. Elle était en effet venue pour une visite éclair, pas pour nager et prendre des bains de soleil.

Encore une raison parmi tant d'autres de rentrer au plus vite et d'affronter la colère de tante Nora. La principale étant d'éviter toute implication avec Alexis Constantinou. Non qu'il y ait eu grand-chose jusqu'à présent, reconnut-elle. Et rien de sérieux. Surtout de sa part à lui.

Au contraire, il n'avait fait que… s'amuser en jouant

avec les sentiments de quelqu'un dont il avait tout de suite cerné la naïveté. Nul doute une nouveauté dans le monde dans lequel il évoluait…

Mais, pour une raison quelconque — un soupçon d'honneur tardif ou, plus probablement, la présomption que sa virginité ne serait pas gratifiante à ses yeux —, il n'avait pas souhaité aller plus loin, dans la grotte.

Et pourquoi l'aurait-il fait alors qu'il pouvait choisir parmi les plus belles femmes du monde ?

Elle devrait peut-être s'en féliciter et en profiter pour tirer son épingle du jeu.

Sauf qu'il y avait encore une chance — en fait, une réelle possibilité — que Millie commence à douter maintenant que ses rêves se heurtaient à la dure réalité. Dans ce cas, il serait peut-être préférable de rester ici pour aider à faire pencher la balance… en espérant que Millie ne tarderait pas trop à reprendre ses esprits, songea Selena, s'efforçant d'ignorer la petite voix intérieure qui lui soufflait qu'elle-même avait peut-être perdu les siens.

Mais au fil des jours, elle dut reconnaître que tant ses espoirs que ses craintes étaient infondés.

À sa vive surprise, les bouderies de Millie furent de courte durée. Elle avait accepté de bon gré de ne voir Kostas que durant son après-midi de libre et qu'une partie de ce temps serait consacrée à apprendre les rudiments de la religion orthodoxe grecque avec le père Stephanos.

Plus étonnant encore, elle avait développé un penchant pour la cuisine grecque sous la direction bienveillante de la cuisinière, une femme corpulente à l'embonpoint révélateur. De fait, la moussaka qu'avait servie Millie la semaine précédente avait été délicieuse.

Le plan ne fonctionnait manifestement pas, songea Selena alors que son complice dans cette affaire avait disparu. En effet, en presque trois semaines, Alexis Constantinou n'était pas venu une seule fois à la villa Helios. Pas un regard. Pas un mot. Pas même un message.

Non qu'elle souhaitât sa présence, se défendit-elle, mais bien qu'elle ait apprécié, au début, de se prélasser dans la piscine dans un bikini prêté par Millie, elle commençait à se sentir seule — chose étrange pour quelqu'un comme elle, habituée à la solitude.

Par ailleurs, même si elle appréciait ses bains de soleil, il lui était difficile de se détendre quand chaque jour qui passait confortait sa conviction de ne pas être la bienvenue.

Eleni et Yorgos demeuraient courtois mais formels et, chaque fois que Selena tentait d'engager la conversation avec Penelope, la jeune domestique s'éclipsait au plus vite.

Elle avait occupé son temps libre en visitant les alentours, dans l'enceinte de la maison et, au-delà des jardins, vers le promontoire, où elle avait découvert la zone d'atterrissage de l'hélicoptère et l'immense hangar où il était stationné.

Mais la plupart du temps, elle s'était abandonnée à la lecture des romans à suspense anglais et américains qu'elle avait trouvés dans un placard du salon et qui, selon Eleni, avaient été laissés là par Mme Constantinou mère. Cette information suivie d'un long soupir lui avait rappelé qu'Alexis avait mentionné le divorce de ses parents.

Soupirant à son tour, Selena referma son livre et s'apprêta à rentrer pour se changer. Kostas et le père

Stephanos n'allaient pas tarder, et Eleni avait lourdement insinué qu'il ne serait pas convenable d'être vue en bikini.

Elle revêtit donc son sempiternel petit haut blanc et sa jupe en jean qu'elle commençait à ne plus supporter, même si elle lui était retournée lavée et repassée à la perfection, comme d'ailleurs tous les vêtements de sa maigre garde-robe.

Toutefois, elle avait encore le temps pour une dernière baignade, décida-t-elle, s'avançant vers le rebord de la piscine et se positionnant pour plonger. Voilà le véritable luxe de la villa Helios. Pas l'immense lit, ni la douche à hydrojet, mais cette étendue d'eau turquoise privée — tout le contraire des bains publics bondés de Haylesford où il était presque impossible de nager plus de quelques mètres. Cette piscine lui manquerait…

D'ailleurs, c'était la seule chose qui lui manquerait, songea-t-elle avant de plonger.

D'un mouvement puissant, elle parcourut une longueur, savourant la fraîcheur de l'eau contre sa peau chaude, puis fit demi-tour et, après avoir pris une profonde inspiration, s'immergea complètement, appréciant une fois de plus la sensation d'être enfermée dans un monde silencieux régi par l'éclat du soleil.

Soudain, elle prit conscience qu'une ombre s'était profilée devant elle, se déplaçant à son approche au gré des ondulations sur l'eau.

À bout de souffle, Selena fit surface, saisissant le bord carrelé d'une main et repoussant ses cheveux trempés de l'autre, puis leva la tête. Et vit Alexis qui se tenait là, le regard rivé sur elle.

Quelque chose — un mélange de joie et de peur — la fit chanceler. Joie de le revoir enfin et peur de révéler les pensées et les rêves qui hantaient ses jours et ses nuits depuis qu'il avait quitté l'hôtel. Les désirs insoupçonnés, puissants et inoubliables qu'il avait éveillés en elle en quelques instants. Et aussitôt regrettés. Voilà ce dont elle devait se souvenir, tout comme elle devait ignorer le reste.

— Vous ai-je fait peur, Selena *mou* ?

Elle haussa les épaules d'un air faussement désinvolte.

— Un peu. Je ne savais pas que vous étiez attendu à la villa.

— Je ne l'étais pas. Et, moi, je ne m'attendais pas à déranger une nymphe, ajouta-t-il d'une voix douce.

— Oh ! fut la seule chose qu'elle trouva à répondre.

Au moment où elle s'apprêtait à se hisser hors de la piscine, il tendit les bras et la souleva sans effort, avant de la déposer sur le sol carrelé.

L'instant d'après, il l'enveloppait dans une serviette, insérant une des extrémités entre ses seins pour faire tenir le tout.

Le contact de sa main sur sa peau se répandit comme un feu sauvage à travers chacun de ses pores, chacune de ses terminaisons nerveuses.

— Nous devons parler, annonça-t-il calmement, son regard sombre et ardent rivé au sien.

— Oui… Peut-être. Je vais m'habiller…

— Je vous attends ici.

Elle prit une douche, puis se sécha rapidement les cheveux, faisant tomber deux fois sa brosse par maladresse, consciente et agacée d'être troublée par la soudaine réapparition d'Alexis.

Elle devait se calmer, se sermonna-t-elle. Ils discuteraient et il s'en irait. C'était aussi simple que ça.

Elle ouvrit sa garde-robe et tendit la main vers

l'étagère où étaient rangés ses sous-vêtements. Mais si ses petites culottes étaient bien là, empilées en tas, il n'y avait aucune trace de son soutien-gorge.

Zut ! Ils avaient encore dû le déposer dans la chambre de Millie. Et elle n'avait pas le temps de fouiller dans le désordre de sa sœur.

Elle opta à la place pour un débardeur blanc en coton rainuré qu'elle espérait suffisamment couvrant, puis enfila sa jupe en jean et sortit dans la cour rejoindre Alexis.

— Il est certain que nous devons parler de Millie et décider de la marche à suivre, car le plan A a échoué et nous n'avons pas de plan B, annonça-t-elle.

Elle marqua une pause, puis ajouta d'un ton effaré :

— Saviez-vous qu'elle a fait de la *feta* il y a quelques jours ? Pour offrir à la mère de Kostas, dit-elle en soupirant. Vous devez admettre qu'elle est astucieuse.

— Déterminée, sans aucun doute. Mais Anna Papoulis l'est tout autant et elle est décidée à obtenir une dot considérable pour son fils. Si votre tante ne veut rien lui donner, peut-être peut-on la persuader de venir ici et de le lui dire. Cela pourrait mener au résultat qu'elle désire. Sa jambe doit être guérie, maintenant.

— On lui a retiré son plâtre, mais elle poursuit ses séances de physiothérapie quotidiennes. Et sa décision est prise. Millie doit rentrer. Elle ne fera aucun compromis.

— Vous lui avez parlé ?

— Brièvement. Elle est soit en soins soit sortie. Ses amies prennent soin d'elle, l'emmènent faire de petites excursions en voiture pour qu'elle puisse changer d'air.

— Ne considérerait-elle pas Rhymnos comme un changement d'air ? ironisa Alexis.

— Non, comme une déchéance, répondit Selena,

en fixant le sol. Croyez-vous vraiment que le manque d'argent de Millie puisse être rédhibitoire et que la mère de Kostas obligera son fils à la quitter ?

— Elle essayera, en tout cas. Mais peut-être découvrira-t-elle que l'amour ne peut pas être si aisément écarté.

— Vous croyez donc que Kostas éprouve de réels sentiments pour Millie ?

Alexis haussa les épaules.

— Il en montre tous les signes. Dans mon bar, il ne vend plus que des boissons, pas sa… compagnie.

Selena rougit.

— Eh bien, c'est un choix judicieux.

— Il a de la chance d'avoir ce choix, rétorqua-t-il d'une voix étrangement dure, avant de la rassurer d'un sourire. Mais en cette belle journée, moi aussi je peux faire des choix et je choisis de vous montrer Rhymnos… Si vous le voulez bien. Votre tante ne devrait pas être la seule à s'offrir un changement de décor.

Elle ne devrait pas faire ça, elle le savait. Elle ferait mieux d'inventer une excuse, n'importe laquelle. Mais elle pouvait difficilement prétendre être occupée, alors qu'il l'avait vue nager dans la piscine.

Et peut-être pouvait-elle prendre le risque de passer une journée avec lui avant d'admettre sa défaite et de rentrer chez elle ?

Elle n'était pas non plus obligée de rester à Haylesford, se rappela-t-elle. L'avenir de Millie n'étant plus à prendre en considération, elle pouvait poursuivre sa propre voie. Si elle arrivait à trouver un travail avant le début du prochain trimestre, elle pourrait même établir les bases de sa future indépendance.

— Dites quelque chose, Selena *mou*, lança Alexis

d'un ton légèrement moqueur, comme s'il s'attendait à ce qu'elle refuse sa proposition. Dites-moi si vous préférez que je vous laisse en paix.

« En paix. » L'expression l'aiguillonna, mit tous ses sens en émoi.

Quelle paix pouvait-elle espérer si elle ne le voyait plus jamais ? voulut-elle crier. Quand, malgré elle, il la hantait jour et nuit depuis qu'elle avait mis le pied sur cette île…

Voulait-elle vraiment se priver de sa compagnie pendant quelques heures, sachant combien ces souvenirs seraient précieux pour elle ? Ou bien lui faire savoir qu'elle avait peur de rester seule avec lui ?

Elle affronta son regard perplexe avec une soudaine insouciance, et lui sourit.

— J'aimerais beaucoup visiter Rhymnos… avant mon départ. *Efharistó*, ajouta-t-elle.

— *Parakaló*, répondit-il en lui rendant son sourire. Alors, on y va ?

7

Où donc pouvait-il bien l'emmener ? se demanda Selena quand Alexis démarra la jeep. Après tout, il ne pouvait y avoir beaucoup d'endroits sur l'île qu'ils n'avaient pas déjà vus lors de leurs recherches pour retrouver Millie et Kostas.

À moins qu'il n'ait l'intention de la ramener à la grotte…

À cette seule pensée, elle se sentit envahie d'une douce chaleur et fut choquée de la force de son désir.

— C'est très gentil de votre part, s'empressa-t-elle de dire pour cacher son trouble.

— Pas du tout, répondit-il. J'ai pensé que vous aimeriez en savoir un peu plus sur notre principale industrie.

La déception faillit la faire suffoquer, mais elle n'en montra rien.

— On va visiter l'huilerie ? C'est merveilleux !

— Pas maintenant. Pas aujourd'hui, dit-il en suivant la route cahoteuse qui sinuait le long de la côte, entre la mer et les oliveraies. Nous allons là où tout a commencé.

Les muscles de sa bouche devenaient douloureux à force de sourire, mais elle persévéra. Il essayait d'être gentil et elle devait se montrer reconnaissante — c'était tout ce qu'il attendait d'elle, d'ailleurs.

Mais elle était déjà bien trop consciente de sa présence à ses côtés, de son profil taillé à la serpe et du mouvement de ses longues mains racées sur le volant de la jeep, lui évoquant des souvenirs qu'elle ferait mieux d'oublier…

Elle s'obligea à détourner la tête et à se concentrer sur la mer, la légère brise troublant à peine la mer d'huile qui s'étendait jusqu'à l'horizon et au-delà. Une distance qu'elle parcourrait très bientôt lors de son voyage pour l'Angleterre.

La perspective de son retour et de son inévitable confrontation avec tante Nora ne l'enchantait guère. Elle serait contente lorsque les cours recommenceraient et qu'elle pourrait se plonger dans son travail, songea-t-elle, sentant ses yeux la piquer et se disant que c'était dû au reflet du soleil sur l'eau.

— Qu'est-ce qui vous préoccupe, Selena *mou* ?

Sa question la fit sursauter. Elle ne s'était pas rendu compte qu'il l'observait.

— Oh ! les habituelles pensées moroses à l'idée du retour à la réalité, répondit-elle en se tournant vers lui.

— Rhymnos ne vous a pas semblé réel ?

Non, songea-t-elle tandis que le désir lui nouait la gorge. À cause de lui, l'île s'était transformée en rêve impossible. Et elle ne voulait pas se réveiller…

Par un ultime effort de volonté, elle haussa les épaules.

— Pas franchement, vu les circonstances, répondit-elle d'un ton faussement désinvolte. Si j'étais venue ici de ma propre initiative, cela aurait pu être différent.

— Ah… Et si vous reveniez ?

S'il le lui demandait, elle resterait…

D'où lui était venue cette idée ? se demanda-t-elle

tristement en plaquant un nouveau sourire sur ses lèvres et remerciant le ciel de n'avoir pas parlé à voix haute.

— Oh ! un jour peut-être, dans un avenir lointain, lorsque je ne serai plus une étudiante désargentée mais une femme diplômée avec un travail. Qui sait ?

— En effet, *agapi mou*, dit-il d'une voix étrange. Nous devons donc profiter du temps qu'il nous reste.

Elle fut soudain submergée de colère. Elle voulait s'en prendre à lui, exiger des réponses.

S'il pensait ça, s'il pensait *vraiment* ça, pourquoi diable l'avait-il laissée seule à se poser des questions, à souffrir durant ses longues journées de solitude ? Et à quoi rimait cet après-midi ensemble ?

Mais elle ravala ses questions car, en toute franchise, elle n'avait aucun droit de les lui poser. Elle recevrait probablement des réponses qu'elle ne voulait pas entendre. Mieux valait en rester là et accepter les choses telles qu'elles étaient. Ne rien espérer de plus.

Alexis bifurqua vers l'intérieur des terres et prit une piste usée qui serpentait à l'ombre des oliviers, des arbres aux troncs si noueux qu'ils avaient l'air d'avoir plus de mille ans. Et peut-être avaient-ils largement fait leur temps car Selena avait beau se tordre le cou, elle ne vit aucun fruit sur les branches.

— Ces arbres sont-ils à vous ? s'enquit-elle. Vous pensez les remplacer, j'imagine.

Il lui lança un regard amusé.

— Oui, ce sont les miens et, au contraire, Selena *mou*, ils vont me fournir une merveilleuse récolte en novembre.

— Vraiment ? s'étonna-t-elle, peu convaincue.

— Les olives sont encore petites, mais elles sont là.

Elle s'attendait presque à ce qu'il arrête la jeep pour

les lui montrer, mais il poursuivit sa route, accélérant dans la légère pente qui devint plus raide lorsqu'ils sortirent du couvert des arbres.

C'est là qu'il s'arrêta et gara la voiture, sous un arbre immense dont les feuilles scintillaient à la lumière du soleil. Se retournant, il saisit un sac à dos à l'arrière du véhicule.

— À partir d'ici, nous marchons, Selena *mou*.

Le regard tourné vers les collines rocheuses, elle déglutit.

— Je ne suis pas habillée pour faire de l'alpinisme.

— N'ayez crainte. Nous n'allons pas loin. Et nous n'allons pas grimper.

L'herbe, parsemée de fleurs sauvages, était élastique sous ses pieds, et Alexis lui prit la main tandis qu'ils se dirigeaient de l'autre côté de la colline, tout en contournant les pentes les plus raides.

Et là, nichées dans la verdure, comme déposées par la main d'un géant, se dressaient trois colonnes en pierre pointées vers le ciel sur leur plate-forme rocheuse. Selena les avait déjà vues, sur les bouteilles du supermarché, et pourtant elles la surprirent, comme si elles avaient surgi d'un monde différent, ancien et mystérieux.

— Les colonnes d'Apollon, *agapi mou*. Tout ce qui reste du temple. Mon sanctuaire privé depuis mon plus jeune âge. Là où je venais pour réfléchir à ce que je voulais faire de ma vie. Et l'endroit où Rhymnos Oil est devenu pour moi plus qu'un rêve.

Selena prit une profonde inspiration.

— C'est magnifique. Mais cela n'a pas dû être toujours privé. Pas avec l'arrivée en masse des vacanciers.

Il secoua la tête.

— Ils viennent à Rhymnos pour les plages et les

tavernas. Il n'y a rien d'intéressant pour eux ici. Il n'y a pas de sanctuaire oraculaire comme à Delphes, ni de statuaire sacrée attendant d'être dévoilée tel un trésor enfoui. C'est juste une petite ruine de plus.

— Mais précieuse à vos yeux, souffla-t-elle, sentant les battements de son cœur s'accélérer.

— Oui. Pour beaucoup de raisons, rétorqua-t-il, le regard rivé sur elle. On descend ?

La pente était douce, mais Selena avait l'impression de se tenir au bord d'un précipice. Un seul faux pas et elle tomberait… dans l'oubli.

Elle n'avait pas besoin d'être là, lui soufflait une petite voix intérieure. Elle savait déjà ce qu'elle voulait faire de sa vie et ne pouvait se permettre d'avoir d'autres pensées — surtout quand celles-ci étaient insensées et impossibles.

Elle n'avait qu'à faire un pas en arrière. Retirer sa main de la sienne. Trouver une excuse. Lui dire qu'elle partait tôt le lendemain et devait faire ses bagages, lui dire n'importe quoi qui lui permettrait de retourner en lieu sûr.

— Oui, avec plaisir, s'entendit-elle dire.

Le silence les enveloppa tandis qu'ils descendaient vers le temple. Pas le silence tendu qu'elle avait ressenti l'autre jour avant l'orage, mais quelque chose de plus profond, de plus intime même que leurs doigts entremêlés. Et infiniment plus dangereux.

Au pied de la pente, le sol était aplani, sa couverture herbeuse aussi douce qu'un tapis.

Alexis libéra sa main, et elle s'avança, grimpant les deux marches qui menaient au sol rocailleux du sanctuaire. Elle tourna le regard vers l'éboulis de pierres sous les colonnes qui, supposa-t-elle, avaient dû constituer jadis un autel.

Combien de milliers d'années auparavant les gens avaient-ils bâti cet endroit pour y déposer leurs offrandes ?

Une brise légère s'engouffra entre les colonnes, entraînant avec elle un arôme délicat, épicé. De l'origan, de la menthe et du thym, songea Selena. Poussaient-ils naturellement ici ?

Se tournant vers Alexis pour le lui demander, elle vit qu'il avait sorti une couverture de son sac à dos et l'avait étalée à l'ombre de deux grands rochers de forme rectangulaire contre lesquels il s'était adossé nonchalamment et buvait à même une bouteille d'eau.

Il en sortit une autre, la décapsula et la lui tendit.

— Avez-vous soif après notre promenade ?

Revenant sur ses pas, Selena prit la bouteille qu'il lui tendait, prenant soin de s'asseoir à l'extrémité de la couverture.

Comme l'endroit était calme, songea-t-elle en savourant l'eau, et… si reculé. Trop reculé et trop calme. Elle devait partir tant qu'elle le pouvait encore, se dit-elle, soudain mal à l'aise.

Elle devait trouver une excuse pour abréger l'excursion et rentrer à la maison. Mais que pouvait-elle dire ? Que sa sœur serait inquiète, alors qu'il savait aussi bien qu'elle que Millie se souciait d'elle comme d'une guigne ?

Mais elle pouvait au moins briser ce silence dangereux.

— Pourquoi Apollon ? Je croyais que Zeus était le dieu grec le plus important ? s'enquit-elle.

Il sourit.

— Sur Rhymnos, cela a toujours été Apollon. La mère d'Eleni, qui était ma nourrice lorsque j'étais bébé, m'a rempli la tête de vieilles légendes : Apollon, le guérisseur, le dieu de la musique et de la poésie, sans oublier le dieu de la prophétie.

Voilà qui était mieux ! songea Selena en lui rendant son sourire. Ils avaient une conversation.

— Un dieu aux nombreux talents. Et moi qui croyais qu'il ne faisait que courir les filles.

— Oh ! il a trouvé le temps pour ça aussi, assura Alexis, sinon il n'aurait jamais eu de fils.

— Et c'était important… même pour un dieu ?

— Pour tout le monde, je crois, dit-il après une pause. Par ailleurs, un de ses fils, Asclépios, est devenu le père de la médecine, et un autre, Aristée, a appris aux Grecs l'agriculture — comment élever des abeilles, prendre soin des bêtes, cultiver des olives, et même faire du fromage. Nous devrions donc être reconnaissants.

— Même si je sais qui est vraiment responsable du soudain engouement de Millie pour la cuisine, dit-elle, adaptant son ton à celui d'Alexis.

— *Efharistó*, répondit-il. Je pensais que vous m'en rendriez responsable.

— Pas précisément, soupira-t-elle. Millie semble déterminée à faire ses preuves, même si je continue à penser qu'il est beaucoup trop tôt pour elle de songer à se marier.

— Ah, vous ne croyez donc pas qu'il suffit d'un regard, d'un mot pour être perdu à jamais ?

Selena déglutit.

— Non, assura-t-elle d'un air de défi.

Elle ne pouvait pas, ne voulait pas le croire, ajouta-t-elle in petto. *Elle avait besoin que ce soit impossible…*

— Dites-moi une chose, Selena *mou*, demanda-t-il

d'une voix indolente. Combien de fois avez-vous téléphoné en Angleterre depuis que vous vivez chez moi ?

Elle lui lança un regard méfiant.

— Six fois, je pense. Mais j'ai l'intention de vous rembourser avant mon départ, se défendit-elle.

— Ce ne sera pas nécessaire, dit-il d'un ton sans appel. Mais tous ces coups de fil ont été passés à votre tante, il me semble. Aucun à votre fiancé.

Pourquoi avait-elle cru bon de s'inventer un fiancé ? se dit-elle en se mordant la lèvre.

— Cela me regarde, je pense, répondit-elle sèchement.

— Comment croyez-vous qu'il considère un silence aussi long ?

Elle releva le menton.

— Il comprendra.

— Comprendra ? répéta Alexis d'un air incrédule. À sa place, j'aurais été ici en moins d'une semaine et j'aurais fouillé toute l'île à votre recherche.

— Je vous l'ai dit… Il est occupé.

— Si occupé qu'il a oublié la douceur de votre peau, l'odeur de vos cheveux et le goût sucré de votre bouche ?

Elle eut un hoquet de surprise et sentit ses joues s'enflammer.

— Vous… vous n'avez pas le droit de dire des choses pareilles, s'offusqua-t-elle.

— Mais si, riposta-t-il d'un ton calme en lui prenant des mains la bouteille qu'il referma et posa sur le sol. Parce que, moi, je n'ai rien oublié. Et ne le pourrai jamais.

Selena frissonna, troublée au plus haut point. Il avait repris sa main, lui effleurant la paume de ses lèvres, ses dents mordillant le léger renflement à la base de son pouce…

Elle ferma les yeux, refoulant l'image de sa tête sombre inclinée vers la sienne.

Elle devait le faire cesser. Maintenant…

Mais la pulsation du soleil ardent contre ses paupières closes faisait déjà écho aux battements de son pouls, comme pour répéter encore et toujours : « trop tard, trop tard ».

Puis il prit sa main et la posa sur son épaule. Elle aurait aisément pu la retirer, mais choisit au contraire de promener les doigts sur ses muscles, avant de les glisser sous sa chemise en coton tandis qu'Alexis l'étreignait avec fougue.

Lorsqu'il lui ôta son T-shirt et caressa son dos nu, ses doigts remontant vers sa nuque, elle se pressa contre lui, ses lèvres s'entrouvrant légèrement comme pour appeler un baiser.

L'instant d'après, sa bouche s'emparait de la sienne, sondant sa douceur, la titillant de sa langue, tandis que ses mains capturaient ses seins, en faisant rouler les pointes gonflées jusqu'à ce qu'elle frissonne d'un plaisir si violent qu'il en était presque douloureux.

Selena gémit doucement tandis qu'elle se noyait dans le baiser qu'il lui dispensait, se laissant envahir par sa langue chaude et hardie. Son corps était pressé contre le sien comme si elle cherchait à se fondre en lui, dans sa chaleur… dans sa force. L'esprit en tumulte, refoulant sa timidité qui l'avait jusqu'à présent préservée, elle songea confusément qu'elle était née pour ça.

Pour ce moment. Ce lieu. Cet homme…

Lorsqu'il releva enfin la tête, son regard sombre parut troublé, hébété presque.

— Sais-tu à quel point tu es belle, Selena *mou* ? Combien j'ai envie de te regarder, de découvrir ce qui se cache sous ces vêtements ? *Se thelo polí, agapi mou*, souffla-t-il, transformant sa crainte en désir brûlant. Je te désire tant, ma chérie. Dis-moi que tu me désires aussi…

Lorsqu'il se pencha et prit un téton, puis l'autre entre ses lèvres, elle s'entendit crier d'une voix qu'elle peinait à reconnaître, une voix qui exprimait un désir aussi profond que celui d'Alexis.

Il entreprit de défaire les boutons de sa jupe, commençant par l'ourlet, puis remontant lentement jusqu'à sa taille, avant d'en écarter les pans comme s'il dévoilait une œuvre d'art, ne laissant que quelques centimètres carrés de tissu en dentelle pour couvrir son corps.

Il effleura de ses doigts ses épaules et son bras, avant de remonter jusqu'à ses seins, ses lèvres suivant le chemin que ses mains avaient tracé quelques instants plus tôt. Il poursuivit plus bas son exploration, progressant avec une indicible lenteur, passant la main sur les courbes gracieuses de ses hanches. Puis il lui ôta sa petite culotte et promena son regard sur le corps totalement nu qui s'offrait à lui.

Elle l'entendit retenir son souffle, puis ses mains glissèrent le long de son corps jusqu'à ses cuisses minces qu'il la persuada doucement d'écarter, comme s'il avait deviné que le tremblement de son corps était dû autant à la timidité qu'à l'excitation.

— Fais-moi confiance, *agapi mou*, murmura-t-il. Laisse-moi apprendre à te faire plaisir.

Sa main explora les replis intimes de sa féminité et effleura son bouton gorgé de désir. Sa caresse, à la fois douce et ferme, annihila tout doute qui pouvait subsister encore en elle, l'entraînant sur le chemin de la passion brûlante. Il n'était plus temps de résister, désormais.

Allongée les yeux mi-clos, Selena s'abandonna à l'exquise torture de ses caresses, douloureusement consciente de l'étonnante réaction de son corps à chaque sensation ressentie. Et gênée d'entendre ses petits gémissements impossibles à réprimer tandis qu'il immisçait les doigts dans la chaleur moite de sa féminité, puis marquait une pause, attendant peut-être un signe d'inconfort de sa part, avant de la pénétrer plus avant, lui offrant un avant-goût de sa future initiation.

Les doigts d'Alexis se livraient à un tourment si délicieux qu'elle ne put bientôt s'empêcher d'onduler langoureusement, consumée par le désir. Elle avait besoin de sentir sa peau nue contre la sienne, de sentir son sexe en elle et de le posséder à son tour. Sans même réfléchir, elle tendit la main pour défaire l'attache de son pantalon.

— Ah, non, *matia mou*, dit Alexis d'une voix rauque en lui saisissant les poignets et les plaçant le long de son corps. Ceci est pour toi, ma douce. Uniquement pour toi.

Et il s'inclina à nouveau vers elle. Seulement, cette fois, il se servit de sa bouche pour exciter son bourgeon palpitant, la faisant se tordre et frissonner dans un abandon total, un peu choquée tout de même par cette intimité absolue qui l'entraînait peu à peu au bord du gouffre.

D'une voix étouffée, elle cria quelque chose qui aurait pu être son nom, puis la tension en elle céda et l'orgasme surgit, presque douloureux...

Le corps apaisé, tandis qu'elle revenait lentement à la réalité, les bras d'Alexis serrés autour d'elle et sa voix lui murmurant des mots doux dans sa langue natale, elle se rendit compte qu'elle avait les yeux baignés de larmes.

Mal à l'aise, elle se redressa, maudissant silencieusement son manque d'expérience qui ne l'aidait pas dans cette situation délicate. Et décida que seule la vérité était de mise.

— Je… Je ne sais quoi dire, balbutia-t-elle.

— Je suis moi aussi à court de mots, Selena *mou*, répondit-il d'un air presque contrit.

Elle se mordit la lèvre.

— Je crois que je devrais m'habiller. À moins que tu… À moins bien sûr que tu veuilles…

Il tendit la main vers ses vêtements et les lui tendit.

— Comme je te l'ai dit, *agapi mou*, ceci était pour toi seulement. Je peux attendre, ajouta-t-il en lui souriant.

Il se leva et se dirigea vers le temple, lui tournant le dos pendant qu'elle se rhabillait à la hâte, ce pour quoi elle lui fut reconnaissante, même si c'était ridicule après ce qu'ils venaient de vivre.

— Je suis prête, dit-elle enfin.

Et lorsqu'il demeura immobile, le regard fixé au loin, elle répéta la phrase plus fort.

Il se tourna aussitôt vers elle et lui sourit d'un air crispé.

— Mes excuses, Selena *mou*. Je réfléchissais.

Il réfléchissait, ou il regrettait ? se demanda Selena.

Et la question occupa ses pensées durant tout le chemin du retour.

8

Elle avait dû perdre la raison. Ou plus exactement, elle s'était laissé priver de sa raison. Par la séduction…

Sauf que son bon sens lui disait qu'Alexis ne l'avait pas séduite de façon conventionnelle. En fait, elle ne savait pas vraiment comment décrire ce qui s'était passé… ni justifier le long frisson qui la traversa à ce souvenir.

Mais que penser de leur retour silencieux ?

Par chance, elle était seule. Millie, absorbée par Kostas, n'avait sans doute pas remarqué son absence. Elle avait donc le temps de reprendre ses esprits et d'accepter ce qui s'était passé. Parce qu'elle allait devoir affronter Alexis au dîner, sans rougir ni bégayer. Et il lui paraissait important de ne pas porter à ce moment-là les vêtements qu'il lui avait si récemment ôtés.

Elle ne devait pas entrer dans ce jeu-là, se fustigea-t-elle en pressant ses mains sur son visage brûlant. Il en allait de sa santé mentale.

Pour autant, sa garde-robe ne lui offrait pas grand choix, et sa tunique bleue lui rappelait des souvenirs qu'il valait mieux oublier. Elle opta donc pour un pantalon corsaire et la chemise blanche indéfinissable qu'elle avait achetée lors de sa dernière année d'école.

Elle ferait mieux aussi de faire quelque chose avec

ses cheveux, décida-t-elle, se contentant de les nouer avec un élastique en un chignon bas.

Mais toutes ces précautions se révélèrent inutiles, car Alexis, retourné à l'hôtel avec Kostas, ne se joignit pas à elles pour le dîner.

Selena mangea son repas machinalement, l'esprit vide.

C'était comme si Alexis s'était volatilisé. Comme s'il s'était amusé à ses dépens, prenant plaisir à briser les inhibitions de l'innocente petite Anglaise qui était soudain apparue dans sa vie… et qui repartirait aussi vite qu'elle était arrivée, se dit-elle, la gorge nouée.

— Pour l'amour du ciel, Lena ! s'impatienta Millie, es-tu sourde ou en transe ? Je t'ai demandé deux fois quand tu rentrais en Angleterre, parce que j'ai vraiment besoin de mon acte de naissance.

— Est-ce que demain t'irait ?

— Eh bien… Oui, répondit Millie d'un ton étonné. J'espère que tante Nora ne te fera pas la vie dure.

Selena haussa les épaules.

— J'imagine qu'elle a dû accepter la situation à l'heure qu'il est. Dois-je envoyer les documents ici ?

— Non, à l'hôtel, à l'attention de Kostas… Je pars aussi, ajouta Millie après une légère pause. Je vais m'installer chez sa tante Evanthia, qui habite à la périphérie de la ville.

— La sœur de sa mère ? s'étonna Selena.

— De son père. C'est le jour et la nuit apparemment, glousa Millie. Ce sera plus pratique et nous sommes restées ici bien assez longtemps, tu ne crois pas ?

— Sans doute, murmura-t-elle.

Elle faisait sa valise lorsque Eleni entra dans sa chambre avec une pile de vêtements propres.

— Je rentre chez moi demain, *kíria* Validi, l'informa Selena. Votre mari pourra-t-il me conduire au port ?

Elle vit une lueur d'étonnement dans le regard d'Eleni, mais la gouvernante lui répondit comme toujours d'un ton détaché.

— Bien sûr, *despinís*. Vous désirez prendre le ferry du matin, je suppose ? Dois-je dire à Yorgos de se tenir prêt pour 10 heures ?

— Ce sera parfait, répondit Selena sur le même ton.

Devant la porte, Eleni s'arrêta et sembla hésiter, comme si elle s'apprêtait à dire quelque chose, puis elle tourna les talons et s'éloigna en silence.

Poussant un soupir, Selena posa les vêtements propres dans son sac, s'obligeant à se concentrer sur les préparatifs de son voyage. Elle ne savait pas quand elle pourrait trouver un vol en partance de Mykonos, mais il y avait assez d'argent sur la carte de crédit que tante Nora lui avait donnée à contrecœur pour tenir un jour ou deux.

De toute façon, toute incertitude était préférable à sa situation actuelle. Surtout si cela pouvait la sauver d'elle-même, de cette étrangère dont elle ignorait l'existence même et qui vivait pourtant dans son esprit. Dans son corps…

Mais elle n'avait jamais été aussi éprise d'un homme auparavant, reconnut-elle. Elle avait toujours été trop occupée… ou trop timide. Jusqu'à maintenant…

Elle se mordit la lèvre, tourmentée d'avoir si vite cédé à ses pulsions. Comme si elle avait attendu ce moment — cet homme — toute sa vie.

Délirant, songea-t-elle. *Pathétique*.

Et combien de temps lui faudrait-il pour surmonter

cette lubie ridicule ? Pour oublier Alexis aussi facilement que lui l'avait oubliée — la quittant sans un mot ?

Ce sera chose aisée lorsque les cours recommenceront, se rassura-t-elle. D'ici là, elle prendrait un travail, n'importe lequel, pour s'occuper. Et bientôt, ces quelques semaines en Grèce ne seraient plus qu'un mauvais souvenir.

Si elle avait cru qu'une bonne nuit de sommeil la détendrait, elle se trompait. Aux alentours de minuit, elle finit par s'endormir d'un sommeil agité quand, soudain, elle se réveilla, le cœur battant la chamade.

La chambre lui paraissait mal aérée et oppressante, raison pour laquelle sans doute elle n'arrivait pas à dormir, et pourtant il lui semblait malvenu de se plaindre de la chaleur alors qu'elle allait sous peu devoir affronter l'hiver anglais.

Sa chemise de nuit collée à la peau, elle se leva et repoussa ses cheveux de son front moite, savourant la fraîcheur du sol carrelé sous ses pieds nus.

Les volets s'ouvrirent sans bruit et elle sortit dans la cour intérieure, avant de s'arrêter net, consciente de ne pas être seule. Allongé sur une chaise longue, Alexis se leva à son approche.

— Ah, te voilà !

— Que fais-tu là ? s'enquit-elle, retrouvant sa voix.

— Je t'attendais. Encore une fois.

— Tu étais retourné à l'hôtel…

— J'avais des choses à faire, éluda-t-il, le regard rivé sur elle. J'ai terminé, donc je suis revenu.

— Oui, mais…

— Mais ?

Selena écarta les mains en un geste proche du désespoir.

— Tu dis que tu m'attendais, mais tu ne pouvais pas savoir que j'étais encore éveillée, et encore moins que je sortirais dans la cour.

Il haussa les épaules.

— Je n'arrivais pas à dormir. Je pensais que tu éprouvais peut-être les mêmes difficultés, dit-il en faisant un pas vers elle. Et pour les mêmes raisons.

— Je… Je ne comprends pas ce que tu veux dire.

Il fit claquer sa langue d'un ton réprobateur.

— Cette remarque n'est pas digne de toi, *agapi mou*. Et c'est également faux.

— Je… suis juste préoccupée par mon voyage, improvisa-t-elle. Je pars demain, vois-tu ? Je rentre chez moi.

— Nous avons donc toute la nuit devant nous, souffla-t-il d'une voix rauque en s'approchant d'elle.

La soulevant dans ses bras, il traversa la cour d'un pas vif et se dirigea vers une chambre où une lampe de chevet diffusait une lumière tamisée.

Sa chambre, songea Selena confusément. Son lit. Prêt à l'accueillir…

Elle devait dire quelque chose, faire quelque chose avant que l'erreur de cet après-midi se transforme en désastre.

Mais au lieu de cela, elle enfouit son visage dans le creux de son épaule, sa détermination faiblissant lorsqu'elle huma l'odeur de sa peau, son corps se pressant davantage contre la chaleur et la force du sien. Juste cette fois, implora-t-elle, afin qu'elle puisse en chérir le souvenir avant de partir loin d'ici et de retourner à son ancienne vie.

Elle noua son bras autour du cou d'Alexis, l'attirant

vers ses lèvres. Son baiser fut tendre mais, sous la douceur, elle sentait déjà le désir brûlant…

Alexis releva la tête et plongea son regard dans le sien.

— Tu ne dois pas avoir peur, *matia mou*, murmura-t-il en la déposant sur le lit. Pas de moi. Jamais.

Lui souriant, il lui caressa la joue, puis alla fermer les volets et tirer les rideaux, les enfermant dans un cocon douillet, avant de retirer son peignoir et de se tenir devant elle, dans sa splendide nudité. Sa timidité et son appréhension soudain envolées, elle le dévora des yeux tandis qu'il s'approchait du lit. Et d'elle.

— Ne me regarde pas comme ça, *agapi mou*, dit-il en s'allongeant près d'elle. Tu me mets mal à l'aise.

— De quoi ai-je l'air ?

— D'un petit chat devant un bol de lait.

Et il l'embrassa de nouveau, sa bouche caressant la sienne, avant d'effleurer son front, ses yeux, ses pommettes, puis de revenir vers ses lèvres entrouvertes.

Il fit glisser les bretelles de sa chemise de nuit sur ses épaules, puis le long de son corps, jusqu'à ce qu'elle soit libérée du fin tissu.

— J'ai rêvé de toi ainsi, *agapi mou*, nue dans mon lit, tes cheveux semblables au clair de lune étalés sur mon oreiller. Et maintenant, mon rêve est devenu réalité.

Il jeta sa chemise de nuit au sol et entreprit de caresser ses seins, ses tétons se durcissant sous ses doigts, lui arrachant un soupir de plaisir qui se mua en gémissement lorsqu'il prit entre ses lèvres un mamelon durci.

— Exquis, souffla-t-il.

Une fois de plus, sa bouche captura la sienne dans un long baiser, leurs langues s'emmêlèrent, et Selena noua les bras autour de son cou, jouant avec les cheveux épais à la base de sa nuque, s'abandonnant à la promesse de son baiser.

Glissant les mains dans son dos, Alexis s'empara de ses fesses et l'attira contre lui, lui faisant sentir la puissance de son érection contre son ventre. Aussitôt une douce moiteur envahit ses cuisses, signe que son corps était prêt à le recevoir.

Elle ondula sous lui d'un mouvement lascif, ses mains l'explorant à son tour, ses doigts se refermant autour de son sexe avec convoitise.

— S'il te plaît, supplia-t-elle d'une voix qu'elle reconnut à peine. S'il te plaît…

— Bientôt, souffla-t-il d'une voix rauque. Sois patiente, ma douce. Laisse-moi d'abord te protéger.

Se redressant, il ouvrit un tiroir de la table de nuit pour y prendre un petit sachet qu'il déchira. Puis il revint vers elle, et elle cessa de penser lorsqu'il reprit ses caresses, écartant délicatement les pétales de sa féminité pour savourer leur douce moiteur.

Elle laissa échapper un gémissement lorsqu'il lui prodigua de nouveau la caresse la plus intime, l'éveillant à un délicieux tourment, la maintenant sur la crête du plaisir, sans pour autant la pousser au-delà du point de non-retour, prolongeant à dessein cet instant exquis.

Elle chercha sa bouche de la sienne, l'embrassant fébrilement, pleurant sans bruit…

Il chuchota son nom, et elle bascula enfin, son corps se convulsant tandis qu'elle atteignait l'extase. Ivre de plaisir, elle cria sans retenue, à peine consciente qu'il roulait au-dessus d'elle avant de pénétrer son corps encore électrisé d'un puissant coup de reins.

L'espace d'un instant, il s'immobilisa, comme s'il cherchait à lire dans son regard réticence ou inconfort.

Puis, sans se presser, il s'enfonça lentement en elle, dans un besoin impérieux de ne faire qu'un avec elle.

Aussitôt, le rythme de leurs mouvements s'accéléra. S'intensifia. Portée par le courant intense de leur désir mutuel, elle était la proie des sensations qui, une fois de plus, prenaient forme en elle, l'attirant inexorablement vers un nouvel orgasme.

Non, songea-t-elle, confusément, *c'est impossible*…

Et pourtant, l'instant d'après, elle fut saisie par des spasmes violents qui montaient par vagues et la laissèrent tremblante, criant des mots inintelligibles…

Bientôt, Alexis la rejoignit et, comblés, ils demeurèrent serrés l'un contre l'autre, leur respiration saccadée s'apaisant peu à peu. Enfin, Alexis s'écarta d'elle, se leva et se dirigea vers la salle de bains.

Lorsqu'il revint quelques instants plus tard, il l'enveloppa de ses bras puissants et repoussa de son front ses cheveux trempés de sueur.

— Alors, mon ange, murmura-t-il, n'as-tu rien à dire ?

Elle poussa un soupir langoureux.

— C'était… incroyable.

— Je suis désolé que tu penses ça, commenta-t-il d'un ton amusé. Je tâcherai d'être plus convaincant la prochaine fois.

— Et ce sera quand ?

— Lorsque j'aurai récupéré un peu, répondit-il en l'embrassant sur le front. Seuls les dieux étaient tout-puissants et infatigables quand ils faisaient l'amour, *agapi mou*. Nous, simples mortels masculins, n'avons pas été pourvus des mêmes capacités ; celles-ci ont été octroyées seulement aux femmes.

Selena se blottit contre lui.

— Comme c'était cruel de leur part.

— C'est ce que j'ai toujours pensé. Mais en attendant, peut-être aimerais-tu apprendre un peu de grec ?

— Pourquoi pas ? Que veux-tu que je dise ?

— Commençons par « *s'agapo* ».

— *S'agapo*, répéta-t-elle docilement. Qu'est-ce que ça signifie ?

— Cela signifie que tu viens de me dire que tu m'aimais.

Elle poussa un petit cri indigné.

— Oh ! mais c'est…

Il la fit taire d'un baiser.

— Est-ce faux ? Prétends-tu toujours que le coup de foudre n'existe pas ?

Elle demeura un moment silencieuse, avant de se lancer.

— Hier, je t'aurais répondu oui. Maintenant… Je ne sais plus. Et ce n'est pas seulement à cause de… ça. C'est aussi lorsque tu prends ma main et que je me sens soudain… en sécurité. Comme si…

— Comme si tu avais trouvé ton âme sœur ? Parce que c'est ce que je ressens, *matia mou*.

— Alors pourquoi t'es-tu… volatilisé, me laissant seule à nouveau ? Mon Dieu, ajouta-t-elle précipitamment, cela semble si pathétique, comme si j'avais *besoin* d'affection.

— J'ai aussi des besoins, Selena *mou*. Et une question que tu devrais me poser : *M'agapas* ? « M'aimes-tu » ?

— Oh ! Alexis, tu n'es pas obligé de…

Elle fut interrompue par un autre baiser.

— Pose-moi la question, souffla-t-il.

Elle leva la main et toucha son visage.

— *M'agapas*, Alexis *mou* ?

— Oui, mon tendre amour, répondit-il en lui prenant

la main. Depuis le premier regard, je crois. Même si je n'ai rien fait pour, je le reconnais. Peut-être croyais-je qu'il n'y avait pas de place pour l'amour dans ma vie, raison pour laquelle je me suis éloigné de toi… Seulement, il n'y avait pas un moment dans la journée où je ne pensais pas à toi, où je ne rêvais pas d'être avec toi. Pas un moment où je ne me souvenais pas de ce que je ressentais lorsque tu étais dans mes bras, ou de la douceur de ta bouche. Mais quand je suis revenu, tu m'as dit que tu partais. Tu ne peux pas faire ça, *agapi mou*. Plus maintenant. Nous ne pouvons pas nous quitter alors que nous nous appartenons.

— Mais je dois rentrer. Millie a besoin de son acte de naissance et…

— Il y a du temps pour ça, coupa-t-il. Du temps que nous pourrions passer ensemble. Reste ici avec moi, *matia mou*, jusqu'à ce que je puisse t'accompagner en Angleterre.

Elle le fixa, les yeux écarquillés.

— Mais ma tante…

— Je l'affronterai avec toi. Lorsque le temps sera venu.

Elle eut un petit rire bref.

— Tu dois vraiment être amoureux, le taquina-t-elle.

— Tu peux me croire, dit-il avec force. Toujours.

Capturant son visage entre ses mains, il prit sa bouche en un long baiser sensuel qui la fit soupirer d'aise.

Elle fit courir les doigts sur son torse, se caressant les seins au passage, savourant l'accélération des battements de son cœur. Enhardie, elle poursuivit plus bas son exploration et effleura son ventre, sa hanche, avant d'enfermer entre ses doigts son long sexe tendu, le sentant durcir sous ses caresses.

Les yeux à moitié fermés, Alexis s'adossa contre les oreillers, un vague sourire aux lèvres.

— Que fais-tu, Selena *mou* ? souffla-t-il.

Elle se réveilla, éblouie par la lumière du soleil, au son de la voix de Millie.

— Pour l'amour du ciel, réveille-toi, Lena ! Tu as un bateau à prendre.

Selena se redressa d'un bond, consciente d'être à nouveau dans sa chambre et vêtue de sa chemise de nuit. Comme si la nuit précédente n'avait jamais eu lieu.

Mais ses légères courbatures et son sentiment de plénitude indiquaient une tout autre histoire.

Alexis avait dû la ramener ici et la mettre au lit comme une petite fille, réalisa Selena en refoulant un fou rire.

Millie lui tendit une tasse de café.

— La journée a démarré en beauté ici, l'informa-t-elle. Eleni et son cher *kírie* Alexis, celui qui ne fait jamais rien de mal selon elle, ont eu une dispute mémorable, ce matin.

Selena sursauta et faillit renverser son café.

— Sais-tu la raison de leur dispute ? demanda-t-elle d'un ton qu'elle s'efforça de rendre désinvolte.

Millie haussa les épaules.

— Comment veux-tu ? Je ne parle pas grec. Mais je peux me renseigner auprès de Kostas. Il sait toujours tout… N'oublie pas mon bracelet, ajouta-t-elle après une pause, et tu ferais mieux de rendre à Fiona son bikini, si elle le veut toujours. Et s'il te plaît, essaye de redorer mon blason auprès de tante Nora. Dis-lui de venir au mariage.

Là-dessus, elle quitta la pièce, la laissant confuse

et inquiète. Et lorsque douchée, habillée, et son sac de voyage à la main, elle trouva Yorgos prêt à l'accompagner au ferry, sa perplexité s'accrut.

Avait-elle rêvé ce qui s'était passé la veille ? Avait-elle seulement imaginé entendre Alexis lui dire qu'il l'aimait — pas une fois mais plusieurs durant cette longue nuit torride ? Et lui demander de rester ?

Parce que, dans ce cas, où était-il ? se demanda Selena, sans oser poser la question.

— Mon épouse est malade, dit Yorgos, gêné, en mettant son sac dans le coffre de la voiture. Mais elle vous souhaite un bon voyage, *despinís*.

Le regard rivé devant elle, Selena déglutit, certaine d'être la cause de la dispute de ce matin.

— Remerciez-la, s'il vous plaît… d'avoir pris soin de moi, termina-t-elle laborieusement.

Le trajet fut long et silencieux, elle-même luttant contre ses pensées moroses et Yorgos empêtré dans ses propres soucis.

Lorsque la voiture s'arrêta devant le quai, le ferry entrait dans le port. Sortant du véhicule, Selena tendit la main vers son sac, mais vit que Yorgos l'avait déjà pris et le tenait serré contre lui, une expression déterminée sur le visage.

Selena sentit son cœur se serrer. Yorgos voulait manifestement s'assurer qu'elle embarquait bien à bord du ferry. C'était comme si elle était déportée, songea-t-elle, le visage en feu. Elle afficha un sourire contraint.

— Je peux me débrouiller, Yorgos. Vous n'avez pas besoin de rester.

Elle se prépara à batailler, mais il ne dit rien, trop occupé à regarder derrière elle.

Selena se retourna alors et vit Alexis à quelques

mètres d'eux, les mains sur les hanches et les lunettes de soleil relevées sur son front. Leurs regards se croisèrent, et il lui sourit.

— *Kíria* Blake est sous ma responsabilité, Yorgos, dit-il calmement. Tu peux retourner à la villa.

Marmonnant dans sa barbe, Yorgos déposa le sac sur le sol, puis monta en voiture et démarra.

— Alors, *agapi mou*, dit Alexis après un bref silence. Croyais-tu vraiment que j'allais te laisser filer en douce ?

— Je n'étais pas sûre. Millie m'a dit qu'Eleni était contrariée, tout à l'heure. Je… Je ne veux pas te causer davantage de soucis.

— Nous avons eu une divergence d'opinions, éluda-t-il en haussant les épaules. Eleni oublie parfois que je ne suis plus un gamin. Mais inutile de t'inquiéter pour ça… À moins que tu ne désires vraiment partir ?

Elle secoua la tête. Et le laissa lui prendre la main et l'entraîner…

9

La main dans la sienne, elle se sentit chérie et désirée — en cet instant et durant les jours et nuits qui suivirent.

Mais, d'abord et avant tout, elle se sentit aimée d'une manière jamais éprouvée auparavant, leur passion mutuelle tempérée par la tendresse et la considération, son corps libre de toute inhibition s'ouvrant à Alexis sous ses caresses.

Et elle fut gâtée, aussi. Alexis insista pour l'amener faire des courses à Mykonos et, même si Selena refusa de considérer les tenues un peu extravagantes des boutiques de créateurs, elle possédait désormais plusieurs bikinis et des paréos assortis, de superbes chemisiers en soie colorés à porter avec des pantalons blancs et de jolies robes pour leurs soirées ensemble.

Des vêtements qu'il se ferait un plaisir d'ôter, lui souffla-t-il, et le sourire qu'elle lui rendit lui fit comprendre que l'idée n'était pas pour lui déplaire.

Ils partaient en excursion presque chaque jour, savourant du poisson tout juste pêché dans de petites *tavernas* en front de mer, et retournaient souvent au temple d'Apollon pour y faire l'amour dans la chaleur de l'après-midi. Ils dînaient à l'extérieur, dans des lieux où la musique et la danse traditionnelle grecque étaient de mise, et où Selena était invitée à participer malgré ses protestations.

— Tu dois apprendre, *matia mou*, lui dit Alexis, afin de pouvoir danser au mariage de ta sœur.

Néanmoins, aucune de leurs escapades autour de l'île, y compris une visite guidée de l'usine ultramoderne d'huile d'olive, ne les ramenèrent à la villa. Elle était donc bien la cause de la dispute entre Alexis et Eleni, se disait Selena, contrariée. Du coup, l'appartement d'Alexis à l'hôtel était devenu leur domaine privé et si le personnel désapprouvait aussi sa présence, il le cachait bien, Stelios les enjoignant à la traiter avec la plus parfaite courtoisie.

Seul Kostas semblait tout faire pour l'éviter. Elle était allée le trouver un jour pour suggérer que Millie la rejoigne quelquefois au bord de la piscine ou sur la plage devant l'hôtel, mais elle avait essuyé un refus clair et net.

— Vous êtes la compagne de *kírie* Alexis, ce qui pose des problèmes avec ma mère, avait-il rétorqué d'un ton maussade. Il vaut mieux qu'Amélia se tienne à l'écart.

Elle fut tentée de lui rappeler qu'il était mal placé pour lui donner des leçons de morale, mais se retint. Il était sans doute préférable de se taire ; les choses s'amélioreraient avec le temps, même si elle ne savait pas comment.

Les seules fois où elle était séparée d'Alexis, c'était lors de ses voyages d'affaires à Athènes où il était en général absent pour au moins deux jours. Il lui manquait terriblement et elle avait du mal à s'endormir sans lui. Elle lui avait demandé une fois si elle pouvait l'accompagner, mais il avait refusé.

— Athènes est une ville triste, *agapi mou*, et pas toujours sûre, lui avait-il expliqué.

Elle avait accepté à contrecœur, mais le jour où il lui annonça que son prochain voyage durerait plus d'une semaine, elle décida qu'il était temps pour elle de rentrer à Haylesford affronter sa tante.

— Attends un peu, *matia mou*, la supplia Alexis. Laisse-moi venir avec toi.

Mais Selena, sous la pression de sa sœur impatiente de fixer une date de mariage, demeura inflexible.

— Je peux affronter tante Nora, assura-t-elle avec un aplomb qu'elle était pourtant loin de ressentir. Et je serai rentrée avant toi.

— Tu promets ? insista-t-il d'un ton étrangement sombre.

— Bien entendu. Par ailleurs, je dois y aller car Stelios a fait des miracles pour me trouver un vol et je ne veux pas le décevoir.

Il eut un bref sourire.

— Je dois penser à le remercier.

— Tout à fait, répondit-elle en l'embrassant.

La veille de son départ, il lui fit l'amour d'une façon intense, presque désespérée, qui l'emporta vers de nouveaux sommets de plaisir, mais la laissa ensuite triste et mélancolique avant même de lui avoir dit au revoir.

Et son humeur ne s'améliora pas à la vue du ciel gris et de la pluie battante qui l'attendait en Angleterre. Le temps qu'elle atteigne la maison de sa tante, elle était frigorifiée.

Il n'y avait personne à la maison. Se rendant dans la cuisine, elle alluma la bouilloire, puis elle monta dans sa chambre. Le lit venait d'être refait, nota Selena. Sa tante avait donc bien reçu son message téléphonique et elle était manifestement attendue.

En attendant cette dernière, elle se fit un léger repas d'œufs brouillés sur du pain grillé et but deux tasses de café, puis se rendit en ville. Elle s'arrêta d'abord chez un joaillier et patienta pendant qu'on réparait le bracelet de Millie, puis à l'agence de voyages où elle réserva un vol pour Mykonos pour le lendemain.

Elle retournait à la maison lorsqu'on la héla.

— Bonjour, Selena !

Se retournant, elle vit Daisy et Fiona s'approcher.

Tout ce dont elle avait besoin, maugréa-t-elle *in petto*.

— Bonjour, répondit-elle poliment.

— Où donc est Millie ? s'enquit Daisy en regardant autour d'elle comme si elle s'attendait à voir Millie surgir de derrière un buisson.

— Elle est à Rhymnos. Elle prépare son mariage.

— Son mariage ? s'étonna Fiona. Comme c'est étrange. On croyait qu'elle se lasserait vite de son séducteur grec, n'est-ce pas, Daisy ?

— Comme quoi…, rétorqua Selena d'un ton vif en essayant de se glisser entre elles.

— Donc, durant tout ce temps, tu n'as pas réussi à la faire changer d'avis, ricana Daisy. À moins que tu ne sois restée pour d'autres raisons…

À son grand dam, Selena se sentit rougir, mais elle haussa les épaules d'un air faussement désinvolte.

— Je privilégie ma carrière professionnelle. Elle, non. Je lui dirai que je vous ai vues, ajouta-t-elle en s'éloignant.

— Et veille à ce qu'elle nous invite au mariage ! cria Fiona de loin.

Quand les poules auront des dents ! songea Selena.

Elle n'était même pas certaine d'être elle-même invitée, à en juger par la façon dont Kostas lui avait parlé, l'autre jour. Il l'avait traitée de « compagne » de *kírie* Alexis, ce qui était sans doute mieux que « maîtresse » ou « putain », mais voulait dire la même chose, et savoir que cela lui valait le mépris d'Anna Papoulis la piquait comme une épine dans le pied.

Et voilà ! Elle l'avait enfin dit, avait enfin admis que, durant tout ce temps, Alexis n'avait pas une seule fois mentionné le mot « mariage » ni suggéré qu'elle resterait pour toujours à ses côtés…

Peut-être attendait-il juste que les noces de Millie et de Kostas aient eu lieu. Ou peut-être pas.

L'espace d'un instant, elle se sentit troublée, puis se ressaisit en se remémorant les caresses de ses mains et de sa bouche… l'éveillant au désir charnel. Mais par-dessus tout, elle se rappela sa voix murmurant : *S'agapo.*

« Je t'aime »…

Et n'était-ce pas là l'important, en fin de compte ?

Elle soupira. Si elle se le répétait assez, elle finirait peut-être même par le croire

Une fois de retour chez elle, elle prit le dossier intitulé « Personnel » dans le tiroir du bas du bureau de sa tante, en sortit l'acte de naissance de Millie et son certificat d'assurance-maladie puis, après réflexion, elle prit aussi les siens.

Elle inspecta le contenu de son armoire. Elle savait, grâce à Alexis, que les hivers sur l'île pouvaient être froids et pluvieux, donc des pulls et des jeans ainsi que sa polaire seraient sûrement utiles. Le reste pouvait être empaqueté et donné à des bonnes œuvres, et elle allait commencer tout de suite car elle était impatiente de partir le plus vite possible d'ici pour rejoindre l'homme de sa vie, réalisa-t-elle en jetant une jupe bleu marine au rebut.

Elle finissait de nouer le dernier sac d'affaires à donner, lorsqu'elle entendit une voiture arriver et repartir, puis le cliquetis d'une clé dans la serrure de la porte d'entrée.

Tante Nora apparut sur le seuil.

— Enfin, tu es rentrée ! Amelia est avec toi, j'espère.

— Eh bien, non, rétorqua Selena en souriant. Tu as l'air en pleine forme, tante Nora. J'espère que ta jambe est guérie.

— Elle me fait toujours souffrir et je dois utiliser une canne la plupart du temps. Alors, où est ta sœur ?

Selena renonça à tout autre tentative d'esquive.

— Elle est à Rhymnos, répondit-elle. Elle organise son mariage et espère que tu feras partie des invités.

Il y eut un silence de mauvais augure.

— Elle a donc l'intention de poursuivre cette mascarade, finit-elle par répondre. Pourquoi as-tu permis que cela se produise, Selena… Contre ma volonté ?

— Parce que je n'ai pas pu l'empêcher ! riposta Selena en relevant le menton. Et je n'en ai même plus envie, désormais. Ils s'aiment… Et il y a autre chose que tu devrais savoir : j'ai moi aussi rencontré quelqu'un et je repars demain le rejoindre à Rhymnos.

— Tu oses me dire ça ! rétorqua sa tante d'une voix vibrante de colère, que tu renonces à tes études, à la carrière que je t'ai offerte… Que tu rejettes tout ce que j'ai fait pour toi ? Seigneur, ton ingratitude est inconcevable.

— J'ai essayé de me montrer reconnaissante mais, quoi que je fasse, cela ne va jamais. Tu veux que je devienne enseignante, non pas pour le bien de la communauté, mais pour te permettre d'obtenir une main-d'œuvre bon marché. Et je l'aurais fait, pour Millie. Mais elle a décidé de son propre avenir, me rendant libre par la même occasion. Donc, si je décide de devenir enseignante, je poserai moi-même mes conditions.

— Des paroles hardies que tu pourrais bien regretter à la fin de l'été lorsque ton petit copain se sera lassé de toi et te mettra dehors ! Ou retournera auprès de son épouse…

Elle marqua une pause, puis poursuivit, hargneuse :

— Mais tu as raison, Millie est une cause perdue et je ne veux plus entendre parler d'elle ni de son paysan grec. Toi, en revanche, tu pourrais m'être encore utile, et quand tu te rendras compte de la terrible erreur que tu as commise, je serai peut-être disposée à te donner une seconde chance.

— Je garderai ton offre à l'esprit.

Selena était toujours ébranlée par la remarque perfide de sa tante à propos de la soi-disant épouse d'Alexis. Non qu'elle l'ait crue, bien sûr. Mais elle se rappelait qu'Alexis l'avait parfois regardée avec une expression circonspecte, comme s'il était sur le point de lui dire quelque chose… Et quand elle l'avait interrogé, sa réponse avait toujours été la même :

— Je pensais à quel point tu es belle, *agapi mou*.

Ce qui était agréable à entendre, mais la laissait toutefois sur sa faim…

On pouvait faire confiance à tante Nora pour souligner son manque de confiance en elle. Dieu merci, elle n'en aurait plus guère l'occasion, désormais.

Le temps était nuageux mais toujours chaud lorsqu'elle atteignit Rhymnos. La veille, elle avait laissé un message à l'hôtel pour les prévenir de son arrivée, mais personne ne l'avait accueillie à la descente du ferry et elle se retrouva à grimper péniblement la colline, sa lourde valise à la main.

Il n'y avait personne à la réception quand elle entra, aussi se dirigea-t-elle vers les ascenseurs et prit sa clé dans son sac à main.

Lorsqu'elle ouvrit la porte de la suite, elle fut aussitôt assaillie par une odeur inattendue de fumée de cigare et, à l'instant où elle posa sa valise au sol, un homme bien bâti, vêtu d'un costume en lin froissé, avec des cheveux sombres striés de gris, sortit de la chambre, tenant entre ses doigts couverts de bagues un cigare incandescent.

Un autre homme — plus jeune, plus mince et portant des lunettes — était assis sur le canapé, une serviette à ses pieds.

L'espace d'un instant, Selena crut s'être trompée d'étage ou de chambre et s'apprêtait à s'excuser quand l'homme au cigare se mit à parler, son accent grec teinté d'inflexions américaines.

— Vous devez être mademoiselle Blake.

Deux yeux noirs surmontés de sourcils broussailleux la scrutaient intensément, la faisant s'empourprer de honte et d'indignation. Puis il se tourna vers son acolyte.

— Je vois ce qu'elle peut avoir de séduisant, Manoli. Ce mélange de beauté blonde et d'innocence pourrait tenter un saint et, comme chacun sait, mon ami, ajouta-t-il dans un soupir, mon fils est loin d'être un saint.

Selena retrouva sa voix.

— Je suis désolée, mais je ne comprends pas, dit-elle

en regardant autour d'elle. Qui êtes-vous et… où est Alexis ?

— Je m'appelle Petros Constantinou et voici Manoli Kerolas, l'avocat de la famille. Quant à Alexis… il est à New York, là où est sa place et où il restera, désormais, l'informa-t-il en l'invitant d'un geste à s'asseoir. Prenez place, jeune fille, pour que nous discutions des modalités à prévoir.

— Je préfère rester debout, riposta Selena, consciente des battements erratiques de son cœur. Et il n'y a rien à discuter.

— Ne rendez pas les choses plus difficiles qu'elles ne le sont déjà, soupira-t-il. Admettez juste que la fête est terminée et tournez la page, car vous ne verrez plus jamais Alexis, ni ici ni ailleurs. C'est terminé, *pethi mou.*

Ces mots lui firent l'effet d'une gifle, mais elle s'obligea à ne pas broncher.

— Je ne vous crois pas, riposta-t-elle. Je n'y croirais pas avant qu'il me le dise lui-même.

— Cela n'arrivera pas, assura-t-il d'un ton sans appel. Mon fils est doué pour commencer les choses mais pas pour les terminer, comme vous venez de vous en rendre compte. Il préfère que quelqu'un d'autre s'en charge. C'est une de ses faiblesses, je dirais, comme son attirance pour les jolies blondes et son attachement à cette île. Mais son entreprise d'huile d'olive s'autogère désormais et il peut se consacrer aux affaires professionnelles et familiales qu'il a négligées depuis bien trop longtemps.

Il sourit.

— Nul doute que le mariage et la paternité le pousseront à se concentrer sur les choses importantes de la vie plutôt que sur les diversions triviales — si attirantes soient-elles.

— Le mariage ? La paternité ? s'écria Selena, la gorge nouée. De quoi parlez-vous ?

— Ah, lâcha-t-il d'un regard dédaigneux. Vous ne saviez pas qu'Alexis s'apprêtait à se marier ? Mais pourquoi gâcher une merveilleuse idylle en posant des questions délicates ?

— Il ne ferait pas ça, souffla-t-elle d'une voix rauque. Il ne pourrait pas. Il m'aime.

— Oh ! je suis sûr qu'il l'a prétendu. Comme beaucoup d'hommes, il serait prêt à tout pour garder une jolie femme dans son lit. Mais il est promis à quelqu'un qu'il connaît depuis l'enfance, et le mariage sera célébré très bientôt.

Il marqua une pause, avant d'enfoncer le clou.

— En fait, dès que j'aurai fini de m'occuper des questions subsidiaires telles que vous-même, mademoiselle Blake, expliqua-t-il en invitant l'avocat à s'approcher. Pour éviter à ma future belle-fille un chagrin immérité, j'aimerais que vous signiez ceci.

— Qu'est-ce que c'est ?

Les mains serrées dans les poches de son jean, elle enfonça ses ongles dans ses paumes pour occulter la douleur qui lui étreignait le cœur.

— Un acte juridique par lequel vous vous engagez à ne jamais entrer en contact avec mon fils, ni à dévoiler vos rencontres passées à la presse. En contrepartie, je m'engage à vous verser deux cent cinquante mille livres sterling — fonds qui seront déposés de suite sur votre compte bancaire. Considérez cette somme comme une compensation pour votre déception, ajouta-t-il, bien que vous n'aurez aucun mal à remplacer Alexis, j'imagine.

— Comment… *comment* osez-vous ! Je ne signerai rien du tout et vous pouvez garder votre sale argent. Mais ne vous inquiétez pas. Croyez-vous vraiment que je veuille encore entendre parler de votre fils, et *a fortiori* le voir ou parler de lui ? Si tel est le cas, vous devez être fou… Et maintenant, laissez-moi ! leur intima-t-elle en indiquant la porte de la main.

— Vous êtes sur notre propriété, *despinís*, intervint l'avocat. C'est à vous de partir. Vous pouvez toutefois prendre avec vous tout vêtement ou cadeau que *kírie* Alexis vous a offert durant votre liaison.

Se baissant, elle prit sa valise.

— Non, dit-elle d'une voix tremblante. Vous pouvez les garder. Je ne veux rien de vous — ni maintenant ni jamais.

Lorsqu'elle sortit de l'ascenseur, les jambes flageolantes, elle aperçut Kostas devant l'entrée du bar et se souvint de la raison pour laquelle elle était rentrée en Angleterre. Elle extirpa l'enveloppe et le bracelet de son sac et les lui tendit.

— C'est pour Millie, dit-elle d'une voix posée.

— Je suis désolé pour ce qui vous arrive, fit-il en évitant son regard, avant de s'engouffrer dans le bar.

Ensuite, tout fut ridiculement simple. Elle monta dans le ferry toujours à quai et, arrivée à Mykonos, elle prit la dernière place disponible dans le vol qui partait en fin d'après-midi — comme si le destin même conspirait contre elle. Elle acheta un billet de train pour Haylesford, consciente de n'avoir rien à dire pour sa défense qui pourrait justifier ce petit épisode sordide.

Elle était tombée follement amoureuse d'un homme qui s'apprêtait à épouser son amour d'enfance. Un homme qui s'était servi d'elle et l'avait laissée tomber, sans même avoir eu le courage de lui dire la vérité en face. Elle était pitoyable. Tout cela, parce qu'il lui avait dit l'aimer et qu'elle avait tant voulu le croire…

Cette excuse ne ferait certes pas fléchir sa tante, réalisa-t-elle, quand bien même elle trouverait le courage de la brandir. Et elle pouvait déjà imaginer la joie mauvaise qui accueillerait cette révélation.

Lorsque le train s'arrêta à Stilbury, l'arrêt précédant Haylesford, Selena, mue par une impulsion soudaine, prit son sac de voyage et descendit. Elle se rendit en ville, trouva un hôtel bon marché et prit une chambre pour la nuit. Le lendemain, elle vida son compte en banque pour payer la location d'un minuscule studio et prit un emploi comme serveuse dans un pub très fréquenté.

Rien d'extraordinaire, mais un travail tout de même. Le travail était la réponse, la formule magique qui lui permettrait d'oublier la Grèce et tout ce qui était arrivé là-bas.

Du moins, en cet instant désespéré, le croyait-elle.

10

Et pourtant, voici qu'elle se trouvait à nouveau à bord du ferry qui s'apprêtait à accoster à Rhymnos, la chaleur du bastingage où elle était accoudée lui brûlant la peau.

Elle n'était pas obligée de venir et elle pouvait encore changer d'avis, s'était-elle dit en embarquant dans l'avion, mais l'occasion de se rapprocher de Millie l'avait décidée.

Les choses avaient changé, Kostas avait raison, reconnut Selena. Le port avait été agrandi et les élégants yachts dépassaient en nombre les bateaux de pêche.

Elle s'obligea à regarder au-delà de ce spectacle paisible vers la bâtisse blanche, sur la colline, espérant malgré elle qu'elle avait été transformée ou, mieux encore, détruite, consciente toutefois qu'il ne fallait pas trop y compter.

Kostas l'attendait sur le quai lorsqu'elle débarqua et insista pour porter son sac.

— Je suis heureux de te revoir, belle-sœur. Amelia sera si contente !

Sa *taverna* se trouvait à l'extrémité du port — pittoresque avec ses bacs de géraniums et son auvent rouge et blanc, et manifestement très fréquentée, à en juger par toutes les tables occupées. Dieu seul savait comment il avait levé les fonds nécessaires pour acquérir l'établissement, mais le pari semblait gagné.

Ils traversèrent le bar et entrèrent dans la cuisine où Anna Papoulis sortait un grand plat de moussaka du four, sa mine déjà maussade s'assombrissant davantage encore à la vue de Selena, dont elle ignora le salut.

Aucun changement de ce côté-là, songea Selena, suivant Kostas derrière une porte abritée par un rideau et montant l'escalier en bois à sa suite jusqu'au premier étage.

Sa chambre, située au bout d'un étroit passage et donnant sur une cour arrière abritant des poubelles, était petite et sommaire. Elle contenait un lit recouvert d'une fine couverture rouge, une armoire trop exiguë pour ses affaires et un tapis sur le sol balayé à la hâte.

Kostas posa son sac sur le lit et lui jeta un regard anxieux.

— Tu veux bien venir voir ma pauvre Amelia ?

— Je suis là pour ça, répondit-elle d'une voix enjouée en lui adressant même un sourire rassurant.

Mais son sourire vacilla un peu lorsque, après avoir suivi Kostas jusqu'à la chambre principale, elle découvrit Millie dans une jolie robe de chambre bleue et légèrement maquillée, assise au milieu d'un immense lit, avec un plat contenant une grappe de raisins à demi mangée à côté d'elle. Elle était clairement en parfaite santé.

— Oh ! dit-elle en posant son magazine, te voilà enfin ! Je commençais à penser que tu avais changé d'avis… Qu'as-tu donc fait à tes cheveux ?

— Je les ai coupés. Bonjour, Millie, répondit Selena en s'asseyant sur le bord du lit. Je croyais que tu étais malade.

— Je le suis, grimaça Millie. Je ne me suis jamais

sentie aussi mal de toute ma vie. J'ai sans cesse des nausées, mais la vieille chouette en bas ne me témoigne aucune sympathie. Elle pense que je devrais continuer à servir les clients ! Je voulais que tu viennes ici, car je pensais que tu comprendrais…

— Millie, es-tu en train de me dire que tu es enceinte ?

— Oui. Kostas est ravi, naturellement, mais ce n'est pas lui qui souffre, assura-t-elle en prenant un grain de raisin. Je ne peux manger que des fruits. C'est un cauchemar.

Non, décida Selena, la gorge nouée. C'était elle qui vivait un cauchemar. Après tout ce qui s'était passé, comment sa sœur pouvait-elle agir ainsi ?

Elle se leva.

— Les nausées matinales se terminent en général à la fin du premier trimestre, à moins d'être vraiment malchanceuse. Quoi qu'il en soit, ce n'est guère une urgence, conclut-elle en se dirigeant vers la porte. J'espère que tout ira bien pour toi.

— Où vas-tu ?

— Je rentre en Angleterre ! Que veux-tu que je fasse d'autre ?

— Mais tu viens d'arriver ! protesta Millie d'une voix tremblante. En outre, il ne s'agit pas que du bébé, Lena… Nous avons de gros ennuis et nous avons besoin de ton aide.

Bien entendu ! songea Selena, gagnée par un malaise croissant. Son instinct lui dictait de fuir et, pourtant, elle hésitait.

— Des ennuis d'argent, j'imagine, dit-elle. Pourtant, la *taverna* a l'air d'être florissante.

— Elle l'est.

— De quoi s'agit-il, alors ?

Le visage de Millie était en feu et elle avait les larmes aux yeux.

— Nous avons été trompés et nous pourrions tout perdre ! Notre maison, notre moyen d'existence... Tout, gémit-elle en éclatant en sanglots.

Selena se rapprocha du lit.

— Ne pleure pas, Millie. Tu dois rester calme... pour le bien du bébé. Allez, raconte-moi tout.

Sa sœur déglutit.

— La *taverna* n'appartenait pas à l'homme qui a conclu l'affaire avec Kostas, et maintenant le véritable propriétaire veut récupérer son bien.

Sous le choc, Selena la fixa longuement.

— Cette question aurait dû être vérifiée par votre avocat, tout de même ?

Millie détourna le regard.

— L'affaire a été traitée en privé. Nous n'avons pas utilisé les services d'un avocat.

— Eh bien, il va vous en falloir un, maintenant.

— Nous espérions que tu pourrais nous aider, souffla Millie, refusant toujours de croiser le regard de sa sœur.

— C'est ridicule ! s'écria Selena. Je m'apprête à devenir enseignante. Je ne connais strictement rien à la loi grecque.

— Mais si tu parlais au propriétaire, tu pourrais peut-être le persuader de changer d'avis.

— Pourquoi diable m'écouterait-il ?

— Parce qu'il s'agit d'Alexis Constantinou, répondit Millie. Il est de retour. Il réside à l'hôtel et veut te voir.

— Vous m'avez menti tous les deux. Comment avez-vous pu me faire une chose pareille ?

Le corps tendu et l'esprit en ébullition, elle leur fit face. L'agonie d'une nouvelle trahison...

Millie la regardait d'un air suppliant.

— Si on t'avait dit la vérité, tu ne serais pas venue. Et nous sommes désespérés. Nous n'avons personne d'autre vers qui nous tourner.

— Rien n'a changé, donc. Je refuse de le voir, annonça-t-elle sèchement, avant de tout gâcher : Est-il seul ?

— Ici, oui, répondit Kostas, les yeux baissés. Ailleurs... qui sait ?

Une douleur fulgurante la frappa, lui faisant prendre conscience que tous ses efforts pour laisser le passé derrière elle étaient vains. Comme si elle était toujours l'idiote naïve qui croyait tout ce qu'on lui disait. Qui avait même osé rêver...

Jusqu'au jour où le père d'Alexis lui avait dessillé les yeux et lui avait révélé le vrai visage de son fils...

— Êtes-vous certains que c'est lui et non pas son père qui désire me voir ?

— Qu'est-ce que son père a à voir là-dedans ? s'étonna Millie.

Mais après l'avoir si brutalement écartée de sa vie, pourquoi Alexis essayait-il désormais de la forcer à une nouvelle confrontation ?

Cette menace de ruiner Kostas et Millie la plaçait dans une situation impossible. Si elle refusait de voir Alexis, ce dernier gagnerait. De fait, l'offre de négociation était sans nul doute un stratagème de sa part. Il savait exactement quelle serait sa réaction et il pourrait ainsi lui attribuer la faute si Kostas et sa sœur perdaient tout.

Mais elle ne le permettrait pas, décida-t-elle soudain. Elle ne devait pas lui laisser croire qu'elle avait peur de lui, qu'elle était trop blessée pour l'affronter. Si seule la fierté lui permettait de traverser cette épreuve, alors elle s'en contenterait.

— Ne pleure plus, Millie. C'est mauvais pour le bébé. Je lui parlerai, s'il le faut, mais je ne promets rien.

Elle jeta un coup d'œil à Kostas, qui évitait toujours de croiser son regard.

— A-t-il mentionné un lieu et une heure de rendez-vous ?

Kostas se racla la gorge.

— *Óhi*. Pas encore.

De toute évidence, la vérité était plus complexe, devina Selena, mais pour l'heure elle avait suffisamment de choses à gérer pour s'en inquiéter.

— Bien, annonça-t-elle en se dirigeant vers la porte. Je vais prendre une douche et me détendre un peu. D'accord ?

Sur leurs murmures d'assentiment, elle les quitta.

La douche était certes rafraîchissante, mais il n'était pas question pour elle de se détendre ensuite.

Elle avait encore du mal à croire ce qui se passait et pourquoi. Comment Alexis avait-il le culot de la traiter ainsi — ajouter l'insulte à la terrible injure qu'il lui avait déjà infligée ?

Preuve s'il en était qu'il ne s'était jamais soucié d'elle, se dit Selena, refoulant la vague de douleur et de chagrin qui menaçait une fois de plus de la submerger. Dire que toute la chaleur et la tendresse qu'il lui avait témoignées n'avaient été qu'un stratagème pour la séduire et l'attirer dans son lit ! Il ne s'était pas gêné pour la quitter lorsque la vie réelle avait repris ses droits.

Il avait certainement deviné ce qu'elle ressentait pour lui. Cela l'avait-il amusé de lui faire avouer qu'elle lui avait offert son cœur en même temps que son corps ? La volonté impitoyable d'assouvir son seul plaisir avait-elle toujours été présente chez lui, avait-elle été trop aveuglée par sa passion pour s'en apercevoir ?

Et si l'attitude rébarbative d'Eleni à son égard avait été sa façon à elle de l'éloigner avant qu'il ne soit trop tard ?

Selena s'était posé ces questions des milliers de fois, jusqu'à ce qu'elle décide qu'il était temps de cesser de rechercher des réponses et… d'aller de l'avant. Autant que possible, vu les circonstances. Et elle pensait avoir réussi.

Et pourtant elle était là, une fois de plus, dans la tourmente, avec ses plaies encore béantes. Parmi les nombreuses choses qu'elle devrait cacher à Alexis lorsqu'elle lui ferait de nouveau face, il y avait cette précieuse photographie, maintenant posée contre la bouteille d'eau sur la table de chevet bancale.

Elle prit et étudia le cliché, le cœur serré de tendresse à la vue du petit visage souriant.

— Ce ne sera pas long maintenant, mon chéri, souffla-t-elle. Et nous serons ensemble pour toujours, je te le promets.

Elle embrassa la photo, puis la reposa sur la table.

Elle n'attendrait pas d'être convoquée, décida-t-elle. Demain, elle prendrait les choses en main et irait voir Alexis. Pour lui faire savoir qu'il allait devoir se battre.

Prétextant la fatigue après son voyage, elle se coucha tôt, dans l'intention de planifier sa stratégie. Mais le son des bouzoukis montant de la *taverna* lui rappela malgré elle les longues soirées où elle avait dîné, bu et écouté de la musique sous les étoiles…

Elle avait regardé Alexis danser avec les autres

hommes, plus gracieux, plus viril que la plupart d'entre eux, avant qu'elle et les autres femmes soient conviées à les rejoindre, riant comme elles se baissaient, se balançaient et tournoyaient entre les tables.

Plus tard, dans les bras d'Alexis, elle avait bougé sur un rythme bien différent, atteignant un plaisir si profond que ç'en était presque douloureux…

Elle prit conscience, honteuse, que son corps réagissait à ce souvenir, ses tétons se durcissant sous le drap qui les couvrait.

— Qu'il aille au diable ! souffla-t-elle en enfouissant la tête dans l'oreiller.

— Il faut que tu me fournisses des documents, dit Selena d'un ton vif à sa sœur. Quelque chose qui prouve que tu as acheté la *taverna* en toute bonne foi, et que tu es susceptible d'exiger une compensation.

— Nous ne voulons pas de compensation ! rétorqua Millie. Simplement garder l'Amelia. Par ailleurs, je ne crois pas qu'il y ait de documents. Kostas m'a dit qu'il s'agissait d'un arrangement privé.

— Il m'a dit la même chose, renchérit Selena. Millie, je dois savoir ce que Kostas et toi me cachez.

— Rien, je t'assure, répondit Millie en se levant, visiblement abasourdie. Je vais faire des courses avant qu'il ne fasse trop chaud. Il nous faut des concombres.

— Je les prendrai à mon retour, dit Selena en l'arrêtant d'un geste. Toi, reste à l'ombre et repose-toi.

— Tu es sûre de ce que tu fais ? Ne vaudrait-il pas mieux attendre qu'il envoie quelqu'un te chercher ?

— Mais non ! répondit Selena en souriant. Cesse de t'inquiéter.

Selena s'engagea sur les quais, puis grimpa la colline jusqu'à l'hôtel, comme elle l'avait si souvent fait par le passé. Stelios était à la réception lorsqu'elle entra.

Levant les yeux, il sourit.

— *Kíria* Blake.

Elle s'efforça de lui adresser un sourire confiant.

— *Kaliméra*, Stelios. Le patron est-il là ? J'ai besoin de lui parler. Mais s'il est occupé, je peux revenir plus tard.

Mais le ferait-elle ? Et si elle devait attendre, ne perdrait-elle pas le peu de courage qui lui restait et s'enfuirait-elle en courant ? Non, elle ne pouvait pas faire ça. Elle devait aller jusqu'au bout, quoi qu'il arrive.

— Non, non, il va vous recevoir maintenant, répondit Stelios en saisissant le téléphone interne. Il vous attendait.

Oui, songea-t-elle, bien entendu. Qu'avait-elle pu penser d'autre ? Désormais, la lutte commençait.

Debout près de Stelios dans l'ascenseur, elle s'obligea à respirer lentement. Se rappelant la raison de sa présence ici. Répétant dans sa tête ce qu'elle devait dire. Se rappelant qu'elle était là pour terrasser ses démons.

— *Kírie* Alexis prend son petit déjeuner, l'informa Stelios en ouvrant la porte de l'appartement, avant de s'effacer pour la laisser entrer.

— *Efharistó*, le remercia-t-elle.

— *Parakaló*, répondit-il en refermant la porte derrière lui.

Elle traversa le salon vide et entra dans la chambre, détournant volontairement le regard du lit défait.

Les portes-fenêtres étaient ouvertes, et Alexis, dans un peignoir blanc qui mettait en valeur sa peau hâlée, était assis à une table sur le balcon, buvant du café, les restes de son repas — des fruits, du pain frais et de la confiture de cerises — poussés dans un coin.

Elle s'avança lentement et il tourna la tête vers elle, ses yeux se plissant à sa vue.

Ses joues semblaient plus creuses, nota Selena, ses traits plus accentués. Et surtout, il avait l'air fatigué.

— *Kaliméra*, dit-il, l'invitant d'un geste à s'asseoir. Veux-tu un café ?

— Il n'y a qu'une tasse, répondit-elle en s'asseyant.

— Quelle importance, après tout ce que nous avons déjà partagé ?

Manifestement, il n'allait pas lui faciliter les choses.

— Mais pas depuis longtemps, riposta-t-elle en croisant son regard moqueur.

— Et pourtant, tu es ici, maintenant. Tu m'en vois ravi.

Selena redressa le menton.

— Je suis ici pour négocier. Rien de plus.

— Rien ? Je crains que tu ne doives revoir ton jugement.

Et soudain, chaque mot qu'elle avait prévu de dire, chaque argument qu'elle avait défini, lui sortit de la tête. Au lieu de cela, elle s'entendit lui poser la question qu'elle s'était pourtant juré de ne pas lui poser :

— Pourquoi ne m'as-tu pas dit que tu allais te marier ?

— Parce que j'espérais ne pas devoir en arriver là. Pourquoi t'es-tu coupé les cheveux ? ajouta-t-il sans lui laisser le temps de réagir.

Des cheveux couleur clair de lune…

Elle se ressaisit.

— C'est plus commode.

— Non, riposta-t-il avec brusquerie. C'est un sacrilège.

L'image de la coiffeuse lui demandant d'une voix

anxieuse si elle était sûre de sa décision lui traversa soudain l'esprit. Baissant la tête pour ne pas voir les longues mèches blond argenté tomber au sol, elle avait acquiescé.

— Peut-être devrions-nous aborder le problème de la *taverna* Amelia.

— Les soucis de ta sœur et de son bon à rien de mari peuvent attendre. Je me suis juste servi d'eux comme prétexte pour te faire venir ici, dit-il avec un sourire qui lui fit froid dans le dos. Nous avons une dette à régler… toi et moi.

— Une dette ? s'étonna Selena. Je ne comprends pas.

— Tu me dois un enfant, Selena *mou*, dit-il posément. Ou croyais-tu que je ne découvrirais pas ton secret ?

Sous le choc, elle le fixa, les yeux écarquillés.

Comment l'avait-il appris ? Comment avait-il découvert qu'elle avait été enceinte et ce qui était advenu du bébé ?

Elle se rendit compte par la même occasion que ce qu'elle avait lu dans son regard n'était pas de la tension mais de la colère. Une colère dirigée contre elle.

— Je… Je ne sais pas ce que tu veux dire, souffla-t-elle d'une voix qu'elle peinait à reconnaître.

— Ne me mens pas, *matia mou*, riposta-t-il d'un ton qui n'avait rien d'amical. Avec tes grands yeux innocents, tu m'as presque fait croire qu'il était possible de t'aimer, de te faire confiance. Quel idiot j'ai été… ! Dis-moi, était-ce un garçon ou une fille, l'enfant que tu as donné si facilement à des étrangers ?

Oh ! Seigneur, comment pouvait-il décrire en de pareils termes ce qui avait été la décision la plus difficile de sa vie ?

— Alexis, s'écria-t-elle d'une voix désespérée. Alexis, tu dois m'écouter…

— Je t'écoute et j'attends une réponse à ma question. Alors, garçon ou fille ?

— Un garçon.

La gorge nouée, elle baissa la tête, terrifiée à l'idée de s'effondrer devant lui… cet étranger aigri.

Lorsque son enfant était né, les médecins avaient dû la mettre sous calmants car elle était hystérique, incapable de s'arrêter de pleurer, et appelant Alexis… Ensuite, elle s'était retrouvée seule, obligée de survivre alors qu'elle ne voulait qu'une chose : mourir.

Elle le regarda.

— Si c'est cela que tu voulais savoir, puis-je m'en aller maintenant ? demanda-t-elle d'une voix monocorde.

— Tu partiras quand je te le permettrai. Pas avant.

Stupéfaite, elle leva les yeux vers lui et frissonna sous son sourire glacial.

— Vois-tu, Selena *mou*, j'exige que tu restes avec moi jusqu'à ce que tu m'aies donné un autre enfant pour remplacer celui que tu as été si prompte à abandonner. De cette façon, tu auras intégralement payé ta dette envers moi.

11

La distance les séparant semblait s'être élargie, infranchissable. Terrifiante.

— Tu ne… Tu ne peux pas vouloir une chose pareille. Le passé est derrière nous, Alexis. Nous ne pouvons pas le changer. Nous devons nous tourner vers l'avenir et poursuivre la vie que nous avons choisie, avec les personnes que… nous avons choisies.

— Tu fais allusion à l'homme qui t'attend en Angleterre ? lança-t-il en jetant un coup d'œil sarcastique sur ses mains nues. S'il est toujours dans ta vie, il ne semble pas pressé de t'épouser.

Ce n'était pas le moment d'admettre qu'il n'y avait jamais eu personne dans sa vie, songea Selena en redressant fièrement le menton.

— Non. Je parlais de ton épouse.

— Je n'ai pas d'épouse.

— Oh ! dit-elle, décontenancée. Es-tu divorcé ?

— Non, lâcha-t-il en soupirant. Je ne me suis jamais marié. J'ai rompu les fiançailles.

— Je… Je ne comprends pas.

Il haussa les épaules.

— Je ne demande pas que tu comprennes, Selena *mou*, mais que tu coopères, comme je l'ai dit clairement.

Elle se leva.

— Et moi, je ne suis venue ici seulement que pour discuter du problème juridique concernant le titre de propriété de la *taverna* Amelia.

— Assieds-toi et écoute-moi, lui intima Alexis. Il n'y a rien à discuter. Kostas sait pertinemment que la *taverna* et le terrain qu'elle occupe m'appartiennent. Et je veux les récupérer.

Elle lutta contre son désarroi, tenta de paraître confiante.

— Il a été induit en erreur. Il mérite au moins d'être remboursé du prix d'achat.

— C'est toi qui as été induite en erreur, Selena *mou*, railla-t-il, car Kostas n'a rien payé. Et maintenant, tu es là pour me demander d'être charitable et de retirer la procédure d'expulsion que j'ai lancée contre lui et sa femme enceinte… Vous êtes fertiles dans la famille, apparemment.

Mieux valait ignorer cette remarque, se dit Selena.

— Mais Kostas a travaillé pour toi. Tu l'as encouragé à épouser Millie. Pourquoi t'es-tu retourné contre lui ?

— Une fois de plus, tu te trompes. C'est Kostas qui s'est retourné contre moi.

— Mais pourquoi faire une chose pareille ?

— Il croyait qu'épouser ta sœur lui assurerait une relation privilégiée avec moi, répondit Alexis en haussant les épaules. J'ai dû lui montrer qu'il se trompait. Il a décidé de se venger. Une grosse erreur.

— Puis-je savoir ce qu'il a fait ?

— Pourquoi pas ? Après tout, cela te concerne aussi.

— Moi ? s'étonna Selena.

— Bien sûr. Quelle autre arme avait-il à sa disposition ? Il a eu vent Dieu sait comment de mes fiançailles et que mon père me pressait d'épouser cette jeune femme.

— Ton amour d'enfance, souffla Selena.

— Sûrement pas ! répondit-il avec dédain. Mais qu'est-ce qu'un mensonge de plus ?! Je l'ai effectivement rencontrée une fois ou deux lorsque nous étions enfants. Son père, Ari Sofiakis, était un collègue de travail de mon père au commencement de l'entreprise familiale. Katerina a toujours été la petite chérie de son père — une enfant gâtée, pleurnicharde et détestable —, et les années ne l'ont pas améliorée. Ses seuls intérêts dans la vie sont les magazines de mode, les chocolats et la chirurgie esthétique. Je doute que nous ayons une idée en commun.

— Alors, pourquoi as-tu accepté de l'épouser ?

— Je n'ai jamais accepté. L'affaire a été réglée sans qu'on me demande mon avis et j'ai bien entendu refusé. Au début, mon père a prétendu que mon attitude offenserait la famille Sofiakis et je lui ai répondu qu'il aurait dû obtenir mon consentement avant d'entamer les procédures. Puis il m'a dit la vérité : des années auparavant, il avait versé des pots-de-vin à des fonctionnaires pour obtenir des contrats lucratifs. Ari Sofiakis était au courant, et mon mariage avec Katerina était désormais le prix de son silence.

Il marqua une pause, puis poursuivit :

— Sofiakis s'était à vrai dire rendu compte que les autres soupirants de sa fille adorée semblaient découragés par ses extravagances et ses colères, et il était prêt à tout pour lui trouver un riche mari. Si je ne me conformais pas à sa requête, mon père finirait au tribunal et fort probablement en prison, ce qui serait une catastrophe pour Constantinou International et, par conséquent, pour moi, son fils unique.

— Mais c'est du chantage !

— Bien sûr. J'ai été confronté à un terrible dilemme, et j'ai choisi en désespoir de cause de protéger mon père en acceptant de me fiancer avec Katerina. Mais le mariage devrait attendre : je m'étais déjà engagé à tenter de protéger Rhymnos des répercussions de la crise économique. Mais si Katerina acceptait un mariage précipité, elle était libre de m'accompagner sur l'île et de partager avec moi les privations que cela pouvait impliquer. Je ne craignais pas grand-chose. Katerina n'accepterait jamais d'aller au-delà de Manhattan, des Hamptons ou du cap Cod ! Après plusieurs scènes d'hystérie de sa part et de la part de sa mère, le mariage a été repoussé aux calendes grecques.

Il poussa un soupir, puis poursuivit laborieusement.

— Avant mon départ, j'ai loué les services de détectives privés pour enquêter sur Ari Sofiakis. Je n'étais pas optimiste. Il avait une réputation de probité dans sa vie professionnelle et était connu comme étant un homme religieux et un grand donateur. Parallèlement, mes avocats et mes comptables travaillaient en arrière-plan pour me rendre indépendant de Constantinou International. J'avais retenu la leçon.

— Et tes détectives ont trouvé quelque chose ?

— Oui, au moment où j'avais abandonné presque tout espoir. Une petite institution insignifiante — dirigée par des religieuses qui aidaient les immigrants potentiels à s'adapter à la vie américaine — recevait un soutien financier régulier et généreux de la part de Sofiakis et de certaines hautes figures de notre communauté, mais mon père n'en faisait pas partie. Les détectives ont trouvé ça bizarre. En creusant un peu, ils se sont rendu compte que les religieuses étaient parties depuis longtemps et que la maison avait été vendue. Quant aux immigrants, des femmes superbes entrées illégalement dans le pays, elles étaient en fait des call-girls dont Ari était un ancien et fervent client. J'étais à Athènes lorsqu'ils m'ont prévenu et j'ai aussitôt pris l'avion pour New York pour le rencontrer, ignorant que mon père, sous la pression de la famille d'Ari, avait lui aussi été très occupé. Sofiakis a accepté de mettre fin aux fiançailles, mais a dû ensuite inventer une excuse pour calmer sa femme et sa fille. J'ai presque eu de la peine pour lui.

Son expression se durcit.

— Jusqu'à ce que mon père m'annonce que ma relation avec toi était terminée et que je devais me trouver une épouse au sein de notre communauté. Lorsque je lui ai dit que ce serait toi ou personne, il m'a conseillé de ne pas perdre mon temps. Tu étais une femme vénale qui s'était laissée acheter pour deux cent cinquante mille livres sterling. Son avocat m'a même montré un document que tu avais signé et m'a félicité sur ma « chance » de t'avoir échappé, lâcha-t-il avec dédain.

— Et tu l'as cru ? s'enquit-elle, hébétée.

— Peut-être pas mon père, mais je n'avais aucune raison de mettre la parole de l'avocat en doute. Je suis allé à l'université avec son jeune frère et j'ai toujours considéré ses parents comme des amis.

— Pas comme moi qui n'étais qu'une compagne, lâcha-t-elle dédaigneusement. Une parmi tant d'autres, j'imagine.

— Si tu t'attends à ce que je m'excuse pour mon passé, Selena *mou*, tu risques d'être déçue.

Leurs regards s'affrontèrent, mais elle fut la première à détourner le sien.

— Quand as-tu appris la vérité à propos de l'argent ?

— Des mois après, lorsque mon père a licencié Manoli. Je m'étais déjà séparé de Constantinou International à ce moment-là, et je lui ai offert un emploi. Il s'est alors effondré et a avoué que tu avais refusé d'être payée et que mon père avait signé les documents en ton nom, se doutant que je ne connaîtrais pas ta signature et que je serais trop choqué pour mettre en cause sa validité. Je lui ai dit que mon offre d'emploi tenait toujours, et j'ai aussitôt pris un vol pour l'Angleterre pour te trouver... Dans la ville où ta tante tient une école.

Selena sursauta.

— Tu as vu tante Nora ?

— Oui. Et entendue aussi. Tu as refusé son aide, ses propositions d'assistance, et ta haine de moi t'a fait rejeter le bébé à sa naissance. Certains me diront que je peux remercier Kostas d'avoir mis fin à mes illusions te concernant, ajouta-t-il d'un ton amer, mais bizarrement je ne me sens pas reconnaissant envers lui.

Selena le fixa en silence. La tête lui tournait, et elle luttait pour ne pas s'effondrer devant ce nouveau coup bas. Elle devait se concentrer pour trouver une issue à ce cauchemar.

Elle ne s'en sortirait pas indemne. Elle porterait sa colère et ses accusations comme une cicatrice — mais garderait son estime d'elle-même intacte.

— Et malgré tout, tu te sers encore de lui pour me faire venir ici, répondit-elle d'un ton sec.

— Si tu avais su que j'étais derrière tout ça, serais-tu venue ? Je ne le pensais pas.

Mais était-ce la vérité ? Combien de fois avait-elle songé à le revoir pour lui poser les questions qui la hantaient ?

Elle ne pouvait pas le lui dire car elle ne voulait

pas qu'il sache que les réponses à ses questions lui importaient toujours. Qu'il lui importait toujours — en dépit de tout…

— Je dois donc dire à Kostas qu'il a perdu son travail et sa maison.

— Il le sait déjà, je pense, Selena *mou*. Bien, si nous nous occupions maintenant de notre petit différend.

— Il n'y a rien à discuter, riposta-t-elle sèchement. Je n'ai aucune intention de « coopérer ». L'idée même me révulse, comme elle devrait te révulser aussi.

— J'essaye juste de me montrer pratique. Je suis un homme célibataire qui a besoin d'un héritier et j'exige que tu m'en fournisses un. Si j'avais su que tu l'avais déjà fait, je t'aurais persuadée de me le confier au lieu de l'abandonner à des étrangers.

— Je… Je ne l'ai pas abandonné, balbutia-t-elle. Je vivais dans une simple chambre avant sa naissance, je n'avais qu'un travail à mi-temps et recevais des allocations. J'ai mis longtemps à récupérer, et c'est à ce moment-là qu'il a été placé dans une famille d'accueil.

— Tu n'as pas pensé à me contacter — moi, son père ?

— Non, car je pensais que tu étais marié à ce moment-là. Je ne voulais pas m'immiscer dans ta vie privée.

— Quelle grandeur d'âme ! Tu as dû regretter d'avoir refusé l'argent de mon père.

— Jamais, riposta-t-elle. Pas une seule fois.

— En revanche, tu étais satisfaite de laisser ton bébé.

« Satisfaite » ? Si le cœur pouvait se briser deux fois, le sien l'aurait certainement été.

— On a pris cette décision à ma place, dit-elle posément.

— Comme c'est pratique ! railla-t-il. Alors, laisse-moi

te dire ce que j'ai décidé : tu vas devenir une mère porteuse. Après la naissance, j'adopterai légalement l'enfant, garçon ou fille, et tu pourras repartir sans entraves, une fois de plus. Naturellement, je te paierai pour ce service.

Elle le fixa, n'en croyant pas ses oreilles, et sentit la colère la gagner, mêlée à la douleur renouvelée d'être aussi mal traitée.

— Comme c'est généreux de ta part ! riposta-t-elle d'une voix vibrante de mépris. Mais j'espère que tu ne m'offres pas la même somme ridicule que ton père. J'exige au moins le double de cette somme.

Il y eut un long silence tendu. Alexis demeura immobile, ses yeux sombres l'étudiant comme s'il ne l'avait jamais vue auparavant.

— Eh bien, finit-il par dire, tu as réussi à me surprendre, Selena *mou*. Mais maintenant nous savons où nous en sommes, au moins. Je payerai ce que tu veux, mais je te conseillerais quand même de ne pas laisser la convoitise prendre le dessus. Marché conclu ?

— Non, s'écria-t-elle, furieuse, tu n'es qu'un infâme salaud. Comment peux-tu imaginer que j'accepterais une telle proposition ?

Sentant monter un sanglot dans sa gorge, elle repoussa sa chaise et se leva d'un bond.

— Tu es vil et méprisable, et je regrette de t'avoir rencontré un jour !

Il se leva à son tour et fit un pas vers elle, ce qui la mit aussitôt mal à l'aise et douloureusement consciente de sa familière et enivrante odeur masculine, qui réveillait en elle des souvenirs aussi poignants que dangereux.

— Vraiment ? J'aimerais pouvoir en dire autant, mais... Même maintenant cela m'est impossible.

S'il se rapprochait encore, elle serait perdue et le savait. Elle devait rester calme, décida-t-elle. Et s'en aller. Mais lorsqu'elle atteignit la porte, il se tenait à côté d'elle, la main posée sur son bras. Aussitôt, elle fit un bond en arrière.

— Ne me touche pas, siffla-t-elle entre ses dents.

— Pardonne-moi, mais il y a une chose que je dois savoir, dit-il d'une voix étrange, presque anxieuse. Mon fils… Comment s'appelle-t-il ?

Les larmes brouillaient sa vue, mais elle les refoula.

— Alexander, souffla-t-elle, avant de fuir.

— Tu as osé me demander de l'aide alors que tu savais ce que tu avais fait ? Après avoir gâché ma vie ?

Selena était seule au bar avec Kostas. Millie se reposait dans sa chambre et Mme Papoulis était partie en marmonnant chercher les concombres oubliés.

— J'étais furieux, répondit Kostas, car j'avais demandé à *kírie* Alexis de me prêter de l'argent pour acheter mon commerce et il a refusé. Selon lui, si je voulais me marier, je devais travailler et économiser de l'argent pour mon épouse, et non pas emprunter ce que je ne pourrais peut-être pas lui rembourser.

Il se frappa le torse du poing.

— Il m'a fait me sentir comme un moins-que-rien et j'ai voulu le lui faire regretter. J'avais entendu Eleni et Yorgos parler du mariage arrangé aux États-Unis et qu'il y aurait de gros soucis si M. Constantinou apprenait que son fils avait une petite amie qui lui avait volé son cœur et son âme.

Elle grimaça.

— Donc, tu as parlé à son père.

— *Né*. Et il m'a promis une récompense. Je voulais juste l'argent que m'a refusé *kírie* Alexis, mais il m'a offert cette *taverna* à la place, alors qu'elle ne lui appartenait pas. Il m'a escroqué.

— J'espère que tu ne t'attends pas à de la pitié de ma part.

— Je n'attends rien. Ma vie est terminée, se lamenta-t-il avant de lever des yeux suppliants vers elle. S'il te plaît, ne dis pas à Amelia que je suis responsable de cette perte. Je ne le supporterais pas.

— Je pense qu'elle préférerait l'honnêteté, lâcha-t-elle sèchement. Et il vaut mieux, je pense, que je prenne le ferry dès cet après-midi.

Au cas où Alexis vienne à ma recherche.

À cette seule idée, sa gorge se noua, mélange de panique et d'affliction.

— Mais si tu pars comme ça, ta sœur se demandera pourquoi. Je t'en prie, reste un peu plus longtemps pour elle.

— Jusqu'à demain, alors. Et pas un jour de plus.

— Je t'en suis reconnaissant. J'avais espéré que tu pourrais persuader *kírie* Alexis de me pardonner pour qu'Amelia et moi puissions poursuivre notre rêve.

Et qu'en était-il de son rêve à elle ? Du prix qu'elle avait payé… et qu'elle payait toujours ? Elle ne voyait son petit garçon qu'une fois par semaine, et parfois le week-end. Et maintenant la famille d'accueil parlait de l'adopter, et elle allait devoir se battre pour le garder…

Elle prit une profonde inspiration.

— J'ai bien peur que tu ne doives te retrousser les manches et recommencer ailleurs. Je vais voir si Millie dort, conclut-elle en se levant.

Sa sœur était profondément endormie, constata

Selena en passant la tête dans l'embrasure. Elle se rendit dans sa propre chambre et s'assit sur le lit, le regard perdu au loin.

Sa rencontre avec Alexis l'avait laissée nauséeuse et secouée. Cela aurait-il été plus facile s'ils s'étaient rencontrés en terrain neutre, et non dans un lieu encore chargé de souvenirs ?

Leur chambre, se rappela-t-elle tristement. Avec son balcon surplombant les pelouses et la mer, où elle regardait la nuit la lune tracer son sillon argenté sur l'eau.

Cette chambre, où, par un torride après-midi, leur bébé avait été conçu…

Elle se réveilla après un merveilleux rêve et tendit le bras vers Alexis pour s'apercevoir que la place à côté d'elle était vide. Entièrement nue, elle partit à sa recherche.

Il était dans la salle de bains, ses cheveux noirs encore humides après sa douche, debout devant le lavabo, une serviette lui ceignant les reins, retirant avec dextérité la mousse de son menton avec son rasoir…

Il la vit dans le miroir et sourit, une lueur appréciative dans le regard comme elle s'avançait dans l'encadrement de la porte.

Selena marcha vers lui et noua les bras autour de sa taille, pressant son visage contre son dos, inhalant l'odeur de savon et déposant de petits baisers sur sa peau chaude.

Elle défit sa serviette et la laissa tomber au sol, puis laissa ses mains errer de ses fesses à ses cuisses musclées.

Elle l'entendit retenir son souffle, puis perçut le bruit du rasoir qui lui échappait et tombait dans le lavabo. Et elle le vit serrer de toutes ses forces le marbre environnant.

Elle glissa une main sur son sexe durci et le caressa jusqu'à ce qu'il s'abandonne…

Alors, se retournant, il la souleva sans effort, puis la pénétra d'une profonde poussée.

Les bras noués autour de son cou et les jambes serrées autour de ses hanches, Selena s'agrippa à lui. Leurs bouches étaient scellées, leurs langues mêlées dans un silence seulement brisé par le son de leur respiration, tandis qu'elle le chevauchait, exigeante, provocante, ses muscles se resserrant autour de lui, l'encourageant, l'accueillant au plus profond d'elle.

Le désir monta peu à peu jusqu'à ce qu'explose en elle un orgasme si foudroyant qu'elle cria de surprise. Et l'instant d'après, il s'abandonna à son tour au paroxysme du plaisir.

Ensuite, ils s'allongèrent et restèrent longtemps enlacés, échangeant des baisers.

Finalement, Alexis se leva sur un coude et baissa les yeux vers elle, tout en repoussant une mèche de cheveux de son front trempé de sueur.

— Je ne voulais pas faire ça, marmonna-t-il.

Surprise, elle lui lança un regard inquiet.

— Tu regrettes ?

— Non, mon ange, fit-il avant de l'embrasser. Jamais de la vie. Mais j'aurais dû me montrer plus prudent.

Et quelques semaines plus tard, lorsqu'elle commença à avoir des nausées matinales, elle réalisa — comme lui à ce moment-là — que c'était la seule fois qu'ils avaient fait l'amour sans protection.

C'est totalement seule qu'elle avait affronté l'épreuve la plus terrifiante et la plus déchirante de toute sa vie…

12

— Retourne le voir et oblige-le à t'écouter, la supplia Millie, le visage pâle et les yeux gonflés. Après tout, il était fou de toi à une époque. Tout le monde le savait.

Selena se mordit la lèvre. Elle s'était mise d'accord avec Kostas pour dire à sa sœur qu'elle avait essayé de raisonner Alexis, mais que celui-ci n'avait rien voulu savoir.

Son inquiétude de voir arriver Alexis à la *taverna* pour réitérer son offre s'était révélée sans fondement, mais c'était jusque-là le seul point positif de la journée.

— Le passé est révolu, Millie, et nous devons l'accepter. Et dans la salle, des clients attendent leur dîner. Alors, rafraîchis-toi un peu et descends les charmer avant que ta belle-mère ne fasse une crise.

— À quoi cela servira-t-il ? gémit Millie, désespérée. Nous sommes sur le point de tout perdre, de toute façon.

Selena se leva.

— Parce que tu t'apprêtes à prendre un nouveau départ et que tu auras besoin de chaque centime que tu pourras gagner, y compris les pourboires. Comme moi, à une époque.

Lorsque Selena descendit l'escalier le lendemain matin, elle vit Kostas, le regard sombre, balayer le sol de la *taverna*.

Voyant qu'elle portait un sac de voyage, il fronça les sourcils.

— Tu t'en vas vraiment ?

— Comme prévu.

— Mais le gérant de l'hôtel t'a apporté ceci, dit-il en se glissant derrière le bar pour prendre une enveloppe. Je me suis dit que c'était peut-être un mot de la part de *kírie* Alexis disant qu'il avait réfléchi.

— Je crois que le temps des miracles est passé.

Là-dessus, elle prit le pli et sortit pour le lire tranquillement, consciente du regard anxieux de Kostas sur elle. Le mot était bref.

L'offre que je t'ai faite n'est plus à l'ordre du jour et tu n'as plus rien à craindre de moi. Je te souhaite bonne chance.

Il avait signé de ses initiales.

— Veut-il te revoir ? s'enquit Kostas.

— Non. Il… me dit simplement au revoir.

Le cœur battant, elle relut le mot, se demandant ce qui avait occasionné cette soudaine volte-face.

Des considérations pratiques, sans doute. Un jour, il rencontrerait une femme qu'il voudrait épouser, et un enfant adopté, né d'une mère porteuse dans un pays étranger exigerait trop d'explications. À moins qu'il n'ait tout simplement accepté son refus.

C'était terminé. Elle était enfin libre.

Alors pourquoi ne sautait-elle pas de joie ? Pire

encore. Pourquoi se sentait-elle soudain si perdue, si effrayée ?

Parce qu'il lui faudrait bien affronter la suite : trouver un appartement plus grand où les enfants étaient acceptés, prévenir les autorités qu'elle avait un emploi stable à plein temps et que son fils n'avait plus besoin d'être en famille d'accueil et devait vivre avec elle. Elle avait déjà tant manqué de sa petite enfance…

Mais elle n'était pas la seule, réalisa-t-elle soudain. Quoi que Alexis pensât d'elle, elle ne pouvait pas s'en aller et le laisser… sans rien.

Décidée, elle plia le mot et le rangea dans son sac à main.

— Puis-je laisser mes affaires ici, Kostas ? Je dois faire quelque chose avant mon départ.

Debout sur la terrasse devant l'hôtel, Stelios parlait à un couple âgé. Lorsque les clients s'éloignèrent, il se tourna vers elle et son sourire s'effaça.

— *Kíria* Blake, que puis-je faire pour vous ?

— J'ai besoin de le voir. Pourriez-vous lui dire que c'est important… S'il vous plaît ?

— Il n'est pas là. Il est retourné à la villa hier soir et, un peu plus tard dans la journée, il part pour Athènes. Je ne sais pas quand il compte revenir à Rhymnos.

— La villa ? Pourriez-vous m'appeler un taxi ?

Il la dévisagea avec stupéfaction.

— Il n'y en a qu'un sur l'île. Il appartient à Takis et aujourd'hui il assiste aux funérailles de son oncle.

— Je vois… Eh bien, ce n'est pas important, répondit-elle, avant de se détourner, vaincue.

— *Kíria* Blake, dit Stelios d'une voix plus douce, je crois au contraire que cela a beaucoup d'importance.

Si vous me le permettez, je peux vous conduire là-bas moi-même.

— Je ne peux pas vous demander ça !

— Vous ne l'avez pas demandé. J'ai proposé. Venez.

Comme ils approchaient de la villa Helios, Selena vit l'hélicoptère, prêt à partir.

— C'est trop tard, souffla-t-elle.

— Non, non, la rassura-t-il. Voyez, Panayotis travaille encore dessus. Il procède aux dernières vérifications.

Eleni ouvrit la porte, les yeux rougis.

— *Kírie* Alexis n'est pas là, expliqua-t-elle. Il est parti à une réunion. Je ne sais pas quand il sera de retour.

Selena s'avança d'un pas.

— Vous semblez bouleversée, Eleni. Que s'est-il passé ? Il ne s'agit pas de… Penelope ?

— Ma fille est à New York. Après avoir fermé la maison, nous irons avec Yorgos la rejoindre.

— Fermé la maison ? Mais je croyais qu'Alexis était né ici ?

— C'est vrai et sa mère sera profondément affligée par son choix. Elle adore cette maison et espérait que ses petits-enfants naîtraient ici, soupira Eleni. Elle me l'a souvent dit.

— Alors pourquoi part-il ?

— Selon lui, sa vie est désormais aux États-Unis, expliqua-t-elle en lui jetant un regard triste. Il a beaucoup changé, *kíria* Blake.

— Oui, murmura Selena. Apparemment.

— Voulez-vous que je vous ramène en ville, *despinís* ? intervint Stelios.

— Je pense que c'est la meilleure solution, répondit-elle en se tournant vers Eleni. Avez-vous une idée du lieu où se tient la réunion d'Alexis ?

— Aucune, *kíria* Blake. Il a pris la jeep et il est parti.

L'esprit en tumulte, elle retourna à la voiture, essayant de donner un sens à ce qu'elle venait d'apprendre. Elle se mit à repenser à tout ce qui s'était passé entre Alexis et elle, consciente de devoir se montrer honnête avec elle-même et admettre qu'elle espérait encore avoir un avenir avec lui. Elle allait devoir trouver des réponses à de nouvelles questions si elle voulait enfin trouver la paix.

— Je dois découvrir la vérité, souffla-t-elle. Je dois…

Et soudain, elle sut où était allé Alexis.

Réticent à la laisser seule au milieu des oliviers, Stelios s'insurgea.

— C'est un lieu isolé, *kíria* Blake. Allez visiter le temple d'Apollon, si vous voulez, mais je vous attendrai ici.

— C'est inutile, répondit-elle en sortant de la voiture. Je suis certaine de ne pas me retrouver seule.

— Je vous attendrai quand même, insista-t-il.

— Une demi-heure, alors, au cas où je me trompe.

Mais comme elle s'en doutait, la jeep était là, garée à sa place habituelle. Elle courut le long du chemin et était à bout de souffle lorsqu'elle atteignit enfin la crête.

Il était adossé à une des colonnes, sombre silhouette dans la lumière du soleil, le regard tourné vers la mer. Immobile et si seul, songea Selena, le cœur serré, en approchant.

Il devait être perdu dans ses pensées car il ne l'entendit pas arriver. Il pivota quand elle prononça son nom, presque sur la défensive.

— Si tu es venu me dire au revoir, ce n'était pas nécessaire. Je croyais que mon mot était assez explicite.

— Très explicite, confirma Selena, mais j'avais

besoin de clarifier certains points avec toi. Je ne veux pas qu'on se quitte ainsi, alors que des choses doivent encore être dites.

— Tu veux que je m'excuse pour l'offre que je t'ai faite ? Très bien. Ma proposition était indigne. Est-ce cela que tu veux entendre ?

— Non. Même si je n'ai pas apprécié, ta *proposition* était somme toute compréhensible, compte tenu de ce qu'on t'a dit, répondit-elle en secouant la tête. Je ne savais pas que ma tante me détestait autant.

— Es-tu en train de me dire qu'elle aurait menti ?

— Oui. Je n'ai jamais repris contact avec elle à mon retour en Angleterre. Sans doute par couardise, mais je ne me sentais pas capable d'écouter ses remontrances. Et j'avais toujours eu l'intention de partir de toute façon. J'ai déménagé dans une ville plus grande à seulement quelques kilomètres de là, où personne ne me connaissait. Mais, un soir, une de ses amies est venue dîner au restaurant où je travaillais et lui a dit qu'elle m'avait vue, que j'avais l'air en forme et semblait même avoir pris du poids. Elle est donc venue… vérifier. Elle s'est assise dans un coin du restaurant et m'a observée toute la soirée. Lorsque je suis sortie, elle m'attendait dehors et m'a attaquée. Oh ! pas physiquement, se hâta-t-elle de préciser lorsque Alexis avança d'un pas, le visage sombre. Elle criait, me traitait de tous les noms, disant que Millie et moi étions des traînées… Elle était hystérique, hurlait que je l'avais déshonorée pour toujours, qu'elle ne pourrait plus jamais marcher la tête haute à Haylesford. Elle a même dit qu'elle avait élevé dans son giron des vipères.

— Je pense que ce sont ces « vipères » qui couraient le plus de risques, commenta Alexis. Continue.

— Les passants nous regardaient, un homme s'est même approché de nous et m'a demandé si tout allait bien, si je voulais qu'il appelle la police, ce qui a un peu calmé ma tante. Ma grossesse n'étant qu'à ses débuts, m'a-t-elle ensuite dit, je pouvais me faire avorter. Elle payerait pour que l'intervention ait lieu dans une clinique privée de Londres, puis je pourrais retourner à l'université terminer mes études et enseigner ensuite à son école, comme prévu.

À ce souvenir, Selena frémit.

— Dans un sens, je préférais quand elle criait, poursuivit-elle. Lorsque je lui ai dit que je comptais garder le bébé, elle est devenue très froide. J'avais vingt-quatre heures pour revenir à la raison, sinon elle me le ferait regretter. Elle allait aussi changer son testament pour que ni Millie ni moi ne voyions un sou de son argent. La menace ultime, conclut Selena en s'efforçant de sourire.

— Mais menace ignorée, hasarda Alexis.

— Oui, soupira Selena. Millie était furieuse quand elle l'a appris et a cessé de me parler. Elle pensait manifestement que j'aurais dû me faire avorter. Mais maintenant qu'elle est elle-même enceinte, elle comprend, j'imagine.

— Pas moi, en revanche. Si tu avais le choix, pourquoi attendre que l'enfant soit né pour l'abandonner ?

— Cela ne s'est pas… passé comme ça, balbutia-t-elle. Après la naissance, j'ai fait une dépression et les médecins et les assistantes sociales ont décrété que je n'étais pas apte à m'occuper d'un bébé. Ils… Ils avaient peut-être raison. J'ai donc accepté qu'il aille en famille d'accueil le temps que je trouve du travail et un logement décent. Mais même si je n'avais plus aucun contact avec tante Nora, elle devait me surveiller de loin et elle a découvert tout ça. Quand tu es arrivé sur le pas de sa porte, elle a trouvé le moyen de se venger.

— Seigneur ! s'écria Alexis après un bref silence. Nous ne sommes pas gâtés toi et moi, avec nos familles, Selena *mou*. Les gens qui s'occupent d'Alexander sont-ils bien ?

— Les Talbot, précisa-t-elle. Oui, très bien. Intransigeants vis-à-vis de moi et des arrangements en matière de visite, mais adorables avec lui. Peut-être un peu trop même, car ce sera dur pour eux lorsque je le reprendrai. Mais pas autant que ça l'a été pour moi de ne pas le voir grandir, de manquer son premier sourire, sa première dent, ses premiers pas…

Elle fouilla dans son sac.

— … devoir dépendre de petites choses comme ça, dit-elle en lui tendant la photo. Je veux que tu la prennes. C'est une des raisons pour laquelle je suis ici.

Il baissa les yeux sur le cliché et se figea. Seul un muscle tressaillait à sa mâchoire.

— Tu envisages de le récupérer ?

— Depuis le début. Je devais prouver, entre autres, que je pouvais trouver un emploi stable — chose faite, désormais — et un logement adapté. J'y travaille.

Le cœur battant à se rompre, elle hésita à poursuivre.

— Et lorsque ce moment arrivera, se lança-t-elle, tu auras le droit de rendre visite à ton fils, et lui pourra venir te voir quel que soit l'endroit où tu vivras. Tu pourras participer aux décisions concernant son éducation, son bien-être et son avenir. Être son père, en somme.

Après un long silence, il se détourna.

— Tu es généreuse, mais je dois refuser.

— Tu ne veux pas… le voir ? Être avec lui ? balbutia-t-elle, stupéfaite. Je… Je ne comprends pas.

— Lorsque nous nous sommes rencontrés, je t'ai parlé de mes parents et de la façon dont j'ai été tiraillé entre eux après leur divorce, passant du temps avec l'un, puis l'autre. Je me souviens d'avoir vu ma mère pleurer quand la voiture venait me chercher. Elle craignait que mon père décide de me garder et demande la garde exclusive. Je me suis alors juré de ne jamais faire subir une telle épreuve à mon enfant ou à sa mère.

— Mais, Alexis… Tu n'es pas ton père. Je sais que je peux te faire confiance…

— Comment le sais-tu ? s'écria Alexis en se tournant brusquement vers elle. Je t'ai caché la vérité, j'ai cru à des mensonges éhontés sur ton compte et je t'ai proposé un marché insultant ! Mon Dieu, je me reconnais à peine moi-même.

— Je pensais que nous pourrions oublier tout ça, dit-elle d'une voix tremblante. Et prendre un nouveau départ… pour Alexander.

— Dis-moi une chose, s'enquit Alexis.

Il marcha vers elle, posa les mains sur ses épaules et la fixa d'un regard intense, ardent.

— Pourquoi as-tu refusé de te faire avorter ?

— Je… Je ne sais pas. Je ne m'en sentais pas capable, répondit-elle en essayant en vain de se libérer. Lâche-moi.

— Non. Je veux connaître la vérité. Sans cela, il n'y a pas d'avenir entre nous.

— Oh ! tu veux savoir la vérité, *kírie* Constantinou ? s'écria-t-elle d'un ton furieux. Alors, la voici.

Elle déglutit, consciente que des larmes coulaient sur ses joues.

— J'ai refusé parce que je ne pouvais pas m'empêcher

de penser que ce bébé, ce petit être qui grandissait en moi, était une partie de toi. Tout ce qui me restait de toi. Et je ne supportais pas l'idée de m'en séparer. Et lorsqu'il est né, j'ai cru mourir de tristesse à la pensée que tu ne le verrais jamais, hoqueta-t-elle, que tu ne le tiendrais jamais dans tes bras.

Alexis la serra contre lui.

— Ne pleure pas, mon amour, souffla-t-il. Je t'ai retrouvée et je ne te laisserai plus jamais repartir.

— Mais tu pars, sanglota-t-elle contre son épaule. Tu fermes la villa et tu retournes aux États-Unis !

— Parce que je ne supportais pas l'idée de vivre ici sans toi. Tout ici me fait penser à toi. Je me suis pourtant efforcé de t'oublier, *agapi mou*. J'ai pensé pouvoir me servir de toi, puis te rejeter sans émotion. Te faire souffrir, comme moi j'ai souffert. Et pourtant, quand tu es venue me rejoindre sur le balcon hier, j'ai su que c'était impossible. Ce serait comme si on m'arrachait le cœur. Je n'arrêtais pas de penser que tu avais dû me détester. Je suis venu ici aujourd'hui pour te dire une dernière fois au revoir. Mais je me suis mis à penser et j'ai compris que le nom que tu avais choisi pour notre fils voulait peut-être dire que tu m'aimais encore un peu. Je ne devais donc pas perdre tout espoir.

— Je ne comprenais pas pourquoi tu avais changé d'avis et accepté de me laisser partir, expliqua Selena. Je voulais savoir. Je me suis donc servie de l'excuse de la photo pour venir te retrouver.

— Et, bien sûr, tu savais où me trouver.

— Oui, admit-elle, avant de sursauter. Oh ! mon Dieu, j'avais oublié. Stelio m'attend.

— Non, répondit Alexis. Il est sûrement rentré à la maison leur annoncer que je vais rester ici… une fois que nous serons allés chercher notre fils en Angleterre. Acceptes-tu d'enfreindre les règles, *matia mou,* et de vivre avec moi le temps que le père Stephanos nous marie ?

— Oh ! je crois que oui, répondit-elle, les yeux embués, mais le sourire radieux. *S'agapo*, Alexis. *M'agapas ?*

— Aussi longtemps que nous serons en vie, Selena *mou.*

Inclinant la tête, il l'embrassa tout d'abord lentement, doucement même, tandis qu'ils se laissaient rouler au sol, essoufflés et riant dans les bras l'un de l'autre.

Épilogue

Cela avait été une fête merveilleuse, se dit Selena en regardant d'un air rêveur par la fenêtre du *saloni*.

Des tables, lourdement chargées de victuailles et de boissons, avaient été dressées dans les jardins, et la presque totalité de la population de Rhymnos était venue célébrer dans la musique et les danses le premier anniversaire de son mariage avec Alexis et la naissance imminente de son deuxième enfant.

Il y avait eu des exceptions, bien sûr. Anna Papoulis faisait partie des absents, et Kostas n'était venu que pour déposer Millie et leur bébé, Dimitri, et les récupérer en fin de soirée. Même si Alexis leur avait permis de garder la *taverna*, Kostas se sentait malgré tout gêné en présence de son beau-frère. Millie, en revanche, ne regrettait en rien l'absence de sa belle-mère.

— Vieille sorcière ! avait-elle marmonné. À chaque fois que je couche Dimitri pour sa sieste ou s'il pousse le moindre cri, elle le sort de son berceau. Il s'y attend maintenant et crie au scandale s'il n'obtient pas une attention immédiate.

Sa sœur avait jeté un regard envieux sur Maria Constantinou, la mère d'Alexis, en train de lire une histoire à son petit-fils assis sur ses genoux.

— Tu ne connais pas ta chance, avait-elle soupiré.

— Au contraire. J'en suis parfaitement consciente. Elle était une boule de nerfs lorsque Alexis l'avait amenée pour la première fois dans la belle demeure de Long Island pour lui présenter sa mère. Mais elle s'était inquiétée pour rien, car Maria Constantinou l'avait serrée dans ses bras et lui avait souri à travers ses larmes de joie. Dès le début, elle s'était montrée formidable avec Xander — imperturbable devant son petit visage sérieux et son silence étonné quand il s'était retrouvé parmi des étrangers dans un environnement si différent —, le faisant peu à peu sortir de sa coquille et le persuadant même de l'appeler *Yaya*.

Lorsqu'ils avaient quitté Long Island, Xander avait même accepté le fait que l'homme grand et mince qui le portait sur ses épaules, lui apprenait à nager avec une infinie patience et jouait à la balle avec lui à toute heure de la journée était son papa. Et que sa maman n'était plus la femme douce et triste qui venait lui rendre visite une fois par semaine dans cette maison qui n'était déjà plus qu'un vague souvenir pour lui, mais une personne qui chantait, riait beaucoup, le serrait très fort dans ses bras et n'hésitait pas à inventer des jeux bruyants avec papa au moment du bain.

Il ne lui avait pas fallu longtemps pour s'adapter à sa nouvelle vie, songea Selena avec tendresse. Heureusement que la prédiction funeste des Talbot ne s'était pas réalisée ! Comme quoi l'amour triomphait de tout.

Elle posa la main sur le magnifique pendentif en diamant que son mari lui avait noué autour du cou seulement quelques heures auparavant.

— En souvenir d'une merveilleuse année, mon tendre amour, avait-il murmuré en lui effleurant la nuque de ses lèvres.

Leur seul différend avait été quand elle avait suggéré de suivre la coutume grecque et de nommer leur bébé — si celui-ci était un garçon — du nom de son grand-père, Petros, mais Alexis avait refusé.

— Mais, mon chéri, il est toujours ton père ! avait protesté Selena. Quoi qu'il ait fait, tu ne peux le tenir à l'écart pour toujours. Par ailleurs, ajouta-t-elle, si nous faisons le premier pas, nous sommes en position de supériorité morale.

— Je doute qu'il sache ce que cela veut dire, et le bébé sera une fille. J'en suis sûr.

Une fille qui s'appelerait Maria, avaient-ils décidé, ce qui avait fait pleurer de joie Mme Constantinou.

Il était peut-être trop tôt pour parler de réconciliation entre Alexis et son père. Mieux valait laisser le temps guérir leurs blessures.

— Ah te voilà, *agapi mou* !

Elle sursauta au son de la voix de son mari. Celui-ci se plaça derrière elle et l'enserra dans ses bras, ses mains posées délicatement sur le renflement de son ventre.

— Je croyais que Nicos t'avait conseillé de te reposer.

— Je voulais me détendre un peu. Peut-être attendre que la lune se lève.

— Nous allons la regarder ensemble. Et ensuite, tu devras obéir aux ordres de ton médecin.

— Nicos est-il toujours là ? s'enquit-elle d'un ton léger.

— Oui, il boit un café dans le salon avec maman. Il a demandé à Xander s'il préférait avoir un frère ou une sœur, et notre fils a répondu qu'il aimerait avoir un âne.

— Il ne parle de rien d'autre depuis que l'ânon des Stephanides est né, gloussa-t-elle.

— Je devrais peut-être demander à Takis s'il accepterait de nous le vendre. Nous pourrions dire à Xander que c'est un cadeau du bébé. Comment va-t-il, au fait ?

— Très calme, pour une fois. Mais j'ai peut-être été trop longtemps debout car j'ai mal au dos. Un bon massage ne serait pas superflu.

— Ce sera avec plaisir.

Il lui embrassa le front et ils se tinrent debout en silence, heureux d'être ensemble, quand soudain Selena sursauta violemment.

— Que se passe-t-il ? s'inquiéta Alexis.

— Je devrais peut-être aller m'allonger pendant que tu préviens Nicos que je commence à avoir des contractions assez rapprochées, expliqua-t-elle en inspirant profondément. Et préviens Eleni aussi.

— Oh ! Seigneur, dit-il d'une voix hachée en la soulevant dans ses bras pour la porter dans la chambre. J'aurais dû insister pour rester aux États-Unis où tu aurais reçu les meilleurs soins.

— Comme je les recevrai de Nicos, assura-t-elle en effleurant tendrement sa joue. Je veux que ce bébé naisse ici, comme toi avant lui, entouré de tous les gens que j'aime. C'est important pour moi.

— Ah, *matia mou*, souffla-t-il avant de l'embrasser.

Une fois seule, Selena se sentit très calme. Une merveilleuse année, avait dit Alexis, qui allait se terminer de la meilleure des façons.

Les contractions devenaient de plus en plus fortes, l'obligeant à se détendre et à respirer calmement, chacune d'elles la rapprochant inexorablement du moment où elle tiendrait son bébé dans les bras.

Un bébé conçu un après-midi magique, alors que le soleil automnal baignait de feu les colonnes du temple. Une petite Maria, songea-t-elle en souriant, ou peut-être un petit Petros en fin de compte. Elle devait simplement faire confiance à Apollon, le guérisseur.